로걸대 언해문 비교 연구

황 영 철

국학자료원

머리말

한국어가 어떻게 발달하여 오늘에 이르게 되었는가 하는 문제는 한국어를 공부하는 사람들이 가지는 관심사 중의 하나이다. 한국어는 훈민정음이 창제되기 이전에는 오랜 시간동안 한자에 의한 표기 방법에 의존하여 왔으며 훈민정음이 창제된 이후에도 중세한국어에서 근대한국어로, 근대한국어에서 현대한국어로 발전하는 과정에서 많은 변화를 보여주고 있다. 특히 "老乞大"는 고려시기부터 조선조 전반에 이르기까지 사용된 중국어 회화교과서로서 훈민정음이 창제된 이후에 여러 번 번역(언해)되어 출간되었다. 그리고 부동한 시기에 출간된 번역서(언해서)들은 표기법, 어휘, 문법 등 면에서 그 변화의 양상을 보여주고 있다. 이러한 점에서 "老乞大"는 중세한국어에서 근대한국어에 이르는 언어변화과정을 통시적으로 고찰하기에는 매우 적절한 문헌이라고 판단된다.

"老乞大諺解文"이란 조선조 시기 번역(언해)된 번역서(언해서)들을 말하는데 본 저서에서는 16세기 초의 ≪번역로걸대(飜譯老乞大)≫, 17세기의 ≪로걸대언해(老乞大諺解)≫, 18세기의 ≪평안감영중간로걸대언해(平安監營重刊老乞大諺解)≫, ≪로걸대신석언해(老乞大新釋諺解)≫, ≪중간로걸대언해(重刊老乞大諺解)≫를 연구대상으로 하여 표기법, 어휘, 문법 등 면에서 비교하였다. 비록 제한된 지면 안에서 16세기부터 18세기에 이르는 모든 언어의 변화양상을 종합한다는 것은 너무나도 힘에 부치는 일이지만 나름대로 귀납하고 정리하여 보았다. 또한 이 연구가 중세한국어와 근대한국어를 연구하는 이들께 작은 보탬이 되기를 기대하는 바이다.

　　이 저서는 필자의 박사학위논문을 정리한 것인데 박사학위를 받은 지 벌써 10년이 되어 가지만 그 동안 여러 가지 일로 바삐 보내다가 이제야 책을 출간하게 되었다. 필자는 중국 연변대학교에서 박사학위를 전공하였으므로 본 저서의 정서법은 중국 동북3성조선어문사업협의소조(东北三省朝鲜语文工作协作小组)에서 작성한 "조선말규범집(수정보충판)"(1996년)을 따른다. 이에 보시는 데 불편을 끼쳐 드린 점을 미리 사과하는 바이다.

　　필자가 본 저서를 출간하기까지는 실로 많은 분들의 도움과 성원을 받았다. 고마우신 분들의 존함은 여기서 일일이 다 거명할 수는 없지만, 우선, 필자를 한국어 연구에 입문하도록 적극 이끌어 주셨고 생활면에서도 따뜻이 보살펴 주신 故 李得春 은사님께 삼가 고마움을 전하고 싶다. 그리고 필자가 학업을 끝마칠 수 있도록 오랜 시간동안 무조건 뒷바라지를 해주신 세 분의 누님들과 학업을 마칠 때까지 성원해 준 집사람에게 고마운 인사를 전하고 싶다.

　　끝으로 심한 경제침체 속에서도 영리를 초월하여 졸저의 출간을 흔쾌히 허락하여 주신 국학자료원 鄭九馨 대표님께 심심한 사의를 드린다.

2016년 2월
山東大學(威海)에서
저자

차 례

머리말

제1장 서론

제2장 ≪로걸대≫언해본들에 대한 서지학적 고찰

제3장 표기법의 변천

제4장 어휘의 변화

———————— 제1장

서론

1.1 연구목적

≪로걸대≫는 고려와 조선조의 사람들이 중국어를 공부하던 회화교과
서이다. ≪로걸대≫는 전편 문장의 내용이 서로 련관되여있는데 주로 고
려의 상인 일행 네사람이 고려의 말(馬)과 베(毛施布), 인삼 등을 가지고
중국 북경으로 행상하러 가는 도중 중국 상인을 만나는것을 시작으로 그
들 일행이 동행하면서 나누는 대화가 기본 줄거리를 이룬다. 이야기의 줄
거리는 크게 두개로 나눌수 있다. 하나는 고려상인들과 중국상인의 만남
을 시작으로 북경에 이르기까지의 대화인데 여기에는 공부(工課), 이름,
나이, 친척, 투숙, 밥짓기, 도적, 말먹이기 등에 관한 대화들이 포함된다.
다른 하나는 북경에서 물건을 팔고 작별인사를 하는데까지의 대화인데
여기서는 고려에서 가져간 물건을 팔고 또 돌아가서 팔 물건을 구입하면
서 벌어지는 이야기들로 홍정, 문서작성, 연회, 문병, 운세보기(簽卦), 작
별 등에 관한 대화들이 포함된다. ≪로걸대≫는 고려인(후기의 간행본에
서는 조선인)이 각종 상황에서 중국인들과 대화하는 형식으로 구성되였
기때문에 중국에 드나드는 고려인들에게 필요한 여러가지 중국어표현과
일반지식들을 담고있다. 그러므로 ≪로걸대≫는 ≪박통사≫와 더불어
고려시기의 통문관(후에는 사역원), 조선조의 사역원의 한어실용회화 교

과서로 애용되여 왔다. 이는 세종실록에 적힌 기사에도 나타나고 있다. 1423년(세종5년)6월 임신조에는 이런 기록이 있다.

≪禮曹据司譯院牒呈啓 老乞大 · 朴通事 · 前後漢書 · 直解孝經等書
緣无板木 讀者傳寫誦習 請令鑄字所印出 從之≫
(례조가 사역원에 올린 글에 의하여 품하기를 로걸대 · 박통사 · 전
한서 · 후한서 · 직해효경 등의 판목이 없어서 독자들이 베껴서 전하
여 배우고있사오니 주자소에서 인쇄해 내도록 하는것이 좋겠나이다
라고 하니 세종이 그대로 시행하라고 하였다.) (세종실록 권 20, 26b)

1434년(세종16년)6월 병인에도 주자소에서 찍은 로걸대와 박통사를 승문원과 사역원에 나누어 주었다는 기사가 있다.(세종실록 권 64, 43a) 세종실록의 기사에서 알수 있는바와 같이 로걸대는 한학(漢學)서중에서 도 특수한 위치를 차지하는 중요한 자료였다는것을 알수 있다.

≪로걸대≫는 편찬년대가 고려말 조선조초기로 추정되는데 편찬될 당 시에는 한어문으로 쓰여졌다. 후에 훈민정음이 창제된후 한학자(漢學者) 최세진에 의해 언해문으로 번역되는데 원문의 한자마다 좌우에 운서의 전통중국음과 당시의 현실중국음을 언문으로 표기한 다음 직역체 형식의 언해문을 첨가하였다. 그후에 여러번 수정을 거쳐 간행되였는데 매번 간 행될 때마다 당시 사용되고있는 실제 언어에 가까운 구어체에 충실하고 있다. 때문에 ≪로걸대≫는 근대한어의 변화양상을 고찰하는 귀중한 자 료로 될뿐만아니라 근대조선어의 력사적변천을 연구하는 중요한 자료로 되고있다. ≪로걸대≫에 대한 연구는 조선어연구의 차원에서나 한어연 구의 차원에서나 적지 않게 이루어졌다.

본 연구에서는 16세기초의 ≪번역로걸대(飜譯老乞大)≫, 17세기의 ≪로 걸대언해(老乞大諺解)≫, 18세기의 ≪평안감영중간로걸대언해(平安監營

重刊老乞大諺解)≫, ≪로걸대신석언해(老乞大新釋諺解)≫, ≪중간로걸대
언해(重刊老乞大諺解)≫를 연구대상으로 하여 이 다섯 문헌들에 나타난
조선어의 변천현상을 표기법, 어휘, 문법 등 면에서 통시적으로 기술하고
자 한다. 즉 중세후기로부터 근대에 이르기까지 조선어에서 통시적으로
어떤 변화가 일어났는가를 고찰하여 그 변화과정을 기술하고 정리하는것
을 목적으로 한다.

≪로걸대≫는 16세기 초에 최세진에 의해 번역된 ≪번역로걸대≫로부
터 17세기의 ≪로걸대언해≫, 그리고 18세기의 ≪평안감영중간로걸대언
해≫, ≪로걸대신석언해≫, ≪중간로걸대언해≫까지 일정한 시간적차이
를 두고 출간되였고 또한 후에 출간된 언해본은 전시기의 언해본을 참고
로 하면서 그 번역과정에서 현실언어와 다른 점들을 수개하면서 번역하
였기에 통시적연구의 자료로서 충분한 가치를 가지고있다.

① ㄱ. 이 물도 거르미 됴코나(번역로걸대 상 12a)
　 ㄴ. 이 물도 거름이 됴코나(로걸대언해 상 11a)
　 ㄷ. 이 물도 거름이 됴코나(평안감영중간로걸대언해 상 11a)
　 ㄹ. 이 물이 거름이 죠타(로걸대신석언해 1:15a)
　 ㅁ. 이 물이 거름이 죠타(중간로걸대언해 상 11a)

례문 ①을 보면 ≪번역로걸대≫에서는 표음주의원칙에 의해서 하철식
표기로 ≪거르미≫로 표기되였지만 ≪로걸대언해≫, ≪평안감영중간로
걸대언해≫, ≪로걸대신석언해≫, ≪중간로걸대언해≫등에서는 상철식
표기로 되여있다. 그리고 종결형에서도 ≪번역로걸대≫, ≪노걸대언해≫,
≪평안감영중간로걸대언해≫는 ≪-고나≫를 취고하고있지만 ≪로걸대
신석언해≫와 ≪중간로걸대언해≫는 ≪-다≫를 취하고있다. 그리고 ≪됴
코나≫와 ≪죠타≫의 변화에서 알다싶이 구개음화의 변천과정을 보여주

고있다. 이처럼 례문 (1)만 보더라도 서로 다른 표기법, 어음변화, 문법형태의 변화를 보여 주고있다. 그러므로 이상의 다섯 문헌은 언어의 변화과정을 대조적으로 살피는데 있어서 매우 적합하다고 생각된다.

비록 ≪로걸대≫의 언해본들만을 연구대상으로 16세기부터 18세기의 조선어의 언어변화를 전부 결론짓는다는것은 불가능하다. 다시 말하면 ≪로걸대언해≫계렬 하나만으로 3세기나 되는 시기의 언어현상을 모두 대변할수는 없다. 하지만 어느 한 특정된 자료를 대상으로 연구하는 과정을 거쳐야 점차 축적된 자료와 연구결과로 그 시기의 언어현상을 개괄할수 있을것이다.

이런 점에서 ≪로걸대≫와 그 언해본들은 조선조 전반을 거쳐 가장 영향력 있는 중국어 회화교과서라는 점과 또한 동일한 문헌이 시대를 달리하여 편찬된 언해본이라는 점에서 16세기부터 18세기에 이르는 언어변화과정을 통시적으로 고찰하기에는 매우 적절한 문헌이라고 판단된다.

이러한 상황에서 본 론문은 ≪로걸대≫의 언해본들을 연구대상으로 하여 ≪로걸대≫ 언해문들을 시대별로 라렬하여 비교함으로써 중세후기로부터 근대까지의 조선어의 변화를 표기, 어휘, 문법 등 면으로 고찰하려고 한다.

1.2 기존 연구

≪로걸대≫에 대한 연구는 비교적 많이 연구되였는데 주로 서지학적인 연구, 음운표기에 대한 연구, 어휘 및 문법에 대한 연구, 한어와 관련한 연구로 나눌수 있다.

1.2.1 서지학적인 연구

방종현 (1946a)에서는 ≪로걸대언해≫에 대한 연구를 근거로 ≪로걸대언해≫와 ≪로걸대신석언해≫, ≪중간로걸대언해≫의 삼자관계에 대해 구명하였다. 그리고 경성제국대학법문학부에서 출간한 ≪로걸대언해≫의 영인본이 미교정본임을 밝혔다.

太田辰夫(1953)에서는 ≪로걸대집람≫의 주석과 ≪세종실록≫의 일부 기재에 근거하여 ≪로걸대≫의 편찬년대를 원나라시기로 보았고 세종5년~16년(1423~1434)에 한번 간행되었으며 최초의 수정은 성종11년~14년(1480~1483)사이에 진행되었다고 하였다. 그리고 최세진이 ≪로걸대≫를 언해하고 ≪로걸대집람≫, ≪단자해≫ 등을 편찬할 당시에는 우의 두가지 간행본이 모두 존재했으며 최세진이 언급한 구본(舊本)은 1423년~1434년사이의 간행본이고 신본은 1480년~1483년사이의 수정본이라고 하였다. 朱德熙(1958)에서는 ≪조선왕조실록≫, ≪로걸대집람≫, ≪박통사언해≫의 한어해석에 근거하여 ≪로걸대≫가 원나라시기에 편찬된것으로 추정하였다.

민영규(1964)에서는 로걸대의 서명(書名)이 몽골어에서 유래된것으로 ≪老漢儿≫란 의미이고 원저자는 료동지역에서 집단적으로 거주해오던 고려의 교민출신일것이며 편찬년대는 명나라 홍무(洪武)15년(1382)전후일것이라고 추정하였다.

남광우(1972)에서는 당시 새로 발견된 ≪로걸대≫의 언해본을 ≪번역로걸대≫라 칭하였는데 이후 이 명칭이 학계에 통용되었다. 김완진(1976)에서는 ≪번역로걸대≫와 ≪로걸대언해≫의 관계를 구명하였다.

림동석(1983)에서는 조선시대 역학제도와 역학서에 대한 종합적인 고찰을 진행하였는데 그 한 부분으로 현존하는 ≪로걸대≫간행본들에 대해 서지학적고찰을 진행하였다.

안병희(1996)에서는 그 동안 소개 되지 않았던 ≪로걸대신석언해≫를 소개하였고 ≪로걸대≫언해본전반에 대한 서지학적고찰을 하였다. 이로서 ≪번역로걸대≫와 ≪로걸대언해≫에 치중되였던 서지학적연구가 17세기 이후 간행본들에까지 확장되여 이루어지였다. 1998년에 중국어로 된 ≪원본로걸대≫1)가 발견됨에 따라 정광, 남권희, 량오진(1999)와 정광(2000), 량오진(2000)에서는 ≪원본로걸대≫에 대해 소개하였고 여기에 반영된 원나라시기 중국어의 특징에 대해 언급하였으며 홍윤표, 정광 외(2001)에서는 사역원 한학서들의 판본을 연구하면서 ≪로걸대≫의 한어본들에 대해 상세히 론하고있다. 강신항(2000)에서도 역학서 전반을 다루면서 ≪로걸대≫의 간행본들을 론의하였다.

1.2.2 음운, 표기에 대한 연구

≪로걸대≫의 음운에 대한 연구는 주로 ≪로걸대≫의 언해본들의 한자에 대한 표기음들에 대한 연구가 주를 이루고있다.

정광(1974)에서는 ≪사성통해≫의 ≪가운≫(歌韻)에 속하는 여러 자들의 중성표기를 중심으로 ≪번역로걸대≫와 ≪번역박통사≫의 한자에 대한 훈민정음 표기음을 좌측음과 우측음으로 나누고 ≪홍무정운역훈≫음과 ≪사성통해≫음과의 관계를 중심으로 고찰하였다. 그는 ≪번역로걸대박통사≫의 한어음의 의의는 바로 우측음에 있다고 지적하면서 좌측음

---

1) ≪원본로걸대≫는 1998년에 발견되였는데 정광 · 남권희 · 량오진(1999)등에 의해 소개된바가 있다. 학계에서는 이를 ≪로걸대≫의 원본으로 추정한다. 원래의 표지는 중국어로 ≪로걸대(老乞大)≫라고 되여있지만 2000년 중국 북경 外語敎學與硏究出版社에서 출판될 때 표지를 ≪원본로걸대≫로 하였으므로 본 론문에서도 이를 따르기로 한다.

과 다른 2원체계를 가지게 된 원인은 바로 최세진이 좌측음에 쓰여진 ≪사성통고에 의해 만들어진 글자(四聲通考所制之字)≫가 실제로 발음이 불가능한 글자가 많아 그것을 ≪국속찬자지법(國俗撰字之法)≫으로 대체하였다고 하였으며 또 ≪홍무정운역훈≫이 대상으로 한 한어방언음과 최세진이 알고있던 방언음이 서로 다르고 중국음을 전사한 훈민정음의 음가가 시대적으로 달랐다는것 등을 지적하였다.

강신항(1974)에서는 ≪번역로걸대≫와 ≪번역박통사≫의 우측음이 16세기 중국북방음을 반영한다고 보고 당시 중국 북방음을 추정하는 작업을 진행하였다.

강식진(1985)에서는 ≪번역로걸대박통사≫의 실제자에 대한 분석을 통해 최세진이 당시 관찰한 한어성조가 성조의 류형면에서나 성조의 음가면에서나 현대 한어와 일치함을 증명하였다. 그리고≪번역로걸대박통사≫에서의 입성자처리 양상과 중원음운 및 현대한어에서 입성자의 변화양상을 비교하여 그 차이점을 분석하였다.

이돈주(1988, 1989)에서는 ≪로걸대박통사범례≫에서 한자의 통용음을 국음(國音)이라하고 중국음을 한음(漢音), 그리고 국속찬자지법(國俗撰字之法)에 따라 16세기 당시의 한음을 반역(反譯)한 한글 표기음을 언음(諺音)이라 하였음을 지적하였다.

장성실(1994)에서는 ≪번역로걸대≫의 좌측음과 우측음에 대해 고찰하였는데 ≪사성통고≫의 속음(俗音)을 재구하고 그것을 ≪번역로걸대≫의 좌측음과 비교하여 그 차이를 분석함으로써 좌측음은 당시의 현실음을 반영한것이 아니라고 지적하였다. 그리고 우측음을 ≪중원음운≫과 비교하여 우측음이 당시 한어의 현실음을 반영하고있지만 되도록 조선어 음운체계내에서 가장 류사한 자를 빌어 표기하였으므로 중국음에 대한 정확한 주음(注音)은 이루어지지 않았다고 분석하였다. 따라서 좌측음과 우측음은 표기법에서 차이가 날뿐 그 음에 있어서는 큰 차이가 없다고 지적했다.

신용권(1994)에서는 18세기에 간행된 ≪로걸대≫언해본들에서 나타난 중국음을 한글로 전사할 때 생기는 문제, 18세기 ≪로걸대≫언해본들에서 나타난 중국음의 음운변화와 그 전개양상, 한어음표기를 통해서 언어자료들이 역자의 편찬목적에 따른 영향 등을 고찰하고있다.

이종구(1996)에서는 ≪로걸대≫, ≪박통사≫의 한어음의 성모(聲母), 운모(韻母), 성조에 대해 체계적으로 설명하였고 ≪로걸대≫, ≪박통사≫의 정음자로 표기된 음과 ≪중원음운≫과의 관계를 밝혔다.

중국의 학자들도 ≪로걸대≫에 전사된 음을 바탕으로 근대중국어의 어음에 대한 연구를 진행하였다. 호명양(胡明揚)(1963. 1980)에서는 ≪로걸대언해≫와 ≪박통사언해≫에 근거하여 근대중국어의 어음에 대해 연구를 진행했고 리득춘(1992. 1998)에서는 ≪번역로걸대≫의 좌측음이 15세기중엽의 북방 중국어의 어음체계를 반영한것이라고 하였고 우측음은 16세기초의 북방 중국어의 어음체계를 반영하였으며 ≪로걸대언해≫의 우측음은 17세기후기의 북방중국음을 반영한다고 하였다. 리득춘(2002)에서는 ≪번역로걸대≫와 ≪중간로걸대≫를 포함하여 중국어와 조선어로 대역되어있는 문헌들에서 좌측음과 우측음을 국제음성기호로 표기하였고 현대중국음을 병음자로 표기하여 비교를 하였다. 김기석(1998)에서는 ≪번역로걸대≫, ≪로걸대언해≫ ≪중간로걸대≫에서 정음자로 된 대역음(對譯音)에 근거하여 명청시기의 중국어어음에 대해 연구를 진행했다.

이상의 연구들은 ≪로걸대≫ 언해본들에 근거한 근대중국어의 어음에 대한 연구들이다. 조선어의 어음과 표기에 대한 연구로 백응진(1999)가 대표적이다. 백응진은 ≪번역로걸대≫에 근거하여 16세기 조선어의 음운체계를 귀납하였고 15세기 어음체계와 비교하여 16세기 조선어의 자음과 모음의 변천과정을 설명하고있다. 김완진(1976)에서는 ≪번역로걸대≫와 ≪로걸대언해≫를 비교하여 17세기 조선어에서 표기에서의 한자사용의 증가와 명사표기의 고정화(固定化), 그리고 7종성에로의 변화를 론하고있다. 박희룡(1988)에서는 ≪중간로걸대언해≫, ≪몽어로걸대≫와 ≪청어로걸대≫를 비교하여 표기법과 음운변화를 론하였고 신한승(1991)에서는 ≪번역로걸대≫, ≪로걸대언해≫, ≪중간로걸대언해≫를 비교하여 표기법과 음운의 변화를 론하였으며 박향숙(1992)에서는 ≪번역로걸대≫, ≪로걸대언해≫, ≪몽어로걸대≫, ≪청어로걸대≫, ≪중간로걸대언해≫를 비교하여 표기법과 음운의 변화를 론하였고 김성란(1999)에서는 ≪번역로걸대≫와 ≪로걸대언해≫를 비교하여 ≪표기법≫과 ≪음운≫의 변화를 론하고있다.

1.2.3 어휘 및 문법에 대한 연구

김완진(1976)에서는 ≪번역로걸대≫와 ≪로걸대언해≫의 비교를 통해 한자어 사용빈도, 형태의 변화, 문형의 차이 등에 대해 분석을 하였다.

박태권(1981)에서는 ≪번역로걸대≫의 물음법에 대해 연구를 진행하였고 민현식(1988)에서는 ≪로걸대언해≫의 어휘에 대하여 분석하였는데 한글표기 한자어, 한자표기 한자어, 고유어 등 항목을 설정하여 원문대 역문의 한자어 대비목록을 작성하는 작업을 진행하였다. 박희룡(1988)에서는 로걸대 언해본과 번역본들을 연구대상으로 음운, 형태, 어휘면에서 고찰을 진행하였다.

이병숙(1989)에서는 ≪로걸대≫와 ≪박통사≫류 언해본을 중심으로

16, 18세기 조선어 사동문에 대해 연구하였고 신한승(1991)에서는 ≪번역로걸대≫, ≪로걸대언해≫, ≪중간로걸대언해≫ 세 간행본에 대한 비교분석을 통하여 서술어미 체계에 대해 고찰하였다.

주경미(1996)에서는 ≪박통사≫, ≪로걸대≫언해에 나타난 의문법에 대해 통시적으로 고찰하였고 석주연(2001)에서는 ≪로걸대≫, ≪박통사≫ 언해류에 대한 비교를 통해 일부 특징적인 문법적형태와 문장구조, 어휘 등을 고찰하였다. 김성란(1999)에서는 ≪번역로걸대≫와 ≪로걸대언해≫에 대한 비교를 통하여 17세기 근대조선어의 어휘, 문법 등면에서의 변화를 고찰하였다. 김성란(2004)에서는 ≪번역로걸대≫, ≪로걸대언해≫, ≪몽어로걸대≫, ≪청어로걸대≫를 비교하여 종결법의 변화에 대하여 론하였다.

리득춘(1992)에서는 ≪로걸대언해≫와 ≪박통사언해≫에 나타난 중국어 차용어에 대해 론하였는데 조선어에 들어온 중국어의 음역차용어는 조선어어음체계에 복종하여야 하고 조선어어음법칙의 견제를 받는다고 하면서 이런 차용어들의 연혁과정을 론하였다.

김영수(1998)에서도 중세한문번역본에 대해 연구를 하였는데 그중 회화체 번역본연구부분에서 ≪번역로걸대≫와 ≪로걸대언해≫를 비교하여 번역가운데서 달라진 문법현상들을 지적하였다.

1.2.4 한어문에 대한 연구

太田辰夫(1953)에서는 ≪로걸대언해≫의 한어문 어휘와 문법에 대한 분석을 통하여 로걸대의 언어에는 원나라 언어의 특징과 일치되는 면이 있는 동시에 청나라시기의 북경말에 가까운 특징도 있고 또 부분적으로

원, 명 이전시기의 흔적도 남아있음을 지적하였다. 양련승(楊聯昇)(1957)에서는 ≪로걸대박통사언해≫의 한어문에 나타난 특징적인 문법현상과 어휘에 대해 고찰하였다. 주덕희(朱德熙)(1958)에서는 ≪로걸대박통사언해≫의 한어문에 나타난 제도, 풍속, 지명 등을 근거로 편찬년대를 고증하였고 주음 및 한자 사용에 나타난 특징들을 지적하였다.

호명양(胡明揚)(1984)에서는 ≪로걸대언해≫의 한어문 문장에 대하여 고찰하였는데 주로 복합문을 류형별로 정리하고 각 류형이 전체 작품에서 차지하는 비중을 분석하였으며 현대 한어의 복합문 류형과 비교분석을 진행하였다. 강식진(1985)에서는 ≪로걸대박통사≫간행본들의 한어어음, 어휘, 문법 등에 대하여 종합적인 비교분석을 진행하였다. 허성도(1987)에서는 ≪중간로걸대언해≫한어문의 어휘사용 및 문법에 대하여 분석하고 현대한어와의 차이를 고찰하고있다.

량오진(1998)에서는 ≪로걸대박통사≫언해의 한어문에서 문체적특성, 성격, 어휘, 문법 등 면에서 종합적으로 고찰하였다.

이태수(李泰洙)(2000)에서는 ≪원본로걸대≫, ≪로걸대언해≫, ≪로걸대신석≫, ≪중간로걸대언해≫ 네가지 간행본을 비교하여 한어문의 어휘−문법적현상을 고찰하였고 여기에 근거하여 14세기중엽으로부터 18세기중엽에 이르기까지 북방한어의 발전변화과정을 고찰하였다.

유성은(劉性銀)(2000)에서는 ≪로걸대언해≫와 ≪박통사언해≫를 기본텍스트로 삼아 한어문의 어휘와 문법을 고찰하였는데 어휘는 품사별로 그 종류와 문법기능을 고찰하였고 문장론에서는 복문과 특수문장류형으로 나누어 고찰하였다.

왕하(王霞)(2002)에서는 ≪구본로걸대≫, ≪번역로걸대≫, ≪로걸대신석≫, ≪중간로걸대언해≫ 네가지 간행본을 비교하여 한어문에서 나타난 어휘들에 대해 천문, 지리, 호칭, 매매(買賣), 기구, 음식, 의병, 복식, 관부, 문화, 신체, 인사교제, 동식물, 산수, 사설(瑣說) 등 15가지 류형으로 나누었고 단어의 사용빈도수에 근거하여 사용빈도수가 높은 단어에 대해 뜻을 해석하였고 단어조성법에 대해 고찰하였다.

이외에도 류공망(劉公望), 진지강(陳志强), 관장치(官長馳), 장문헌(張文軒), 왕삼(王森), 오보당(吳葆棠)등이 여러 학술지에 ≪로걸대≫에 나타난 근대중국어 문법현상들을 론하는 글들을 발표하였다.[2]

이상의 연구 외에도 ≪로걸대≫를 연구함에 있어 도구서의 역할을 하는 일련의 책자들이 있는데 다음과 같다.

지은이	년도	책이름
란주대학	1991	≪로걸대박통사색인(老乞大朴通事索引)≫
리병주	1966	≪로박집람고(老朴集覽考)≫
백응진	1997	≪로걸대≫
서상규	1997	≪번역로걸대 어휘색인≫
서상규	1997	≪로걸대언해 어휘색인≫
서상규	1997	≪평안감영중간로걸대언해 어휘색인≫
서상규	1997	≪중간로걸대언해 어휘색인≫

2) 劉公望, 1987, ≪<老乞大>里的語氣助詞"也"≫, ≪中國語文≫ 第1期.
  劉公望, 1988, ≪<老乞大>里的"着"≫, ≪漢語學習≫ 第5期.
  劉公望, 1989, ≪<老乞大>里的"將"及"將"在中古以后的虛化問題≫, ≪寧下敎育學院學報≫, 第3期, 1992, ≪<老乞大>里的助詞研究≫, ≪延安大學學報≫ 제2期.
  陳志强, 1988, ≪<老乞大>"將"的初探≫, ≪廣西師院學報≫第1期.
  陳志强, 1988, ≪試論<老乞大>里的助詞"着"≫ ≪廣西師院學報≫第3期.
  官長馳, 1988, ≪<老乞大諺解>所見之元代量詞≫, ≪內江師專學報≫第1期.
  張文軒, 1989, ≪<老乞大><朴通事>中的"但, 只, 就, 便"≫, ≪唐都學報≫第1期.
  王森, 1990, ≪<老乞大><朴通事>的復句≫, ≪蘭州大學學報≫, 第2期.
  王森, 1991, ≪<老乞大><朴通事>里的動態動詞≫, ≪古漢語研究≫, 第2期.
  王森, 1993, ≪<老乞大><朴通事>里的"的"≫, ≪古漢語研究≫, 第1期.
  王森, 1995, ≪<老乞大><朴通事>的融合式"把"字句≫, ≪古漢語研究≫, 第1期.
  吳葆棠, 1991, ≪<老乞大諺解> 中古入聲字分派情況研究≫, ≪煙臺大學學報≫, 第2期.
  吳葆棠,1995, ≪<老乞大>和<朴通事>中動詞"在"的用法≫, ≪煙臺大學學報≫, 第1期.

서상규	1997	≪몽어로걸대 어휘색인≫
서상규	1997	≪청어로걸대 어휘색인≫
리득춘	2002	≪朝鮮對音文獻標音手冊≫
박재연	2003	≪<로걸대>·<박통사> 원문·언해비교자료≫

이상의 연구사를 검토해보면 로걸대연구에서 기존의 연구는 주로 ≪번역로걸대≫, ≪로걸대언해≫, ≪중간로걸대언해≫를 중심으로 연구되여왔고 ≪평안감영중간로걸대언해≫와 ≪로걸대신석언해≫를 연구대상에 포함시킨 경우는 극히 드물며 이 두 문헌을 동시에 연구대상으로 한 경우은 거의 없다.

1.3 연구자료와 연구방법 및 론문의 구성

언해본들중에서 가장 오래된것은 최세진에 의해 번역된 ≪번역로걸대≫인데 출간년대는 1510년대경으로 현재 상하로 된 전권이 전해지고있다.

≪로걸대언해≫는 1670년에 간행되였는데 상하 두권으로 전권이 전해지고있다. ≪로걸대언해≫ 한어문에서는 ≪번역로걸대≫와 일치하나 언해본에서 많은 차이를 보이고있다.

18세기에 간행된 언해본들로는 ≪평안감영중간로걸대언해≫(상하)(1745년), ≪로걸대신석언해≫(권1)(1761년), ≪중간로걸대언해≫(상하)(1795년)가 전해지고있는데 ≪평안감영중간로걸대언해≫는 한어문에서는 ≪번역로걸대≫와 ≪로걸대언해≫와 일치하고 언해본에서는 ≪로걸대언해≫와 별로 큰 차이가 나지는 않지만 부분적으로 다른 양상을 보여주고있다.[3] ≪로걸대신석언해≫는 한어문과 언해문에서 전기의 간행본과 많은 곳에서 서로 다른 점을 보이고있다. 비슷한 시기에 간행된《중간로걸대 언해》는 한어문과 언해문에서 《로걸대언해》와 많은 다른점을 보이고 있는데 《로걸대신석언해》와도 많은 곳에서 다른점을 보이고있다. 특히 《로걸대신석언해》에서 《로걸대언해》에 비해 달라진 부분들이 《중간로걸대언해》에서는 다시 《로걸대언해》의 부분과 일치하는 경향을 가지고있다.

> ②네 미실 므슴 이력 ᄒᆞᄂᆞ다(번역로걸대상2b)[你每日做甚麽工課]4)
> 네 每日 므슴 공부 ᄒᆞᄂᆞ다(로걸대언해상2b)[你每日做甚麽工課]
> 네 每日 므슴 공부 ᄒᆞᄂᆞ다(평안감영중간로걸대언해상2b)[你每日做甚麽工課]
> 네 每日 ᄒᆞᄂᆞ거시 므슴 공부고(로걸대신석언해1:3b)[你每日所做甚麽工課呢]
> 네 每日 므슴 공부 ᄒᆞᄂᆞ뇨(중간로걸대언해상2b)[你每日做甚麽工課]

우의 례를 보면 《번역로걸대》와 《로걸대언해》의 한어원문이 같은 데 이는 두 언해본이 같은 한어본 《로걸대》를 번역하였다는것을 알려준다. 또한 두 간행본은 언해문에서 《미실 〉 每日》, 《이력 〉 공부》의 변화를 보이고있다. 《평안감영중간로걸대언해》는 한어원문과 언해문에서 《로걸대언해》와 똑 같다. 이는 《평안감영중간로걸대언해》가 《로걸대언해》를 거의 그대로 받아들였다는것을 설명한다. 《로걸대신석언해》와 《중간로걸대언해》는 《평안감영중간로걸대언해》와 비슷한 시기에 간행되였음에도 불구하고 《로걸대언해》와는 많은곳에서 다

---

3) 미국 콜럼비아대학에 소장되여있으면서 학계에 소개가 되여있지 않던중 안병희(1996)에 의해 처음 소개가 되였고 지금까지 정식으로 영인되여 출판되지 않았으며 개인의 소장으로 권1만 일부 사람들이 복사본으로 간직하고있다.
4) [ ]로 표시한 부분은 한어원문임을 밝혀둔다.

르다. 우의 례에서 보면 ≪로걸대신석언해≫는 ≪로걸대언해≫에 비하여 한어원문에서 달라졌으며 언해문에서는 어순과 문장구조, 의문의 종결토가 달라졌다. 그러나 ≪중간로걸대언해≫에서는 한어원문이 ≪로걸대언해≫와 같아졌으며 언해문에서도 어순과 문장구조에서 ≪로걸대언해≫와 같아진다. 다만 의문을 나타내는 종결토가 ≪-는다≫에서 ≪-느뇨≫로 바뀌였을 뿐이다.

이상과 같이 ≪로걸대≫의 언해본들은 여러 시기에 나누어 간행되였는데 언해본들마다 서로 다른 점을 보여주고있어 그 연구 가치가 큰것이다.

본 론문에서는 우의 일련의 자료들을 문장별로 간행순서에 따라 라렬하여 비교를 진행한다. 그리고 문헌명에 대해서는 략칭을 사용하기로 한다. 구체적으로 다음과 같다.

원로	고려말	원본로걸대
번로	1510년경	번역로걸대
로언	1670년	로걸대언해
평로	1745년	평안감영중간로걸대언해
로신	1761년	로걸대신석언해
중로	1795년	중간로걸대언해

본 론문은 자료정리에 있어 우선 다섯 문헌들을 컴퓨터에 입력하여 데이터베이스를 구축하였다. 그리고 문장을 단위로 하여 대응되는 문장들을 출간된 년도순으로 배렬하여 서로 다르게 쓰여진 부분들을 추출하여 비교를 진행한다. 비교를 함에 있어서 년대가 가장 오래된 ≪번역로걸대≫를 기준으로 하여 수직비교를 통해 ≪번역로걸대≫에서 후기의 네 문헌으로의 변천모습을 찾아낸다. 이처럼 시간의 순서에 따라 부동한 력사적 문헌들을 라렬하여 그중의 차이을 찾아내고 그 규칙을 찾는 이런 통시적

인 비교법은 력사언어학연구에서 가장 보편적이고 전통적인 연구방법이다.

본 연구는 통시적인 비교방법을 주되는 연구방법으로 하면서 공시적인 연구방법도 결합한다. 어떤 변화현상이 통시적인 비교로 해석이 되지 않을 경우에는 같은 문헌이나 또는 같은 시기의 다른 문헌에서 쓰인 현상을 찾아 공시적인 비교를 통하여 결론을 얻어낸다. 또한 회고의 연구방법5)을 사용하여 현대에서 쓰이고있는 언어현상과 통시적인 변화현상을 결부하여 변화규칙을 귀납하려고 한다.

서술과정에서는 《번역로걸대》를 기준으로 하여 후기의 언해본들에서 변화가 나타난 례문들에 중점을 두고 례문을 제시할 때에도 특별한 경우를 제외하고 다섯개의 문헌들의 례문을 동시에 제시하였다.

본 론문은 다섯개 부분으로 나누어 서술하기로 한다.

1장은 서론부분이다. 서론에서는 주로 연구의 목적과 기존의 연구사를 검토하고 연구대상과 연구방법에 대해 소개한다.

2장은 《로걸대》의 언해본들에 대한 서지학적 고찰이다. 여기서는 조선조의 역학정책을 소개하면서 《로걸대》류 간행본들의 자료적가치를 천명하고 《로걸대》의 편찬년대, 서명의 의미, 저자 등에 대한 학자들의 의견을 종합하며 《로걸대》류 간행본들에 대해 소개하며서 그 연구적 가치를 천명하는데 주력하기로 한다.

3장은 《로걸대》언해본들에서 나타난 표기법의 변화에 대한 비교연구이다. 이 장에서는 주로 《번역로걸대》를 기준으로 중세조선어와 근대조선어의 표기법에서의 변화를 력사적음운론의 방법으로 분석하고 표기법의 변화과정과 음운의 변화과정을 다루기로 한다.

4장은 《로걸대》언해본들에서 나타난 어휘의 변화를 연구하기로 한

---

5) 徐通鏘, 《歷史語言學》(2001:7)에서는 회고의 방법은 현실의 언어재료에서 출발하여 언어발전의 규칙과 현상을 도출해내는 방법이라고 하였다.(…是从现实的语言材料出发去探索语言发展的线索和规律,…是一种以今证古的"回顾"的方法.)

다. 중세조선어와 근대조선어의 어휘면에서의 차이를 다루는데 여기에서
는 품사별로 고유어에서 한자어로의 변화, 고유어에서 다른 고유어로의
변화, 한자어에서 고유어로의 변화, 한자어에서 다른 한자어로의 변화,
차용어와 그 변화 등을 치중하여 다루면서 어휘의 변천과정을 연구하기
로 한다.

5장은 ≪로걸대≫언해본들에서 나타난 문법현상의 변화에 대한 비교
연구이다. 문법적형태면에서의 변화를 중심으로 변화가 가장 많은 종결
토와 격토를 치중하여 연구하기로 한다. 동시에 기타 문법적형태들과 문
장론적특성들을 언급하려고 한다.

6장은 결론부분이다.

제2장

≪로걸대≫언해본들에 대한 서지학적 고찰

2.1 조선시대의 역학정책

2.1.1 조선조 이전의 역학정책

조선은 력사상에서 이웃나라들과 외교관계를 유지하기 위하여 어느 시대이거나를 막론하고 꾸준히 이웃나라의 언어를 학습하고 학문적으로 연구하였다. 일찍 조선조 이전에 벌써 역관(譯官)제도가 실시되였는데 그 시기는 삼국시대부터 실시되였다고 볼수 있다.(정광 1990)[1]

이는 ≪신당서≫의 기록에서도 볼수 있다.

> ≪貞觀十三年增築學舍至千二百區, 四夷若高麗 · 百濟 · 新羅相繼遣子弟入學, 逐至八千餘人.≫
> ≪정관 십삼년에 학사를 증축하여 천이백구에 이르렀고 고구려, 백제, 신라 등 외국에서는 연속 자제들을 입학시켜 점차 팔천여명에 이르렀다.≫[2]

일찍 신라에서는 상문사(詳文師)를 두고 한문(漢文)을 연구했고 후에 통문학사(通文學士), 한림(翰林), 학사(學士) 등으로 개칭되였다. 신라 진

---

1) 강신항, ≪한국의 역학≫, p.3.
2) 리득춘, ≪朝鮮歷代漢語研究評價≫ ≪韓文與中國音韻≫, p.311.

평왕 때는 외국인을 접대하는 령객전(領客典)을 설립하였다고 한다.

후삼국시기의 태봉국에서도 사대(史臺)를 설립하여 여러 나라 언어학습을 담당하게 하였고 태봉국의 뒤를 이은 고려에서도 충렬왕 2년(1276년)에 한어학습을 위한 통문관(通文館)을 설치하였다.3) 통문관은 역학교육기구로서 문헌상으로 가장 일찍 나타난 기록이다.

> ≪通文館 忠烈王二年始置之 令禁內學官等參外 年未四十者 習漢
> 語……時舌人 多起微賤 傳語之間 多不以實 懷奸濟私 參文學士 金坵 建
> 議置之 後置司譯院 以掌譯語≫
>   (통문관을 충렬왕 2년에 처음으로 설치하고 금내학관 등 참외로서
> 나이 40미만인 자에게 한어를 배우게 하였다.…이 무렵의 통역담당자
> 들이 대부분 미천한 집안의 출신자들이어서 통역을 하는 사이에 불충
> 한 경우가 많고 나쁜 마음을 품거나 사리만 꾀하는 일이 있으므로 참문
> 판사 김구(1211~1278)가 건의하여 통문관이 설치되였으며 나중에 사
> 역으로 바뀌었는데 역어를 담담했다.) (고려사 권 76 志 권 30 百官條)4)

이 기록을 보면 고려때에 이미 역학을 교육시키는 전문기구인 통문관이 있었음을 알 수 있다. 그리고 통문관은 후에 사역원으로 바뀌었고 이것이 조선조의 사역원으로 이어짐을 알수 있다. 그리고 ≪고려사≫ 권77 ≪제사도감각색≫(諸司都監各色)에 의하면 충렬왕은 통문관 외에 ≪한어도감(漢語都監≫을 세웠는데 1391년(공양왕 3년)에는 ≪한어도감≫을 ≪한문도감≫(漢文都監)으로 고쳤고 교수관(敎授官)을 배치하였다. 이로부터 고려왕조가 중국어를 매우 중시하였음을 알수 있다.

---

3) 리득춘, ≪朝鮮歷代漢語硏究評價≫ ≪韓文與中國音韻≫, p.311.
4) 리득춘, ≪朝鮮歷代漢語硏究評價≫ ≪韓文與中國音韻≫, p.312.

2.1.2 조선조의 역학정책

조선조는 개국초기부터 일련의 역학정책을 실시했다. 건국초인 1392
년(태조원년)에 과거법을 정할 때 역과(譯科)을 설치하였고 1393년에는
사역원을 설치하였다. 세종시대에 이르러 역학은 제도면에서 이미 한학,
몽학, 녀진학, 왜학 등 4학을 갖추었고 세조도 역학의 진흥을 위하여
1458년에 ≪박통사≫와 ≪로걸대≫를 출간하였으며 성종은 역학의 진흥
을 위하여 한어 및 왜, 녀진어에 능한 자를 동서반에 탁용할것을 명하였
다. 그리고 후기의 중종, 명종때도 한어와 리문(吏文)을 중시하였으며 선
조때는 임진왜란을 전후로 중국과 외교가 잦은 탓으로 역학이 중시되고
리항복과 같은 대신들은 역관이 없이도 회화를 자유로 하였다고 한다.
숙종은 1682년에 한, 청, 몽, 왜 4학교육을 위하여 우어청(偶語廳)을 설치
하였다. 또한 숙종은 역관제도의 준거로 될 통문관지(通文館志)를 편찬
시켰으며 숙종, 영조이후에는 이웃 언어와의 대역사전들이 여러 종류 편
찬되었다.[5]

이처럼 조선조의 력대의 임금들은 주변 나라들과의 교류속에서 역학
의 중요성을 알고있었으며 역학을 발전시키는데 노력하였다.

조선조시기 역학전문기구로서는 승문원(承文院)과 사역원(司譯院)이
있었다. 승문원은 사대교린(事大交隣)에 있어서의 사대문서와 교린문서[6]
를 담당하고있었는데 사대문서에 쓰인 리문(吏文)[7]을 작성하는 일은 한

---

5) 강신항, ≪한국의 역학≫, p.15~20.
6) 사대는 명에 대한 외교관계를 뜻하며 사대문서는 중국에 보내는 奏本, 咨文, 表箋,
   方物狀 등을 말한다. 교린은 이웃나라인 倭, 琉球, 女眞과의 관계를 말하며 교린문서
   는 倭書契, 野人書契라고 하였다.(성종실록 133, 12년 9월 을미; 성종실록 147, 13년
   10월 임진조)
7) 리문(吏文)은 중국과 외교문서를 주고받을 때 특수한 형식을 갖춘 관용공문을 말하

문에 대한 정확한 리해와 박식이 필요된다. 때문에 승문원의 관원들은 한문에 대한 지식이 필수적인 조건이였다. 그리고 중국사신이 왕래할 때 통역을 전담하였으므로 승문원 관원들에 대한 한어 교육은 절대적으로 필요했던것이다.

역학과 직접적인 관련이 있는 기구는 사역원이다. 사역원은 외국어교육과 통역을 담당하였는데 1392년에 처음으로 설치되였다. 태조실록에는 이런 기록이 나온다.

≪置司譯院 肄習華言≫
(사역원을 설치하여 화언(중국어)를 학습하게 하다.)

≪設六學, 令良家子弟肄習. 一, 兵學; 二, 律學; 三, 字學; 四, 譯學; 五, 醫學; 六, 算學≫
(류학을 설치하여 량가집 자제로 하여금 병학, 률학, 자학, 역학, 의학, 산학을 학습하도록 하였다.)[8]

이는 사역원이 처음 설립될 때 한어만을 학습한것을 보여주고 류학의 하나로 역학이 설치되였음을 말하고있다. 후에 사역원은 기구의 확충에 따라 몽학, 왜학, 녀진학 등이 설치되였고 한학과 더불어 4학을 교육하는 기구로 되였다.

는것이다.
8) ≪태조실록≫ 권 4, 태조 2년 9월 辛酉條; 태조 2년 10월 己亥條

2.2 로걸대의 편찬년대

2.2.1 여러 기사에 의한 편찬년대의 추정

《로걸대》가 편찬된 구체적인 시간은 아직까지 정확하게 밝혀지지 않고있다. 조선시대의 문인들도 확실한 근거를 찾아내지 못한것으로 알려지는데 이는 《로걸대신석》(1761)에서 홍계희의 서문을 보면 짐작할 수 있다.

> 《老乞大不知何時所創, 而原其所錄亦甚草草, 且久而變焉, 則其不中用, 無怪矣.》
> (로걸대는 언제 만들어진것인지 알수 없고 원래의 기록이 매우 란잡하며 또한 오래되어 변하였으니 그것이 제대로 쓰이지 않음은 이상할바가 없다.)

이상의 기록에서 《로걸대신석》의 편찬 당시에도 이미 로걸대가 언제 만들어진것인지를 알수 없다고 한것으로 보아 현재에 와서 《로걸대》의 정확한 편찬년대를 추정한다는것은 결코 쉽지 않음을 알수 있다.

《로걸대》의 서명이 문헌에 처음 나타난것은 세종 5년 (1423)의 일인데 《세종실록》권 20 세종 5년 계묘 6월조에는 다음과 같이 기록하고 있다.

> 《禮曹據司譯院牒呈啓,　老乞大·朴通事·前後漢·直解孝經等書, 緣無板書, 讀者傳寫誦習, 請令鑄字所印出, 從之.》
> (례조가 사역원에 올린 글에 의하여 품하기를 로걸대·박통사·전한서·후한서·직해효경 등의 판목이 없어서 독자들이 베껴서 전하여 배우고있사오니 주자소에서 인쇄해 내도록 하는것이 좋겠나이다 라고 하니 왕이 그대로 시행하라고 하였다.) (세종실록 권 20, 26b)

우의 기록에 의하면 세종 5년 례조에서 사역원의 첩문에 의하여 당시 ≪로걸대≫의 인쇄본이 없으므로 인출할것을 청하였음을 알수 있다. 그런데 당시 베껴서 배웠다고 한것을 보면 그때 이미 ≪로걸대≫의 전사본(轉寫本)이 널리 전해졌음을 알수 있다.

그리고 ≪세종실록≫의 세종 16년(1434) 갑인 6월조에는 또 다음과 같은 기록이 있다.

> ≪頒鑄字所印老乞大朴通事于承文院司譯院, 此二書譯漢語之書也.≫
> (주자소에 명하여 로걸대, 박통사를 승문원과 사역원에서 인쇄하게
> 하였는데 이 두책은 한어를 번역하는 책이니라)

이는 ≪로걸대≫가 ≪박통사≫와 더불어 실제로 인쇄발간된 시간을 설명하고있다.

한편 ≪세종실록≫ 세종 8년(1426) 병오 8월조에는 사역원의 첩문에 의거한 례조의 상주문이 있어 역학 인재을 취함에 ≪로걸대≫와 ≪박통사≫ 등의 역학서를 출제서로 한다고 하였다. 따라서 ≪로걸대≫는 당시 번역인재를 선출하는 출제서로 인정될만큼 권위적인 교과서의 위치를 차지하고있었음을 알수 있다.

이외에도 ≪세종실록≫ 세종 12년(1430) 경술(庚戌) 3월조의 기록에도 역학한훈(譯學 漢訓)의 취재서(取才書)로 ≪로걸대≫가 기재되여있다.

이러한 기록들은 세종 년간에 이미 ≪로걸대≫를 널리 사용하고있었음을 말해주고있지만 그것의 정확한 편찬 시간은 어디에도 나와있지 않다. 그러므로 본고에서는 ≪로걸대≫의 한어문과 그에 관련된 자료를 근거로 좀더 구체적인 편찬년대를 추정해보기로 한다.

2.2.2 ≪로걸대≫의 자료에 근거한 편찬년대 추정

로걸대의 한어문에는 편찬년대를 추정할만한 근거들을 적지 않게 찾아 볼수 있다.

① 伴當恁從那裏來? 俺從高麗王京來. 如今那里去? 俺[往]大都去.

(원로 1a)

大哥, 你從那里來? 我從高麗王京來. 如今那里去? 我往北京去.

(번로상 1a)

大哥, 你從那里來? 我從高麗王京來. 如今那里去? 我往北京去.

(로언상 1a)

大哥, 你從那里來? 我從高麗王京來. 如今那里去? 我往北京去.

(평로상 1a)

阿哥, 你打那里來? 我從朝鮮王京來. 這回兒那里去? 我往北京去.

(로신1:1a)

大哥, 你從那里來? 我從朝鮮王京來. 如今那里去? 我往北京去.

(중로상 1a)

이는 로걸대의 첫 시작에 나오는 구절로서 ≪高麗王京≫과 ≪大都≫라는 말이 나오는데 여기서 ≪大都≫는 원나라의 수도 북경을 말한다. 여기에 근거하여 ≪로걸대≫의 편찬년대의 하한선을 원나라가 멸망되기까지의 1368년 이전으로 추정할수 있다. 이것은 ≪번로≫(1510년대)에서 ≪大都≫가 ≪北京≫으로 고쳐졌고 ≪로신≫(1761)에서는 ≪朝鮮王京≫으로 고쳐진것과 대조적이다. 이는 ≪원로≫는 분명히 원나라시기에 해당히는 고려말에 출간되였다는것을 말해주기도 한다.

② 如今朝廷一統天下, 世間用著的是漢兒言語. (원로2a)
　　如今朝廷一統天下, 世間用着的是漢兒言語. (번로상5a)

如今朝廷一統天下, 世間用着的是漢兒言語. (로언상4b−5a)

如今朝廷一統天下, 世間用着的是漢兒言語. (평로상5a)

如今朝廷一統天下, 到處用的都是官話. (로신1:6a)

如今朝廷一統天下, 到處用的都是官話. (중로상4b−5a)

이상과 같이 본문에서 이야기가 전개되는 중국의 료동지역에 천하가
통일되고 ≪漢兒言語≫가 사용되는 시기를 민영규(1964)에서는 명태조
주원장의 중국통일로 보고 로걸대의 편찬년대를 명나라 홍무 원년(1368)
이후로 추정하였다. 그런데 원세조 쿠비라이가 1279년에 남송을 멸하고
역시 중국을 통일한적이 있었으므로 ≪一統天下≫가 꼭 명태조의 통일이
라고 보기는 단언하기 어렵다.

③ 那人每却是達達人家走出來的身丘口. 因此將那人家連累(원로14b)

那人們却是達達人家走出來的. 因此將那人家連累(번로상50b)

那人們却是達達人家走出來的. 因此將那人家連累(로언상45b)

那人們却是達達人家走出來的. 因此將那人家連累(평로상45b)

(해당 없음)   (로신)[9]

誰知那人却是猠子人家逃走出來的. 因此就連累他(중로상45a)

이것은 고려상인과 중국상인 일행이 도중에서 한 집에 들러 하루밤 묵
어 갈것을 청하자 이를 거절하는 집주인의 말이다. 민영규(1964)에서는
이상 례문을 근거로 당시 達達人(타타르)[10]에 대한 당국의 감시가 심한것
으로 보아 몽골인이 지배하던 원조가 멸망한후의 내용일것이라고 추정하

---

9) ≪로걸대신석언해≫는 권1:59a까지 있다. 이는 ≪원로13b≫, ≪번로상47a≫, ≪로
   언상42a≫, ≪평로상42a≫, ≪중로상43a≫에 해당한다. 해당하는 내용이 없으므
   로 ≪해당없음≫으로 표시하였다. 이하 같음.
10) 達達(타타르)는 본래 고대 중국의 북방 유목 민족을 지칭하던 말로서 ≪達旦≫, ≪塔
   塔兒≫, ≪韃靼≫ 등 여러가지 이름이 있다. 후에는 칭키스칸의 후예인 동부 몽고
   족을 지칭한다. 량오진(1998:26)

였다. 그러나 언해본의 언해를 볼 때 ≪그 사람들히 쏘 達達사룸으로서 도망하야 나온 이롯더라(≪로언≫상 45b)≫라고 한것을 보아 이는 ≪그 사람들이 達達人네 집에서 도망나온 사람이더라≫로 풀이를 하면 오히려 원대의 내용으로 추정할수 있다. 그리고 ≪躯□≫라는 단어는 ≪번로≫부터는 삭제되여 쓰이지 않는데 ≪躯≫와 ≪驅≫는 통용자로서 ≪躯□≫를 또 ≪驅□≫, ≪驅□≫, ≪驅戶≫, ≪驅≫라고 부르기도 했다. 송원시기 금나라 군대와 원나라 군대는 전쟁에서 잡은 포로를 귀족들에게 분배하였는데 이들의 지위는 노예와 비슷했고 ≪驅□≫라고 불리웠다. ≪남촌철경록(南村輟耕錄)≫권17에는 다음과 같은 기록이 있다.

> ≪今蒙古, 色目人之臧收, 男曰奴, 女曰婢, 總曰驅□. … 刑律: 私宰牛馬杖一百; 歐死驅□比常人減死一等, 杖一百七. 所以視奴婢与牛馬无异.≫
>
> (지금의 몽골인, 색목인들의 노예를 남자는 노라하고 여자는 비라하며 총괄하여 구구하고 한다.…형률: 사사로이 소와 말을 죽인 자는 장 100대의 형에 처하고 구구를 구타하여 치사한 자는 보통사람을 치사했을 때보다 죄를 한 등급 감하여 장 170대의 형에 처한다. 때문에 노비와 우마를 대함이 다를바가 없다.)

우의 기록에서 알수 있는바 몽골인, 색목인들은 ≪구구≫를 소나 말과 같이 대하였기때문에 ≪구구≫가 달아나는 현상은 늘 일어났을 것이다. ≪원로≫의 레구는 바로 이런 현실을 반영하는것이다. 그러나 ≪번로≫를 편찬하던 시기는 이런 제도가 이미 폐지되고 한족노예를 소유하고있는 몽골인이 없었으므로 내용상에서도 수정을 거쳤을것은 당연한것이다.

④ 兩言議定價錢, 中統鈔七定.(원로 24b)
　　兩言議定時價錢, 白銀十二兩.(번로 하 16a)

如先悔的, 罰中統鈔一十兩(원로 24b)

如先悔的, 罰中官銀五兩(번로 하 17b)

≪원로≫에 나오는 ≪중통(中統)≫은 원세조 쿠비라이의 년호(1260~
1263)이다. 쿠비라이는 1264년부터 년호를 지원(至元)으로 고쳤고 지원 16
년(1279)년에 남송을 멸하고 중국을 통일시킨후 국호를 원으로 고쳤다. 때
문에 ≪중통초(中統鈔)≫는 원세조 중통년간에 만들진 화폐의 명칭이다.
이에 대해 최세진이 편찬한 ≪로박집람≫에도 설명이 있다.

⑤ ≪鈔楮幣也 始于蜀之交子 唐之飛錢 至元朝有中統元寶 交鈔 通
行寶鈔之名≫
(鈔은 幣이다. 촉의 교자와 당의 비전에서 시작된다. 지원조때에
는 중통원보, 교초, 통행보초 등 이름으로 불리웠다)≪박집≫상 13a)

우의 기록에 근거하여 ≪원로≫의 ≪중통초(中統鈔)≫의 사용은 ≪로
걸대≫가 원나라때 편찬되였기때문이라는것을 알수 있다. 그러나 ≪번
로≫에서는 이미 조대가 바뀌고 이런 화폐가 사용되지 않았기때문에
≪白銀≫이나 ≪官銀≫등 명나라 화폐의 명칭을 쓰고있는것이다.
그리고 고려상인이 귀국할 때 사가려고 준비한 책목록에서 ≪三國志評
話≫라는 제목이 주목을 끈다.

⑥ 更買些文書. 一部四書, 都是晦庵集注. 又買一部毛詩 · 尙書 · 周易 ·
禮記 · 五子書 · 韓文 · 柳文 · 東坡詩 · 淵源 · 詩學 · 押韻 · 君臣故事 · 資
治通鑑 · 翰院新書 · 標題小學 · 貞觀政要 · 三國志評話.(원로 39a)

≪삼국지평화≫는 원나라 지치(至治)년간(1321~1323)에 간행되였으
며 원말명초의 라관중에 의해 편찬된 ≪삼국연의≫의 전신이다. 그러므

로 우리는 ≪로걸대≫의 편찬년대를 원나라 1321년 이후로 볼수 있다.

≪로걸대≫의 마지막 부분에 고려 상인들이 귀국하는 길일을 택하러 점술가 오호(五虎)선생을 찾아가 운세를 보는 대목에 이런 말이 있다.

ⓐ 今年交大運 丙戌已後財帛大聚 强如已前數倍(원로39b)

여기서 나오는 ≪丙戌≫은 원순제의 지정 6년 병술년(1346년)으로 보아야 할것이다.

이상의 분석에 근거하여 볼 때 ≪로걸대≫에는 원나라를 나타내는 내용들이 여러번 나타나는데 이는 ≪로걸대≫의 편찬년대가 원나라 지치년간(1321)부터 원조가 멸망(1368)되는 시기까지의 사이에 편찬되였으리라는것을 추정할수 있다.

2.3 서명과 저자

2.3.1 서명

≪로걸대≫의 서명에 대하여 편찬 당시의 문헌적인 기록은 찾아볼수가 없다. 따라서 학자들은 여러가지 추측과 가설을 내여 놓고있다.

≪로걸대≫의 서명에 관한 견해를 살펴보면 다음과 같다.[11]

渡部薰太郎(1935)에서는 로걸대의 발음이 ≪kitat≫ 또는 ≪kitai≫이며 ≪大中國≫을 의미하는 몽골어라고 주장하고있다.

---

11) 서명에 대한 견해는 량오진, ≪노걸대 박통사 연구≫, p.37~38에서 인용.

민영규(1964)에 의하면 녀진어나 만주어의 ≪nikan≫, 몽골어의 ≪kita(i)≫는 모두 중국을 가리키며 ≪원조비사≫나 명청시기의 역서(譯書)에 나타나는 ≪乞塔≫, ≪乞塔惕≫, ≪起炭≫, ≪吉代≫등은 모두 이 ≪kita(i)≫가 한역(漢譯)된것이라고 하였다. 따라서 ≪老乞大≫의 ≪－乞大≫는 중국을 가리키는 몽골어 ≪kita(i)≫이고 ≪老乞大≫란 곧 ≪老漢兒≫의 의미라고 주장했다.

이기문(1967)에서는 ≪老≫가 몽골 파스파문자의 [lab]에서 온것인데 그 뜻은 ≪진(眞)≫ 혹은 ≪확실한≫의 뜻이고 [lab]은 중고입성의 운미(韻尾)가 소실되면서 [lau]로 변하였다고 하였다. 따라서 ≪老乞大≫는 ≪진정한 중국≫ 또는 ≪진정한 중국인≫이라고 해석했다.

라금당(羅錦堂)(1978:7)에서는 ≪乞大≫는 ≪乞塔≫, ≪起炭≫, ≪吉代≫와 같이 ≪契丹(kita)≫의 음역으로서 ≪중국≫을 가리키는데 이것은 인도에서 고대 중국을 ≪麗旦(Chinitan)≫이라 부르는것과 같다고 하였다. 따라서 ≪老乞大≫는 ≪老中國≫ 또는 ≪中國通≫의 의미라고 주장하였다.

정방신(丁邦新)(1978:1)에서는 ≪老乞大≫는 ≪老契丹≫의 전음(轉音)이며 ≪契丹≫은 북방 민족들이 중국을 지칭하던 명칭이라고 하였다. 따라서 ≪老乞大≫는 곧 ≪老中國≫의 의미로서 ≪중국에 오래 거주한 사람≫이나 ≪中國之事에 정통한 사람≫을 가리키는 말로서 ≪중국통≫의 의미를 가진다고 주장하였다.

강식진(1985:17)에서는 ≪老≫를 ≪眞≫으로 해석한다면 ≪老乞大≫가 본래 ≪漢人≫이나 ≪중국≫에 관한것이 아니고 ≪漢語≫에 관한것이였던만큼 ≪老漢兒≫, ≪老中國≫, ≪中國通≫으로 보기보다는 ≪眞漢語≫로 해석하는것이 더 타당할것이라는 주장을 펴고있다.

송기중(1985:124)에서는 ≪乞大≫는 ≪중국인≫을 가리키고 거기에 경칭접두사(敬稱接頭辭)≪老≫를 붙여서 ≪漢人氏≫, ≪중국사람님≫정도의 의미를 나타냈을것이라고 주장하였다.

이상의 여러 주장들은 견해상에서 차이는 있으나 ≪乞大≫가 ≪중국≫을 지칭하고 그것이 ≪契丹≫의 음역에서 온것이라는 주장이 주류를 이루고있다. ≪契丹(거란)≫은 고대 중국 북방의 한 소수민족으로서 료나라를 세움으로써 그 위세를 널리 떨치게 되었다. 료나라의 세력은 북으로 기타 유목민족을 평정하였고 남으로는 황하류역까지 밀고나가 북송정권을 압박하였고 서쪽으로는 서하를 압박하였다. 따라서 북방의 기타 소수민족들은 거란을 통하여야만 한족의 문물과 접촉할수 있게 되었다. 거란정권은 또한 중국의 문명을 적극 수용하였기에 한화(漢化)가 아주 많이 되였던것이다. 이는 녀진족이 거란을 멸하고 금나라를 세운후 원래 거란땅에 살던 사람들을 한인(漢人)이라고 불렀고 원나라에서 칭하는 한인(漢人)에 거란인을 포함하는데서도 알수 있다. 따라서 거란을 중국으로 착각하는 정도에까지 이른것이다. 한편 청나라때 서양인들은 중국의 관방용어를 ≪Mandarin≫이라고 불렀는데 그것은 ≪滿大人≫의 음역으로서 처음에는 ≪滿淸의 官員(大人)≫을 지칭하는 말이였다. 그런데 후에 ≪만청의 관원이 사용하는 언어≫라는 뜻으로 쓰이였고 지금도 서양에서는 중국표준어를 이렇게 지칭하고있다.(周長星1989:5) 따라서 ≪老乞大≫란 명칭도 이와 류사한 경우일 가능성이 높다.

2.3.2 저자

≪로걸대≫의 저자 또한 분명치 않아 서명에 못지 않게 많은 추측을 낳고있다. 저자에 관한 학계의 주장들을 살펴보면 다음과 같다.[12]

---

12) 량오진, ≪노걸대 박통사 연구≫, p.40~42 참조.

민영규(1964:203)에서는 로걸대의 저자를 료동땅 어디에서 집단적으로 거주해오던 고려의 교민 출신일것이라고 주장하였다. 그 리유로 첫째 ≪燕行錄選集≫에 의하면 개경에서 압록강 도강까지 15일, 거기서 북경까지 30일이 걸리는것이 상식인데 로걸대 한어문에서는 고려 상인이 이 달 초하룻날 고려 왕경에서 떠났다는데 이달 그믐까지 북경에 도착할수 있을것이라고 말한것을 보아 그들이 떠난 곳은 개경이 아니라 료동 변경의 어느 지역일 가능성이 높다는것이다. 둘째는 고려상인이 ≪漢兒學堂≫에서 한어를 배운다는 내용에서 고려인학생과 ≪漢兒人≫ 학생이 각각 절반씩이고 스승은 ≪漢兒人師傅≫이며 ≪소학≫, ≪론어≫, ≪맹자≫를 배우고 ≪倣書, 對句, 吟詩, 講書≫ 등을 한다는 수업내용을 보아 고려 국내에서는 불가능하다는것이다. 셋째로 료동, 료서의 려인숙에 대한 상식과 북경의 풍물에 대한 지식, 그리고 능란한 거래 솜씨 등에 대한 생생한 묘사는 고려 국내에서 생활한 사람으로서는 불가능하다는것이다.

이병주(李丙疇)(1966:7)에서는 저자가 명나라 홍무년간에 료동을 래왕하던 고려사람으로 짐작된다고 하였다. 太田辰夫(1969:166)에서는 저자가 중국 동북지역(심양 또는 료양 일대)에 거주하는 고려 교민일 가능성이 있다고 하였다.

리학지(李學智)(1981)에서는 ≪로걸대≫는 거란의 료국에 사신으로 다니던 고려의 통사들이 거란인과 문답하던 내용을 고려어형의 한문으로 번역한것이고 그것이 후에 녀진어, 몽고어, 만주어로 번역되였으며 그리하여 고려시대의 한문어형이 남아 있을것이라고 주장하였다. 림동석(1982:332)에서는 만일 ≪乞大≫가 ≪契丹≫을 지칭하는 말이라는것이 확실하다면 고려인이 로걸대를 편찬하였을 가능성이 적다고 주장하였다. 그 근거로는 고려인은 거란을 ≪짐승의 나라(禽獸之國)≫으로 보았으므로[13] 그러한 서명을 사용할리 없다는것이다. 따라서 로걸대는 첫째 경우에는 거란 지배하의 중국 북방의 塞外民族이 한어를 습득하기 위하여 편찬한것이 고려에 전해졌고 그것이 다시 조선인에 의하여 수정되어 지금까지 전해졌을 가능성이 있고, 둘째 경우에는 고려에 귀화하여 역학업무에 종사한 중국 북방인이 편찬한것으로서 거란 통치지역에서 사용되는 한어임을 나타내기 위하여 그와 같은 서명을 달았을 가능성이 있다고 주장하였다.

강식진(1985:18)에서는 ≪乞大≫가 몽골어로 ≪중국≫을 가리키는 말이라면 최초의 로걸대는 몽골인이나 중국 북방의 塞外民族이 편찬하여 사용하던 한어학습서였고 그것이 후에 고려에 전해졌으며 고려인들이 다시 자신들에게 적합한 학습서로 수정을 가한것이라고 추측하였다. 그 근거로 한국의 사서에는 ≪거란≫과 ≪중국≫을 혼동한적이 없고 ≪거란≫과 ≪乞大≫로 ≪중국≫을 지칭한적도 없으므로 고려인 자신이 편찬한 책이름에다 제3의 민족이 사용하는 언어를 빌려다 쓸 리유가 없다는것이다.

우의 주장을 종합하여 보면 ≪로걸대≫의 저자에 대해 1) 고려인, 2) 고려의 교민, 3) 고려 귀화인, 4) 중국의 북방 민족 등 다양한 견해가 나와 있다. 그러나 현재까지 발견된 자료로는 어디까지나 추측에 불과할 뿐 확실한 결론을 내리기는 불가능한 상태이다.

이에 필자는 량오진(1998)의 주장이 합리성을 가지고있다고 본다. 량오진은 ≪로걸대≫의 저자를 고려인으로 보고있다. 그 근거로 첫째로 저자가 고려인인가 아니면 고려 교민인가 하는 추정에서 한어교과서로서의 필요성을 볼 때 저자는 어디까지나 고려 본토인이지 고려교민이나 귀화인은 아니다. 필요성에 근거하여 고려 본토인이 주관하여 편찬한것으로 보면서 중국경내에 장기간 생활한 교민이나 귀화한 중국인이 참여하였을

---

13) 고려 태조 ≪훈요십조≫에 의하면 ≪契丹是禽獸之國 風俗言語亦異 衣冠制度 愼勿效焉≫이라 하였다.(고려사 권2 태조26년) 량오진(1998:41)

것으로 보고있다. 둘째로 고려인인가 아니면 중국 북방민족인가 하는 추정에서 현존본의 본문 내용에 근거한다면 고려와 관련된 내용이 상당이 많은것 등으로 보아도 일단 고려인이 편찬한 것으로 보는 것이 합당하다고 하였다.

2.4 로걸대의 간본

《로걸대》의 초간본이 어떤 모습이였는가는 현재로서는 알길이 없다. 《세종실록》에는 《로걸대》가 여러차례 간행되였다는 기사가 있는데 이는 문헌에서 제일 처음 《로걸대》에 대해 언급한것이다. 그리고 《성종실록》에서도 《로걸대》를 산개(刪改)하였다는 기록이 있다. 이리하여 《로걸대》의 내용이 바뀌게 된다. 현존하는 간행본들을 대상으로 한어본간행본과 언해본간행문으로 나누어 살펴 보면 다음과 같다.

2.4.1 한어본 간행본

2.4.1.1 원본로걸대

이 책은 현존하는 가장 오래된 《로걸대》로서 성종때 현실언어(명대언어)로 개정되기전의 원대 한어를 반영하고있다. 세종때와 세조때에 간행된 로걸대는 이 《로걸대》였을것으로 보고있다. 이 간행본은 남권희 교수가 대구의 어느 개인소장자료를 정리하던 중에 발견한것으로 1책 40

장 5針眼의 韓裝本이다. 크기는 31.0×18.8cm이고 지질은 고정지(藁精紙)와 황지(黃紙)가 대부분이며, 판식주기는 四周雙邊內框이 25.1×15.5cm이다. 有界에 10행 21자로서 판심은 上下大黑口 上下內向黑魚尾를 갖고 있고, 魚尾間에 ≪老乞大幾≫라는 판심서명과 葉數가 있다. 첫장 첫행에 ≪老乞大≫란 권수서명이 보이고있어서 한어원문이 권, 장, 절의 구분이나 띄어쓰기 없이 계속되고 제40장 제6행에 ≪老乞大終≫이란 권미서명이 보이며, 기타 서문과 발문이나 간기 등은 없다.[14] 이 책은 중국 外語敎學與硏究出版社에서 2002년에 영인출판하였다.

2.4.1.2 산개본(刪改本)로걸대

산개본 ≪로걸대≫는 성종 14년(1483)에 중국사람 갈귀(葛貴)가 ≪로걸대≫의 구본 즉 ≪원로≫를 수정한것이다. ≪성종실록≫ 권122 성종 11년 10월 을축(乙丑)조에는 ≪한어에 능한자를 선발하여 <로걸대>, <박통사>를 산개하라≫라는 기사가 있다. 또한 성종14년 9월 庚戌조의 기사에는 ≪영접도감의 랑청인 방귀화에게 명하여 두목 갈귀에게 가서 <로걸대>, <박통사>를 교정하게 하였다≫라고 적혀있다. [15]

성종때 수정된 간행본으로 보이는 로걸대는 두 종류가 있다.

한 종류는 표지서명이 ≪老乞大≫이고 시강원(侍講院)의 인장(印章)이 찍혀 있으며 1권 1책 48장, 목판본으로 된것이다. 이 간본은 크기가 29.6×20.3cm이고 半葉匡郭이 24.2×16.6cm이며 판심 서명이 ≪老乞大≫이다. 四周單邊에 有界로 10행이고 매행 17자이며 판심은 黑口 上下黑魚尾로 되였다. 이 간본은 서문이나 발문이 없어 간기(刊記)가 밝혀지지 않고있다. 이 간행본은 현재 규장각에 소장되여있는데 1944년에 경성제국내학 법학부에

---

14) 강신항, ≪한국의 역학≫, p.98, 정광, ≪老朴集覽과 老乞大·朴通事의 구본≫ 참조.
15) 정광(2000), ≪<노박집람>과 <노걸대>·<박통사>의 구본≫.

서 영인본을 출판하였고 그후 한국아세아문화사(1973)와 臺北聯經出版
公司(1978)에서도 영인본을 내였다.

다른 한 종류는 표지서명이 ≪華語≫인데 내용과 체제가 우의 ≪로걸대≫
와 동일하고 표지서명만 다를뿐이다. 이 간행본에서는 홍문관의 인장이
찍혀있고 제6장, 제8장, 제18장, 제45장은 후에 보충하여 써넣은것이다.
이 책은 현재 규장각에 소장되여있는데 ≪조선도서해제≫(대정 8년 조선
총독부), ≪로규장각도서한국본총목록≫(1980), ≪규장각한국본도서해제≫
(1978)에서는 변헌에 의해 편찬되였다고 되여있는데 이는 사실과 맞지 않
는것으로 보인다. 변헌은 조선 경종 2년(1721)에 역과(譯科)에 급제한 사람
으로 영조 37년(1761)에 로걸대를 수정하여 ≪로걸대신석≫을 편찬하였으
므로 시대적으로 불가능한것이다.(림동석1982:351) 이 간행본은 역시 서
문이나 발문이 없어 간기에 관한 구체적인 내용은 알수가 없다.16)

이상의 두 종류의 로걸대는 최세진의 ≪번로≫의 한어문과 일치하다.
이로부터 최세진이 ≪로걸대≫를 번역할 때 산개본≪로걸대≫를 원본으
로 하였음을 알수 있다.

2.4.1.3 로걸대신석

이 간행본은 1권 1책 51장으로 되였는데 표지서명과 판심서명이 ≪老
乞大新釋≫이고 크기는 32×21.3cm이고 半葉匡郭이 22.7×16cm이다. 四
周雙邊에 有界로 10행이고 매행 20자이며 판심은 上花紋魚尾로 되여있다.

이 간행본은 홍문관제학 홍계희의 서문이 있어 출간 시일이 영조37년
(1761)임을 알수 있다. 그리고 권말에 검찰관, 교정관, 서사관 등의 명단
이 밝혀져 있어 김창조, 변헌 등이 편찬한것임을 알수 있다.

---

16) 량오진(2000), p.44~45에서 인용.

서문에서는 《로걸대의 원본이 언어가 정교하지 못한데다 세월이 지남에 따라 언어가 변화되어 통하지 않는것이 많았으므로 한어에 능한 변헌에 맡겨 수정하도록 하였다》고 밝히고있다. 그리고 《통문관지》 권8 《什物 續篇》에 《신석로걸대판과 언해판을 건륭 계미년에 훈장 변헌이 수정하고 운각에서 출간하였다.》(《新釋老乞大板 諺解板 乾隆 癸未 訓長邊憲修整 芸閣刊板》)라고 기록하고있다.

이 수정본의 특징은 그 전의 간행본에 비해 내용에는 기본상 변화가 없으나 언어의 사용에는 많은 변화를 보인다는것이다. 특히 《高麗》가 《朝鮮》으로 바뀌고 《漢兒人》이 《中國人》, 《漢兒言語》가 《官話》로 바뀌는 시대적변화를 보여주는 특징들을 쉽게 발견할수 있다. 이 간본은 이보다 후에 출간된 《중로》에 비해 구어체의 특징이 더 잘 반영되어 있다. 이 간본은 현재 규장각과 연세대학에 소장되여있다.[17)]

2.4.1.3 중간로걸대

이 간본은 1권 1책 46장, 목판본으로 되였고 표지서명과 판심서명이 《重刊老乞大》이며 리문원(摛文院)과 홍문관의 인장이 찍혀있다. 이 간행본은 크기가 35.1×23.6이며 匡郭이 세로 22.2×16.5이다. 四周雙邊에 有界로 10행 20자이고 판심은 上花紋魚尾로 되였다.

이 간본은 서문이 없으나 간기에 《乙卯中秋 本院重刊》이라 되여있서 출간년대가 정조 19년(1795)임을 알수 있다. 그리고 권말에는 검찰관, 교정관, 서사관, 감인관 등의 명단이 밝혀져 있어 리수(李洙) 등이 중간에 참가하였음을 알수 있다. 이 간본은 현재 규장각에 소장되여있으며 이외에도 여러가지 이본이 전해지고있는것으로 알려진다.

---

17) 정광(2000), 《<노박집람>과 <노걸대>·<박통사>의 구본》 참조.

이 간본의 한어문은 ≪로신≫의 일정한 차이가 있는데 어휘와 표현양식들이 오히려 시간적으로 거리가 먼 ≪번로≫나 ≪로언≫에 가까운것이 주목된다. 그리고 시간적으로 보아 ≪로신≫이 출간된지 34년만에 다시 수정되여 출간된것은 당시 ≪로신≫이 실전된데 원인이 있지 않나 하는 추측을 자아내기도 한다.(강식진1985:36)[18]

2.4.2 언해본 간행본

2.4.2.1 ≪번역로걸대≫

≪번역로걸대≫[19]는 ≪老乞大≫의 언해본 중 가장 오래된 책이다. 그체재와 형식이 역학서 언해본 전반에 대해 전범적(典範的)성격을 띤다. 상하 2권2책의 목판본이다. 상권 71엽(葉), 하권 73엽(葉)으로 되여있으며 상권의 표지서명은 ≪老乞大≫潮라고 되여있고 하권의 표지시명은 ≪老乞大≫汐으로 되여야 할것이나 현존하는 ≪로걸대≫하권에는 ≪汐≫자가 보이지 않는다. 이 간행문은 서문과 발문이 없어 간행경위나 연대를 정확하게는 알수 없다.

판식은 四周單邊, 半郭은 23.7×17.6 cm, 有界 9行에 1行 19字 이고 주음과 번역은 雙行이다. 판심은 黑口에 三葉花紋魚尾와 黑語尾가 섞여있다. 어미 사이에 판심서명 ≪老乞大≫와 권, 장차가 있다. 일정한 구절을 단위로 구분된 원문의 각 한자에 正音과 俗音의 한자음을 한글로 달고 그 아래 해당되는 원문에 대해 한글로 번역문을 부기하되 ○로써 원문과 번

---

18) 량오진(2000), p.46~47에서 인용.
19) ≪번역로걸대≫라는 書名은 권두서명이나 권말서명을 따른것이 아니라 이 책의 범례가 ≪四聲通解≫에 실려있고 그 범례가 ≪飜譯老乞大朴通事凡例≫라 되여있으므로 범례서명을 좇은 결과 얻어진것이다. 이에 관해서는 안병희(1982) 참조.

역문의 구분을 도모하였다. 이러한 체재는 ≪번로≫의 한어 학습서로서의 용도를 고려하여 학습의 편이성을 도모한 특이한것으로 이후 간행된 한어 학습서들에 있어서도 이어진다.

≪번로≫상권은 백순재(白淳在)의 소장이고 1972년 중앙대학교 대학원에서 영인본을 내였고 1974년 대제각에서 다시 출간하였다. 하권은 조병순(趙炳舜)의 소장이고 1975년에 인하대학교 인문과학연구소에서 영인본으로 내였고 1980년에 서울 아세아문화사에 의하여 다시 출간되였다.

2.4.2.2. ≪로걸대언해≫

이 책은 ≪번로≫와 동일한 한어 원문에 대해 새로 번역이 이루어진 책이다. 번역이 새로운것 외에 체재가 약간 달라져 있다. 새로운 과(課)를 시작하는 곳에는 二葉花紋魚尾를 두어 학습의 편이를 도모하였다. 따라서 모두 107개의 과(課)로 이루어지게 되였다. 상하 2권 2책으로 이루어졌는데 상권은 64장이고 하권이 66장이며 상고(廂庫)의 인이 찍혀 있다. [20]. 板式은 四周雙邊에 匡郭은 24.8×17.5 cm이다. 有界 10行에 1行 19字이며 注音과 번역은 雙行이다. 版心은 二葉花紋魚尾와 三葉花紋魚尾가 섞여있다.

이 간행본은 서문과 발문 등 간기가 없어 편찬자와 정확한 간행 년대를 밝힐수가 없다. 그러나 이와 같은 시기의것으로 추정되는 ≪박통사언해≫의 서문과 발문에 간행년대를 정사(丁巳)년 즉 숙종 3년(1677)으로 되여 있어 ≪로언≫도 그 시기와 비슷한 시기에 간행이 이루어졌으며 ≪박언≫의 편찬자인 변섬(邊暹)과 박세화(朴世華) 등에 의하여 편찬됐을것이라고 추정된다.

---

20) 상고는 창덕궁에 있는 창고이다. ≪태종실록≫에 의하면 태종4년(1404)10월에 창덕궁 공사가 시작되여 1405년10월에 준공이 되였는데 상고 3間도 그때 건축되였다고 한다(안병희 1996:11)

또한 ≪통문관지≫ 권8≪서적(書籍)≫조에는 ≪內賜老乞大諺解≫라는 구절 아래 ≪二本, 康熙庚戌, 陽坡鄭相國啓令藝閣鑄字印行≫이라는 주석이 있는데 양파 정상국은 정태화(鄭太和)(1602~1673)며 강희 경술년은 현종 11년(1670)이다. 따라서 ≪로언≫의 간행년대는 1670년으로 추정할수 있다. (림동석1982:354)

이 간행본은 ≪번로≫와 160여년의 간격을 두고있으나 한어문이 동일한 상태에서 조선어의 주음과 번역이 이루어졌으므로 한어의 음운과 중세국어의 변천양상을 고찰할수 있는 귀중한 자료를 제공하여 주고있다.

이 간행본은 규장각 복사본으로 4부가 소장되여있는데 1944년 ≪규장각총서≫제9호로 경성제국대학 법학부에서 영인본으로 출간하였다. 그리고 뒤부분에는 한어문과 ≪사성통해≫에 수록된 ≪번역로걸대박통사범례≫가 첨부되였다. 그후 서울 아세아문화사에서 그리고 1978년 臺北聯經出版公司에서 선후하여 출판하였다.

2.4.2.3. ≪평안감영중간로걸대언해≫

이 책은 ≪로걸대언해≫를 1745년(영조 21년)에 평안감영에서 중간(重刊)한 책이다. 책 뒤의 ≪평안감영중간(平安監營重刊)≫이라는 간기가 이를 보여주고있다. 평양에서 간행되였으나 사역원에서 간행이 계획되고 교정까지 이루어진 책이다. 책뒤에 교정과 원고작성에 관여했던 전현직 역관 8명의 명단이 나타난다. 이 명단 외에도 간행이 주로 사역원이 관여하여 이루어졌다는 사실은 서문의 다음 구절에도 잘 나타나고있다.

    於是院之慣漢音者, 相與辨明字音考校文義, 不數月而工告訖, 庶幾室
    者通, 疑者釋, 七音四聲之濁經緯粗得發明.

한편 ≪평로≫의 간행을 위해 실질적인 일을 거의 사역원에서 했음에
도 불구하고 평양에서 ≪로걸대언해≫의 중간본이 간행된데에는 다음
과 같은 연유가 있었던것으로 보인다. 서문의 다음 구절이 그 연유를 잘
보인다.

舊有活字印布而歲月寢久, 若干印本幾盡散佚, 又或有古今聲音之差殊,
學譯者病之. 今我都提擧虛舟金相國, 課以本業, 勵以製述, 誘掖奬勸, 靡
不庸極. 提擧華山洪侍郞, 亦惓惓於講明成就, 而今諺解之校整重刊爲急
務. 相國旣侍郞後先陳達自上, 又以關西是譯舌所通之地, 命印於關西.

우의 서문의 내용은 임금이 직접 ≪로걸대언해≫의 중간본을 평양에
서 간행해야 하는 리유를 밝히고 그 인간(印刊)을 직접 명했음을 보인다.
또한 간행 당시 ≪로걸대언해≫의 인본이 거의 없었다는 사실과 책이 별
로 없는 상황에서 더우기 ≪古今의 聲音≫이 달라 어려움을 겪었다는 사
실은 ≪평로≫의 간행 경위를 잘 드러내 준다.

이 간행본은 상하 2권으로 상권 64장, 하권67장으로 되여있다. 표제서
명은 ≪舊刊老乞大≫ 건(乾)과 곤(坤)으로 되여있으며 판심서명은 ≪로걸
대언해≫상과 하로 되였다. 이 간행본은 목각본으로 판식(版式)은 四周雙
邊이다. 半郭이 24.1 ×16.7cm 이다. 有界 10行에 1行 19字이고 주음과 번
역은 두줄이다. 판심은 二葉花紋魚尾인데 ≪로걸대언해≫처럼 과가 시작
되는 곳에도 二葉花紋魚尾가 있다.

≪老乞大諺解≫와 다른점은 무엇보다도 주음이다. 좌측음이 대대적으
로 수정되여있다. 이 주음이 나중에 ≪중간로걸대언해≫까지도 이어진
다. 우측음은 크게 달라지지 않는데 ≪로신≫에 가서는 대대적인 수정이
이루어 진다. 그러므로 주음에 있어서는 ≪평로≫가 ≪로언≫과 ≪로신≫
의 중간위치에 있는것이다.

번역문은 그렇게 크게 달라지지 않은것 같다. 아마 번역문에 있어서는 ≪평로≫가 ≪로언≫을 그대로 이어 받은것 같다. 그렇다면 왜 변화가 없는 ≪평로≫을 연구대상에 포함시키는가하는 의문이 들수도 있다. 번역문에서 ≪평로≫가 ≪로언≫를 거의 그대로 따르고있다고 하지만 표기, 어휘, 문법 등 면에서 서로 다른 부분들이 발견된다. 그것은 ≪평로≫의 편찬과정에 참여한 당시의 언어학자들에게 당시 언어와 거리가 먼 표현들은 쉽게 노출되고 감지될수 밖에 없었기때문에 아무리 ≪로언≫에 충실한다고 하지만 무의식간에 언어변화에 대한 인식을 반영하였던것이 아닌가 싶다. 아래의 례는 ≪로언≫과 ≪평로≫의 번역문에서 차이를 보여주는것들을 종합한것이다. ≪로언≫과 ≪평로≫의 페이수는 차이가 별로 없기때문에 두 문헌의 페이지수는 ≪로언≫의 페지만 밝힌다.

1) 어휘에서의 변화

a. 한자어와 한자어에서의 변화

여기에는 주로 정음자로 표기된 한자어가 한자로 표기된 것들이다.

①
로걸대언해   평안감영중간로걸대언해
漢흑당(상2b)   漢學堂
셰간(상5a)   世間
쥬인(상17a)   主人
딕일션븨(상3b)   當直션븨[當直學生]
② 段子(하26b)   비단

례②는 한자어가 다른 한자어로 변한 례인데 ≪평로≫에서 이런 변화는 매우 드물다.

b. 고유어가 한자어로 바뀐것.

③

ㅎ다가(상4a)(상4b)   만일에[若]

(형의) 겨집(하3b)[嫂子]   (형의) 쳐

몸얼굴(하26a)   身材

새배(상22b)   五更[五更]

c. 고유어의 변화

④

므스(하18b)   므슴[甚麽]

(활) 혀기(하28a)   (활) 두라기[扯(弓)]

짓(하31b)   집 (중복5번)

노의여(하50a)   다시[更]

2) 표기에서의 변화

⑤

져기(상6a) (상6b)   적이

딥픈(상16a)   딥은

버다(상17b)   벗아

여슷(상11a)[六]   엿

3) 문법형태와 문장구에서 변화

⑥

비호라(상2b)   비호롸

혼냥이 서푼식이오(하16b)   혼냥에 서푼식이오

므르는 갑새 혜고(하18a)   므르는 갑슬 혜고 [做番悔錢]

4) 어음변화

⑦

어디니라(상6b)	어지니라
딥(상34a)	집
열 랏(상21a)	열 낫
닷 량(하15b)	닷 냥

이처럼 ≪평로≫는 어휘, 표기, 문법, 어음 등 면에서 ≪로언≫과 비교할 때 차이를 보이고있다. 하지만 전체에 걸쳐 나타나는 다른점이 적은것은 사실이지만 그렇다고 ≪평로≫를 연구대상에서 소외시킬수는 없는것이다. 그것은 ≪평로≫가 적게나마 18세기 언어의 변화를 보여주고있기 때문이다.

2.4.2.4. ≪로걸대신석언해≫

≪老乞大新釋諺解≫는 1763년 교서관(校書館)에서 한어본 ≪老乞大新釋≫과 함께 간행한 책이다. 안병희(1996)에서는 이 책이 18세기 60년대와 70년대에 걸쳐 간행된 일련의 역학서 신석(新釋)들중에 첫번째로 간행된 책이라는 점을 중시하여 그 의의를 밝히고있다. ≪로신≫은 1760년 역관 변헌(邊憲)은 북경에 갔을 때 그 당시의 중국어 언어현실에 맞게 ≪로걸대≫를 수정하고 이를 언해하여 출간한 책으로 홍계희(洪啓禧)에 의한 그 서문이 남아있어 간행의 경위를 알수 있다.

及庚辰銜命赴燕, 遂以命賤臣焉, 時譯士邊憲在行, 以善華語名. 賤臣請專屬於憲, 及至燕館, 逐條改證, 別其同異, 務令適乎時便於俗. 而古本亦不可刪沒, 故倂錄之, 蓋存羊之意也. 書成名之曰老乞大新釋, 承上命也. 旣又以朴通事新釋, 分屬金昌祚之意, 筵稟蒙允, 自此諸書并有新釋,

以無礙於通話也. 今此新釋, 以便於通話爲主, 故往往有舊用正音, 而今
反從俗者, 亦不得已也.

　이상과 같은 서문의 내용은 몇 가지 점에서 특이한 점을 내포하고있다.
사행길에 나선 변헌이 ≪로걸대신석언해≫의 편찬에 매우 깊숙이 관여
해 특히 중국 현지의 언어현실을 반영하는데에 중점을 두었다는것이다.
이는 ≪로걸대신석언해≫가 다른 어떤 ≪로걸대≫의 간행본들보다 당대
의 언어 현실에 충실한 책이었음을 보인다.
　이 책은 최근까지 전하는것이 없는것으로 알려져 왔지만 안병희(1996)
에 의해 미국 콜럼비아대학 동아세아언어문화과에 소장 중인 권1이 소개
된바 있다. 이에 따르면 이 책의 판식은 四周雙邊에 반곽의 크기가 23.3×
17cm이며 有界 10행에 1행 20자이고 주음과 번역은 쌍행(雙行)이다. 판
심은 下向三葉花紋魚尾이고 卷首題는 ≪老乞大新釋諺解≫이다. ≪로신≫
은 원래 3권이였다. 이렇게 분량이 늘어난것은 한 과가 끝나면 한자 낮추
어서 홍계희의 서문에서 말한 고본 곧 ≪평안감영중간로걸대언해≫의
해당 원문과 우측음을 옮겨 실어서 책의 분량이 늘어난 때문이다. 한 과
가 끝나면 고본의 내용을 싣느라 새 과는 새 행으로 시작하는 체재상의
변화를 보인다. 또 한 구의 번역이 끝나면ㄴ과 같은 표시를 두기도 하였다.
　≪평로≫에 비한다면 한어 원문, 주음, 번역이 모두 아주 새로워진 책
이다. 앞에서 ≪평로≫의 문헌성격에 대해 언급할 때 밝혔듯이 ≪평로≫
의 간행으로부터 불과 20여 년도 채 안 되는 시점에 간행된 책인 ≪로걸
대신석언해≫는 ≪평로≫에서는 수정되지 못한 우측음을 일신함으로써
실용성을 더욱 강조한것으로 보인다. 우측음이 북방의 현실음이었다는
점을 고려한다면 이러한 점을 잘 알수 있다.
　우측음뿐 아니라 한어 원문도 ≪평로≫에 비해 새로워져있다. 서문에
드러난 통화위주의 언해서간행이라는 간행의 의도는 한어 원문의 개수와

그 번역에도 그대로 드러난다. 그런데 ≪로신≫에서 고쳐진 한어원문은 후대의 ≪중로≫에서 이어지기도 하고 다시 ≪평로≫식으로 돌아가기도 한다. ≪로신≫은 한권만 존재하여 그 분량이 다른 언해본들보다 적지만 18세기 언해본들중에서 ≪로언≫과 비교할 때 가장 많은 다른점을 보인다는 점에서 연구대상에 포함시켰다.

2.4.2.5. ≪중간로걸대언해≫

≪중간로걸대언해≫는 ≪로걸대≫의 여러 간행본들 가운데 가장 마지막으로 간행된 언해본이다.

이 글에서 주로 다루게 될 언해본 ≪중로≫는 1795년(정조 19년)에 간행된 한문본 ≪중간로걸대≫와 동시에 간행된것으로 추정된다. 두 책 모두 서문과 발문이 없지만 한문본 ≪重刊老乞大≫의 권말에 있는 ≪乙卯仲秋 本院重刊≫이라는 간기와, 언해본 ≪중간로걸대언해≫의 앞표지에 보이는 ≪乙卯重刊≫[21]이라는 묵서(墨書)가 일치함을 고려할수 있다. 그렇다면 여기서 보이는 ≪乙卯≫가 언제인지가 의문으로 남는데 안병희(1996)에서 지적하듯이 한문본의 간기 앞에 적힌 교검관(校檢官) 리수(李洙) 등 7명, 교정관(校整官) 홍택복(洪宅福) 등 10명, 서사관(書寫官) 최감(崔瑊) 등 10명, 監印官 장수(張壽) 등 편찬에 관계한것으로 보이는 인물들의 활동 연대를 고려한다면 1795년 사역원에서 간행했다는것을 알수 있다.[22] 이 밖에 정조대(正祖代) 전후에 전국에 산재했던 책판들을 기록한 ≪루판

---

21) 이러한 묵서(墨書)는 규장각에 소장되여있는 ≪重刊老乞大諺解≫의 한 책에서만 발견된다. 도서번호 ≪규 5566≫을 가진 책이 그것이다. 석주연(2001)
22) 안병희(1996)에서는 이 밖에 언해본의 글자체가 한문본의 그것과 비슷한 점과 1796년 간행의 ≪鏤板考≫ 卷 四의 ≪老乞大二卷 諺解二卷 司譯院藏≫등의 기록 등을 근거로 들고있다. 석주연(2001)

고(鏤板考)≫(1796) 권4 역어류의 ≪老乞大一卷 諺解二卷 不著撰人名氏, 雜敍華語 用之象鞮較藝之時 其諺解則崔世珍撰 當宁乙卯 司譯院奉教重訂. 司譯院藏印紙四牒九張≫과 같은 기록도 이와 같은 추정을 뒤받침한다.

이 책은 목판본으로 2권 2책으로 이루어져 있는데 상권 65장, 하권 67장으로 되어있다. 半葉匡郭은 22.3×16.2cm이다. 판심서명은 ≪重刊老乞大諺解 上(下)≫이고 四周單邊에 판심은 上二葉花紋魚尾이고 매면은 10行 20字를 이루고있다. 일정한 구절을 단위로 구분된 원문의 각 한자에 정음과 속음의 한자음을 한글로 달고 그 아래 해당되는 원문에 대해 한글로 번역문을 부기하되 ○로써 원문과 번역문을 구분하였다. 판심에서 장차(張次) 아래 가로줄을 둔것만을 제외하면 전체적인 판식은 전시기의 ≪로신≫과 꼭 같다. 내용에 있어 과의 수가 107에서 111로 늘어난것과 과가 바뀔 때 줄을 바꾸어 새로운 줄로 시작하는 방식까지 ≪로신≫의 경우와 같다.

그러나 구성과 체재에 있어서 차이를 보이는 부분도 있다. ≪로신≫에는 매과(課)가 끝날 때에 함께 실려 있던 ≪평로≫의 원문과 우측의 한자음(俗音)이 ≪중로≫에는 빠져 있다. 그것은 ≪로신≫에 실린 ≪평로≫의 원문과 우측의 한자음에 대한 참조가 더 이상 불필요하였음을 추측하게 한다. 특히 우측의 한자음에 있어서는 ≪로신≫의 새로운 수정이 더 이상 론란의 대상이 될수 없었음을 보여준다고도 할수 있다. 실제로 ≪중로≫에서의 한자음은 좌측이든 우측이든 모두 ≪로신≫의 그것을 그대로 따르고있음을 확인할수 있다. 이렇게 보면 한자음에 관한 한 ≪중로≫는 그 새로운 간행의 의의를 찾을수 없는 셈이다.[23]

---

23) 앞에서도 지적했듯이 ≪중간로걸대≫는 한문본, 언해본 모두가 상당히 많이 남아 있는 편이다. 서울대학교 규장각에만 해도 언해본 9종을 비롯한 총 20여 종의 ≪중간로걸대≫가 남아 있다. 그런데 이 중에서 ≪규 4866≫, ≪一簑 古 495.1824—Y63jc—v.2≫의 번호를 가지는 책이 주묵(朱墨)으로 성조를 표기하고있다. 여기에서의 성조는 김완진(1978)에서 국어의 성조치를 기준으로 한 중국어 성조의 표기라 확인된 바 있다. 다만 김완진(1978)에서는 一簑本에 대해서는 언급하고있지 않으며

그러나 원문과 그 번역문에 있어서는 사정이 다르다. ≪중로≫에서는 ≪로신≫의 원문과 번역을 그대로 받아들인 곳도 있지만 다시 ≪평로≫의 원문과 번역으로 돌아간 부분, 앞선시기 언해본들의 원문과 번역 어느 것도 따르지 않은 채 ≪중로≫에서만 독자적으로 새로이 수정을 가한 부분 등 다양한 양상을 살펴 볼수 있는것이다. 이 중에서 ≪평로≫의 원문과 번역으로 돌아간 부분에 대해 안병희(1996)에서는 ≪로신≫의 수정을 수용한것도 많다는 점을 지적하면서도 대화 위주의 ≪로신≫의 새로운 수정이 지나침이 많아 ≪중로≫는 지나친 시속에 따른 ≪로신≫의 수정을 받아들일수 없다는 인식에서 편찬 간행되었다고 설명한바 있다. 이것은 ≪중로≫의 내용 중 ≪로신≫의 수정을 받아들이지 않고 ≪평로≫의 원문과 번역으로 다시 회귀한 부분24)에 대해서 매우 타당한 설명을 제공한다. 하지만 일부 경우에는 18세기에 이미 실현된 언어변화현상에 대해서도 17세기의 ≪로언≫을 답습한 경우가 있다. 따라서 ≪중로≫는 ≪로신≫에 비해 보수성을 지니고있다.

아래에 현존하는 ≪로걸대≫ 간행본들에 대해 도표를 작성하면 다음과 같다.

이상에서 ≪로걸대≫ 간행본들의 편찬과 자료적성격에 대해 고찰하여 보았는데 대부분 간행본들은 서문과 발문이 없어 간기가 정확하지 못하다. 오직 기타 력사적문헌에 근거하여 그 편찬경위를 추측했을 따름이다. 그러므로 이후에 더 많은 문헌을 발굴해야 하고 면밀한 분석을 진행해야 할 것이다.

≪규 4866≫만을 대상으로 삼았다. 석주연(2001)에서 인용
24) 이러한 부분은 책 전체에 걸쳐 상당히 많이 발견된다. 례하면 권 상의 첫 대사에서 ≪로걸대신석언해≫의 ≪阿哥你打那裏來≫가 ≪중간로걸대언해≫에는 ≪大哥你從那裏來≫로 나타나는데 이러한 ≪중간로걸대언해≫의 원문은 ≪평안감영중간로걸대언해≫의 원문과 같은것으로 ≪평안감영중간로걸대언해≫로의 회귀하는 특징을 보여준다.

	언어	표지서명 또는 판심서명	구성	내용	간행년대	저자
원본로걸대	한어문	老乞大	1책	무서발	고려말	미상
산개본로걸대	한어문	華語	1책	무서발	임진왜란전	미상
	한어문	老乞大	1책	무서발	임진왜란후	미상
번역로걸대	한어문 언해문	老乞大 (潮,汐)	2책	무서발	1510년대	최세진
로걸대언해	한어문 언해문	老乞大諺解	2책	무서발	1670년	
평안감영중간 로걸대언해	한어문 언해문	표지:舊刊老乞 大(乾,坤),판심: 老乞大諺解	2책	서문, 간기 (평안감영중간)	1745년	申聖淵, 卞煜 등
로걸대신석	한어문	老乞大新釋	1책	서문, 권말기록	1761년	金昌祚, 邊憲 등
로걸대 신석언해	한어문 언해문	老乞大新釋諺解	3책		1763년	金昌祚, 邊憲 등
중간로걸대	한어문	重刊老乞大	1책	권말, 간기	1795년	李洙 등
중간 로걸대언해	한어문 언해문	重刊老乞大諺解	2책	무서발	1795년	李洙 등

이상에서 론한것을 종합하면 다음과 같다.

첫째, 조선은 이웃나라와의 외교관계를 유지하기 위하여 어느 시대이거나를 막론하고 이웃나라의 언어를 학습하고 학문적으로 연구하였다. 삼국시기로부터 조선조에 이르기까지 모두 역학을 중시하였다. 특히 고려의 통문관, 조선조의 사역원 등 역학인재를 배양하는 전문적인 국가기구가 설립되었다는것은 역학이 얼마나 중요했었는가를 보여주는 대목이기도 하다. 이런 역학정책으로 하여 한학(漢學)은 큰 발전을 가져오게 되였고 ≪로걸대≫와 같은 한어교과서가 만들어지게 되는 토대가 마련되였다.

둘째, ≪로걸대≫의 편찬년대에 대하여 구체적인 시간을 알수는 없지만 ≪세종실록≫과 같은 여러 기사와 ≪로걸대≫의 한어원문에 나오는 자료들에 근거하여 대략적인 시기를 추측할수 있었다. 이상의 여러 자료를 검토하여 추정한바 ≪로걸대≫는 대략 고려말에 해당하는 중국 원나라 말년인 1321년(원 지치년간)으로부터 원조가 멸망하는 1368년 사이에 편찬되었을것이라고 추정된다.

셋째, ≪로걸대≫의 서명이 가지는 의미에 대하여 여러 학자들이 의견을 내놓았는데 ≪乞大≫가 중국을 지칭하고 ≪契丹(거란)≫의 음역에서 온것이라는 주장이 주류를 이루고있다. 로어의 중국에 대한 명칭(К И ТА Й)이 바로 그것을 보여준다.≪老≫에 대하여 해석이 여러개로 나뉘는데 ≪진(眞)≫을 뜻한다는 견해와 ≪오래된, 토박이≫를 뜻한다는 견해, ≪통효(通曉)≫를 뜻한다는 견해, ≪존경을 나타내는 접두사로서 <님>에 해당≫한다는 견해 등이 있다. 따라서 ≪老乞大≫는 ≪진정한 중국인≫, ≪중국통≫, ≪중국사람님≫ 등 해석이 있다.

넷째, ≪로걸대≫의 저자에 대해 1)고려인, 2)중국 동북에 거주하던 고려의 교민, 3)고려에 귀화한 중국인 4)중국의 북방 민족 등 견해가 있는데 ≪로걸대≫의 내용에 고려와 관련된 내용이 상당히 많고 고려의 역학정책에 의한 중국어교과서의 필요성 등으로 비추어 볼 때 저자는 고려인일 가능성이 크며 편찬과정에 고려의 교민이나 고려에 귀화한 사람 등이 참여하였을 가능성이 높다고 본다.

다섯째, ≪로걸대≫의 간행본들에 대해 소개하였는데 한어로 된 간행본과 이들에 근거하여 번역한 언해본으로 나누어 소개하였다. 가장 오래된 한어원본으로 추정되는 간행본은 고려말에 출간된것으로 보이는 ≪원본로걸대≫이고 ≪번역로걸대≫의 한어원본은 성종때 수정한 ≪산개본로걸대≫이며 ≪산개본로걸대≫는 ≪번로≫, ≪로언≫, ≪평로≫의 한어원문으로 되였다는것을 밝혔다. 그리고 18세기에 당시 중국어와 다른 점이 많았으므로 한어원문을 수정하여 낸 ≪로걸대신석≫과 ≪중간로걸대≫가 있었으며 여기에 근거하여 번역한 ≪로걸대신석언해≫와 ≪중간로걸대언해≫가 있음을 밝혔다. ≪번역로걸대≫는 1510년경에 최세진에 의해 번역된 언해본으로서 중세후기의 조선어실태를 반영하고있다. ≪로걸대언해≫는 ≪번역로걸대≫에 비해 160여년 뒤에 번역된 언해본으로서 많은 면에서 변화를 보이고있다. ≪평안감영중간로걸대언해≫는 ≪로걸대언해≫와 번역문에서 큰 차이가 나지 않지만 어휘, 문법, 표기, 음운 등 면에서 다른점이 있으며 18세기 언어특징을 어느 정도 반영하고 있으므로 연구범위에 포함시켜야 한다고 밝혔다. ≪로신≫은 비록 현재 한권만 존재하지만 ≪로언≫과 가장 많은 다른점을 보이고 후기에 나혼 ≪중로≫에 비해 파격적인 수정을 하였다는것을 설명하였는데 비록 완정성에서 차이가 난다고 하지만 18세기 언어를 잘 반영하고있다는 점에서 연구범위에 꼭 포함시켜야 한다고 하였다. ≪중로≫는 번역문에서 ≪로신≫와 같은 부분도 있고 ≪로언≫과 같은 부분도 있는가 하면 독자적으로 다르게 번역된 부분도 있다. 따라서 18세기 언어를 반영하고있는 동시에 17세기 언어도 반영하고있어 약간 보수성을 지니고 있다.

제3장

표기법의 변천

본 장에서는 ≪번역로걸대≫, ≪로걸대언해≫, ≪평안감영중간로걸대 언해≫, ≪로걸대신석언해≫, ≪중간로걸대언해≫ 등 ≪로걸대≫ 언해 본들에 대한 비교를 통하여 표기법의 변화를 살펴보고자 한다.

3.1 하철에서 상철로 변화

≪로걸대≫언해본들의 표기법을 비교하여 보면 가장 뚜렷한 특징의 하나가 하철에서 상철로의 변화이다.

하철이란 받침있는 체언이나 용언의 어간에 모음으로 시작하는 토가 붙을 때 받침을 뒤의 모음의 첫소리로 적는 표기방법을 말한다. 상철이란 각 형태소를 제대로 밝혀 적는것이다. 하철에서 상철의 변화과정은 여러 문헌에서 볼수 있는데 훈민정음 창제초기에는 표기법에서 거의 다 하철 표기의 원칙을 고수하고있다. 례하면 다음과 같다.

① 불휘 기픈 남ᄀᆞᆫ ᄇᆞᄅᆞ매 아니 뮐씨(룡가 2)
  블근 새 그를 므러 寢室이페 안ᄌᆞ니(룡가7)

이처럼 훈민정음 창제초기의 ≪룡비어천가≫에서는 하철표기의 원칙이 철저하게 지켜진다. 하지만 ≪월인석보≫에서는 ≪ㄴ, ㄹ, ㅁ≫가 받침일 경우 일부는 상철로 표기하고있다.

② 世尊ㅅ말 슬ᄫᆞ리니 千載上ㅅ말이시나 귀예 듣ᄂᆞᆫ가 너기ᄉᆞᄫᆞ쇼셔(월석)

ᄆᆞᆷ님을 모ᄅᆞᆯ씨 발자ᄎᆞᆯ 바다 남기 뻬여 性命을 ᄆᆞᄎᆞ시니(월석)

그ᄢᅴ 善慧라홀 仙人이 五百外道ᅵ 그르 아논이ᄅᆞᆯ ᄀᆞᄅᆞ쳐 고텨시ᄂᆞᆯ(월석)

이처럼 ≪월인석보≫에서의 하철표기에서 보다싶이 15세기 표기법은 하철표기의 원칙을 기본으로 하지만 일부가 동요되기 시작했다는 것을 알 수 있다. 16세기에 들어서면서 하철표기원칙은 더 세게 흔들리기 시작한다.

16세기 초의 문헌인 ≪번역로걸대≫의 표기는 대부분의 표기가 역시 하철로 되여있지만 상철로 표기된 곳도 여러 곳이 있으며 ≪로언≫과 그 이후의 언해본들에서는 원래 하철로 되어있던 것들이 상철로 나타나고 있다.

3.1.1 ≪번로≫에서 상철로 나타나는 경우

≪번로≫에서는 대부분 경우에는 하철식표기를 하고있지만 일부 경우에는 상철식표기를 하고있다. ≪번로≫에서 상철식표기를 한 경우를 보면 다음과 같다.

첫째: 체언이 한자어일 경우에 뒤에 오는 모음과 상철식표기를 하고있다.

① 셰간에(번로 상5a)　　반이라(번로 상7a)
　덤에(번로 상11a)　　천이(번로 상11b)
　흔 근에(번로 상14a)　은이니(번로 상14a)
　덤은(번로 상17a)　　평신을(번로 상 28b)
　촌에(번로 상30a)　　일빅을(번로 상30a)
　옥에(번로 상30b)　　쥬신이(번로 상33a)
　죽을(번로 상53b)　　음식을(번로 상60b)

둘째: 체언의 마지막 음절이 ≪ㅇ≫받침으로 끝날 때 상철식표기를 하고있다.

② 흑 당의셔(번로 상 2b)　　흑 당의(번로 상2b)
　퉁에(번로 상4a)　　　　스승이(번로 상4b)
　공오로(번로 상4b)　　　듕에(번로 상7a)

셋째: 체언이 고유어인 경우에도 상철식표기를 한 경우가 있다.

③ 스승님이(번로 상3b)　　대 뽁애(번로 상3b)
　돈을(번로 상12a)　　　돈이오(번로 상14a)
　밥을(번로 상20b)　　　굴 을(번로 상23b)
　셕녁으로(번로 상30a)　　믈 들 여(번로 상30a)
　풀 독에(상30b)　　　　쟈락으로(번로 상33a)
　형님이(번로 상40b)　　사룸 을(번로 상51b)

　우의 례문 ①, ②, ③은 ≪번로≫에서 체언이 뒤에 모음으로 된 토가 올 때 상철되는 례들이다. 이는 15세기까지 하철표기가 주도적이던 표기법이 16세기초부터는 일부 체언들에서 이미 상당히 상철되였다는것을 설명한다. 또한 이는 17세기 문헌들에서 표기법이 하철에서 상철로 변화하는 력사적인 흐름을 보여주고있는 것이다. 즉 15세기에는 하철식 표기가 철저히 지켜졌다면 16세기에는 이미 흔들리기 시작하여 일부 체언들에서 상철이 상당히 되여있었고 또한 이런 상철식표기의 추세는 17세기에 이르러 전반 표기법이 상철로 바뀌게 되는 것이다.

3.1.2 ≪로걸대언해≫에서 상철되는 경우

17세기에 들어서 조선어의 표기법은 급속하게 상철식 표기로 변화한다. 아래에 ≪로언≫에서 상철되는 경우를 살펴보기로 한다.

3.1.2.1 체언뒤에서의 상철식표기

① 번로 - 로언 - 평로 - 로신 - 중로
도즈기(상 28a)-도적이(상 25b)-도적이(상 25b)-도적이(1:35a)-도적이(상25b)

차바는(상 67b)-차반은(상 61a)-차반은(상 61a)-(해당 없음)-차반은(상62a)

버디(상 1b)-벗이(상 1b)-벗이(상 1b)-벗이(1:1b)-벗이(상1b)

그를(상 3a)-글을(상 3a)-글을(상 3a)-글을(1:3a)-글을(상3a)

모미(상 2a)-몸이(상 2a)-몸이(상 2a)-몸이(1:2a)-몸이(상2a)

들기(상38a)-듥이(상 34b)-듥이(상 34b)-듥이(1:48a)-듥이(상34b)

모매(하 55a)-몸애(하 50a)-몸애(하 50a)-(해당 없음)-몸애(하51b)

저우리(하 57a)-저울이(51b)-저울이(51b)-(해당 없음)-저울이(하53b)

흔 밧매(하 65a)-흔 뽐에(하 58b)-흔 뽐에(하 58b)-(해당 없음)-흔 뽐을(하61a)

지비(상8a)-집이(상7a)-집이(상7a)-집이(1:9b-10a)-집이(상7a)

마리니(상5a)-말이니(상4b)-말이니(상4b)-말이오(1:6a)-말이오
(상5a)

≪번로≫에서 상철은 일부 한자어로 된 체언과 어말음이 ≪ㅇ≫인 고
유어체언이 모음과 결합할 때 주로 이루어졌다면 례①의 경우에는 ≪로언≫
에서는 고유어로 된 체언 전반이 상철식표기로 되여있다는것을 알수 있
다. 또한 이런 상철식표기는 ≪평로≫, ≪로신≫, ≪중로≫로 이어진다.

3.1.2.2 용언의 체언형뒤에서의 상철식표기

② 번로 – 로언 – 평로 – 로신 – 중로
머구미(상 42b)-머금이(상 38b)-머금이(상 38b)-먹어(1:54a)-먹
어(상39a)
재게 호미(상 47b)-재게 홈이(상 43a)-재게 홈이(상 43a)-(해당
없음)-재오미(상43b)
뿌미(상48b)-뜸이(상 43b)-뜸이(상 43b)-(해당 없음)-뜸이(상44b)
주미(상 53b)-줌이(상 48b)-줌이(상 48b)-(해당 없음)-홈이(상49b)
업수모로(하 2b)-업슴으로(하 2b)-업슴으로(하 2b)-(해당 없
음)-업슴으로(하2b)
됴홈구주므란(하17a)-됴쿠즘으란(하15a)-됴쿠즘으란(하15a)-(해
당 없음)-됴쿠즘으란(하 16a)

우의 례②는 용언의 체언형뒤에서 상철식표기를 한 례들인데 이는 상
철식표기가 체언뒤에서뿐만 아니라 용언의 체언형뒤에서도 나타남을 보
여준다.

3.1.2.3 용언에서의 상철식표기

③ 번로 − 로언 − 평로 − 로신 − 중로

머그료(상19b)−먹으리오(상17b)−먹으리오(상17b)−먹으료(1:23b)−먹으료(상17b)

머거다(상 57a)−먹어다(상 51b)−먹어다(상 51b)−(해당 없음)−먹어다(상 52b)

니버(하 65b)−닙어(하 59a)−닙어(하 59a)−(해당 없음)−닙어(하61b)

고디시근(하11b)−고디식흔(하 10b)−고디식흔(하 10b)−(해당 없음)−고지식흔(하11b)

주근후에는(하41b)−죽은후에는(하37b)−죽은후에는(하37b)−(해당 없음)−죽은후에는(하40a)

자바(하 55b)−잡아(하 50a)−잡아(하 50a)−(해당 없음)−잡아(하 52a)

례③은 용언의 상철식표기의 례들인데 ≪로언≫에서는 용언에서도 상철식표기가 나타나고있다. 이는 17세기에 상철식표기가 체언뿐만 아니라 용언에서도 이루어졌다는것을 말해준다. 그리고 이런 상철식표기는 ≪평로≫, ≪로신≫, ≪중로≫로 이어진다.

3.1.2.4 부사에서의 상철식표기

④ 번로 − 로언 − 평로 − 로신 − 중로

독벼리(상 41b)−독별이(상 37b)−독별이(상37b)−독별이(1:52a)−편벽히(상38a)

ᄀᆞ도기곰(상 64a)−ᄀᆞ득이(상 58a)−ᄀᆞ득이(상 58a)−(해당 없음)−ᄀᆞ득이(상58b)

각벼리(상 65a)−각별이(상 58b)−각별이(상 58b)−(해당 없음)−별로(상 59b)

례④에서 보다싶이 ≪로언≫에서는 상철식표기가 부사에서도 이루어진다. 상철식표기가 체언, 용언, 부사에서 나타났다는것은 언어전반에 걸쳐 상철식표기가 이루어졌다는것을 설명한다. 부사에서의 상철식표기는 ≪평로≫, ≪로신≫, ≪중로≫로 이어지고있다.

3.1.2.5 불완전명사 ≪이≫에서의 상철식표기

⑤ 번로 - 로언 - 평로 - 로신 - 중로

외와든(상4a)-외온이눈(상4a)-외와든(상4a)-외오니눈(1:4a)-외오눈이눈(상4a)

다른니(상37a)-다른이(상33b)-다른이(상33b)-다른이(1:46b)-다른거슬(상33b)

나므니눈(하26a)-나믄이눈(하23b)-나믄이눈(하23b)-(해당 없음)-나믄거슨(하24b)

됴흔니(하 60a)-됴혼이(하 54a)-됴혼이(하54a)-(해당 없음)-됴흔이(하56a)

례⑤는 불완전명사 ≪이≫가 용언뒤에서 사용되는 경우에 ≪번로≫에서는 하철식표기를 하였지만 ≪로언≫부터 상철식표기를 하였다는것을 알수 있다. ≪로신≫에서 ≪외오니눈≫으로 하철식표기를 하였는데 이는 비록 언어전반에서 상철식표기를 하고있지만 일부 경우에는 하철식표기를 사용하고있다는것을 보여준다. ≪중로≫에서도 하철식표기가 나타나기도 하는데 이는 완전한 하철식표기는 현대조선어시기에 ≪맞춤법통일안≫이 나온이후부터 지켜지지 않았을가하는 생각을 하게 된다. 불완전명사 ≪이≫의 경우에는 ≪번로≫와 ≪로언≫에서는 사람과 사물에 모두 사용되였지만 ≪중로≫에 와서는 사람을 가리키는 경우에는 ≪이≫을 사용하고 물건을 가리킬 때는 ≪것≫으로 바뀌는 경향을 보여주고 있다.

이상의 례들에서 알수 있다싶이 ≪번로≫에서 비록 일부 경우에 상철식표기가 나타난다고 하지만 전반 문헌에서는 하철식표기가 위주였던것이 17세기로 들어오면서 ≪로언≫에서는 체언, 용언, 부사 등 언어전반에 걸쳐 상철식표기로 바뀐다는것을 알수 있다. 이는 17세기 조선어의 표기법이 원래의 하철식표기로부터 상철식표기로 바뀌었다는것을 설명한다.

3.1.3 ≪평로≫, ≪로신≫, ≪중로≫에서 상철되는 경우

≪로언≫에서는 많은 표기가 상철로 되였지만 일부 단어들의 표기는 하철로 표기되여있다. 이런 단어들은 일부는 ≪평로≫에서 상철로 표기되고 일부는 ≪평로≫에서도 하철로 표기되였다가 ≪로신≫이나 ≪중로≫에서 상철로 표기된다.

3.1.3.1 체언 또는 용언의 체언형에서의 상철식표기

① 번로 – 로언 – 평로 – 로신 – 중로
이우지라–(상16a)–이우지라(상14b)–이우지라(상14b)–이웃이라(1:19b)–이웃이라(상14b)

ᄂᆞ믜것(상19b)–ᄂᆞ믜것(상17b)–ᄂᆞ믜것(상17b)–ᄂᆞᆷ의것(1:23b)–ᄂᆞᆷ의것(상 17b)

고디(상 21b)–고디(상19b)–곧이(상19b)–곳이(1:27a)–곳이(상19a)

조심호미(상27b)–조심호미(상24b)–조심호미(상24b)–조심홈이(1:34a)–조심홈이(상24b)

빈소미(하 4a)–빗쓰미(하3b)–빗쓰미(하3b)–(해당없음)–갑봄이(하4a)

우의 례에서 ≪평로≫에서는 ≪곧이≫ 상철식표기를 하고있는데 원래는 ≪곳이≫가 되여야 한다. 후에 설명하겠지만 17세기에 7종성체계가 이루어져서 ≪ㄷ≫이 ≪ㅅ≫으로 통합되여 상철식표기를 하는 경우에는 ≪벗이≫(로언상1b)처럼 ≪ㅅ≫이 받침으로 표기되는데 이 경우는 ≪평로≫에서 상철표기로 할 때 잘못 표기한것을 ≪로신≫과 ≪중로≫에서 바로 잡은 례이다. ≪로언≫과 ≪평로≫에서는 특히 ≪ㅅ≫과 ≪ㄷ≫ 받침의 경우에 표기에서의 혼란이 많이 나타나고있는데 이는 후의 ≪로신≫과 ≪중로≫에서 바로 잡아진다.

3.1.3.2 용언에서의 상철식표시

② 번로 - 로언 - 평로 - 로신 - 중로
머그라(상22b)-머그라(상20a)-먹으라(상20a)-먹으라(1:27a)-먹으라(상20a)

주그니라(상28b)-주그니라(상25b)-죽은이라(상25b)-죽은이라(1:35b)-죽은이라(상25b)

브즈러니(상25b)-브즈러니(상22b)-브즈러니(상22b)-부즈런이(1:31a)-부즈런이(상22a)

자바(상28b)-자바(상25b)-자바(상25b)-잡아(1:35b)-잡아(상25b)

조브니(상 49a)-조브니(상 44a)-좁으니(상44a)-(해당없음)-좁으니(상45a)

너븐(하 51a)-너븐(하 46a)-너븐(하 46a)-(해당 없음)-넙은(하48a)

굴구니(하53a)-굴구니(하48a)-굴구니(하48a)-(해당없음)-굵으니(하50a)

니블것(하55b)-니블것(하50a)-니블것(하50a)-(해당없음)-닙을것(하51b)

우의 례에서 ≪먹으라, 죽은이라, 좁으니≫등은 ≪평로≫에서 상철식 표기로 되는데 ≪평로≫가 ≪로언≫을 거의 그대로 이어받았지만 일부 경우에서는 18세기 언어표기에 부합되지 않는 일부 표현들에 대해 교정을 하였다는것을 보여준다.

3.1.3.3 불완전명사 ≪이≫에서의 상철식표기

③ 번로 – 로언 – 평로 – 로신 – 중로
슬지니(상21a)–슬지니(상19a)–슬지니(상19a)–슬진이(1:26a)–
슬진이(상18b)
져므니(상34a)–져므니(상31a)–졈으니(상31a)–졈으니(1:42b)–졈
으니(상31a)
됴ᄒ니(하44b)–됴ᄒ니(하40a)–됴ᄒ니(하40a)–(해당없음)–죠흔
이(하42b)

우의 례들은 ≪로신≫과 ≪중로≫에서 상철식표기를 하여 불완전명사 ≪이≫가 원래의 형태를 나타내는 례이다.

이상의 례들은 표기법에서의 상철식표기화의 과정을 잘 보여주고있다. 16세기 문헌인 ≪번로≫에서는 하철표기를 위주로 하고있지만 일부 경우에는 상철표기를 쓰고있다. ≪셔간에, 덤에, 쳔이≫와 같이 앞의 체언이 한자어인 경우와 ≪흑당의셔, 스승이, 듕에≫와 같이 체언의 마지막 음절이 ≪ㅇ≫으로 끝나는 경우에는 특정된 조건에서 상철표기를 한다고 하더라도 ≪대 뽁에, 돈을, 밥을≫과 같은 고유어에서 상철표기를 하였다는것은 16세기부터 표기법에서의 동요가 일어났다는 점을 잘 설명하고있다. ≪번로≫에서 하철로 표기되던것이 ≪로언≫에서 대부분 상철로 표기되였다는것은 17세기에 이르러 표기법의 변화가 심하게 일어났다는 점을 설명하고있다. 또한 체언, 용언, 부사, 불완전명사 ≪이≫

등에서 상철식표기가 나타난다는것은 17세기의 표기법이 언어전반에 걸쳐 변화가 일어났음을 보여준다. 또한 ≪평로≫에서 ≪먹으라, 죽은이라, 졈으니≫와 같이 상철을 한것은 비록 ≪평로≫가 대부분 경우에 ≪로언≫을 그대로 답습했다고 하지만 일정한 정도로 18세기의 언어를 반영하고 있다는 점을 보여주고 있다. 그리고 ≪로신≫ 또는 ≪중로≫에서는 거의 전부가 상철식표기를 하는데 이는 18세기 말에 이르러 상철표기가 위주로 되고있는 표기양상을 잘 보여주고있는것이다. 또한 이런 변화가 말해주다싶이 언어의 변화는 어느 한순간에 단번에 일어나는것이 아니라 일정한 력사적과정에서 점차적으로 지속적으로 이루어진다는것을 말해준다. 현대조선어의 형태소 위주의 상철식표기는 바로 15세기의 음소 위주의 하철식표기로부터 16세기에 상철식표기에로의 동요를 보여주다가 17세기에 상철식표기로 급속한 변화를 가져오며 이런 경향은 18세기로 계속 이어져 현대에 이르렀다는것을 알수 있다.[1]

≪로걸대≫의 언해본들에서는 하철에서 상철로 표기하는 과정에 상철식표기를 하지 말아야 할것을 상철식으로 표기하는 잘못 표기된 경우도 있다.

① 둘 불 フ리로다(번로 상 25a)
　둘이 불글이라(로언 상22b)
　둘이 붉을 써시니(평로 상22b)
　둘이 이시리니(로신 1:31a)
　둘이 붉을 써시니(중로 상22b)

② 우리 츠니 머구리라(번로 상 63b)
　우리 그저 츠니 먹을이라(로언 상 57ab)

---

1) 신한승 (1991)에서는 16세기말부터 표기법이 동요하기 시작하며 이러한 현상은 17, 18세기에도 계속 이어진다고 하였다.

우리 그저 ᄎᆞ니 먹을이라(평로 상 57b)
내 그저 ᄎᆞᆫ이로 먹으리라(중로 상 58a)

우의 례에서 ≪블ᄀᆞ리로다, 머구리라≫에서의 ≪－리≫는 ≪미래에 일어날 일≫을 나타내는 형태소인데 ≪로언≫에서는 상철로 표기하고있다. 이런 현상은 당시 ≪로언≫의 편찬자들이 철저하게 상철표기원칙을 지키려고 하는 가운데서 원래 하철로 표기해야 할것까지도 상철로 표기하였지 않았는가고 추측해 볼수 있다. 또한 이는 17세기에 상철표기가 상당한 정도로 잘 지켜지고있었다는 사실을 증명해주기도 한다.

3.2 초성표기의 변화

초성표기의 변화에서 가장 주목할만 한것은 초성병서의 변화이다.
15세기에는 초성의 위치에 쓰인 병서는 다음과 같이 쓰여졌다.

a. ㅂ계렬 합용병서: ㅲ, ㅄ, ㅶ, ㅷ
b. ㅅ계렬 합용병서: ㅺ, ㅼ, ㅽ, ㅾ
c. ㅄ계렬 합용병서: ㅴ, ㅵ
d. ㅅ의 각자병서: ㅆ

3.2.1 ㅂ계렬 합용병서와 ㅄ계렬 합용병서

ㅂ계렬 합용병서를 보면 대체적으로 ≪로언≫이 ≪번로≫를 답습하고

있는데 달리 쓰인 례는 찾아볼수가 없다. 그러나 18세기에 와서는 ≪ㅅ≫ 계렬로의 통일을 기하는 경향으로 움직여가는 양상을 보이고있다.

ㄱ) ㄸ

① a. 쩌나라(번로 상1a)
　　쩌난노라(로언 상1a)
　　쩌난노라(평로 상 1a)
　　쩌낫노라(로신 1:1a)
　　쩌낫노라(중로 상1a)

　 b. 쩌디여 올식(번로 상1b)
　　쩌뎌오매(로언상1b)
　　쩌뎌오매(평로상1b)
　　쪄뎌시매(로신1:1a)
　　쪄뎌시매(중로상1b)

　 c. 내 쁟과 굳다(번로상11a)
　　내 쁫과 굿다(로언 상 10a)
　　내 쓷과 굿다(평로 상 10a)
　　내 쓷과 굿다(로신 1:13b)
　　내 쓷과 굿다(중로 상10a)

　 d. 쩌디기(번로 하16b)
　　쩌디미(로언 하15a)
　　쩌딤이(평로 하15a)
　　(해당 없음) (로신)
　　쪄진거시(중로 하16a)

　 e. ᄠᅳᆫ 쳔(번로 상32b)
　　ᄠᅳᆫ 財物(로언 상29a)

뜬 財物(평로 상29a)

橫材(로신 1:40b)

橫材(중로 상29a)

f. 떠나디 말오(번로 하47a)

떠나디 말고(로언 하42b)

떠나디 말고(평로 하42b)

(해당 없음) (로신)

써나지 말고(중로 하 43b)

우의 례들에서 ≪번로≫에서 사용되던 ≪ㅂ≫계의 합용병서는 ≪로언≫
에서 그대로 유지 됨을 알수 있다. 하지만 ①(b)(c)(d)(f)에서는 ≪ㅂ≫계의
합용병서가 18세기 문헌 ≪평로≫, ≪로신≫, ≪중로≫에서 ≪ㅅ≫계로
변화함을 알수 있다.

ㄴ) ㅄ

② a. 쁘노니(번로 상 5b)

쓰는 거슨(로언 상 5a)

쓰는 거슨(평로 상 5a)

쓰는 거시(로신 1:6a)

쓰는 거시(중로 상 5a)

b. 흔 사를 쏘니(번로 상29a)

흔 살로 쏘니(로언 상26b)

흔 살로 쏘니(평로 상 26b)

흔 살로 쏘니(로신1:26a)

흔 살로 쏘니(중로 상26a)

c. 쓰ᄂ 니라(번로 상12a)

쓰ᄂᆞ니라(로언 상 11a)

쓰 ᄂᆞ니라(평로 상 11a)

쓰ᄂᆞ니라 (로신1:15a)

쓰ᄂᆞ니라(중로 상11a)

d. 쓰래서(번로상53b)→ 쓸에서(로언상48a)→ 쓸에서(평로상48a)→
(해당없음)(로신)→ 쓸에서(중로상49a)

우의 례들에서 ②(a)(b)는 ≪ᄡ≫가 ≪번로≫부터 ≪중로≫까지 그대
로 쓰인 례이고 (c)(d)는 ≪ᄡ≫가 ≪로신≫과 ≪중로≫에서 ≪ᄊ≫로 변
한 례이다.

ㄷ) ᄧ

③ a. 대쪽(번로 상 4a)

대쪽(로언 상 3b)

대쪽(평로 상 3b)

대쪽(로신 1:4b)

대쪽(중로 상 3b)

b. 고 삔믈(번로 하 9a)

코 삔믈(로언 하 8a)

코 삔믈(평로 하 8a)

(해당 없음)(로신)

코 삔믈(중로 하 9a)

우의 례는 ≪ᄧ≫가 사용된 례인데 ≪번로≫에거 ≪중로≫까지 그대로
이어져 사용되고있다. 비록 ≪로걸대≫의 언해본들에서는 ≪ᄧ≫가 ≪ᄶ≫
로 변한것이 보이지 않지만 18세기에 ≪ᄶ≫의 사용은 보이고있다.

● ≪왜어류해≫: ≪ᄧᆞᆯ≫(鹹)(상 48), ≪ᄶᅡᆨ≫ (雙)(하 33),

이는 18세기에 된소리 표기로 ≪ㅶ≫와 ≪ㅾ≫가 공존하였다는것을 설명한다.

ㄹ) ㅵ

④ a. ᄩᅡ 노하 젓고(번로 상22a)
ᄩᅡ 노하 섯고(로언 상19b)
ᄩᅡ 노하 섯고(평로 상 19b)
(해당 없음) (로신)
(해당 없음) (중로)

b. 두녁 가르ᄩᅡ (번로 하 52a)
두녁 가르ᄩᅡ(로언 하 47a)
두녁 가르ᄩᅡ(평로 하 47a)
(해당 없음)(로신)
두녁 가ᄅᆞ타(중로 하 49a)

c. 三絃子 ᄩᆞ고(번로 하 54a)
줄풍뉴 ᄩᆞ고(로언 하 49a)
줄 풍뉴 ᄩᆞ고(평로 하 49a)
(해당 없음)(로신)
줄 풍뉴 ᄒᆞ고(중로 하50b)

④의 례는 ≪ㅵ≫가 사용된 례인데 (b)에서는 ≪ㅂ≫가 탈락되여 ≪ㅌ≫로 된것을 볼수 있다. ≪ㅵ≫에서 ≪ㅂ≫의 표기가 18세기에 탈락한 현상과 같은 맥락에서 해석한다면 ≪ㅵ ≫에서 ≪ㅂ≫는 형식적인 기호일 가능성이 많다. 김완진(1976:95)에서는 ≪아마도 영어에서의 knife, know… 등에서 k와 같은 존재가 아니였던가 싶다≫고 보았다.

ㅁ) ㅳ 와 ㅵ

《ㅳ》와 《ㅵ》는 《번로》에서만 그 모습을 찾아 볼수 있을 뿐 《로언》과 그 이후의 문헌들에서는 찾아 볼수가 없다.

⑤ a. 흠ㅳ긔 주믈 츠게 ᄒᆞ고(번로 하 16b)
　　 흠씌 주믈 츠게 ᄒᆞ고(로언 하 15a)
　　 흠씌 주믈 츠게 ᄒᆞ고(평로 하 15a)
　　 (해당 없음)　　(로신)
　　 흠씌 주어 츠게 ᄒᆞ고(중로 하16b)

　 b. 차 ᄑᆞ는 지븨 ㅴ나들며(번로 하 48b)
　　 차 ᄑᆞ는 지븨 쒜나들며(로언 하 44a)
　　 차 ᄑᆞ는 지븨 쒜나들며(평로 하 44a)
　　 (해당 없음)　　　(로신)
　　 茶房에 쒜든니며(중로 하 45a)

　 c. 흔 ㅵ밧 밥(번로 상 53a)
　　 흔 씨 밥(로언 상 47b)
　　 흔 씨 밥 (평로 상 47b)
　　 (해당 없음) (로신)
　　 흔 씨 밥(중로 상 48b)

　 d. ㅴ 니ᄅᆞ라(번로 하 70b)
　　 대를 니ᄅᆞ라 (로언 하 64a)
　　 ᄢᅢ를 니ᄅᆞ라 (평로 하 64a)
　　 (해당 없음)　　(로신)
　　 時를 니ᄅᆞ라 (중로 하 65b)

　 e. 빅골프고 목ᄆᆞ라(번로상43b)
　　 飢渴흔 ᄢᅢ예(로언상39b)

飢渴혼 빼예(평로상39b)
飢渴홀 째에(로신1:55a)
飢渴홀 째에(중로상40a)

례⑤에서 보다싶이 ≪ᄢ≫계렬의 합용병서는 ≪번로≫에서만 사용되고 ≪로언≫부터는 전혀 사용되지 않고있다. 이는 ≪번로≫에서 15세기 표기법에 사용되던 ≪ᄢ≫계의 합용병서가 ≪번로≫에서 그대로 사용된 것으로 보여지는데 ≪ᄢ≫는 15세기의 문헌에서 ≪뻐디−≫(淪, 墜)는 ≪쩌디−≫(룡가 37장, 월인 2:72)로 혼기된 례를 발견할수 있어서 이들 단어의 어두자음군이 된소리화하는 과정을 보여주는 례라 할수 있다.[2] ≪ᄢ≫는 후기의 문헌에서 ≪ᄭ≫로 바뀌는데 (b)에서 ≪ᄇ≫가 소실되면서 뒤의 음절의 모음을 원순모음으로 바꾸는데 이는 [ᄇ]〉[w]의 음운변화를 말해주는것이다. (d)에서 ≪ᄣ≫는 ≪로언≫에서는 ≪대≫로 ≪평로≫에서는 ≪ᄠ≫로 나타난다. 하지만 (e)에서 ≪ᄠ≫가 ≪째≫로 바뀐것을 보면 ≪ᄣ≫는 17세기에 ≪ᄠ≫로 변화하였다가 18세기에 ≪ᄯ≫로 변화한것으로 보인다.

이상에서 볼수 있는 바와 같이 ≪ᄇ≫계렬의 합용병서와 ≪ᄡ≫계렬의 합용병서는 18세기에 이르러 ≪ᄉ≫계렬로 통합되는 경향을 보이고 있다. 하지만 ≪중로≫에서도 ≪ᄇ≫계렬의 합용병서가 쓰이고있다.

⑥ a. 뿌미(번로상48b) → 쁨이(로언상43b) → 쁨이(평로상43b)→ (해당 없음)(로신)→쁨이(중로상44b).

b. 아츤 쏠(번로하34a) → 아츤 쏠(로언하31a)→ 아츤 쏠(평로하31a) →(해당 없음)(로신)→동싱의게 는 뚤(번로 하 34b)

---

2) 이기문 ≪국어음운사연구≫, 탑출판사, 1982. p.62.

c. 블 디더(번로상19b)→블 ᄯᅵ더(로언상18a)→블 ᄯᅵ더(평로상18a)→블 ᄡᅵ더(로신 1:24b)→블 ᄡᅵ더(중로상17b)

d. 뵈 ᄠᆞ니(번로하62b)→뵈 ᄯᆞ니(로언하56b)→뵈 ᄠᆞ니(평로하56b)→(해당 없음)(로신)→ᄠᆞᆫ 뵈ᄅᆞᆯ(중로하58b)

e. 져믄 ᄯᆞ리(번로하4b)→져근 ᄯᆞᆯ이(로언하4a)→져근 ᄯᆞᆯ이(평로하4a)→(해당 없음)(로신)→젹은 ᄠᆞᆯ이(중로상4b)

f. ᄇᆡ호거니(번로상5b)→ᄇᆡ홀쟉시면(로언상5a)→ᄇᆡ홀쟉시면(평로상5a)→ᄇᆡ홀ᄧᅣᆨ시면(로신1:6b)→ᄇᆡ홀ᄧᅣᆨ시면(중로상5a)

례⑥에서 (a)는 처음부터 ≪ㅂ≫계렬의 합용병서로 쓰여져 18세기까지 이어진 경우이고 (b)와 (e)는 처음에는 ≪ㅅ≫계렬의 합용병서로 쓰이다가 18세기에 이르러 ≪ㅂ≫계렬의 합용병서로 변화한 경우이며 (c)는 17세게에 ≪ㅅ≫의 첨가로 하여 된소리를 표기하다가 18세기에 ≪ㅂ≫계렬 합용병서로 바뀐 경우이고 (d)는 원래 ≪ㅂ≫계렬의 합용병서가 17세기에 ≪ㅅ≫계렬로 바뀌였다가 18세기에 다시 ≪ㅂ≫계렬로 바뀐 경우이며 (f)는 아주 드문 례이지만 원래는 순한소리로 표기하던것이 18세기에 와서≪ㅂ≫계렬의 합용병서로 바뀐 경우이다. 특히 많은 경우에는 ≪ㅼ≫에서 18세기에 ≪ㅵ≫로 변하고있다. 이런 현상에 대하여 김영황은 17세기 후반기부터는 ≪ㅴ≫이 ≪ㅼ≫이나 ≪ㅵ≫으로 표기되는것은 물론 ≪ㅼ≫이 오히려 ≪ㅵ≫으로 표기되는 경우가 늘어나는데 이 경우는 된소리 ≪ㄸ≫의 표기에 있어 변종으로 각이한 합용병서가 쓰이고있음을 말하고있다고 하였다.[3]

3) 김영황, ≪조선어사≫, p.259.

이런 표기상의 혼란은 음운상의 차이를 드러내는것은 아니라 어디까지나 된소리 표기에 있어서의 번역자의 자의성을 드러내는것으로 16세기부터 18세기사이에서 일어나는 과도기적표기라고 할수 있다.[4]

총적으로 ≪ㅂ≫계와 ≪ㅳ≫계의 합용병서는 16세기에는 15세기처럼 쓰이다가 17세기부터는 ≪ㅅ≫계의 합용병서로 바뀌는 경향을 보여준다. 이는 근대조선어에서 된소리 표기가 ≪ㅅ≫계 합용병서로 단일화하는 과정을 보여주는것이다. 하지만 ≪ㅂ≫계의 합용병서가 ≪ㅅ≫계의 합용병서와 공존하는 양상을 보이기도 하는데 이는 된소리표기를 담당하던 ≪ㅅ≫계 합용병서가 확고히 자리를 잡지 못했다는것을 말해주기도 한다.

3.2.2 ≪ㅅ≫계렬의 합용병서와 각자병서 ≪ㅆ≫

≪ㅅ≫계 합용병서는 ≪번로≫에서부터 ≪중로≫에 이르기까지 그대로 사용된다.

ㄱ)ㅺ

① a. 스승님쁴(번로 상 3a)
　　스승님쁴(로언 상 2b)
　　스승님쁴(평로 상 2b)
　　스승쁴(로신 1:3a)
　　스승쁴(중로 상 2b)

---

4) 신한승(1991), ≪sh걸대의 언해본 연구≫, 성균관대학교 박사학위론문, p.81 참조.

b. 길신 새셔 (번로 상 37a)

　길 신 애셔(로언 상 34a)

　길 신 애셔(평로 상 34a)

　길 신 에(로신 1: 47a)

　길 ㄱ 에셔(평로 상 34a)

  c. 썰이는다(번로 상 65a)

　쩌리는다(로언 상 58b)

　쩌리는다 (평로 상 58b)

　(해당 없음) (로신)

　나므라 ㅎ 는다(중로 상 59b)

ㄴ) ㅅㄷ

②a. 동싱형뎨게 난 아츤 쏠(번로 하 34a)

　동싱형뎨게 는 아츤 쏠(로언 하 31a)

　동싱형뎨게 는 아츤 쏠(평로 하 31a)

　(해당 없음)　　　(로신)

　동싱의게 는 똘(번로 하 34b)

  b. 쏘 (번로 하2a, 로언 하 2a, 평로 하 2a, 중로 하 2a)

  c. 글잇쩍(번로 상 20b)

　글리쩍(로언 상 18b)

　글리쩍(평로 상 18b)

　글리쩍(로신 상 1:25b)

　글리쩍(중로 상 18b)

ㄷ) ㅅㅂ

③a. 등잔쏼(번로 상 56b)

등잔쏠(로언 상 51a)

등잔쏠(평로 상 51a)

(해당 없음) (로신)

등잔(중로 상 51b)

b. 쏠리(번로 상 20b, 로언 상 18b, 평로 상 18b, 로신 1:25b, 중로
상 18a)

c. 쎄혀니(번로 상 4a)

쎄히니(로언 상 4a)

쌔힌니(평로 상 4a)

쌔히니(로신 1:4b)

쌔혀(중로 상4a)

우의 례들에서 ≪ㅅ≫계의 합용병서들의 사용이 ≪번로≫에서 ≪중로≫
까지 그대로 이어짐을 알수 있다. 이는 된소리를 표기하는 ≪ㅅ≫계의 합
용병서가 ≪ㅂ≫계 합용병서에 비해 온정하였다는것을 설명한다. 이런
온정성으로 하여 근대조선어의 된소리표기는 ≪ㅅ≫계 합용병서로 단일
화하였을것이다.

ㄹ) ㅆ

≪ㅆ≫은 ≪번로≫와 ≪로언≫에서는 ≪ㅅ≫의 각자병서[5]로 사용되
고있지만 18세기에 이르러 ≪ㅳ≫로 변화되는 양상을 보이고있다. 이는
다른 된소리의 표기가 ≪시, ㅳ, 새, ㅉ≫와 같이 ≪ㅅ≫계렬의 합용병서
로 통일되여가는 경향과 반대된다.

─────────────────

5) 여기서는 ≪ㅆ≫을 각자병서로 본것이 아니라 ≪ㅅ≫앞에 된소리의 기호인 ≪ㅅ≫
이 겹쳐진것으로 보아야 한다. 례하면 ≪시, ㅳ, 새, ㅉ≫와 같은 계렬로 보아야 한다.

① a. 셔품 쓰기(번로 상 3a)
　 셔품 쓰기(로언 상2b)
　 셔품 쓰기(평로 상2b)
　 셔품 쁘기(로신1:3a)
　 셔품 쁘기(중로 상2b)

b. 지달싼라(번로 상 45b)
　 지달싼라(로언 상 41a)
　 지달싼라(평로 상41a)
　 디달 쌋미 무던ᄒ다(로신 1:57b)
　 디달 쌋라(중로상42a)

c. 빋소미 하니라(번로하 4a)
　 빗쌋미 하니라(로언하3b)
　 빗쌋미 하니라(평로하3b)
　 (해당 없음)(로신)
　 갑 쌈이 하니라(중로 하 4a)

d. 일만량 금이 싼다(번로 하 4b)
　 萬金 싼다(로언 하 4a)
　 萬金 싼다(평로 하 4a)
　 (해당 없음) (로신)
　 萬金 쌋다(중로 하 4b)

　앞에서 보여주듯이 ≪쓰노니(번로 상 5b)→ 쓰는 거슨(로언 상 5a)→ 쓰는 거슨(평로상 5a)→ 쓰는 거시(로신 1:6a)→ 쓰는 거시(중로 상 5a)≫와 같이 처음부터 ≪ᄡ≫으로 표기되였던것들은 18세기까지 그대로 이어져 왔지만 원래 ≪ㅆ≫으로 표기되였던것들은 18세기에 ≪ᄡ≫으로 바뀌여 버렸다. 하지만 이와 반대인 용례도 존재한다.

② 흔 말 뿔(번로 상 54a)

　흔 말 뿔(로언 상 48b)

　흔 말 뿔(평로 상 48b)

　(해당 없음)(로신)

　흔 말 쏠(중로 상 49b)

　이처럼 18세기에 ≪ㅽ≫가 ≪ㅆ≫로 변화하는 경향도 있는 만큼 된소리 표기에서 ≪ㅅ≫계합용병서와 ≪ㅂ≫계 합용병서의 혼동표기는 18세기에도 계속 유지되여 왔음을 설명하고있다.

3.2.3 ≪ㅅ≫계렬 합용병서의 증가

　16세기에서 17, 18세기로 오면서 ≪ㅂ≫계렬 합용병서보다 ≪ㅅ≫계렬 합용병서가 급격히 증가하고있다. 이런 현상은 ≪ㅂ≫계 합용병서와 ≪ㅽ≫계 합용병서가 ≪ㅅ≫계 합용병서로 통합되는 과정에 나타날수도 있겠지만 일정한 어음적환경에 의해 생겨난 것도 있다. ≪ㅅ≫계 합용병서를 증가시키는 어음적환경은 크게 두가지로 나눌 수 있는데 하나는 ≪ㄹ≫받침 뒤에서의 어음변화에 의한 것이고 다른 하나는 ≪사이시옷≫의 위치이동에 의한 것이다.

　ㄱ) ≪ㄹ≫ 받침뒤에서의 어음변화에 의한 증가

　이 경우는 ≪ㄹ≫받침으로 끝나는 음절뒤에 오는 음절의 자음이 ≪ㄱ, ㄷ, ㅂ, ㄷ, ㅈ≫일 경우 생기는 된소리를 표기하기 위하여 ≪ㅅ≫계렬의 합용병서가 증가되게 된다.

① a. 갈가 가디 몯 홀가(번로 상 2a)
　갈가 가디 못홀가(로언 상 1b−2a)
　갈가 가디 못홀가(평로 상 1b−2a)
　갈가 가지 못홀가(로신 1:2a)
　갈까 가지 못홀까(중로상1b−2a)

　b.몯홀 거시니(번로 상 55b)
　못홀 써시니(로언 상 47b)
　못홀 써시니(평로 상 47b)
　(해당 없음)　　　　(로신)
　못홀 써시니(중로 상 48b)

　c.머글거슨(번로 상 55b)
　머글써슨(로언 상 50a)
　머글 썻슨(평로 상 50a)
　(해당 없음) (로신)
　먹을써슨(중로 상 51a)

　d.브리울가(번로 상 67a)
　브리울싸(로언 상 60b)
　브리울싸(평로 상 60a)
　(해당 없음) (로신)
　부리울싸(중로 상 61b)

　e.도라 오실 제(번로 상 38b)
　도라올제(로언 상 34b)
　도라올제(평로 상 34b)
　도라올제(로신1:48b)
　도라올쩨(중로 상 35a)

우의 례에서와 같이 이런 어음변화로 인한 된소리를 표기하기 위하여 ≪ㅅ≫계렬의 병서가 쓰이고있는데 17세기보다 18세기에 더욱 많이 증가된 추세를 보이고있다. 또한 여기서 된소리 표기로 ≪ㅅ≫계렬을 쓰고 ≪ㅂ≫계를 쓰지 않은것은 아마 그때 된소리표기가 ≪ㅅ≫계로 통일하는 경향과 일치하다고 보여진다.

ㄴ) ≪ㅅ≫(사이시옷)의 이동에 의한 증가

명사와 명사의 결합에서 앞의 단어의 음절말에 표기되였던 ≪ㅅ≫이 다음에 오는 단어의 첫음절로 이동하면서 ≪ㅅ≫계렬의 합용병서가 증가하고있다.

②a. 았깁삼고(번로 상 13b)
　 안씹삼고 (로언 상 12b)
　 안깁삼고 (평로 상 12b)
　 안깁 믄들고(로신 상 1:17a)
　 안깁 믄들고 (중로 상 12b)

　b. 집갑 븘갑시(번로 상 23a)
　 집갑 블짭시(로언 상 21a)
　 집갑 블갑시(평로 상 21a)
　 방갑이(로신 1:28b)
　 房錢 이(중로 상 20a)

　c. 흔 산ㅅ고래(번로 상 30a)
　 흔 뫼쏠의 (로언 상 27b)
　 흔 뫼쏠의 (평로 상 27b)

(해당 없음)(로신)

흔 묏골에(중로 상 27b)

d. 우믌ㄱ쇄(번로 상 31b)

우믈 시애(로언 상 28b)

우믈 시애(평로 상 28b)

우믈 시애(로신 1:39b)

우믈ㄱ에(중로 상 28b)

e. 옰보믜(번로 하 8b)

올쏨의(로언 하 7b)

올쏨의 (평로 하 7b)

(해당 없음)(로신)

올봄에 (중로 하 8a)

우의 례문에서 보면 ≪번로≫에서 앞의 음절말이나 음절뒤에 오던 ≪ㅅ≫ (사이시옷)은 ≪로언≫에 와서 뒷음절의 어두에 이동하여 첫자음과 합용병서를 이루고있다. 하지만 특이한것은 18세기 간행본인 ≪평로≫, ≪로신≫ ≪중로≫에 와서는 한결같이 없어진다는것이다. 특히 례②의 a, b, c의 경우 ≪평로≫가 ≪로언≫을 그대로 답습했음에도 불구하고 합용병서가 없어진것을 보아 이는 사이소리의 이동에 의한 된소리의 표기가 18세기에 이르러 ≪ㅅ≫의 탈락이 아주 보편적으로 이루어졌다는것을 나타내고있는것이다. 이는 19세기에 가까울수록 형태소률 보다 확실히 적으려는 형태소표기원칙과 그 맥락을 같이 한다고 할수 있다.[6]

---

6) 신한승(1991), ≪노걸대의 언해본 연구≫, p.88 참조.

3.2.4 기타 변화

ㄱ. 《ㅇ》의 변화

《ㅇ》은 흔히 음가가 없는것으로 알고있다. 중세조선어의 《ㅇ》는 두가지 종류가 있었다. 하나는 어중에서 두 모음사이에 사용되여 서로 다른 음절에 속함을 표시하는 소극적인기능을 가진것이다. 례하면 《아옥(葵), 어엿비(憫)》와 같은것이다. 다른 하나는 보다 적극적인 기능을 가진것으로 《y, ㄹ, ㅿ》와 모음 사이에 존재하는 유성후두마찰음 [ɦ]이다.[7] 여기서 말하는 《ㅇ》의 변화는 바로 이 유성후두마찰음 [ɦ]의 변화를 말한다.

○ ㅇ > ㄱ

후기중세조선어에서 앞의 형태소의 말음 《ㄹ, y》뒤에 오는 《ㄱ》는 유성후두마찰음 《ㅇ》로 변한다.

《번로》에서는 이런 유성후두마찰음 《ㅇ》가 나타나는데 《로언》에 와서는 《ㄱ》로 변화한다.

    ① 과실와(번로하38)   과실과(로언하34a)

      솔옷(번로하69a)   송곳(로언하62b)(평로하62b)(중로하64a)

      플오(번로상9a)   플고(로언상8a)(평로상8a)(로신1:11a)(중로상8a)

우의 례에서 《ㅇ》는 《로언》에서 《ㄱ》로 변화하는데 이는 17세

---

7) 이기문 (1998),《신정판 국어사개설》에서는 《ㅇ》가 자음이란 례로 《알-(知)》의 활용형 《알어늘, 알오》는 원래 《*알거늘, *알고》로에서의 변화인데 15세기 표기법의 규정에 비추어 보아 《ㄹ》로 하여금 종성위치에 머물러 있게 하는 힘은 《ㅇ》이 하나의 자음인데서 생기는 힘이라고 하였다. p.143.

기에 유성후두마찰음 ≪ㅇ≫는 이미 소실되였고 ≪ㄱ≫는 원래의 모습으로 돌아온것이다. 8)

○ ㅇ > ㄹ

② 글이오(번로상9b) 글리오(로언상8b 평로상8b)

글여(번로상30a) 글려(로언상27a, 평로상27a, 중로상27a)

일어도(번로상10b) 일러도(로언상9b, 평로상9b, 로신1:13a, 중로상9b)

우의 례에서 ≪ㅇ≫는 ≪ㄹ≫로 변하는데 이는 16세기말 용언의 활용에서 ≪ㅇ≫가 ≪ㄹㄹ≫로 변하는 현상에 부합된다.9)

○ ㅇ > ㅎ

③ 더으고(번로하13a) 더흐고(로언하12a, 평로하12a, 중로하12b)

믈어디여(번로상26a) 믈허뎌(로언상23b, 평로상23b)문허지미(로신1:32b, 중로상23b)

우의 례에서 ≪ㅇ≫가 ≪ㅎ≫로 변한것을 볼수 있는데 이는 16세기에 유성음 [ɦ]가 17세기에 무성음 ≪ㅎ≫[h]로 변화한것을 말해준다.

이처럼 16세기에 ≪ㄹ≫뒤에 오던 유성후두마찰음 ≪ㅇ≫는 16세기말 ≪ㅇ≫의 소실과 함께 17세와 18세기에 ≪ㄱ≫로 변화하기도 하고 ≪ㄹ≫로 변화하기도 하며 ≪ㅎ≫로 변화하기도 한다.

---

8) 안병희, 이광호, ≪중세국어문법론≫에서는 유성후두마찰음 ≪ㅇ≫는 16세기 중엽 이후에 소실된다고 하였다. p.59.
9) 이기문, ≪신정판 국어사개설≫에 의하면 16세기말 ≪소학언해≫에 ≪올라(昇)≫, ≪올려든(上)≫, ≪닐럼즉디(謂)≫, ≪달름(異)≫등 ≪ㄹㄹ≫로 변한 례가 나타난다고 하였다. p.144.

ㄴ. ㆅ > ㅋ

15세기에 쓰이던 ≪ㆅ≫은 ≪번로≫에서는 ≪ㅎ≫로 나타난다. 17, 18세기에는 ≪ㅎ≫로 나타나기도 하고 ≪ㅋ≫로 나타나기도 한다.10)

④ㄱ. [引… 客人來]
　　나ㄱ내 혀 오라(번로하59a)
　　나그내 혀 오라(로언하53a)(평로하53a)
　　나그니를 드려오라(중로하55b)
ㄴ. 블 혀 가져 오고려(번로상25a)
　　등잔블 켜 오라(로언상22b)
　　등잔블 혀 오라(평로상22b)
　　블 혀 오라(로신1:31a)
　　등잔블 혀 오라(중로상22b)
ㄷ. 술윗바횟(번로하36a)[車輞子]
　　술윗박회(로언하32b)(평로하32b)
　　술위박회(중로하34b)

우의 례에서 (ㄱ)는 ≪ㅎ≫가 ≪로언≫에서 그대로 쓰인 례이고 (ㄴ)는 ≪로언≫에서 ≪ㅋ≫로 바뀌였다가 ≪평로≫부터 다시 ≪ㅎ≫로 바뀌는 례이고 (ㄷ)는 ≪ㅎ≫가 ≪로언≫부터 ≪ㄱㅎ≫의 로 바뀌는 례이다. ≪ㄱㅎ≫는 실은 거센소리 ≪ㅋ≫를 가리키는것이다. 상철식표기에 따르다 보니 ≪ㅋ≫를 ≪ㄱㅎ≫로 표기하게 된것이다. 이로부터 ≪ㆅ ＞ ㅎ ＞ ㅋ≫의 변화과정을 알수 있다.

---

10) ≪ㆅ≫는 ≪원각경언해≫(1465)에서 각자병서를 전면 폐지하면서 ≪ㅎ≫로 바뀌는데 16세기에 ≪ㅆ≫는 부활되였으나 ≪ㆅ≫는 부활되지 못한다. 그러나 ≪ㅎ≫의 된소리로 17세기에 ≪ᅘ≫가 나타난다.(≪引法을 혀≫(引法, 경민편언해 서, 3)) 이기문 ≪신정판 국어사개설≫ p.139~140, 204.

ㄷ. ㄹ > ㄴ

⑤ 릭실(번로상57a) 닉일(로언상51b, 평로상51b, 중로상52a)
  량(번로상13b)   냥(로언상12b, 평로상12b, 로신1:17a, 중로상12b)
  의론(번로하56b) 의논(로언하51a, 평로하51a), 商量(중로하53a)

우의 례에서 ≪릭실≫이 ≪닉일≫로 변한것과 ≪량≫이 ≪냥≫으로
변한것은 두음법칙이 작용한것이며 ≪의론≫이 ≪의논≫으로 된것은 두
음법칙의 확대적적용의 결과로 이루어진것으로 보인다.

3.3 종성표기의 변화

3.3.1 ≪ㅅ≫의 종성표기

ㄱ) ≪ㅅ≫과 ≪ㄷ≫의 중화현상(7종성의 확립)

표기면에서 가장 주목할 사항은 바로 ≪번로≫에서 나타나던 8종성체
계가 ≪로언≫에서부터는 7종성으로 바뀌는것이다. 8종성이니 7종성이
니 하는 말은 음절말에서 실제로 발음되는 자음이 8개 또는 7개란 말이다.
8종성이란 받침 ≪ㄱ,ㄴ,ㄷ,ㄹ,ㅁ,ㅂ,ㅅ,ㅇ≫를 말하는데 8종성에서 7종성
으로 전환한다는것은 받침 ≪ㄷ≫이 받침 ≪ㅅ≫으로 바뀌는것을 말한
다. 15세기에는 종성에서 ≪ㄷ≫과 ≪ㅅ≫이 엄격하게 쓰이던것이 16세
기에 문란해지기 시작하며 17세기에는 거의 무분별하게 쓰이게 된다.[11]

---

11) 안병희, 이광호(1990), ≪중세국어문법론≫, p.44.

그럼 아래에 16세기 문헌인 ≪번로≫와 17세기문헌인 ≪로언≫을 비교하여 ≪ㄷ≫에서 ≪ㅅ≫으로 바뀐 례들을 보기로 하자.[12]

①

번로	로언
버디(상 1b)	벗이(상1b)
몯ㅎ면(상 1b)	못ㅎ면(상 2a)
곧(상 11a)	곳(상 10 a)
뜯과 (상 11a)	뜻과 (상10a)
묻디(상15b)	뭇디(상13b)
흔 곧(상23a)	흔 곳(상23b)
귿디(상 36a)	긋디(상32a)
믈긷ᄂ뇨(상37a)	믈을 깃ᄂ뇨(상32a)
굳다(상39a)	굿다(상35a)
싣져(상45b)	싯쟈(상 41a)
믿디(상50a)	밋디(상45a)
헤왇고(상62a)	헤왓고(상61a)
잠깐더디나(상62b)	잠깐덧이나(상61b)

이익섭(1991) ≪국어 표기법 연구≫에서는 7종성법이 확립되기까지를 다섯개 단계로 보고 첫단계는 잠재기로서 15세기말까지고 두번째 단계는 태동기로서 16세기초부터 서서히 ≪ㅅ≫와 ≪ㄷ≫을 섞어서 표기하는것이 조금씩 보이는 시기이며 세번째 단계는 16세기말부터 17세기초까지 대체로 ≪ㄷ≫을 ≪ㅅ≫으로 표기한 경우보다 ≪ㅅ≫을 ≪ㄷ≫으로 표기한것이 압도적으로 많던 시기이고 네번째 단계는 17세기초반이후 중반까지 대체로 ≪ㄷ≫을 ≪ㅅ≫으로 표기하는 경향이 강해지는 시기로 점차 7종성법이 거의 완성되가는 시기이며 마지막 17세기 후반은 ≪ㅅ≫으로 통일되는 7종성 통일기라고 했다

12) ≪ㄷ≫과 ≪ㅅ≫의 중화는 17세기에 가장 많이 이루어진 것이므로 ≪번로≫와 ≪로언≫만 비교하기로 한다.

우의 례에서 보다싶이 이시기에 이루어진 7종성은 현대의 7종성과는 달리 ≪ㄷ≫이 아닌 ≪ㅅ≫으로 통일되였다는것은 특이한 점이 아닐수 없다. ≪ㄷ:ㅅ≫의 대응을 보이는 례들을 보면 이들은 현대어에서 일부는 ≪ㅅ≫받침으로 표기되고 (벗(朋友), 곳(處) 등) 일부는 ≪ㄷ≫받침으로 표기된다.(믈 긷다, 굳다 등) 그러나 ≪로언≫에서는 일정부변하게 ≪ㄷ≫받침에 한에서는 ≪ㅅ≫으로 표기되고있다. 이로부터 ≪ㄷ≫이 ≪ㅅ≫에로의 중화는 음운적인것을 떠나 표기상에서의 중화로 볼수 있다. 다시 말하면 발음상에서는 ≪ㄷ≫으로 중화되였고 표기법상에서는 ≪ㅅ≫으로 중화된것으로 볼수 있다. 이러한 론증을 보다 구체적으로 합리화시킨 용례를 보면 다음과 같다.

②
a. 사ᄅ미 됴ᄒ 곧 잇거든(번로 하44b)
   사ᄅ미 됴ᄒ 곳디 잇거든(로언 하 40a)

b. 사ᄅ미 사오나온 고디 잇거든(번로 하 44b)
   사ᄅ미 사오나온 곳디 잇거든(로언 하 40a)

우의 례에서 ≪곧≫이 ≪곳디≫로 표기된 것은 바로 ≪로언≫에서 ≪ㅅ≫받침이 ≪ㄷ≫받침으로 발음하였다는것은 보여주는 례이다. 만일 ≪ㅅ≫이 ≪ㄷ≫으로 발음되였다면 중철로 표기하였다고 하더라도 ≪곳시≫로 표기되여야 할것이다. 하지만 ≪로언≫에서 ≪곳디≫로 표기된 것은 ≪ㅅ≫받침이 ≪ㄷ≫으로 발음되였다는것을 잘 설명하고있는것이다. 아래의 례는 비록 유일한 례이지만 ≪ㅅ≫의 ≪ㄷ≫음 실현을 보다 강력하게 시사해 준다.

③ 나 어디로나 니르디 말며(번로 하 46a)

　나 엇일롸 니르디 말고(로언 하 41b)

여기서 ≪로언≫의 ≪엇일-≫의 발음은 ≪어딜-≫로의 실현으로 간
주된다. 이와 같은 점들을 종합하여 보면 ≪ㄷ≫의 ≪ㅅ≫으로의 표기전
환은 실상은 음운론적으로는 ≪ㄷ≫음으로의 통일이라는것을 알수 있
다. 그렇다면 원래 ≪ㅅ≫음으로 발음되던 단어들은 어떤 형태로 표기되
였을것인가라는 의문이 들것이다. ≪로언≫에서는 ≪ㅅ≫말음으로 하는
단어 뒤에 자음이 오는 경우에는 별문제가 없이 그대로 표기되였지만 모
음으로 시작되는 형태소와 련결되였을 때는 상철로 표기하는 ≪로언≫
의 원칙과 다른 표기법을 취하고있다.

④ a. 세간에 쓰노니(번로 상 5a)

　　세간에 쓰는거슨(로언 상 4b)

b. 머글거슨(번로 상9a)

　머글거시(로언 상 8b)

c. ㄱ장 됴흔거슨 (번로 하 66b)

　ㄱ장 됴흔거슨(로언 하 60a)

d. 딮픈 열 낫돈에 흔 무시라(번로 상 18a)

　딮은 열 낫돈애 흔 무시라(로언 상16b)

우의 례들에서는 ≪번로≫에서 ≪ㅅ≫말음을 갖고 하철로 표기된 단
어들이 ≪로언≫에서 상철로 표기하는 일반적인 경향을 거부하고있는
경우을 설명하고있다. 만일 상철로 표기해야 한다면 ≪것이, 것은, 못이≫
로 표기되야 하겠으나 만약 이렇게 표기된다면 ≪ㄷ≫이 ≪ㅅ≫으로 전

환되여 표기된 단어들의 발음과 혼동될까를 우려해서 원래 ≪ㅅ≫말음을 가진 단어들은 상철대신 하철을 그대로 유지한것으로 추정된다.

이로보아 7종성이란 ≪ㄷ≫음을 표기하던것을 ≪ㅅ≫으로 바꾸어 버리고 원래의 ≪ㅅ≫으로 표기되였던것들은 표기법에서 15세기의 표기체계를 답습하여 하철식표기를 한것이다.

ㄴ. 사이소리 ≪ㅅ≫의 종성표기

가) ≪번로≫에서 앞 음절의 종성과 병서하였다가 ≪로언≫에서 사라진 경우

④
a. 서근 글잇쩍(번로 상 20b)
  서근 글릿쩍(로언 상 18b)
  서근 글릿쩍(평로 상 18b)
  서근 글릿쩍(로신 1:25b)
  서근 글릿쩍(중로 상 18b)

b. 오늜 바믜(번로 상 9b)
  오늘밤의 (로상 상 9a)
  오늘밤의 (평로 상 9a)
  오늘밤에(로신1:12b)
  오늘밤에(중로 상 9a)

c. 즈릆 갑과(번로 상 14b)
  즐음갑(로언 상13a)
  즐음갑(평로 상 13a)
  즈름갑(로신 1:17b)
  즈름갑(중로 상 13a)

d. 이 둜 초ᄒ ᄅᆺ날(번로 상 1a)

　이 들 초ᄒ 른날(로언 상1a)

　이 들 초ᄒ 른날(평로 상1a)

　이 들 초ᄒ ᄅᆺ날(로신 1:1a)

　이 들 초ᄒ ᄅᆺ날(중로 상1a)

　우의 례들은 ≪번로≫에서 속격의 기능을 지닌 ≪ㅅ≫이 앞음절의 말음과 병서하였다가 ≪로언≫에 와서 사라져 ≪중로≫에 이어지는 경우이다.

　나) ≪번로≫에서 앞음절의 종성과 병서하였다가 ≪로언≫에서 뒤음절의 초성에 올려서 같이 쓰다가 18세기에 사라진 경우

　⑤

　　a. 앉깁 삼고(번로 상 13b)

　　　안낍 삼고(로언 상 12a)

　　　안깁 삼고(평로상 12a)

　　　안깁 ᄆ 들고(로신1:17a)

　　　안깁 ᄆ 들고(중로 상 12b)

　　b. 우믌ᄀ쇄(번로 상 31b)

　　　우믈ᄭ애(로언 상 28b)

　　　우믈ᄭ애(평로 상 28b)

　　　우믈ᄭ에(로신 1:39b)

　　　우믈ᄀ에(중로 상 28b)

　　c. 긼ᄀ쇄(번로 상 39b)

　　　길ᄭ애(로언 상 28b)

　　　길ᄭ애(평로 상 28b)

　　　길 ᄭ에(로신 1:49b)

　　　길 ᄀ에(중로 상 36a)

d. 글월 벗긼 갑(번로 하 17b)

　글월 벗길 쌉(로언 하 16a)

　글월 벗길 갑(평로 하 16a)

　(해당 없음)(로신)

　셰 바칠 갑(중로 하 17a)

　이런 경우에는 17세기 문헌 《로언》에서는 《ㅅ》이 뒤음절의 초성에 놓여 뒤음절의 초성과 병서되지만 18세기에 이르러 사라진다.

　다) 《번로》에서 종성에서 표기되였던 사이소리 《ㅅ》이 수식어와 피수식어의 중간자리에 독자적으로 표기되는 경우

　⑥

　a. 우믌ㄱ애(번로 상 32a)

　　우믈ㅅㄱ애(로언 상 28b)

　　우믈ㅅㄱ애(평로 상 28b)

　　우믈ㅅㄱ에(로신 1:39b)

　　우믈ㅅㄱ에(중로 상 28b)

　b. 술웟방(번로 상 47b)

　　술웟방(로언 상 42b)

　　술웟방(평로 상 42b)

　　(해당 없음)(로신)

　　술위ㅅ방(중로 상 43b)

　c. 드릿보(번로 상 39a)

　　드릿보(로언 상 35a)

　　드릿보(평로 상 35a)

　　드릿보(로신 1:48b)

　　드리ㅅ보(중로 상35a)

이 경우는 주로 ≪중로≫에서 나타나는데 사이소리 ≪ㅅ≫이 ≪중로≫에서 수식어와 피수식어사이에 독자적으로 놓여 표기된다. 이런 표기법은 특이한 표기법의 사례라고 할수 있겠다. 허나 19세기에 가까울수록 형태소를 보다 확실히 밝혀 표기하려는 형태소표기원칙과 그 맥락을 같이 한다고 할수 있다.13)

총적으로 사이소리 ≪ㅅ≫은 15세기 문헌인 ≪번로≫에서는 앞음절의 말음위치에 표기되어 사용되다가 16세기 문헌 ≪로언≫부터 없어지는 경우도 있고, ≪로언≫에서 뒤음절의 초성과 합류하여 뒤음절의 자음과 병서하다가 18세기에 사라지는 경우도 있으며 특수한 경우에는 ≪중로≫에서처럼 ≪ㅅ≫이 독자적으로 수식어와 피수식어사이에 표기되는 경우도 있다. 사이소리 ≪ㅅ≫의 이러한 표기변화는 19세기에 가까울수록 형태소를 확실히 밝혀적으려는 맥락과 일치하다고 볼수 있다.

3.3.2 ≪ㅎ≫종성의 표기

이른바 ≪ㅎ≫종성체언 의 ≪ㅎ≫은 ≪현종시대(1641~1674)의 실제 언어에 존재하지 않았을것은 충분히 추측이 가는 일임에도 불구하고 <로언>의 표기에는 <ㅎ>종성이 상당수 보전되여있다.≫14)고 김완진 (1976:112)에서 말하고있다. 확실히 17세기 문헌 ≪로언≫에서는 ≪ㅎ≫종성이 쓰인 례를 쉽지 않게 찾아볼수 있으며 18세기 문헌인 ≪로신≫, ≪중로≫등에서는 ≪ㅎ≫종성의 탈락이 본격적으로 이루어진다. 하지만 ≪로신≫과 ≪중로≫에서도 명사아래 쓰이는 ≪ㅎ≫종성의 모습을 찾아볼수 있다.

---

13) 신한승(1991), ≪노걸대의 언해본연구≫, p.88.
14) 김완진 (1976), ≪노걸대언해에 대한 비교연구≫, p.112.

ㄱ) ≪번로≫부터 ≪중로≫까지 유지되는 경우

①

a. ᄒ나홀(번로상4a)→ ᄒ나홀(로언상4a)→ ᄒ나홀(평로상4a)→ᄒ나홀(로신1:4b)→ᄒ나홀(중로상4a)

b. 한 ᄯ나히(번로상7b)→ 漢ㅅᄯ나히(로언상7a)→ 漢ㅅᄯ나히(평로상7a)→ 中國ㅅᄯ나히(로신1:9b)→ 中國ㅅᄯ나히(중로상7a)

c. 遼陽 잣 안해(번로상8a)→ 遼陽 잣 안해(로언상7b)→ 遼陽 잣 안해(평로상7b)→ 遼陽 城 안해(로신1:10a)→ 遼陽 城 안해(중로상7b)

d. 길히(번로상10b)→ 길히(로언상9b)→ 길히(평로상9b)→ 길히(로신13a)→ 길히(중로상9b)

e. 미ᄒ나히(번로상12a)→ 미ᄒ나헤(로언상10b)→ 미ᄒ나헤(평로상10b)→ 每ᄒ나히(로신1:14b)→每ᄒ나히(중로상10b)

g. 우희(번로상20a)→ 우희(로언상18a)→ 우희(평로상18a)→ 우희(로신1:24a)→ 우희(중로상18a)

h. 두자히(번로상26b)→ 두자히(로언상23b)→ 두자히(평로상23b)→두자히(로신1:33a)→ 두자히(중로상23b)

I. 뒤히(번로상31b)→ 뒤히(로언상28a)→ 뒤히(평로상28ba→ 뒤히(로신1:39a)→ 뒤히(중로상28a)

j. ᄀᆞᄂᆞ노홀(번로상36b)→ ᄀᆞᄂᆞ노홀(로언상33a)→ ᄀᆞᄂᆞ노홀(평로상33a)→ ᄀᆞᄂᆞ노홀(로신1:45b)→ ᄀᆞᄂᆞ노홀(중로상33a)

k. 자히(번로하28b)→ 자히(로언하25b)→ 자히(평로하25b)→ (해당없음)(로신)→ 자히(중로하26b)

우의 례들은 ≪번로≫에서 ≪ㅎ≫종성을 가진 체언들이 ≪중로≫까지 쓰이는 례이다.

ㄴ) ≪로언≫에서 탈락되여 ≪중로≫까지 유지되는 경우

≪로언≫에서 ≪ㅎ≫을 탈락시킨 례는 수적으로는 그리 많지 않지만 일단 탈락된것은 ≪중로≫에까지 이어진다.

②
a. 하늘히(번로상2a)→ 하늘이(로언상2a)→ 하늘이(평로상2a)→ 하늘이(로신1:2a)→ 하늘이(중로상2a)

b. 아히들 흔(번로상7b)→ 아히들은(로언상6b)→ 아히들은(평로상6b)→ 아히들은(로신1:8b)→ 아히들은(중로상7a)

c. 젼년희(번로상13a)→ 젼년의(로언상12a)→ 젼년의(평로상12a)→ 그히에(로신1:16a)→ 그히에(중로상11b)

d. 가맛우흘(번로상22a)→ 가마두에(로언상19b)→ 가마두에(평로상19b)→ 가마두에(로신1:27a)→ 가마두에(중로상19b)

e. 사룸과 물 들해(번로상22b)→ 人馬에(로언상20b)→ 人馬에(평로상20b)→ 人馬에(로신1:28b)→ 人馬에(중로상20b)

f. 기동들히(번로상39a)→ 기동이(로언상35a)→ 기동이(평로상35a)→ 드릿기동이(로신1:48b)→ 드리ㅅ기동이(중로상35a)

우의 례들에서 (a)~(d)는 ≪ㅎ≫이 자연스럽게 탈락하지만 (e)는 ≪사룸과 물 들≫을 한자어 ≪人馬≫로 (f)는 ≪기동들≫을 ≪기동≫으로 바

꾸어 ≪ㅎ≫종성을 가지는 요소인 복수형태 ≪들≫을 의도적으로 배제
시킨것을 알수 있다.

ㄷ) ≪로언≫에 유지되였다가 ≪로신≫ 또는 ≪중로≫에서 탈락되는 경우

③
　a. 열닷량우후로(번로상9a)→ 열닷량우흐로(로언상8a)→ 열닷량우흐
로(평로상8a)→ 十五兩 以上에(로신1:11a)→ 十五兩 以上에(중로상8a)

　b. ᄆ쇼들히(번로상11b)→ ᄆ쇼들히(로언상10b)→ ᄆ쇼들히(평로
상10b)→ (해당없음)(로신)→ 즘싱이(로신1:14b)→ 즘싱이(중로상10b)

　c. 너희 세히(번로상23b)→ 너희 세히(로언상21b)→ 너희 세히(평
로상21b)→ 너희 세사름 이(로신1:16b)→ 너희 세사름 이(중로상21a)

　d. ᄒ나히(번로상43b)→ 흔나히(로언상38b)→ ᄒ나히(평로상38b)→
ᄒ나(로신1:54b)→ ᄒ나(중로상38b)

　e. 둘홀ᄒ야(번로상46b)→ 둘흐로ᄒ여(로언상42a)→ 둘흐로ᄒ여
(평로상42a)→ 둘로ᄒ여(로신1:59b)→ 둘로ᄒ여(중로상43a)

　f. ᄀ슬히(번로상53a)→ ᄀ을히(로언상47b)→ ᄀ을히(평로상
47b)→ (해당없음)(로신)→ ᄀ을에(중로상48b)

　g. 짐들홀(번로상58b)→ 짐들흘(로언상53a)→ 짐들흘(평로상53a)→
(해당없음)(로신)→ (해당없음)(로신)→ 行李를(중로상53b)

　우의 례들에서 보다싶이 (e)와 (f)를 제외한 기타의 례들은 모두 한결같
이 ≪ㅎ≫이 적용될수 있는 요소를 삭제하거나 명사의 모습을 변모시켜

≪ㅎ≫종성을 탈락시킨다. (a)는 고유어를 한자어로 대체, (b)는 명사를 대체시키면서 복수형태 ≪들≫을 삭제, (c)는 ≪사룸≫을 첨가, (d)는 주격형태를 삭제, (g)는 한자어로 대체하면서 복수형태 ≪들≫을 삭제하는 방법으로 ≪ㅎ≫을 탈락시키고있다. 이는 17세기까지 비교적 굳건히 지켜졌던 ≪ㅎ≫종성이 18세기부터 급격한 변화를 가져왔다는것을 알려준다. 하지만 일부 명사들은 시종일관하게 ≪ㅎ≫종성을 유지하고있다. 례하면 ≪짜ㅎ, 길ㅎ, ㅎ나ㅎ, 안ㅎ…≫등과 같은 단어들이다.

　　≪ㅎ≫종성의 탈락현상은 체언뒤에 자음으로 된 형태소가 오는 경우에도 나타나고있다.

④
　　a. 션빈들콰(번로상6a)→ 션븨들과(로언상5b)→ 션븨들과(평로상5b)→ 學生들과(로신1:7a)→ 學生들과(중로상5b)

　　b. 둘토(번로상66b)→ 둘토(로언상60a)→ 둘도(평로상60a)→ (해당 없음)(로신)→ 둘도(중로상61a)

우의 례에서 ≪ㅎ≫의 소실과정은 다음과 같다.

⑤
　　션빈+들+ㅎ+과→션빈들콰→션븨들과
　　둘+ㅎ+도→둘토→둘도

　　즉 복수형태 ≪-들≫과 수사 ≪둘≫이 먼저 ≪ㅎ≫종성을 가지고 각각 ≪-과≫와 ≪-도≫와 결합하는 과정에 ≪ㅎ≫은 뒤음절의 자음과 어음변화를 일으켜 ≪-콰≫와 ≪-토≫로 변화되었다가 다시 ≪ㅎ≫종성의 탈락과 함께 다시 ≪−과≫와 ≪−도≫로 변화하는 과정이다. ≪번로≫에서는 ≪ㅎ≫종성이 이미 뒤음절의 자음과 유기음화를 일으켜 거센소리로 되는데 이는 ≪ㅎ≫종성이 동요하기 위한 전제인것이다. 그러나 이후의 형태소를 똑똑히 적으려는 상철표기법의 영향으로 다시 ≪로언≫과 ≪평로≫등 후기의 간행본들에서 ≪ㅎ≫을 탈락시킨다. 이로부터 ≪ㅎ≫종성의 탈락은 형태소표기를 위한 상철표기법의 추세와 그 흐름을 같이 하고 체언과 자음으로 된 조사와의 결합에서 먼저 시작되여 다시 체언과 모음으로 된 조사와의 결합까지 확대되는 추세를 알수 있다.

3.3.3 둘 받침의 변화

≪번로≫에서 나타나는 둘 받침들은 대부분 현대조선어에 이르기까지 잘 유지되여있다. 그러나 일부 둘 받침은 변화를 겪어야 했다.

    ① ㄱ. 암그럿더라(번로하4b)[痙疴]
           암그랏더라(로언하4b)(평로하4b)
           나앗더라(중로하4b)
       ㄴ. 졈그러(번로상47a)
           졈그러시니(로언상42b, 평로상42b)
           느저시니(중로상43a)
           져므러(몽로3:12)
           졈으러(청로3:16)

우의 례①(ㄴ)에서 ≪번로≫에서 사용된 둘받침 ≪ᆱ≫의 ≪ㄱ≫은 18세기에 탈락되였던것으로 보인다. ≪졈그러≫의 ≪ㄱ≫이 탈락되여

18세기에 ≪져므러≫로 반영되여있는데 현대조선어에서는 ≪저물어≫로 되여있다. ≪암그러≫는 18세기 문헌에서 ≪ㄱ≫가 탈락된 례가 보이지 않지만 ≪졈그러≫와 같은 맥락에서 볼 때 역시 18세기에 탈락한것으로 보인다. ≪암그러≫는 현대조선어에서 ≪아물어≫로 되여있다.15)

② ㄱ. 빈 곫패라(번로상53a) 빈 골패라(로언상47b) 빈 곫해라
(평로상47b) 빈 곫호고(중로상48a)
ㄴ. 앒픠(번로상40a) 알픠(로언상36a) 앒희(평로사36a)(로신
1:50ab)(중로상36a)

우의 례는 중세조선어의 둘 받침 ≪ㄼ≫의 ≪ㄹ≫이 없어져가는 과정을 보여주는 례다. ≪번로≫에서는 ≪곫패라≫에서처럼 어중에서 ≪ㅂ≫를 삽입하여 형태소사이에 음절 경계선을 두고 ≪ㅂ≫을 발음하려던 경향이 있은것 같다. 이로 인해 3개의 자음이 겹쳐져 나온다. ≪로언≫에서는 ≪ㅂ≫를 탈락시켜 ≪골패라≫의 형식으로 어중에 2개의 자음으로 나타나는데 이는 아마 음절에서 둘받침을 피하려는 경향이 있은것 같다. 18세기에는 거센소리 ≪ㅍ≫를 분해하여 다시 ≪ㄼ+ㅎ≫로 표기하는 경향으로 바뀌였는데 현대조선어에서는 ≪ㄼ≫에서 ≪ㄹ≫이 탈락되여서 ≪고프다≫, ≪앞≫으로 되여있다. 하지만 ≪ㄼ≫ 전부가 ≪ㄹ≫을 탈락시킨것은 아니다. 현대조선어에서는 ≪읊다≫와 같이 ≪ㄼ≫이 받침으로 존재하고있다.

---

15) 백응진, ≪한국어역사음운론≫, p.272.

3.4 음운변천에 의한 표기변화

3.4.1 음운소실에 의한 변화

3.4.1.1 ≪△≫의 소실에 의한 변화

≪△≫는 15세기말부터 16세기초에 걸쳐 그 탈락과정이 시작된다.[16]

①a.　　　　도즈기 스실 디나샤(룡가 60)(1447)
　b.　　　　옷수이(구급간이방 1:19)(1489)
　c.　　　　모이 곳 스싀로 디나갈싀(초간두시언해 21:22)(1481)
　d.　　　　요스이예(초간두시언해 23:10)

　우의 례들에서 ≪스싀>스이≫의 변화는 이미 15세기말의 문헌에서
도 나타나고있다는 점을 설명한다. 특히 (c)와 (d)는 같은 문헌내에서 혼기
하고있는 점은 이시기 이미 ≪△≫의 탈락이 시작되였다는것을 점을 설
명한다. 비록 모음 ≪ㅣ≫의 앞에서만 소실된다는 전제를 가지고있지만
15세기말 ≪△≫의 동요되는 현상을 보여주고있다.

　16세기에는 ≪△≫의 탈락현상이 더욱 활발하게 진행된다. 이런 현상
은 ≪번로≫에서도 나타나는데 같은 단어의 표기에서 ≪△≫로 표기하
거나 표기하지 않는 경우가 있다.

②a.　　　　닉싈(번로상22b)
　　　　　　닉일(번로상37b)

---

16) 김영황(1997), ≪조선어사≫, p.152.

b.　　　우믌ᄀ새(번로상31b)

　　　우믌ᄀ애(번로상32a)

c.　　　밥 지은 갑돌 혜져(번로상22b)

　　　초개로 지은 덤(번로상62b)

이처럼 ≪번로≫에서는 같은 단어를 표기하는데 있어 ≪ㅿ≫로 표기하기도 하고 ≪ㅿ≫가 탈락되여 표기하기도 한다. 이외에도 원래 ≪ㅿ≫로 표기되던 ≪손소≫는 ≪손조≫(번로상61b)로 ≪남신(男人)≫은 ≪남지니≫(번로상36b)로 표기되였다.

이로부터 우리는 15세기에 모음 ≪ㅣ≫의 앞에서만 진행되던 ≪ㅿ≫의 탈락은 16세기에는 아주 활발히 진행되였다는것을 알수 있다.

≪번로≫에서는 ≪ㅿ≫가 아주 활발히 사용된다. 그러나 ≪로언≫에서는 ≪ㅿ≫가 거의 소실된다.

③

a. 훙ᅀᅵ야(번로상43a)	興兒야(로언 상38b)
b. 쥬ᅀᅵᆫ하(번로상22a)	主人아(로언 상20a)
c. 어버ᅀᅵ(번로상6a)	어버이(로언상5b)
d. 아ᅀᅵ(번로상16a)	아이(로언상14a)
e. 벋지ᅀᅥ(번로상7b)	벗지어(로언상7a)
f. 무ᅀᅳᆫ(砌)(번로상36a)	무은(로언상32a)
g. 쟈가ᅀᅵ(번로상36a)	쟈거야(로언상32a)
h. 두ᅀᅥ 사ᄅᆞ 믄(번로상54b)	두세 사름 은(로언상49a)
I. ᄉᆞᆷ거운(번로상22a)	슴거움(로언상20a)

우의 례에서 (a)와 (b)는 ≪ㅿ≫가 들어간 단어가 한자로 나타난 례이고 나머지는 ≪ㅿ≫이 고유어에 사용된 례이다.

≪로언≫에서도 ≪ㅿ≫의 사용된 례가 두세곳에서 나타나는데 이는 후의 ≪평로≫ 또는 ≪중로≫에서 소실된다.

④
a.異姓四寸형아ᅀᅳ(로언하31a)→異姓四寸형아ᅀᅳ(평로하31a)→이셩ᄉ촌형아ᄋ(중로하33a)
b.同姓六寸형아ᅀᅳ(로언하31a)→同姓六寸형아ᅀᅳ(평로하31a)→동셩뉴촌형아ᄋ(중로하33a)
c.마ᅀᆞᆯ이(로언상25b)→마ᄋᆞᆯ이(평로상25b)

우의 례에서 ≪아ᅀᅳ(弟≫는 ≪로언≫에서 두곳에만 사용되고 기타의 경우에는 모두 ≪아ᄋ≫로 표기된다. ≪마ᅀᆞᆯ≫도 한곳밖에 사용되지 않았다. 이처럼 ≪로언≫에서 ≪ㅿ≫가 세곳밖에 사용되지 않았다는점은 ≪로언≫의 편찬자들이 실수로 ≪번로≫의 표기를 답습한것으로 추측된다. 또한 이시기 17세기에 ≪ㅿ≫는 이미 사용되지 않았다는것을 알수 있다.

이상을 종합해보면 ≪ㅿ≫는 15세기에 이미 동요하여 모음 ≪ㅣ≫앞에서 탈락되기 시작하였으며 16세기에는 다른 어음적환경에서도 탈락이 진행되었고 17세기에 이르러 완전히 탈락되였다고 볼수 있다.

17세기에 ≪ㅿ≫는 소실되면서 대부분 경우에는 ≪ㅇ≫로 되여 아무런 흔적도 남기지 않았지만 일부 경우에는 그 사용흔적을 남기고있다. 이런 흔적은 ≪로언≫에서 잘 나타나고있다.17)

⑤ 번로   로언
널이ᅀᅳ오되(상44a)   널이오듸(상40a)

---

17) 안병희, 이광호, ≪중세국어문법론≫에 의하면 ≪ㅿ≫는 15세기 후반에서 16세기 전반에 걸쳐 소실되였다고 한다. p.70.

우의 례에서 ≪번로≫에 쓰인 ≪ㅿ≫는 15세기의 존칭토 ≪-ᅀᆞᇦ≫를 반영하는것인데 ≪로언≫에서 ≪-습≫의 ≪ㅿ≫는 소실되였으나 ≪-옵≫은 ≪-오≫에 반영되였고 이것은 현대조선어에서 ≪-ㅂ니다≫에서의 ≪ㅂ≫에 까지 이어진다.18)

⑥ 번로   로언
ㄱ. 이즈스메ㅿㅏ(하3b)   이즘에야(하3a)
   황호ㅿㅏ(하66b)   황회야(하60a)
ㄴ. 쟈가ㅿㅏ(상36a)   쟈거야(상32a)
   두어ㅿㅏ(하65a)   두에야(하58b)

우의 례는 ≪번로≫에서 접속토 ≪-ㅿㅏ≫에 ≪ㅿ≫이 유지된 례인데 ≪로언≫에서는 ≪ㅿ≫이 소실되였지만 ≪ㅏ≫가 ≪야≫로 바뀌여 진다. 따라서 ≪ㅿ≫는 상향이중모음 [y]로 그 흔적을 남기고있다. 19)

⑦ 번로   로언
   구ㅿㅣ(상37b)   구유(상34a)
   구ㅿㅣ(상32b)   구요(상29b)

우의 례에서 ≪구ㅿㅣ≫가 ≪구유≫ 또는 ≪구요≫로 변한것을 알수 있는데 ≪ㅿㅣ≫가 ≪유/요≫로 원순화 된것은 앞음절의 원순모음 ≪ㅜ≫에 의한 동화현상이라고 할수도 있겠지만 ≪ㅿ≫가 한자어에서는 음가가 권설음 [ʐ]로 추정되는데 권설음 [ʐ] 뒤에 오는 모음 [i]나 [ə]등을 후설화시켜 [ʌ]로 변화시키기도 하였다.20)

---

18) 백응진, ≪한국어역사음운론≫, p.216~217.
19) 백응진, ≪한국어역사음운론≫, p.218.
20) 백응진, ≪한국어역사음운론≫, p.218.

⑧ ㄱ. 두서 사ᄅᆞᆷ 문(번로상54b)   두세 사ᄅᆞᆷ 은(로언상49a)
　 ㄴ. 남ᅀᅵᆫ(번로하54b)   남진(로언하48b)

우의 례는 ≪ㅿ≫가 ≪ㅅ≫와 ≪ㅈ≫로 변한 례이다. ≪남ᅀᅵᆫ≫의 경우
는 ≪로언≫에서 ≪남진≫으로 표기되지만 현대조선어에 ≪ㅅ≫이 ≪ᅀᅵᆫ≫
으로 발음되는것으로 보아 ≪ㅿ 〉ㅈ≫의 음운변화는 아닌것으로 보아진
다.21) 또한 ≪번로≫에서 ≪손ᅀᅩ≫에서 변화된 ≪손조≫가(번로상61b)
가 현대조선어에서 ≪손수≫로 된것을 보아도 ≪ㅿ 〉ㅈ≫의 음운변화는
일어나지 않았다는것을 알수 있다.

⑨ 마ᅀᆞᆫ (번로하61b)   마은(로언하55b)   마흔(중로하57b)

우의 례는 ≪ㅿ≫가 17세기에 ≪ㅇ≫에 대체되였다가 18세기에 ≪ㅎ≫
로 바뀐것을 보여준다.
　총적으로 ≪ㅿ≫는 15세기에 이미 동요되기 시작하여 16세기를 거쳐
17세기에는 소실되였다는것을 알수 있다. 또한 ≪ㅿ≫는 대부분 경우에
는 탈락되여 흔적을 남기지 않았지만 일부 경우에는 ≪ㅅ, ㅎ≫로 교체되
였고 일부 경우에는 상향이중모음 [y]로 흔적을 남겼으며 일부 경우에는
뒤에 오는 음절의 모음을 원순화시키는것으로 흔적을 남기고있다.22)

3.4.1.2 ≪ㆁ≫의 소실에 의한 변화

15세기의 문헌들에서는 ≪ㆁ≫가 초성에 자주 쓰이나 그 례가 줄어들

---

21) 백응진, ≪한국어력사음운로≫, p.219에서는 ≪ㅈ≫가 중국 당나라 때의 장안의
　　발음을 반영한것이라고 하였다.
22) ≪-ᅀᆞᄫᅵ≫가 ≪-ᅵᆸ≫으로 변할 때는 ≪ㅿ≫이 탈락되여 ≪ㅇ≫로 되므로 흔적
　　을 남기지 않은것으로 간주된다.

어 16세기초엽에는 겨우 몇개의 례만 보이다가 아주 사라진다. 그 결과 ≪ᅌ≫는 종성에만 쓰이는 글자가 되었다.[23] 그러나 15세기문헌에서도 ≪ᅌ≫는 어두에서 초성으로 쓰이지 않았고 어중에서 모음과 모음사이에서 초성으로 쓰이거나 종성에 쓰이고있다.

①
a. 如러울 爲獺, 서에 爲流澌[24](훈민정음 용자례)
b. 노르 샛 바오리실씨(룡가44)
c. 굴허에 모롤 디내샤(룡가48)
d. 京觀을 밍ᄀ르시나(룡가48)

≪ᅌ≫이 특정된 조건에서만 사용되였다는것은 ≪ᅌ≫이 초성으로서의 위치가 흔들리고있음을 보여준다. 그후 ≪ᅌ≫는 초성에서 ≪ᄋ≫와 구별이 없어지면서 종성의 위치에서 쓰이게 된다.

②
a. ᅌᅡ 아는 어미라(훈민정음 언해본)
ᅌᅡ 엄 아(훈몽자회 상 13b)

b. 語 엉는 말ᄊᆞ미라(훈민정음 언해본)
語 말ᄊᆞᆷ 어(훈몽자회 하 12b)

우의 례에서와 같이 ≪훈민정음언해본≫(1447)에서 한자음초성을 표기하던 ≪ᅌ≫(례:ᅌᅡ아, 語엉)가 ≪훈몽자회≫(1527)에서 ≪ᄋ≫(례:ᅌᅡ아, 語어)로 표기된것은 그때에 초성에서 ≪ᅌ≫와 ≪ᄋ≫의 구별이 별로 없었다는 점을 말해준다. ≪훈몽자회≫범례에는 다음과 같이 쓰고있다.

---

23) 이기문 (1994), ≪국어사개설≫, p.114.
24) 러울:너구리(獺). 獺은 수달 달; 서에:성에(流澌), 澌는 성에 시, 서에>성에로 변함.

③≪唯ㆁ之初聲與ㅇ字音俗呼相近, 故俗用初聲則皆用ㅇ音≫

(오직 ㆁ의 초성과 ㅇ자의 음은 민간에서 서로 가깝게 부른다. 그러
므로 민간에서 초성을 쓰면 모두 ㅇ음을 쓴다.)

이는 16세기초에 초성에서 ≪ㆁ≫는 이미 ≪ㅇ≫에 통합되였다는것
을 설명한다. 따라서 ≪ㆁ≫는 종성의 표기로 정착하게 된다.

≪번로≫에서도 이러한 변화에 의해 ≪ㆁ≫은 거의 종성에서만 사용
되고있다.

④
혹 댱의셔(번로상2b)   혹 댱의(번로상2b)
스승이(번로상4b)   콩을(번로상24a)
뎡셩을(번로하48a)   밍 글오(번로하45b)
병이(번로하41a)   흥졍(번로하13a)
통에(번로상4a)   그 듕에(번로상4a)

≪번로≫에서 ≪ㆁ≫은 초성으로도 쓰이는데 어중에서 상대존칭을 나
타내는 ≪이다≫에만 쓰인다.

⑤내 쏘흔 일 니젓다이다 (번로상31a)
큰 형님 니ᄅᆞ샤미 올ᄒᆞ시이다(번로상41b)
읍ᄒᆞ노이다(번로상47a)
네 지븨 잘 듸 어더지이다 (번로상47a)
ᄀᆞ장 깃게이다(번로상55b)
쏘ᄒᆞᆫ 마리 이셰이다(번로상55b)
우리 가노이다(번로상59a)

≪번로≫이후의 ≪로언≫에서는 ≪ㆁ≫의 표기를 찾아볼수가 없다.

이는 17세기에 ≪ㆁ≫이 완전히 소실되여 현대어와 동일하게 사용되였다는것을 알수 있다.

3.4.1.3 모음변화에 의한 변화

≪로걸대≫의 언해본들에서 가장 뚜렷한 모음의 변화로는 ≪ㆍ≫의 변화를 들수 있다. ≪ㆍ≫의 소실은 두 단계로 나타나는데 첫단계는 비어두음절에서의 소실이다. 첫단계의 소실은 16세기에 일어난다. 이시기의 교체는 ≪ㆍ〉ㅡ≫의 교체이다. (례: ᄀᆞᆯ치─〉ᄀᆞ르치─(敎), ᄒᆞᄆᆞᆯ며〉ᄒᆞ믈며(況), 기ᄅᆞ마〉기르마(鞍) 등) 둘째 단계의 소실은 18세기 후반에 완성되는데 이시기는 어두음절에서 ≪ㆍ≫의 소실이 일어나 완전히 그 자취를 감추게 된다.25)

○ ㆍ 〉 ㅡ

이 변화는 비어두음절에서의 변화로서 첫단계의 변화에 속한다. 비어두음절에서 ≪ㆍ≫의 에서 ≪ㅡ≫로의 교체는 체언어간, 용언어간, 체언토, 용언토에 광범위하게 나타난다.

    ①ㄱ. 아름(번로하57)[私], 아름(로언하51b)(평로하51b) 亽亽(중로하53b)

        기ᄅᆞ마(번로상38a) 기르마(번로 하45a)

        셜흔(번로 하40b) 셜흔(로언하36b)(평로36b) 三十(중로하39b)

      ㄴ. ᄆᆞ른(번로상35a) 믈은(로언상31b)(평로상31b) (해당없음, 로신, 중로)

---

25) 이기문, ≪신정판 국어사개설≫, p.151~152, 210.

믈 둘 홀(번로상35a) 믈 들을(로언상31b)(평로상31b) 믈(로신
1:43b)(중로상31b)

ㄷ. ᄀᆞ 드기곰(번로상64a) ᄀᆞ득이(로언상58a)(평로상58a)(중로상58b)
기들워(번로상69a) 기ᄃᆞ려(로언상62b)(평로상62a)(중로63a)

ㄹ. 됴흔(번로상43b) 됴흔(로언상39a)(평로상39a) 죠흔(중로상40a)
느즌듸(번로상40a) 느즌듸(로언상36a)(평로상36a) 이쌔도록
(로신1:50a)(중로상36a)

우의 례는 비어두음절에서 ≪ ᆞ ᆞ ᅳ≫교체의 례들인데 ≪ ᆞ ≫가 ≪ᅳ≫
로 교체되기도 하고 반면에 ≪ᅳ≫가 ≪ ᆞ ≫로 교체되기도 한다. 또한 체
언과 용언어간은 물론 체언토와 용언토들에서도 교체가 일어남을 알수 있
다. 또한 ≪번로≫에서 ≪기ᄅᆞ마≫와 ≪기르마≫가 같이 사용되는것을
보아 16세기초에 이미 ≪ ᆞ ≫와 ≪ᅳ≫가 혼기되였다는것을 말하여 준다.
비어두음절에서의 ≪ ᆞ ᆞ ᅳ≫의 교체는 위격토≪-익 ᆞ 의≫의 교체
되는 결과를 낳았다.

② 바미(번로상9b) 밤의(로언상9a)(평로상9a) 밤에(로신1:11b)
(중로상9a)
보미ᄂᆞᆫ(번로하50a) 봄의ᄂᆞᆫ(로언하45a)(평로하45a) 봄에(중로
하47a)
보미(번로하51) 봄에(로언하46a)(평로하46a)(중로하48a)

우의 례들에서 ≪-익≫는 ≪-의≫로 변화하는것을 볼수 있다. 그리고
≪-의≫는 다시 ≪-에≫로 변화한다. ≪번로≫의 ≪보미≫가 ≪로언≫
에서 ≪봄에≫로 변화한것은 ≪-익≫가 직접 ≪-에≫로 변화한것으로
보기는 어렵고 ≪-익 ᆞ -의 ᆞ -에≫의 변화과정을 거쳐서 변화한것으로
보인다. 이는 16세기에 ≪-익≫가 ≪-의≫에 이미 교체되여 사용되였고
≪-의≫는 ≪-에≫와 교체되는 과정에 있었다는것을 말해주기도 한다.

○ ‧ > ㅏ

어두음절에서 ≪‧ > ㅏ≫의 변화는 18세기 후기에 일어난것임을 앞에서 말한바 있다. 비어두음절에서는 ≪‧ > ㅏ≫의 변화를 보여주는 례는 ≪로언≫에서 나타나고있다.

③ 묻아ᄌᆞ바님(번로하3b) 믓아자비(로언하3b)(평로하3b) (중로하4a)
    ᄒᆡ야ᄇᆞ리고(번로상4b)   해여ᄇᆞ리고(로언상4a)(평로상4a) ᄡᅳ저
ᄇᆞ리고(로신1:5a) ᄲᅳ고
    (중로상4a)

우의 례에서 비어두음절에서 ≪아ᄌᆞ바님≫이 ≪아자비≫로 변하는 ≪‧ > ㅏ≫의 변화를 보이고있으며 어두음절의 경우에는 ≪ᄒᆡ여≫가 ≪해여≫로 바뀌면서 ≪ㆎ > ㅐ≫의 변화를 보여주는데 이는 바로 ≪‧ > ㅏ≫의 결과로 인한것이다. ≪‧≫는 18세기에 어두음절에서도 ≪ㅏ≫로 변화하는데 ≪‧≫의 소실시기를 이기문은 18세기 중엽으로 보고있다.[26)]

○ ‧ > ㅓ

≪‧≫는 또 ≪ㅓ≫로 변화하기도 하였다.

④도즉(번로상27b) 도적(로언상24b)(평로상24b)(로신1:33b)(중로상24b)

≪로걸대≫류의 언해본들에서는 ≪‧ > ㅗ/ㅜ, ‧ > ㅣ≫의 변화는 보이지 않는다. 현대조선어에서 ≪ㅗ/ㅜ, ㅣ≫로 변화된 ≪ᄌᆞᄅᆞ(把 > 자루),

---

26) 이기문은 ≪한청문감≫(1779년전후)에 ≪래년≫과 ≪린년≫, ≪타다≫와 ≪ᄐᆞ다≫(彈) 등이 혼기되여있고 ≪륜음(綸音)≫(1797)에 ≪가자(具<ᄀᆞ자)≫, ≪가다듬는(<ᄀᆞ다듬는)≫의 례가 나오는데 ≪‧≫의 제2단계 소멸은 1770년보다 앞선 18세기 중엽으로 보고있다. ≪신정판 국어사개설≫, p.211.

아ᅀᆞ〉아ᅌᆞ(〉아우), 아춤(〉아침)≫과 같은 단어들은 ≪로걸대≫의 언해들에서 모두 ≪ㆍ≫로 표기되여 사용되고있다.

이상에서 ≪ㆍ≫가 비어두음절에서 ≪ㅡ, ㅏ, ㅓ≫로 변화하는 과정을 살펴보았는데 ≪번로≫에서 ≪로언≫에로의 이런 변화는 첫번째 시기의 변화이며 18세기중엽에 이르러서는 어두음절에서도 ≪ㆍ〉ㅏ≫의 교체가 이루어진다. 하지만 ≪로신≫과 ≪중로≫에서 어두음절에 이런 교체된 현상이 나타나지 않은것을 보면 18세기에 ≪ㆍ〉ㅏ≫ 완전히 교체되지 않았거나 또는 이미 교체가 완성되였다고 하더라도 ≪ㆍ≫가 표기의 수단인 문자로 계속 사용되였을 가능성이 있다.[27]

3.4.2 어음변화에 의한 변화

중세조선어에서 근대조선어로 들어오면서 어음변화에서 가장 큰 변화의 하나가 구개음화이다. 구개음화란 ≪ㄷ, ㅌ, ㄸ≫가 모음 ≪ㅣ≫나 반모음 ≪ㅣ≫앞에서 ≪ㅈ, ㅊ, ㅉ≫로 되는 현상을 말한다. ≪로걸대≫의 언해본들을 보면 18세기 ≪로신≫과 ≪중로≫에서 앞선 시기의 언해본들에 비해 구개음화현상이 많이 나타나고있다.

　　①데(번로상10a) 뎌긔(로언상9a)(평로상9a) 져긔(로신1:12b)(중로상9a)
　　　됴ᄒᆞ니(번로하44b) 됴ᄒᆞ니(로언하40a)(평로하40a) 죠혼이(중로하42b)
　　　디나(번로상5b) 디나(로언상5a)(평로상5a) 지나(로신1:6b)(중로상5a)

---

27) 이기문은 ≪신정판 국어사개설≫에서 18세기중엽이후에 음소 ≪ㆍ≫는 소실했으나 문자 ≪ㆍ≫는 ≪한글맞춤법통일안≫(1933)에 의하여 폐지될 때까지 사용되였다고 하였고(p.211) 백응진은 ≪ㆍ≫와 ≪ㅏ≫의 합류시기를 19세기로 보고있다. ≪한국어역사음운론≫ p.335~336.

덥시(번로상43a) 덥시(로언상38b)(평로상38b) 졉시(로신1:54a)(중
로상39a)

② 가디(번로상26a) 가디(로언상23b)(평로상23b) 가지(로신1:32b)
(중로상23b)
소기다(번로상18b) 소기다(로언16b)(평로상16b) 속이지(로신1:22b)
(중로상16b)
픈 디(번로하13a) 픈 디(로언상11b)(평로하11b) 픈지(중로하12b)

우의 례들에서 ①은 어간에서 구개음화가 일어나는 례들이고 ②는 접
속토 ≪-디≫가 구개음화하여 ≪-지≫로 된 례이다.

③ 됴히 밋츳 오리라(중로상61a)
됴혼 거슬 ᄀ초쟈(중로하36b)
밤ㅅ 듕에 다 듯거든(중로상52b)

우의 례는 ≪중로≫에서 구개음화가 되지 않은 례이다. 접속토 ≪-디≫
가 어김없이 ≪-지≫로 변하는데 비하여 어간에서 구개음화가 되지 않
은 례가 나온다는것은 18세기에 구개음화는 아직 완전히 완성되지 못했
다는것을 의미하며 구개음화는 먼저 문법적형태를 포함한 어말에서 일어
나고 후에 어두쪽으로 퍼졌다는것을 암시한다.[28]

이상에 론한것을 종합하면 다음과 같다.
첫째, 표기법에서 큰 변화를 보이고있는데 그것인즉 근대조선어에서
하철식표기가 상철식표기에로 이전하는것이다. 15세기 문헌들에서 약간
씩 나타났던 상철식표기는 16세기 ≪번로≫에서는 한자어체언, ≪ㅇ≫

---

28) 백응진, ≪한국어력사음운론≫, p.267.

받침으로 끝난 체언, 일부 고유어명사 등에서 상철식표기가 나타난다. 이는 15세기에 하철식표기가 동요를 보이기 시작하여 16세기에는 상당히 상철식표기로 되였음을 보여준다. 17세기의 ≪로언≫에서는 체언, 용언, 부사 등 품사전반에 걸쳐 상철식표기로 변화한다. 이는 음소위주의 하철식표기가 형태소위주의 상철식표기로 대체되고있음을 나타낸다. ≪로언≫에서 하철식으로 표기되였던 부분도 후기의 ≪평로≫, ≪로신≫, ≪중로≫ 등에서 상철식표기로 변화된다.

둘째, 초성에서는 합용병서의 변화가 뚜렷이 나타난다. ≪ㅂ≫계 합용병서와 ≪ㅄ≫계 합용병서는 17, 18세기에 ≪ㅅ≫계 합용병서로 변화한다. ≪ㅄ≫계 합용병서는 ≪로언≫에서 전혀 사용되지 않는데 이는 ≪ㅄ≫계 합용병서가 17세기에 이미 소실되였다는것을 설명한다. ≪ㅂ≫계 합용병서는 대부분 ≪로언≫에서 ≪ㅅ≫계 합용병서로 변화한다. 이는 17세기에 된소리를 나타내던 ≪ㅂ≫계 합용병서와 ≪ㅄ≫계 합용병서가 ≪ㅅ≫계 합용병서로 통일되는 경향을 보여주는것이다. 그러나 17, 18세기에 완전히 ≪ㅅ≫계렬로 통일된것이 아니라 ≪로언≫, ≪평로≫, ≪로신≫, ≪중로≫에서도 ≪ㅂ≫계 합용병서가 사용되고있는데 이는 ≪ㅂ≫계 합용병서가 ≪ㅅ≫계 합용병서와 다른 음운을 표시하는것은 아니고 같은 음운의 이형태로서 17, 18세기까지 공존하였다는것을 설명하다.

셋째, 16세기에서 17, 18세기로 오면서 ≪ㅅ≫계의 합용병서가 증가하는 현상을 보이는데 이는 ≪ㅂ≫계 합용병서와 ≪ㅄ≫계 합용병서가 ≪ㅅ≫계 합용병서로 통합되는 과정에 나타나는 현상외에도 어음적환경에 의해 나타나는것도 있다. ≪ㄹ≫ 받침으로 끝나는 음절뒤에 오는 음절의 자음이 ≪ㄱ, ㄷ, ㅂ, ㅈ≫일 경우에 된소리를 표기하기 위하여 ≪ㅅ≫계 합용병서를 사용하였고 명사와 명사의 결합에서 표기되였던 ≪ㅅ≫(사이시옷)이 다음의 첫음절로 이동하여 ≪ㅅ≫계 합용병서가 증가되였다. 이런 추세는 근대조선어에서 ≪ㅂ≫계와 ≪ㅳ≫계의 합용병서가 ≪ㅅ≫계로 통일되는 경향과 일치하다.

넷째, 기타 초성의 변화로 ≪ㆁ≫, ≪ㅎ≫, ≪ㄹ≫의 변화를 들수 있는데 16세기중엽이후로 유기후두마찰음 ≪ㆁ≫가 소실됨으로 하여 ≪번로≫에서 사용되던 ≪ㆁ≫는 ≪로언≫에서는 ≪ㄱ≫으로 변하거나 ≪ㄹ≫로 변하거나 ≪ㅎ≫으로 변하였다. ≪번로≫에서는 ≪ㅎ≫이 쓰이는데 17, 18세기에서는 ≪ㅎ≫으로 나타나기도 하고 ≪ㅋ≫으로 나타나기도 한다. 그리고 두음법칙의 작용에 의한 ≪ㄹ〉ㄴ≫의 변화도 보이고있다.

다섯째, 중세조선어에의 8종성체계는 근대조선어에서 7종성체계로 변하는데 이는 ≪ㅅ≫종성과 ≪ㄷ≫종성의 중화에 의한것이다. ≪로언≫에서는 ≪ㄷ≫종성에 한해서는 ≪ㅅ≫종성으로 표기한다. 그리고 원래 ≪ㅅ≫종성으로 쓰이던 단어와 ≪ㄷ≫종성이 ≪ㅅ≫종성으로 변한 단어를 구별하기 위하여 원래 ≪ㅅ≫종성이던 단어가 모음과 결합할 때 하철시켜 표기하였다. 이로부터 7종성이란 원래 ≪ㄷ≫종성을 ≪ㅅ≫종성으로 바꾸어버리고 원래 ≪ㅅ≫종성으로 표기되던것을 하철시키는, 음운적인것을 떠난 표기상의 중화인것이다. 앞음절의 종성과 병서하여 사용되던 사이소리 ≪ㅅ≫의 변화는 17세기 ≪로언≫에서 탈락하는 경우, ≪로언≫에서 뒤음절의 초성과 병서하여 사용되다가 18세기 ≪중로≫에서 탈락하는 경우, 그리고 18세기 ≪중로≫에서 독자적으로 수식어와 피수식어사이에서 표기되는 경우로 나눌수 있다.

여섯째, ≪번로≫에서 종성에 사용되던 ≪ㅎ≫은 ≪로언≫에서도 상당수 보이고있는데 18세기 ≪로신≫, ≪중로≫에서는 ≪ㅎ≫이 적용될 수 있는 요소를 삭제하거나 ≪ㅎ≫종성을 가진 명사를 다른 명사로 대체하는 등 방법으로 ≪ㅎ≫을 사용하지 않고있다. 이는 18세기에 종성 ≪ㅎ≫이 급격한 변화를 가져왔다는것을 알려준다. 둘받침의 경우 대부분 둘받침은 현대와 다름없이 사용되는데 ≪ᄳ≫에서 ≪ㄱ≫은 18세기에 탈락되는 경향을 보인다. ≪ᄚ≫의 표기에서 16세기 ≪ᄫᅥ로≫에서 음절을 구분하려는 경향으로 어중에 ≪ㅂ≫을 삽입하여 어중에 3개 자음이 겹쳐 사용되였지만 17세기에는 ≪ㅂ≫을 탈락시켰고 18세기에는 ≪ㅍ≫를 분해하여 ≪ᄚ+ㅎ≫로 표기하는 경향이 있었다. 후에 ≪ㄹ≫이 탈락됨으로 하여 ≪앏픠≫과 같은 단어가 현대의 ≪앞의≫로 같은 형태로 되였다.

일곱째, 모음에서 가장 뚜렷한 변화는 ≪·≫의 변화인데 16세기에는 첫번째 변화시기로서 비어두음절에서 ≪ㅡ≫로 교체하여 나타난다. ≪·〉ㅡ≫의 교체는 위격토 ≪ᄋᆡ〉의≫가 교체되는 결과를 낳았고 ≪의≫는 다시 ≪에≫에 의하여 교체되는데 17세기에는 ≪의≫와 ≪에≫가 공존하였다. 비어두음절에서는 ≪·〉ㅏ≫의 교체도 일어났는데 18세기에 어두에서 교체가 일어남으로 하여 두번째 변화시기에 접어든다. 비어두음절에서는 ≪·〉ㅓ≫의 교체현상도 일어나지만 현대조선어에 나타나는 ≪·≫가 ≪ㅗ/ㅜ, ㅣ≫로 교체되는 례는 발견되지 않는다. ≪·≫는 ≪중로≫에서도 상당히 많이 사용되는데 18세기중엽이후에 완전히 소실되여 다만 표기를 위한 문자로 존재했을 가능성도 있고 아니면 19세기에 소실되였을 가능성도 있다.

여덟째, 어음의 변화에서 가장 뚜렷한 변화의 하나가 구개음화현상이다. ≪중로≫와 ≪로신≫에서 집중적으로 보여지는데 이는 18세기에 구개음화가 활발하게 이루어지고있었다는것을 설명한다. ≪중로≫와 ≪로신≫에서는 단어들의 어간과 접속토 ≪-디≫에서 구개음화현상이 일어난다. 그러나 일부 단어들에서는 여전히 구개음화가 이루어지지 않고있었는데 이는 이 시기 구개음화가 완전히 완성되지 않았다는것을 설명하며 조선어의 구개음화는 우선 먼저 문법적형태를 포함한 어말위치에서 시작되여 점차 어두쪽으로 옮겨졌다는것을 설명한다.

제4장

어휘의 변화

《로걸대》의 각종 언해본들에는 매우 다양한 어휘들이 등장한다. 론문에서 다루는 다섯가지 문헌을 비교해 보면 앞의 문헌에서 사용되던 어휘가 다른 어휘로 교체되어 나타나거나 교체되어 가는 경우를 발견할수 있다. 또한 당시 언해본 편찬에 참가한 언해자들의 어휘선택의 경향이라던가 표기법에서의 보수성 등을 고려할 때 다른 어휘로 대체되었다고 하더라도 그 어휘의 완전한 소멸이나 다른 형식으로의 완전한 대체라고 말하기도 어려운것이다.

이런 변화양상을 보이는 어휘들에 대하여 하나하나 론의하자면 매우 어려운것이다. 때문에 본장에서는 《로걸대》의 언해본들에서 나타난 어휘들중에서 특징적인 어휘들만 골라 론의를 전개하기로 하며 또한 어휘 하나하나에 대한 설명보다는 각 언해본마다 보이는 어휘간의 차이를 주목하고 그들간의 비교에 초점을 맞추어 론의를 전개하기로 한다. 그리고 어휘가 사용된 문맥과 번역문과 대응하는 한어원문을 충분히 고려하여 어휘의 의미를 추적해보기로 한다.

4.1 명사류

4.1.1 고유어에서 한자어에로의 교체

한자어가 조선어에 들어온 력사는 매우 오래다. 이는 훈민정음이 창제되기 이전에 장기간 한자를 서사수단으로 사용한것과 관련된다. 특히 통일신라시기 경덕왕16년 (757년)에 실시된 지명, 인명, 관명에 대한 개정은 조선어와 한자어가 두 계렬로 형성되는 시원을 열어놓았다. 그후로 한자어는 계속적인 증가를 보였고 15세기 후반기로부터는 고유어를 쓸수 있는것도 한자어를 쓰게 되면서 조선어와 한자어는 이중체계를 확립하게 된다. 근대조선어시기에 들어서면서 임진왜란과 청나라의 침입 등으로 하여 민족문화는 크게 파괴되였고 이런 영향은 언어령역에까지 미치게 되였다. 특히 한자어휘는 체언과 용언의 각 품사에 계속 침투되였고 동의적관계에 있던 고유어와 한자어사이에도 병존하던데로부터 생존경쟁이 생기게 되였는데 이런 생존경쟁과정에서 한자어에 의해 고유어가 교체되는 결과를 가져오게 된다.

16세기초의 ≪번역박통사≫와 1677년의 ≪박통사언해≫의 한단락을 비교해 보면 고유어가 한자어에 교체되는 현상을 잘 알수 있다.

① 이 저 셩쥔 너브신 복이 하늘의 ᄀ타샤 ᄇᄅᆷ도 고ᄅ며 비도 슌ᄒ야 나리히 태평ᄒ고 빅셩이 편안ᄒ저고 ᄯᅩ 이봄 二三月 됴ᄒᆫ 시져를 맛나니 됴ᄒᆫ 시졀을 건네 텨ᄇ리디 말 거시라. 사ᄅ미 일셰만 사라 잇고 프른 ᄒᆫ ᄀ슬신장 사라 잇ᄂᆞ니 우리 여러 ᄆ숨 됴히 너기ᄂ 형뎨 ᄀ트니들히 뎌 일홈난 화원의 가 ᄒᆫ 샹화ᄒᆞᆫ 이바디를 ᄒᆞ야 우리 시르믈 슬우며 답답ᄒᆫ ᄆᆞᆺ믈 혜와도ᄃᆡ 엇더ᄒᆞ뇨.(번역박통사 상 1)

② 當今에 聖主ㅣ 큰 福이 하늘과 ᄀ즉ᄒ야 風調雨順ᄒ고 國泰民
安ᄒ듸 ᄯ 이 봄 二三 月 됴흔 時節을 만나시니 됴흔 時光을 그릇 디
내디 마쟈. 人生 一世ㅣ오 草生 一秋이라 우리 여러 됴흔 弟兄들히 뎌
有名흔 花園에 가 흔 賞花ᄒᄂ 이바디를 ᄒ여 우리 消愁解悶홈이 엇
더ᄒ뇨.(박통사언해 상 1)

우의 례를 보면 고유어가 한자어로 바뀌고 정음자로 적혔던 한자어가
한자로 적혀 있다.

《로걸대》의 언해본들을 보면 마찬가지로 《번로》에서는 고유어가
많이 사용되는 반면 《로언》에서부터는 많은 고유어가 한자어로 대체
되고있다. 특히 《로언》의 경우 한자의 사용은 대폭으로 증가되고있
다.1) 또한 이런 현상은 대부분 명사류에서 나타나고있다. 아래에 특징적
인 단어들을 선택하여 설명하려고 한다.

1) 되, 漢, 中國, 한 [漢兒]

《번로》에서는 중국어《漢兒》가 주로 한자어 《漢 》으로 나타나다
가 간혹 《되》로 나타난다. 그러나 후기의 《로언》과 《평로》에서는
한자어 《漢》으로 나타나고 《로신》과 《중로》에서는 비록 한자어지
만 《한》으로 쓰거나 《中國ㅅ사름》으로 씌여진다.

①
내 되 흑당의셔 글 비호라(번로상 2b)

_____

1) 김완진 《노걸대의 언해에 대한 비교연구》에 의하면 《번로》와 《로언》 두책
에서 다같이 한자로 표기된것이 198건, 《로언》만 한자로 표기된것이 344건,
《번로》만 한자로 표기한것은 22건으로 집계되며 이것을 분포 비률로 환산하면
《로언》은 매 5구절에 한번씩, 《번로》는 매 13구절에 한번의 비률을 보인다고
하였다. p.85~86.

내 漢혹당의셔 글 빈호라(로언상 2b)

내 漢學堂의셔 글 빈호롸(평로상 2b)

내 中國ㅅ 사름의 學堂에 이셔 글을 빈호롸(로신1:2b)

내 中國ㅅ 사름의 學堂에셔 글을 빈호롸(중로상 2b)

②

쏘 엇디 漢語 닐오미 잘 ᄒᆞᄂᆞ뇨(번로상2a)

쏘 엇디 漢語 니름을 잘 ᄒᆞᄂᆞ뇨(로언 상2a)

쏘 엇디 漢ㅅ 말 니름을 잘 ᄒᆞᄂᆞ뇨(평로상2a)

엇지 能히 우리 한말을 니ᄅᆞᄂᆞ다(로신1:2b)

엇지 能히 우리 한말을 니ᄅᆞᄂᆞ다(중로상2a)

례문 ①의 ≪되 혹당≫은 ≪漢兒學堂≫에 해당하는데 ≪번로≫에서
는 이외에 ≪漢兒火伴≫을 ≪되 벋≫(번로상13a)으로 쓰고있다. 이에 대
응하여 ≪로언≫과 ≪평로≫에서는 모두 ≪漢≫을 쓰고있지만 ≪로신≫
과 ≪중로≫에서는 아예 원문을 ≪中國人≫으로 고쳐쓰고 언해문에서도
≪中國ㅅ 사름≫으로 쓰고있다. 례문 ②에서는 ≪漢兒言語≫를 ≪漢語≫
또는 ≪漢ㅅ 말≫로 나타내고있으며 ≪로신≫과 ≪중로≫에서는 원문이
≪官話≫로 변하였음에도 불구하고 ≪한말≫로 적고있다.[2] 현대조선어
에서 ≪되놈≫과 같은 속된 말에서만 ≪되≫가 사용될뿐 거의 사용되지
않고 ≪한, 중국≫이란 뜻으로 한자어가 많이 사용되고있다.

  2) 읏듬봄, 主見[主見]

≪읏듬봄≫은 현대어의 ≪주견≫에 해당하는 단어인데 ≪자기의 주장
이 있는 의견≫이란 뜻을 나타낸다.

---

2) 김완진은 ≪노걸대의 언해에 대한 비교연구≫에서 ≪한말≫에서의 ≪한≫은 중국
  어 차용어라고 하고있다.

①
네 므슴 웃듬보미 잇ᄂ뇨(번로상5a)
네 므슴 主見이 잇ᄂ뇨(로언상5a)
네 므슴 主見이 잇ᄂ뇨(평로상4b)
네 므슴 主見이 잇는다(로신1:6a)
네 므슴 主見이 잇ᄂ뇨(중로상4b)

《웃듬봄》은 《번로》에서만 사용되였을뿐 《로언》부터는 모두 《主見》으로 대체된다. 이는 16세기에 사용되던 고유어 《웃듬봄》이 17세기부터는 한자어 《主見》으로 대체되여 현재까지 사용되고있다는 점을 설명하고있다.

3) 어버ㅅㅣ, 어버이, 父母 [爺娘:父母]

①
우리 어버ㅅㅣ 나를 ᄒ야 빈호라 ᄒ시ᄂ다(번로상6a)
우리 어버이 날로 ᄒ여 빈호라 ᄒᄂ니라(로언상 5b)
우리 어버이 날로 ᄒ여 빈호라 ᄒᄂ니라(평로상5b)
우리 父母ㅣ 날로 ᄒ여 가 빈호라 ᄒ 거시라(로신1:7a)[父母]
우리 父母ㅣ 날로 ᄒ여 가 빈호라 ᄒ 거시라(중로상5b)[父母]

우의 례문에서 《번로》에서 《어버ㅅㅣ》로 쓰이던 단어가 《ㅿ》의 소실로 《로언》과 《평로》에서는 《어버이》로 쓰이고 《로신》과 《중로》에서는 《父母》로 쓰이고있다. 이 외에도 《번로》에서는 한자어 《부모》가 많이 쓰이고있다. 《부못 명셩을 더러이면》(번로하48b) 이린 경우에 《로언》과 기타 언해본들에서는 모두 《부모》 또는 《父母》로 쓰이고있다. 현대조선어에서는 《어버이》와 《부모》가 공존하고있는 상황이다.

4) 잣, 城[城]

≪잣≫은 현대어 ≪성≫에 해당하는 고유어이다.

①
내 遼陽 잣 안해셔 사노라(번로상8a)
내 遼陽 잣 안해셔 사노라(로언상7b)
내 遼陽 잣 안해셔 사노라(평로상7b)
내 遼陽ㅅ 잣 안히 이셔 사노라(로신1:10a)
내 遼陽ㅅ 城 안히 이셔 사노라(중로상7b)

우의 례문에서 보여주다싶이 ≪성≫을 표시할 때 ≪중로≫를 제외한 언해본들은 모두 고유어 ≪잣≫을 쓰고있다. 이 외에도 ≪성≫을 나타낼 때 모두 ≪잣≫을 쓰고있는데 유독 ≪중로≫에서는 ≪城≫을 쓰고있다. 특이한것은 비슷한 시기의 ≪로신≫에서도 ≪잣≫을 사용하고있다는 점이다. ≪로신≫, ≪중로≫와 비슷한 시기의 문헌인 ≪청어로걸대≫(1765년)과 ≪몽어로걸대≫(1790년)를 보면 모두 ≪城≫을 쓰고 있다.

②
내 遼东城 안히 사노라(청어로걸대1:10b)
내 遼东城 안히 사노라(몽어로걸대1:10b)

이로부터 ≪성≫을 나타내는 고유어 ≪잣≫은 18세기에 이르러 이미 한자어 ≪城≫에 의해 대체되였다는것을 알수 있다. ≪로신≫에서 ≪잣≫이 사용된것은 아마 언해본 편찬자가 전시기의 문헌을 참고할 때 그대로 답습한것으로 추측된다. 현대조선어에서는 ≪城≫이 쓰이고있다.

5) 우ㅎ, 以上 [以上]

①
　　이 ᄒᆞᆫ 둥엣 ᄆᆞᄅᆞᆫ 열닷량 우후로 ᄑᆞᆯ오 이 ᄒᆞᆫ 둥엣 ᄆᆞᄅᆞᆫ 열량 우후로
ᄑᆞᆯ리라 ᄒᆞ더라(번로상9a)
　　이 ᄒᆞᆫ 둥엣 ᄆᆞᆯ은 열닷냥 우후로 ᄑᆞᆯ고 이 ᄒᆞᆫ둥엣 ᄆᆞᆯ은 열량 우흐로
ᄑᆞᆯ리라 ᄒᆞ더라(로언상8a)
　　이 ᄒᆞᆫ 둥엣 ᄆᆞᆯ은 열닷냥 우흐로 ᄑᆞᆯ고 이 ᄒᆞᆫ둥엣 ᄆᆞᆯ은 열량 우흐로
ᄑᆞᆯ리라 ᄒᆞ더라(평로상8a)
　　이 웃듬 ᄆᆞᆯ은 十五兩 以上에 ᄑᆞᆯ고 이 ᄒᆞᆫ둥 ᄆᆞᆯ ᄀᆞᄐᆞᆫ이ᄂᆞᆫ 十兩 以上
에 픈다 ᄒᆞ더라(로신1:11a)
　　이 웃듬 ᄆᆞᆯ은 十五兩 以上에 ᄑᆞᆯ고 이 ᄒᆞᆫ둥 ᄆᆞᆯ ᄀᆞᄐᆞᆫ이ᄂᆞᆫ 十兩 以上
에 픈다 ᄒᆞ더라(중로상8ab)

　우의 례는 한어원문 ≪以上≫에 대응하여 ≪번로≫, ≪로언≫, ≪평로≫
는 모두 ≪우ㅎ≫를 쓰고있고 ≪로신≫과 ≪평로≫에서는 ≪以上≫을
쓰고있다. 이는 고유어 ≪우ㅎ≫가 18세기에 이미 ≪以上≫에 의해 대체
되여 사용됨을 보여주고있다.

　6) 니건 힛, 往年, 前年[往年][年時]

①
　　빗갑슨 니건 힛 갑과 ᄒᆞᆫ가지라 ᄒᆞ더라(번로상9a)
　　빗갑슨 往年 갑과 ᄒᆞᆫ가지라 ᄒᆞ더라(로언상8ab)
　　빗갑슨 往年 갑과 ᄒᆞᆫ가지라 ᄒᆞ더라(평로상8ab)
　　빗갑슨 往年ㅅ 갑시 比컨대 닉도치 아니타 ᄒᆞ더라(로신1:11a)
　　빗갑슨 往年에 比컨대 닉도치 아니타 ᄒᆞ더라(중로상8b)

②
　　내 니건 히 셔울 잇다니 갑시 다 ᄒᆞᆫ가지로다(번로상9b)[年時]

내 前年에 셔울 잇더니 갑시 다 흔가지로다(로언상8b)[年時]
내 前年에 셔울 잇더니 갑시 다 흔가지로다(평로상8b)[年時]
내 그히에 셔울 이실 쎄와 갑시 다 흔가지로다(로신1:11b−12a)[當年]
내 그히에 셔울 이실 쎄와 갑시 다 흔가지로다(중로상9a)[當年]

례①과 례②에서 한어원문의 ≪往年≫과 ≪年時≫을 나타낼 때 ≪번로≫에서는 ≪니건 히≫를 쓰고있지만 그후의 언해본들에서는 ≪往年≫, ≪前年≫를 쓰거나 ≪當年≫에 해당하는 ≪그히≫를 쓰고있다. 이는 ≪다른 해, 이전 해≫의 뜻을 나타내는 고유어 ≪니건 히≫가 17세기부터는 사용되지 않고 한자어에 의해 대체되였음을 보여주고있다. 현대조선어에서는 ≪왕년, 전년≫은 사용되지만 ≪니건히≫는 쓰이지 않고있다. ≪그해≫와 같은 뜻으로 ≪당년≫도 쓰이고있다.

7) ᄆᆞ쇼, 즘싱(頭口, 牲口)

①
우리 ᄆᆞ쇼 쉬워 닉실 일 녀져(번로상10b)[頭口]
우리 ᄆᆞ쇼 쉬워 닉일 일 녜쟈(로언상9b)[頭口]
우리 ᄆᆞ쇼 쉬워 닉일 일 녜쟈(로언상9b)[頭口]
즘싱을 쉬워 닉일 일 녜미 맛당ᄒ다(로신1:13b)[牲口]
즘싱을 쉬워 닉일 일 녜쟈(중로상9b)[牲口]
②
즘승 쉬우져(번로상17a)(頭口]
즘승들 쉬우쟈(로언 상15b)[頭口]
즘승들 쉬오쟈(평로상15b)[頭口]
즘싱을 쉬오쟈(로신1:21ab)[牲口]
즘싱을 쉬오쟈(중로상15ab)[牲口]

우의 례에서 가축을 나타내는 한어원문이 ≪頭口≫에서 ≪로신≫과 ≪중로≫에서는 모두 ≪牲口≫로 대체되는데 ≪頭口≫의 뜻으로 ≪번로≫와 ≪로언≫에서는 ≪마쇼≫와 ≪즘승≫이 함께 사용되고있고 ≪로신≫과 ≪중로≫에서는 ≪즘싱≫이 사용되고있다. 여기서 ≪마쇼≫는 원래 ≪즘승≫과 같은 뜻으로도 사용되였는데 18세기에는 그 뜻이 축소되여 ≪말과 소≫를 가리키는 단어로 된것 같다. 따라서 ≪즘싱≫에 의해 대체된것 같다. 현대조선어에서도 ≪말과 소≫의 뜻으로 ≪마쇼≫가 사용되고있다. ≪번로≫에서는 ≪즘승≫이 사용되였지만 ≪즘싱≫은 사용되지 않고있다. 17세기 ≪로언≫에서는 ≪즘승≫과 ≪즘싱≫이 모두 사용된다. ≪로신≫과 ≪중로≫에서는 ≪즘싱≫만 사용된다. 현대조선어에서는 ≪즘승, 즘싱≫에서 이어진 ≪짐승≫이 사용되고있다. 개화기 잡지들에서 ≪즘승:짐승≫의 쌍형어가 존재하는데 ≪즘승≫은 ≪즘싱≫에서 변화된것으로 보인다. 따라서 ≪즁싱(衆生) 〉 즘싱 〉 즘승 〉 짐승≫의 변화과정을 거쳐 현대어의 ≪짐승≫에 이른다. ≪번로≫에서 ≪즘승≫만 사용되였고 ≪중로≫에서 ≪즘싱≫만 사용되였지만 16세기부터 18세기까지 ≪즘승≫과 ≪즘싱≫이 공존한것으로 보인다. 단지 번역자들의 자의적인 선택에 의한 결과일수도 있다.

8) 흥졍ㄱ슴, 貨物 [貨物]

①
    네 이 물와 뵈를 北京의 가 풀오 쏘 므슴 흥졍ㄱ슴 사 高麗ㅅ 짜해 도라가 픈ᄂ뇨(번로상12b)
    네 이 물과 뵈틀 北京의 가 풀고 쏘 므슴 貨物을 사 高麗ㅅ 짜해 도라가 픈ᄂ뇨(로언상11ab)
    네 이 물과 뵈틀 北京의 가 풀고 쏘 므슴 貨物을 사 高麗ㅅ 짜해 도라가 픈ᄂ뇨(평로상11ab)

네 이 믈과 뵈룰 北京 가 풀고 쏘 므슴 貨物을 사 朝鮮에 도라가 프
ᄂᆞ뇨(로신1:15b)
네 이 믈과 다믓 뵈룰 北京 가 풀고 쏘 져기 므슴 貨物을 사 朝鮮에
도라가 프ᄂᆞ뇨(중로상11ab)

≪홍졍ᄀᆞ숨≫에 ≪ᄀᆞ숨≫은 ≪재료, 도구≫를 뜻하는 말인데 ≪홍졍
ᄀᆞ숨≫은 현대어의 ≪홍졍감≫에 해당하는 단어이다. ≪로언≫부터는
≪貨物≫에 의해 대체된다. 현대조선어에서 ≪홍졍≫과 ≪감≫이 존재
하는것으로 보아 ≪홍졍ᄀᆞ숨≫이 완전히 ≪貨物≫에 의해 교체되였다고
할수는 없지만 ≪물건≫을 뜻하는 단어로 ≪화물≫이 더 많이 사용된다.

9) 고로, 능, 綾[綾]

①
깁과 고로와 소옴들 거두워 사 王京의 도라가 폴라 가노라(번로 상13a)
깁과 능과 소옴을 거두어 사 王京의 도라가 폴라 가노라(로언상11b)
깁과 능과 소옴을 거두어 사 王京의 도라가 폴라 가노라(평로상11b)
깁과 綾과 소옴과 비단을 거두어 사 王京에 도라가 폴려 ᄒᆞ노라(로
신1:15b)
깁과 綾과 소옴과 비단을 거두어 사 王京에 도라가 폴려 ᄒᆞ노라(중
로상11b)

≪비단의 일종≫으로 ≪번로≫에서는 ≪고로≫만 사용되고있는데 ≪로
언≫부터는 ≪능≫, ≪綾≫만이 나타난다. 이는 근대로 들어오면서 고유
어 ≪고로≫가 한자어에 의해 대체되였다는것을 보여준다. 현대어에서도
≪비단의 하나, 얼음같은 무늬가 있고 얇은 비단≫의 뜻으로 ≪능(綾)≫이
사용된다.

10) 아슴, 권당[親眷]

①
이 쟉도ᄂᆫ 이 우리 아슴 믜 짓것시니(번로상19a)
이 쟉도ᄂᆫ 이 우리 권당의 집 거시니(로언상17b)
이 쟉도ᄂᆫ 이 우리 권당의 집 거시니(평로상17b)
이 쟉도ᄂᆫ 이 우리 권당의 집 거시라(로신1:23b)
이 쟉도ᄂᆫ 이 우리 권당의 집 거시라(중로상17a)

≪친척≫의 뜻을 나타내는 ≪아슴≫은 ≪번로≫에서만 사용되고 ≪로
언≫이하에서는 모두 ≪권당≫으로 대체된다. 이는 근대로 들어서면서
고유어≪아슴≫이 한자어 ≪권당≫에 의해 교체되였음을 보여준다. 현
대조선어에서도 ≪친척≫과 같은 뜻으로 ≪권당≫이 쓰인다.

11) 다대, 達達[達達]

①
다대 아니니 모로리로다(번로상50a)
達達도 아니니 모로리로다(로언상45a)
達達도 아니니 모로리로다(평로상45a)
(해당 없음)(로신)
ᄯᅩ 㺚子도 ᄀᆺ지 아니하니 아지 못게라(중로상46a)[㺚子]

≪다대≫는 ≪타타르족≫을 뜻하는 옛말로서 중세문헌에서 사용되였다.

② 請 드른 다대와 노니(룡가52)
韃 다대 달(훈몽 중2b)

≪번로≫에서는 ≪다대≫가 사용되였지만 ≪로언≫부터는 한어원문
그대로 ≪達達≫과 ≪㺚子≫를 쓰고 있다. 이로보아 17, 18세기에는

≪다대≫가 소실되였고 또한 ≪다대≫를 대신할 다른 새로운 단어가 없었던것으로 보아진다. 그리하여 한어원문을 그대로 사용한것으로 보인다. 현대조선어에는 ≪達達≫는 사용되지 않지만 ≪달자(韃子)≫3)는 사용되고 있다.

12) 예, 왜[倭]

①[倭絹]
예깁 (번로하26a), 왜깁(로언하23b, 평로하 23b, 중로하 24b)

우의 례에서≪왜(倭)≫를 뜻하는 ≪예≫는 17세기에 이르러 완전히 ≪왜≫에 의해 교체되였다.4)

② 倭 예 왜(훈몽자회 중:2)

≪왜≫는 현대조선어에도 사용되고있다.

13) 아비누의, 어믜오라븨; 姑姑/姑娘, 舅舅[姑姑/姑娘, 舅舅]
①
소인은 아븨누의게 나니오 뎌는 어믜오라븨게 나니이다(번로상 16a)[姑姑, 舅舅]
小人은 姑姑의 난 이오 뎌는 舅舅의 난 이라(로언상14b)[姑姑, 舅舅]

---

3) 달자(韃子):서북변의 오랑캐라는 뜻으로, 중국 명나라에서 몽고족을 이르던 말. ≪표준대국어사전≫.
4) 김완진 ≪노걸대의 언해에 대한 연구≫에서는 ≪로언≫에서의 어휘의 전면적인 교체로는 ≪고로≫와 ≪깁≫의 교체, ≪아숨≫과 ≪권당≫의 교체가 가장 전형적이며, 다음 ≪<예>와 <왜>≫, ≪다대≫와 ≪達達≫, ≪당샹≫과 ≪샹샹≫의 례도 전면적인 교체의 례로 보고있다. 동상서 p.188~189.

小人은 姑姑의 난 이오 뎌는 舅舅의 난 이라(평로상14b)[姑姑, 舅舅]

나는 이 姑娘의게 난 이오 져는 이 내 舅舅의 나혼이라(로신1:20a)

[姑娘, 舅舅]

나는 이 姑娘의게 난 이오 져는 이 내 舅舅의 나혼이라(중로상14b)

[姑娘, 舅舅]

14) 어미, 母親[母親]; 형, 姐姐[姐姐]; 아싀, 아이, 妹子[妹子]

②

우리 어미는 형이오 뎌의 어미는 아싀라(번로상16a)

우리 母親은 형이오 뎌의 母親은 아이라(로언 상15a)

우리 母親은 형이오 뎌의 母親은 아이라 (평로상15a)

우리 母親은 이 姐姐ㅣ오 져의 母親은 이 妹妹ㅣ라(로신1:20a)

우리 母親은 이 姐姐ㅣ오 져의 母親은 이 妹妹ㅣ라(중로상 14b-15a)

15) 어믜겨집동싱, 兩姨 [兩姨]

③

ᄒ나흔 어믜겨집동싱의게 난 아사.(번로 하 5b)

ᄒ나흔 兩姨의게셔 난 아이라(로언하 5a)

ᄒ나흔 兩姨의게 난 아이라(평로하 5a)

ᄒ나흔 이 兩姨의게 난 아이라(중로하 5b)

우의 례들은 친족관계를 나타내는 단어로 ≪번로≫에서는 ≪아븨누이, 어믜오라븨, 어미, 형, 아싀, 어믜겨집동싱≫[5] 등이 사용되였지만 ≪로언≫과 그 이후의 언해본들에서는 점차 한자어로 대체하여 쓰고있

---

5) 여기서 ≪형, 아싀, 어믜겨집동싱≫은 고유어가 아니다. 특히 ≪아싀≫는 한자어 ≪阿兒≫의 조선식표기로 보아야 하고 ≪어믜겨집동싱≫은 고유어와 한자어의 합성어로 보아야 할것이다. 여기서 고유어에 넣어 비교한것은 친족용어들을 함께 비교하려는데 그 목적을 두고있다.

다. 또한 현대어에서 이들은 ≪고모, 외숙, 언니(형), 동생, 이모≫등 으로 사용되는것으로 보아 고유어를 대체하였던 한자어들은 일정한 시기에 잠간 사용되었다가 사라진것으로 보인다. 다만 ≪어미≫만은 현대어에서 ≪어미, 에미, 엄마, 어머니≫등 고유어와 한자어 ≪모친≫ 등 여러 단어가 활발하게 쓰이고있는 상황이다.

16) 도틔고기, 猪肉 [猪肉]

①
도틔고기 사라가라(번로 상20b)
猪肉을 사라가라(로언 상18b)
猪肉을 사라가라(평로상18b)
猪肉을 사라가라(로신1:25b)
猪肉을 사라가라(중로상18b)

≪도틔고기≫는 ≪돼지고기≫의 뜻으로 현대어에서는 별로 사용되지 않고 일부 방언에서만 사용되고있다. ≪번로≫에서는 ≪도틔고기≫가 씌였지만 ≪로언≫이하의 언해본에서는 ≪猪肉≫으로 대체된다. 현대어에서 한자어로≪猪肉≫이 사용되는것을 볼 때 이 한자어는 근대에 이미 사용되었다는것을 알수 있다.

현대조선어의 ≪돼지≫는 중세조선어의 ≪돝≫에서 변화한것인데 ≪돝＋이＋아지≫에서 변화하여 현대어에 이르게 되였다.

17) 땃임자, 地主

①
땃임자와 겨틧 평신을 다가 의심ᄒ야 텨 져주니(번로상28b)
地主와 겨틧 平人을 다가 의심ᄒ여 텨 져주더니(로언상25b)

地主와 겨틧 사ᄅᆞᆷ을 다가 의심ᄒᆞ여 텨 져주더니(평로상25b)

地主와 겻히 사람을 쳐 져주더니(로신1:35b)

地主와 다못 겻히 사람을다가 쳐 져주더니(중로상25b)

≪번로≫에서는 고유어 ≪ᄯᅡᆺ임자≫가 ᄡᅵ였지만 ≪로언≫이하의 언해본들에서는 한자어 ≪地主≫가 ᄡᅵ였다. 현대조선어에서도 ≪땅임자≫와 ≪지주≫가 함께 사용되고있다.

18) 구의, 官司 [官司]; 마슬, 마을 [官司]

①

이제 그 도ᄌᆞ기 구윗 옥애 이셔 가텻ᄂᆞ니라(번로 상30b)[官司牢]

이제 그 도적이 官司 옥에 번ᄃᆞ시 이셔 가텻ᄂᆞ니라(로언상27b)[官司牢]

이제 그 도적이 官司 옥에 번ᄃᆞ시 이셔 가텻ᄂᆞ니라(평로상27b)[官司牢]

이제 져 도적이 시방 옥에 가쳣ᄂᆞ니라 (로신1:38a)「牢」

이제 그 도적이 시방 옥에 가쳣ᄂᆞ니라(중로상27b)[牢]

≪구의≫는 ≪관청≫을 가리키는 단어인데 한어원문 ≪官司, 官府≫에 해당한다. 우의 례에서는 ≪로언≫과 ≪평로≫에서 한자어 ≪官司≫로 대체하였는데 아래의 경우에는 ≪구의≫ 또는 ≪마슬, 마을≫로 사용된다.

② [官司]

구의 屍身을 검시ᄒᆞ고(번로상28b)

구의 주검을 검시ᄒᆞ고(로언상25b)

구의 죽엄을 검시ᄒᆞ고(평로상 25b)

구의가 죽엄을 검시ᄒᆞ여(로신1:35a)

구의 죽엄을 검시ᄒᆞ여(중로상25b)

③ [別處官司]

후에 다른 딋 마ᅀᆞ리(번로상 28b)

후의 다른딋 마슬이(로언상25b)

후의 다른 듸 마ᄋᆞᆯ이(평로상25b)

후에 다른 짜 구의에서(로신1:35b) [別地方的官府]

후에 다른 곳 구의에셔(중로상25b)[別地方的官府]

우의 례들에서 례①의 ≪구의≫는 ≪관청, 관가≫를 뜻하고 례②의
≪구의≫는 ≪관원≫을 뜻한다. 례③에서는 ≪마슬≫로 ≪官司≫를 번
역하고있다. 현대조선어에서는 ≪구의≫는 사용되지 않고있지만 ≪관사
(官司)≫는 ≪관아(官衙)≫를 뜻하는 말로 쓰이고있다. ≪마슬, 마ᄋᆞᆯ≫도
≪마을≫이어져서 사용되고있다. 현대조선어에서 ≪마을≫은 ≪관아≫
라는 뜻도 가지고있지만 ≪동네≫의 뜻으로 더 많이 쓰이고 있다.

19) 아츰밥, 早飯

①

일즉 아츰 밥을 몯 머거 잇고(번로상40a)

일즉 아츰 밥을 못 먹엇고(로언상36a)

일즉 아츰 밥을 못 먹엇고(평로상36a)

일즉 早飯을 먹지 못ᄒᆞ엿고(로신1:50a)

일즉 早飯을 먹지 못ᄒᆞ엿고(중로상36a)

≪번로≫, ≪로언≫, ≪평로≫에서는 고유어 ≪아츰밥≫이 쓰였는데
≪로신≫과 ≪중로≫에서는 한자어로 ≪早飯≫이 씌였다. 현대조선어에
서는 ≪아침밥≫과 ≪조반(早飯)≫이 함께 사용된다.

20) ᄂᆞᄆᆞ새, 菜蔬, ᄂᆞ믈[菜蔬]

　①
　아므란 니근 ᄂᆞᄆᆞ새 잇거든 (번로 상40b)
　아므란 니근 菜蔬 잇거든 (로언상 36b)
　아므란 닉은 菜蔬 잇거든(평로상 36b)
　아모란 닉은 ᄂᆞ믈 잇거든(로신 1:51ab)
　아모란 닉은 ᄂᆞ믈 잇거든(중로상 36b)

　≪ᄂᆞᄆᆞ새≫는 ≪남새≫의 중세어이다. ≪번로≫에서는 ≪ᄂᆞᄆᆞ새≫
가 사용되였는데 ≪로언≫과 ≪평로≫에서는 한자어 ≪菜蔬≫에 의해
대체되였다가 ≪로신≫과 ≪중로≫에서 다른 고유어인 ≪ᄂᆞ믈≫로 바뀌
여 쓰인다. 현대조선어에는 ≪남새, 채소, 나물≫ 모두가 사용되고있다.

　21) 나그내, 客人, 나그ᄂᆡ

　①
　그 도즈기 그 나그내의 등의 ᄒᆞᆫ 사를 쏘니(번로상 29a)
　그 도적이 그 客人의 등을 다가 ᄒᆞᆫ 살로 쏘니(로언 상26ab)
　그 도적이 그 客人의 등을 다가 ᄒᆞᆫ 살로 쏘니(로언 상26ab)
　그 도적이 그 나그ᄂᆡ의 등을 다가 ᄒᆞᆫ 살로 쏘니(로신1:26a)
　그 도적이 그 나그ᄂᆡ의 등을 다가 ᄒᆞᆫ 살로 쏘니(중로 상26a)

　≪번로≫에서는 고유어 ≪나그내≫를 쓰고있는데 ≪로언≫과 ≪평로≫
에서는 한자어 ≪客人≫으로 대체된다. ≪로신≫과 ≪중로≫는 다시 고
유어를 쓰고있는 상황이다. 그리고 ≪로언≫과 ≪평로≫에서만 ≪客人≫
이 사용되였으며 또한 쓰인곳도 각각 세곳뿐이다. 이에 비해 ≪나그내≫
는 무려 46곳에서 사용되고있다. 이는 한자어 ≪客人≫이 현대어에서도
≪손님≫을 뜻하는 단어로 존재하고있지만 중세와 근대를 아울러 자주

사용되지 않은것으로 보아진다. 현대조선어에는 ≪나그네≫와 ≪객인 (客人)≫이 모두 사용되고있다.

22) 집, 人家[人家]

① [那個人家]
뎌 지븨 내 앗가 ᄀᆞᆺ 뿔 밧고라 갓다니(번로 상45a)
뎌 人家의 내 앗가 ᄀᆞᆺ 뿔 밧고라 갓더니(로언 상40b)
뎌 人家의 내 앗가 ᄀᆞᆺ 뿔 밧고라 갓더니(평로 상40b)
져 人家에 내 앗가 가 뿔을 밧고려 ᄒᆞ니(로신1:57a)
져 人家에 내 앗가 가 뿔을 밧고려 ᄒᆞ니(중로상 41a)

한어원문이 ≪人家≫일 경우에 모든 언해본에서 거의 전부가 한자어 ≪신가, 人家≫를 쓰고있다. 우의 례는 ≪번로≫에서 한자어 대신 고유어 가 쓰인 유일한 례이다. 대신 한어원문이 ≪家≫인 경우에는 모두 ≪지 븨, 집≫을 쓰고있다.

② [那人家]
뎌 신가의 가 (번로상39a)
뎌 人家의 드러가(로언상35b)
뎌 人家의 드러가(평로상35b)
흔 人家에 드러가(로신1:49b)
져 人家에 드러가(중로상35b)

③ [你家]
곧 네 집 추자 가마(번로 상45a)
곳 네 집을 추자 가마(로언 상 40b)
곳 네 집을 추자 가마(평로 상 40b)
一定 네 집을 추자 갈 쩌시니(로신1:56b)
一定 네 집을 추자 갈 쩌시니(중로 상 41a)

≪번로≫의 한어원문에서 ≪人家≫는 언제나 앞에 지시대명사를 동반하는데 이 경우에는 거의 한자어 ≪신가≫로 번역된다. ≪집≫으로 번역된 례는 ①의 경우뿐이다. 반면에 한어원문이 ≪家≫인 경우에는 모두 고유어 ≪집≫으로 변역되는데 이는 ≪로걸대≫의 번역자들이 한어원문에서의 ≪人家≫와 ≪家≫의 의미상의 차이를 나타내기 위하여 의식적으로 노력한것으로 보인다.

23) 나드리, 出入[出지

    ①
    나드리 쉽사디 아니며(번로 상55a)
    出入이 편당티 아니하고(로언 상 49b)
    出入이 편당티 아니하고(평로 상 49b)
    (해당 없음)(로신)
    出入이 便當치 아니하고(중로상 50b)

≪번로≫에서는 고유어로 ≪나드리≫를 쓰고있는데 ≪로언≫이후의 언해본들에서는 ≪出入≫을 쓰고있다. 현대어에서는 ≪나들이≫와 ≪출입≫이 모두 사용된다.

24) 실애, 鋪陳 [鋪陳]

    ①
    실애 그지니 실오(번로하 45b)
    鋪陳을 정제히 ᄒ고(로언하 41a)
    鋪陳을 정제히 ᄒ고(평로하 41a)
    鋪陳을 整頓ᄒ고(중로하 43a)

≪실애≫는 ≪눕거나 앉을곳에 까는 물건≫을 뜻하는 고유어인데 ≪번로≫외의 언해본들에서는 한자어 ≪鋪陳≫을 쓰고있다. 현대조선어에서는 ≪깔개≫와 ≪바닥에 깔아 놓는 방석, 요, 돗자리 따위를 통틀어 이르는 말. 잔치 따위를 할 때에 앉을 자리를 마련하여 깖≫의 뜻으로 ≪포진(鋪陳)≫쓰이고있다.

25) 옷밥, 衣祿

①
일싱애 옷밥이 낟브디 아니ᄒᆞ고(번로하71a)
一生에 옷밥이 낫브디 아니ᄒᆞ고(로언하64a)
一生에 옷밥이 낫브디 아니ᄒᆞ고(평로하64a)
一生에 衣祿이 낫브지 아니ᄒᆞ여(중로하66a)

우의 례문의 한어원문은 ≪一生不少衣祿≫으로 ≪일생동안 입을걱정 먹을걱정이 없다≫라는 뜻이다. ≪衣祿≫에 대응하여 ≪번로≫, ≪로언≫, ≪평로≫는 모두 ≪옷밥≫이라는 고유어를 사용하였는데 여기서 ≪옷밥≫은 ≪살아가는데 필요한 입을것과 먹을것을 아울러 이르는 말≫의 뜻으로 현대어에서도 쓰이고있다. ≪중로≫에서는 한자어로 ≪衣祿≫를 쓰고있는데 현대어에서 사용되지 않은것으로 보아 조선어의 어휘체계에 들어오지 못하고 잠간 사용된것으로 보인다.

26) 사ᄅᆞᆷ 업슨(딕), 無人(處)

①
산초림이라 홀 ᄯᅡ해 사ᄅᆞᆷ 업슨딕 가 (번로상 29a)
酸棗林이라 ᄒᆞᄂᆞᆫ 無人處에 가(로언상 26a)
酸棗林이라 ᄒᆞᄂᆞᆫ 無人處에 가(평로상26a)

酸棗林이라 ᄒᆞᄂᆞᆫ 無人處에 다ᄃᆞ라(로신1:26a)

酸棗林이라 ᄒᆞᄂᆞᆫ 無人處에 다ᄃᆞ라(중로상26a)

우의 례문를 보면 ≪번로≫에서는 한어원문의 ≪無人≫을 언해하여 ≪사ᄅᆞᆷ 업슨≫으로 쓰고있지만 ≪로언≫이후의 언해본들에서는 모두 한어원문과 같이 ≪無人≫으로 바뀐다. 현대조선어에서는 ≪사람이 없음≫의 뜻으로 ≪無人≫이 쓰이고있다.

27) 눈비 雨雪

①
눈비예 젓게 말라(번로하36b)

雨雪에 젓게 말라 (로언하 33a)

雨雪에 젓게 말라 (평로하 33a)

雨雪에 젓게 말라 (중로하 35a)

우의 례문에서도 역시 ≪로언≫부터 한어원문에 충실하여 고유어 ≪눈비≫대신 ≪雨雪≫로 대체하는데 현대조선어에는 ≪눈비≫와 ≪우설(雨雪)≫이 모두 사용된다.

이처럼 ≪번로≫에서 고유어로 언해한 단어들을 ≪로언≫부터 한자어로 대체하여 쓰는 경향은 ≪로언≫이후의 편찬자들이 한어원문에 충실하려고 한 의도도 있었겠지만 일부 고유어로 표현된 단어들이 한어원문의 의미를 제대로 나타지지 못하기때문에 한어원문으로 대체하여 사용하여였다고 볼수 있겠다. 례하면 ≪실애≫거나 ≪옷밥≫ 등 고유어로 언해된 단어들이 한어원문의 뜻을 그대로 나타내기에는 손색이 있다. 한어원문 ≪鋪陳整頓着≫는 단지 문자그대로의 의미를 나타낼 때는 ≪실애≫가 사용되여도 별 이상이 없지만 전반 문맥과 련결하면 원래의 뜻을 제대로 나타내지 못하고있다. 그 문맥을 보면 노비된자로서의 직책을 말하는 것인데 ≪노비된자는 주인을 따라 다닐 때 어느 곳에 머무르거든 일반 주인의 말을 잘 보살피고 빨리 장막을 치고 잠자리를 마련하여야 한다…≫ 등의 내용이다. 여기서 ≪鋪陳整頓着≫의 뜻은 ≪주인이 휴식할수 있게 방석을 깔다≫라는 뜻을 가지고있다. 그러므로 ≪실애 그지니 실오≫로 언해하였을 때 한어원문의 뜻을 충분히 전달되지 않는다. 또한 ≪一生不少衣祿≫이라는 한어원문에 해당하는 ≪일싱애 옷밥이 난보디 아니ᄒ고≫는 점괘를 보는 상황에서 점쟁이가 한 말로서 ≪한평생 입을 걱정과 먹을 걱정이 없다≫라는 뜻이다. 그러나 중로의 번역자는 ≪衣祿≫의 뜻을 제대로 전달하지 못한것으로 간주하고 ≪一生에 衣祿이 낫브지 아니ᄒ여≫로 번역하고있다.

이상의 단어들은 고유어에서 한자어로 바뀌는 단어들이다. 이중 대부분 단어들은 일단 고유어에서 한자어로 바뀌였을 경우 그 후의 문헌들에서도 역시 한자어로 나타난다. 이는 근대조선어에서 한자어가 증가되는 추세와 일치한것이다. 그러나 ≪나그내, ᄂᆞᄆ새≫등과 같은 단어들은 17세기 문헌에서 한자어로 표기되였다가 18세기 문헌에서는 다시 고유어로 바뀌여 진다. 특히 ≪ᄂᆞᄆ새≫과 같은 경우는 원래의 고유어 어형이 변한 형태인≪ᄂᆞ믈(나물)≫로 바뀌여 쓰인다. 이는 근대조선어에서 한자어의 증가와 함께 조선어에 류입되였던 일부 한자어들이 고유어와의 경쟁과정에서 밀리게 되거나 심지어는 도태되였다는것을 의미한다.

우에서 례를 든 단어들을 고유어가 한자어로 완전히 교체된것, 고유어와 한자어가 공존관계를 유지하며 현대어에까지 이어진것, 고유어를 교체하였던 한자어가 소실되고 현대어에서는 다른 단어로 교체되거나 원래의 고유어를 사용하는 경우로 나누어 분류하면 다음과 같다.

a. 한자어로 완전히 교체된것:

되 > 漢, 中國　　웃듬봄 > 主見　　　잣 > 城

고로 > 능(綾)　　아슴, 아음 > 권당　　다대 > 達達 (猿子 > 韃子)

예 > 왜　　　　구의 > 官司　　　　니건히 > 往年, 前年

b. 고유어와 한자어가 현재에도 공존하는것

어버시, 어버이—父母　　　　우흐(우)—以上

마쇼(마소)—즘승, 즘싱(짐승)　집—신가(人家)

훙졍ㄱ숨(훙정감)—貨物　　　어미(어미)—母親

도틱고기(돼지고기)—豬肉　　ᄆ술(마을)—官司

짯임자(땅임자)—地主　　　　아츰밥(아침밥)—早飯

나그내, 나그니(나그네)—客人　나드리(나들이)—出入

사름 업슨(사람없는)—無人　　눈비—雨雪

실애(깔개)—鋪陳　　　　　　아비누의—姑娘

ᄂᄆ새(남새)ᄂᄆᆯ(나물)—菜蔬

c. 고유어를 교체한 한자어가 소실된것

아비누의 > 姑姑 > 고모(현재)　　어미오라비 > 舅舅 > 외숙(현재)

아ᅀᆞ, 아ᅌᆞ > 妹子 > (녀)동생(현재)　어미겨집동싱 > 兩姨 > 이모(현재)

옷밥 > 衣祿 > 의식(衣食), 옷밥(현재)

4.1.2 한자어에서 고유어로의 교체

《로걸대》의 언해본들에서 한자어가 고유어로 교체되는 례는 극히 적다. 앞에서 언급하다싶이 단지《번로》와《로언》을 비교할 때 《로언》에서 한자어가 급증장한것을 알수 있다. 따라서 원래 한자어로 쓰였던 단어가 고유어로 교체되는 단어는 극히 드물다.

1) 屍身, 주검, 죽엄[屍身]

①

구의 屍身을 검시ㅎ고(번로상28b)

구의 주검을 검시ㅎ고(로언상25b)

구의 죽엄을 검시ㅎ고(평로상 25b)

구의가 죽엄을 검시ㅎ여(로신1:35a)

구의 죽엄을 검시ㅎ여(중로상25b)

우의 례에서 ≪번로≫에서는 한자어 ≪屍身≫을 사용하고있지만 ≪로
언≫이후의 언해본들에서는 고유어 ≪주검, 죽엄≫을 쓰고있다. 현대어
에서도 ≪시체, 송장≫의 뜻으로 ≪주검≫이 사용되고 또한 한자어로
≪屍身≫도 사용되고있다.

2) 牙錢, 즈름깝, 즈름갑[牙錢]; 稅錢, 글월갑, 세바칠 갑[稅錢]

①

牙錢 稅錢에 석량 흔 돈 닷분이 드노소니(번로 하 18a)

즈름갑 글월갑시 히오니 석냥 흔 돈 오 푼이로소니(로언하 16b)

즈름갑 글월갑시 히오니 석냥 흔 돈 오 푼이로소니(평로하 16b)

즈름갑 세 바칠 갑시 히요니 닷냥 너돈 서푼이라(중로 하 17b)

우의 례에서 한자어 ≪牙錢≫과 ≪稅錢≫은 ≪로언≫부터는 고유어
≪즈름갑, 글월갑, 세바칠 갑≫으로 변화한다. 여기서 ≪즈름갑≫이란 ≪
즈름≫ 즉 ≪흥정을 붙여주고 보수를 받는것을 직업으로 하는 사람≫, 쉽
게 말하면 ≪거간군≫에게 주는 보수를 말한다. ≪글월 갑≫에서 ≪글월≫
은 ≪계약서, 어음≫의 뜻으로 ≪계약서를 작성해준 대가로 지불하는 금
액≫을 말한다.

3) 야즈, 즈름[牙子]

　　①
　　니 야즈어니(번로 하 63a)
　　너는 즈름이니(로언 하 57a)
　　너는 즈름이니(평로하 57a)
　　너는 이 즈름이라(중로하59a)

　　≪번로≫에서는 ≪거간군≫을 뜻하는 ≪牙子≫를 표시하는 ≪즈름≫
도 사용되지만 ≪야즈≫가 상당히 많이 나온다.

4) 쳔, 돈(錢)

　　①
　　네 이 여러 ᄆ쇼들히 밤마다 먹는 딥과 콩이 대되 언머만 쳔이 드
　는고(번로상11b)
　　네 이 여러 ᄆ쇼들히 밤마다 먹는 딥과 콩이 대되 돈이 언메나 흔
　고(로언상 10b)
　　네 이 여러 ᄆ쇼들히 밤마다 먹는 딥과 콩이 대되 돈이 언매나 흔
　고(평로상 10b)
　　네 이 여러 즘싱이 每夜에 언머 집과 콩을 먹으며 대되 언멋 돈을
　쓰느뇨(로신1:14b)
　　네 이 여러 즘싱이 每夜에 언멋 집과 콩을 먹으며 대되 언멋 돈을
　쓰느뇨(로신1:14b)

　　우의 례문에서는 ≪번로≫에서 한자어 ≪쳔≫이 쓰였지만 ≪로언≫부
터는 고유어인 ≪돈≫으로 바뀌여 진다. 여기서 ≪쳔≫은 ≪돈 혹은 재물≫
을 뜻하는 단어로서 한어 ≪錢≫을 음차한 단어이다. ≪쳔≫은 중세시기
에 널리 사용된 단어이다.

②
憍陳如 유무에 三分이 슬ᄒ샤 술위 우희 쳔 시러 보내시니(월곡 상:22)
五百前世怨讎ㅣ 나랏 쳔 일버ᅀᅡ 精舍ᄅᆞᆯ 다나아 가니(월곡 상:2)
내 거슬 앗기디 아니ᄒ며 ᄂᆞ믹 쳔을 ᄇ라디 아니ᄒ며(영가 하:139)
쳔만 버히며 쏘디 마오 ᄌᆞᆨᄌᆞᆨ기 자ᄇ라 ᄒ고(월석 10:28).

례문 ①에서 중세어 ≪쳔≫은 ≪로언≫에서부터 고유어 ≪돈≫에 대체되는것을 알수 있다. 현대어에서 우리는 ≪밑천≫에서만이 그 사용된 흔적을 엿볼수 있다.

5) 산ㅅ고래, 뫼꼴, 묏골

①
그 도ᄌᆞ글 ᄒᆞᆫ 산ㅅ고래 에워(번로상 30b)
그 도적을 다가 ᄒᆞᆫ 뫼꼴의 에워(로언상 27b)
그 도적을 다가 ᄒᆞᆫ 뫼꼴의 에워(평로상 27b)
(해당 없음)(로신)
그 도적을 다가 ᄒᆞᆫ 묏골에 에워(중로상 27b)

우의 례에서 ≪산ㅅ골≫은 한자어와 고유어의 합성어지만 ≪로언≫ 이후의 언해본들에서는 한자어 ≪산≫을 고유어인 ≪뫼≫로 바꾸어 쓰고있다. 여기서 근대에는 ≪山≫을 뜻하는 고유어 ≪뫼≫가 활발하게 사용됨을 알수 있다. 현대어에서는 ≪메(뫼)≫대신 ≪산≫이 쓰이고있는데 이는 한자어 ≪산≫이 ≪뫼≫를 교체한 시기는 19세기 이후였을것이라는 추측을 할수 있다.[6] 현대어에서는 ≪두메산골≫과 같은 경우에 ≪메≫가 흔적을 남기고있다.

---

6) 평안도 방언에서는 ≪산≫의 뜻으로 ≪뫼≫가 쓰인다. 그리고 현대어에서는 ≪무덤≫의 뜻으로 ≪뫼≫가 쓰인다.

6) 잡말, 힘힘흔 말[閑話]

①
우리 잡말 안직 니르디 마져(번로상17a)
우리 잡말 아직 니르디 마쟈(로언상15b)
우리 잡말 아직 니르디 마쟈(평로상15b)
우리 잡말 니르지 마쟈(로신1:21a)
우리 힘힘흔 말 아직 니르지 마쟈(중로상15b)

우의 례문도 ≪잡말≫에서 한자어성분인 접두사≪잡(雜)≫을 고유어 성분으로 바꾼 례이다.

이외에도 번로에서 ≪漢語≫가 ≪로언≫에서 ≪한말≫로 ≪漢人≫이 ≪한사름≫으로 바뀌는 등 변화가 있다. 하지만 앞에서 언급한 고유어에서 한자어로 변화한것과 비교하면 수량적으로 엄청난 차이가 나고있다. 이처럼 한자어에서 고유어로 변화한 례는 극히 드물다. 그것도 대부분 경우에는 ≪번로≫에서 한자어와 고유어의 합성으로 이루어진 단어가 ≪로언≫에 와서 한자부분이 고유어 성분으로 바뀌는 경우이거나 한자어와 고유어가 병용되던것이 이후 고유어만 쓰인것뿐이다.

4.1.3 한자어에서 다른 형태의 한자어로 교체한 경우

1) 스테, 體例 [體例]

①
우리 흔 가짓 스테 모르는 사름 둘히(번로상16b)[不會體例的人]
우리 흔 뉴는 體例 모로는 사름이니(로언상 15a)[不會體例的人]
우리 흔 뉴는 體例 모로는 사름이니(평로상15a)[不會體例的人]

이 우리 써리지 아닌는 사름 은(로신1:20b)[不忌的人家]
우리는 體例 모로는 사름 이오(중로상15a)[不會體例的人]

우의 례문에서는 ≪사리와 체면≫을 뜻하는 ≪스톄≫(事體)에서 ≪례
절≫을 뜻하는 ≪體例≫로 바뀌였다.

2) 쳔량, 쳔, 포믈, 황호, 貨物 [貨物]

한어원문의 ≪貨物≫을 뜻하는 한자어로는 ≪쳔량, 쳔, 포믈, 황호, 貨
物≫ 등이 쓰이고 있다.

①
네 본딕 셔울 가 쳔량 프라(번로상14b-15a)
네 본딕 셔울가 貨物을 프라(로언상13b)
네 본딕 셔울가 貨物을 프라(평로상13b)
네 본딕 셔울가 貨物을 폴고(로신1:18b)
네 본딕 셔울가 貨物을 폴고(중로상13a-13b)

②
시워레 王京의 가 年終애 다드라 포믈들 다 폴오(번로상15ab)
十月에 王京의 가 年終애 다드라 貨物을 다 폴고 (로언상14a)
十月에 王京의 가 年終애 다드라 貨物을 다 폴고 (평로상14a)
十月에 王京에 가 年終에 다드라 이 貨物을 다 폴고 (로신1:19a)
十月에 王京에 가 年終에 다드라 이 貨物을 다 폴고 (중로상13b-14a)

③
내 너 드리고 흑뎌근 황호 사리라(번로하67a)
내 너 드리고 효근 황호 사리라(로언하60b)
내 너 드리고 효근 황호 사리라(평로하60b)

내 너를 드리고 져기 효근 貨物 사라 가쟈(중로하62b)

④

네 高麗ㅅ 짜해셔 므슴 쳔을 가져 온다(번로하 2a)

네 高麗 짜히셔 므슴 貨物 가져온다(로언하2a)

네 高麗 짜히셔 므슴 貨物 가져온다(평로하2a)

네 朝鮮ㅅ 짜흐로 조차 와시면 므슴 가져온 貨物이 잇ᄂ냐(중로하2a)

례문 ①은 ≪쳔량≫에서 ≪貨物≫로 변한 례이고 ②는 ≪포믈≫에서 ≪貨物≫로 변한 례이며 ③은 ≪황호≫에서 ≪貨物≫로 변한 례이고 ④는 ≪쳔≫에서 ≪貨物≫로 변한 례이다. 이처럼 ≪번로≫에서는 한어원문 ≪貨物≫에 ≪쳔량, 포믈, 쳔, 황호≫ 등 한자어, 그리고 고유어 ≪훙졍ᄀ숨≫(4.1.1의 8을 보라.) 까지 더 하면 다섯개의 단어로 표시하고있다. 이는 당시 최고의 한학자인 최세진의 뛰어난 언어구사능력을 잘 보여주고있는 실례이기도 하다. ≪번로≫에는 ≪쳔량, 쳔, 포믈, 훙졍ᄀ숨≫으로 쓰인 단어들은 ≪로언≫에 와서는 모두 ≪貨物≫에 의해 교체된다. 하지만 ≪번로≫에서 무려 14곳에서 쓰인 ≪황호≫는 ≪로언≫에서 그대로 답습되여 13곳에서 ≪황호≫로 쓰였고 단 한곳만 ≪貨物≫로 쓰였다. ≪중로≫에서는 한어원문 ≪貨物≫이 22곳 사용된데서 21곳이 ≪貨物≫로 쓰였고 한곳이 ≪황호≫로 쓰였다. 이로부터 ≪로언≫이후의 편찬자들의 단어 통일을 위한 노력을 엿볼수 있다. 그리고 ≪쳔량, 쳔, 훙졍ᄀ숨, 포믈≫등 단어들은 17세기에 이미 ≪貨物≫에 의해 교체 되였음을 엿볼수 있다. ≪황호≫는 ≪로언≫에서도 활발히 쓰였지만 ≪중로≫에서 단 한곳만 사용된것을 보면 ≪황호≫라는 단어는 16, 17세기에 활발히 사용된 단어임을 알수 있다. 18세기에 와서 ≪황호≫(혹은 ≪황후≫)는 거의 사용되지 않고 ≪貨物≫에 의해 대체됨을 알수 있다. 오직 그 형태가 변한 ≪황아(雜貨)≫가 그 이후까지 사용된다.

3) 문, 門戶 [門戶]

①

내 문들 보솝피고 자리라(번로상26b)

내 門戶를 보솝피고 자리라(로언 상23b)

내 門戶를 보솝히고 자리라(평로 상23b)

내 門戶를 보슬피고 쏘 즉시 가 자리라(로신1:32b)

내 門戶를 보슬피고 쏘 즉시 가 자리라(중로상23a)

우의 례는 ≪문≫이 ≪門戶≫로 바뀐 례이다.

4) 간난, 飢荒 [飢荒]

①

간난흔 젼츠로(번로상27a)

飢荒흔 젼츠로(로언상24a)

飢荒흔 젼츠로(평로상24a)

(해당 단어 없음)(로신)

(해당 단어 없음)(중로)

우의 례는 ≪간난(艱難)≫에서 서로 다른 한자어인 ≪飢荒≫으로 대체
된 례이다.

5) 상녯말솜, 常言

①

상녯말소매 닐오되(번로상32ab)

常言에 닐오되(로언상29a)

常言에 닐오되(평로상29a)

常言에 니ᄅ되(로신1:40b)

常言에 니ᄅ되(중로상29a)

우의 례는 한자어 ≪샹녜(常例)≫와 고유어 ≪말솜≫의 합성어가 한자어 ≪常言≫으로 바뀐 례이다.

6) 차반, 반찬[下飯, 下飯菜]

①
나는 차반 사라 가마(번로 상20b) [我自買下飯去]
나는 반찬 사라 가마(로언 상18b)[我自買下飯去]
나는 반찬 사라 가마(평로 상18b)[我自買下飯去]
내 손조 가 반찬 사쟈(로신 1:25b)[我自去買下飯菜]
내 손조 가 반찬 사쟈(중로상18b)[我自去買下飯菜]

②
탕쇠와 차반이 다 ᄀᆞᆺ거다(번로하39a)
湯水와 茶飯이 다 ᄀᆞ지다(로언하 35a)
湯水와 茶飯이 다 ᄀᆞ지다(평로하 35a)
잔치에 국과 밥이 다 ᄀᆞ잣다(중로하38a)[湯飯]

례문①과 ②에서 ≪차반≫은 각각 한어원문 ≪下飯≫과 ≪茶飯≫에 해당하는 단어이다. ≪下飯≫은 ≪술마실때 곁들여 먹는 음식≫이고 ≪茶飯≫ 은 ≪음식의 총칭≫이다.[7] ≪번로≫에서는 ≪下飯≫을 ≪차반≫으로 쓰고 ≪로언≫이후의 언해본들에서는 모두 ≪반찬≫으로 대체하였다. 하지만 례②에서 ≪차반≫은 ≪茶飯≫로 표기되여 쓰인다. 그렇다면 ≪밥과 곁들여 먹는 음식≫의 뜻을 가진 ≪반찬≫(飯饌)과 ≪음식≫을 뜻하는 ≪차반≫이 같은 의미를 가지고 호환될수 있을가.
≪차반≫은 15세기 문헌에서도 나타나고 있다.

---

7) ≪老朴集覽≫ 累字解에서는 ≪茶飯, 摠稱食品之謂; 下飯, 以酒食爲主, 而以物爲酒食之助者,則曰下飯≫이라고 해석하였다.

③

金銀 그르세 담온 種種 차반이러니 (월곡상:44)

廚는 차반 밍ㄱ는 딕라(내훈1:60a)

여기서 알수 있는바 ≪차반≫은 ≪음식≫을 총칭하는것으로 ≪반찬≫
에 비하여 내용의 포괄범위가 더 넓다. 또한 례①의 상황을 살펴보면 상
인들이 하숙집에 들어 음식을 장만하는 과정에 ≪찬거리≫를 사러 가는
상황에서 나온 말이다. 즉 ≪반찬≫을 사러 가는 상황인것이다. 반면 례
②의 상황은 친구들이 모여서 연회를 여는 상황에서 음식이 다 준비되였
다는것을 알리는것이다. 따라서 여기에서 사용된 ≪차반≫은 여러가지
종류의 음식을 뜻하고있다. 이런 점을 감안하여 ≪로언≫의 편찬자들은
①의 경우에는 ≪반찬≫으로 교체하였고 ②의 경우에는 ≪茶飯≫ 원래
의 뜻을 그래로 사용한것으로 추정된다.

4.1.4 차용어의 변화

≪번로≫에서 특히 주목할것은 차용어가 많이 등장한다는것이다. ≪번
로≫에 사용된 차용어는 두가지 종류가 있는데 하나는 몽골어계의 차용
어이고 하나는 한어계 차용어이다.[8] 여기서 말하는 한어계 차용어는 조
선 전통음으로 독음되는것을 한자어에 귀속시키고 그외의 중국음 그대로
받아들인것을 말한다. 즉 뜻과 음을 모두 중국식으로 받아들인 한어에 기
원을 둔 단어를 말한다. 넓은 의미에서 말하면 한어계차용어는 한자어에
속한다.

---

8) 김완진 ≪노걸대의 언해본에 대한 비교연구≫ P173참조

4.1.4.1 몽골어계 차용어

≪번로≫에 나오는 차용어를 보면 다음과 같다.

　a. 말의 명칭과 관련된 차용어
　아질게 물(兒馬), 악대 물(騸馬), 졀다 물(赤馬), 공골 물(黃馬), 구렁 물
(栗色馬), 가리운(黑鬃子), 셜아 물(白馬), 가라 물(黑馬), 고라 물(土黃
馬), 간쟈 물(破臉馬), 가리간쟈 수쥭빅(五明馬), 도화쟘불 물(桃花馬).
(번로하 8b-10a)

　b.마구(馬具)와 관련된 차용어
　오랑(肚帶)(번로상39b)　지달(絆)(번로상46a)

　c. 의상과 관련된 차용어
　더그레(搭胡)(번로하50b)

　d.양(羊)과 관련된 차용어
　아질게 양, 악대양(번로하 21b)

　e. 호칭과 관련된 차용어
　노연 (번로하45a)[9]

　우에서 언급한 몽골어차용어들은 대부분이 후의 언해본들에서 그대로
사용된다. 후의 언해본들에서 변화한 차용어는 다음과 같다.

　① 아질게 물(번로하8b)(로언하8a)(평로하8a) 〉 수물(중로하8b)
　② 악대 물(번로하8b)(로언하8a)(평로하8a) 〉 블친 물(중로하8b)

---

9) 김완진은 ≪노연≫을 몽골어 ≪noyan≫에 해당한것이라 하였다. ≪노걸대의 언해
　에 대한 연구≫, p.174~175.

③ a. 노연[官人]

　　노연네 조차 ᄃᆞ닐 제(번로하 45a)

　　官人을 조차 ᄃᆞ닐 제 (로언하40b)

　　官人을 조차 ᄃᆞ닐 제 (평로하40b)

　　官人을 ᄲᆞ라 여긔 가고 져긔 가 (중로하43a)

　b. 노연[官長]

　　노연 셤기ᄂᆞᆫ 道理어니ᄯᆞ녀(번로하 46a)

　　官長 모시ᄂᆞᆫ 道理어니ᄯᆞ녀(로언하 41b)

　　官長 모시ᄂᆞᆫ 道理어니ᄯᆞ녀(평로하 41b)

　　官長을 모시ᄂᆞᆫ 道理니라(중로하 44a)

우의 례에서 보다싶이 ≪중로≫에서 ①은 ≪아질게≫가 ≪수≫에 대체되였고 ②는 ≪악대≫가 ≪블친≫으로 바뀌였다. 그러나 ≪아질게양, 악대양≫(중로하20b)에서는 그대로 쓰인다. ③의 ≪노연≫은 ≪로언≫과 그 후의 언해본들에서 모두 사용되지 않고 ≪官人, 官長≫에 의해 대체된다. ≪노연≫은 ≪로언≫에서 한자어에 의해 교체되지만 같은 시기의 문헌 ≪역어류해≫(1690년)에서는 나타나고있다.

　● 使長 노연(역어류해 상:26)

　4.1.4.2 한어계차용어

≪번로≫에서 사용된 한어계차용어는 다음과 같은것들이 있다.

1) 야청, 鴉靑 [鴉靑]

　①

　야청앤 세돈이오(번로상14a)

야청앤 서 돈이오(로언상12b)
야청앤 서 돈이오(평로상12b)
鴉靑 드리는 디는 서 돈이오(로신1:17a)
鴉靑 드리는 디는 서 돈이오(중로상12b)

《야청》에서 《야》는 《鴉》의 중국음을 반영하는것으로 《로언》
에서도 그대로 사용한것을 보면 17세기에도 많이 사용된 단어임에 틀림
없다. 《야청》은 18세기 《로신》과 《중로》에서는 모두 《鴉靑》으
로 바뀌여진다. 현대조선어에는 《야청》으로 되여 쓰인다.

2) 야투루, 압두록[鴨綠]

① [鴨綠界地雲]
야투루 비쳇 벽 드르혜 운문 ᄒᆞᆫ 비단[번로하 24a]
압두록 빗쳇 벽 드르혜 운문ᄒᆞᆫ 비단(로언하 21b)
압두록 빗쳇 벽 드르혜 운문ᄒᆞᆫ 비단(평로하 21b)
압두록(중로하22b)[鴨綠]

여기서 《야투루》은 《鴨頭綠》의 중국어음에 해당한것이다. 게다가
《로언》과 《평로》, 《중로》등에서 모두 《압두록》이라는 전통음으
로 환원한것은 《야투루》가 차용어라는것을 립증하고있다.

② [鴨綠紗直身]
야투로 사 딕령이오(번로하50b)
야토로 사 딕녕이오(로언 하45b)
야토록 사 딕녕이오(평로 하45b)
압두록 紗 직녕이이오(중로하47b)

그리고 ≪黑綠≫을 표시할 때에도 ≪야투루≫를 쓰고 있다.

③ [黑綠]
연 야투루(번로하24a)
연 야토룩(로언하22a)
연 야토록(평로하22a)
연 야토록(중로하22b)

이처럼 ≪야투루≫는 ≪로언≫이후의 언해본들에서 ≪압두록≫으로
쓰이기도 하고 차용어 형태로 쓰이기도 한다. 이는 ≪야투루≫와 ≪압두
록≫이 근대에 호환되였을것이라는 점을 추측할수 있다. 그러나 현대어
에 ≪야투루≫가 사용되지 않은것을 보아 근대조선어 후기에 ≪압두록≫
과 함께 소실된것으로 보인다. 대신 현대어에 사용되는것은 ≪록색≫이
사용되고있다.

3) 희무로 [黑綠]

① 희무로(번로하51a)　黑綠빗체(로언하46a)(평로하46a)흑 녹 빗 히
(중로하48a)

우의 례에서 ≪희무로≫는 ≪黑墨綠≫를 음차한것이다.

② 黑墨綠 희무로 비단(역어류해 하:4)

례②는 ≪희무로≫가 한어에서 차용된것이라는것을 말해준다. ≪희무
로≫는 현대조선어에 사용되지 않고 한자어로 ≪암록색(暗綠色)≫이 쓰
이고 있다.

4) 바ᄌ문, 바ᄌ門

　　①
　더 西南 모해 바ᄌ문 남녁 죠고맷 널문이 긔라(번로하1b)
　더 西南 모해 바ᄌ문 남녁 죠고만 널문이 긔라(로언 하1b)
　더 西南 모해 바ᄌ문 남녁 죠고만 널문이 긔라(평로 하1b)
　져 西南 모롱이 바ᄌ門 남녁 젹은 널門이 곳 긔라(중로하1b)

　여기서 ≪바ᄌ≫는 ≪笆子≫의 차용어로 보인다. 특히 ≪중로≫에서 ≪바ᄌ門≫은 차용어인 ≪바ᄌ≫는 정음자로 씌여있는데 ≪문≫은 한자 ≪門≫으로 표기되였는데 이는 고유어와 한자어가 결합된 합성어를 표시할때 흔히 쓰이는 표기법이다. 이로보아 당시 ≪바ᄌ≫는 조선어 어휘구성속에 깊이 뿌리박은 차용어였을것이라는것을 추측할수 있다. 현대조선어에는 ≪바자문, 울바자, 바자≫ 등으로 쓰이고있다.

5) 다홍[大紅]

　　①
　다홍 비단오로 깃 ᄃ라 이시니(번로하53b)
　다홍 비단으로 깃 ᄃ라 이시니(로언하47b)
　다홍 비단으로 깃 ᄃ라 이시니(평로하47b)
　다홍 비단으로 션 들러시니(중로하49b)

　여기서 ≪다홍≫의 ≪다≫는 ≪大≫의 음을 차용한것이다. 또한 ≪다홍≫은 현대어에서도 사용되고있는 단어이다.(례:다홍치마, 다홍색)

6) 휘[靴]

　　①
　휘롤 시눌 딘댄(번로하 52b)

훠를 신을 딘댄(로언하 47b)
훠를 신을 딘댄(평로하 47b)
신난 훠는(중로하49b)

여기서 ≪훠≫는 ≪靴≫의 중국음을 차용한것으로 ≪로걸대≫의 언해본뿐만 아니라 기타 문헌들에서도 나타난다.

②

● 이 싸햇 훠와 신과(능엄 6:96)(1461년)
● 靴 훠 화 鞁 아히 신 삽(신중류합 상:31)(1576년)
● 朝靴 朝服에 신는 훠(역어류해 상:44)(1690년)
● 뮤靴 ᄆᆞ른 훠 油靴 멸온 훠 蠟靴 즌 훠 釘靴 딩 박근 훠(역해 상:46)
● 常言에 닐오디 오늘 훠를 벗고 炕에 올랏다가 닉일 어더 신기를 밋기 어렵다 ᄒᆞᄂᆞ니라(박언 상:67). (1677년)

이로보아 ≪훠≫는 차용어로서 중세와 근대를 막론하고 사용되고있다. 이는 ≪훠≫가 당시 널리 사용되였다는것을 보여준다. 현대어에서 ≪훠≫는 사용되지 않고있다. 현대어에서는 ≪훠≫가 소실되였지만 ≪靴≫의 조선 전통음으로 ≪화≫가 ≪운동화, 수제화(手制靴)≫등에서 사용되고있다.

7) 햐츄[下處]

①
내 햐츄에 가져(번로하3a)
내 햐쳐에 가쟈(로언하3a)
내 햐쳐에 가쟈(평로하3a)
내 下處에 가쟈(중로하3b)

여기서 ≪번로≫의 ≪햐츄≫는 ≪下處≫의 차용어이다. 근대 한어음에서 ≪下≫는 [xǐa]로 된다.[10] 러나 흥미로운것은 ≪로언≫과 ≪평로≫에서 ≪햐쳐≫로 된것이다. 이는 ≪下處≫의 조선식발음 ≪하쳐≫와 차용어 ≪햐츄≫가 혼용된 어형이다. ≪중로≫에서는 ≪下處≫로 바뀐다. 현대어에는 ≪손님이 길을 가다 묵음, 또는 묵고있는 집≫을 뜻하는 ≪사쳐≫가 쓰이고있는데 이는 바로 ≪햐쳐≫에서 변화된것이다.

8) 쇼빙, 燒餠

　①

　우리 쇼빙 사고(번로상61a)

　우리 져기 燒餠 사고(로언 상55a)

　우리 져기 燒餠 사고(평로 상55a)

　우리 져기 燒餠 사고(중로 상55b)

≪쇼빙≫은 ≪燒餠≫의 차용어이며 ≪로언≫과 이후의 언해본들에서는 원문 ≪燒餠≫ 그대로 표기된다. 현대어에서도 ≪소병(燒餠)≫이 쓰이고있다.

9) 로, 노, 羅[羅]

　①

　이런 비단과 사와 로왜 다 잇ᄂ녀(번로하25a)

　이런 비단과 紗羅ㅣ 다 인ᄂᄂ(로언하22b)

　이런 비단과 紗羅ㅣ 다 잇ᄂᄂ(로언하22b)

　져기 비단과 紗羅ㅣ 다 잇ᄂᄂ(중로하23b)

---

10) 楊耐思, ≪中原音韻硏究≫ 1981. 中國社會科學出版社. p.158.

②
이 비단과 고로와 깁과 사와 로 들헷것들 홀(번로하26b)

이 비단과 綾과 깁과 사과 로들헷 써슬(로언하24a)

이 비단과 綾과 깁과 사과 로들헷 써슬(평로하24a)

이 비단과 綾과 깁과 紗와 노들을 네 다 보아시니(중로하25a)

우의 례들에서 보면 ≪로≫는 ≪羅≫의 차용어이지만 ≪로언≫과 그
후의 언해본들에서 ≪로, 노≫로 그대로 습용하고있다. 비록 ≪羅≫에 대
체되기도 하지만 그 경우는 한곳뿐이다. ≪로, 노≫가 그대로 습용되는
경우가 압도적이다. 또한 ≪로≫는 여러 문헌에서 나타난다.

③
● 비단과 노와 깁과 眞珠ㅣ 庫애 ᄀ듯ᄒᆞ고(월석 중 23:72)(1459년)

● 곳다온 노는 疊疊흔 누니 가빈야온 듯도다(두시 초 11:23)(1481년)

● 白羅 흰 노(역어류해 하:4) (1690년)

이는 ≪로≫가 중세, 근대에 활발히 사용되였다는것을 보여준다. 현대
어에서는 사용되지 않지만 ≪羅≫의 조선식한자음으로 ≪나≫가 사용되
고있다.

10) 쉬, 나히[歲]

①
졀다 악대믈 흔피리 쉬 다섯 서리오(번로하 16a)

졀다 악대믈 흔필이 나히 다습이오(로언하 14b)

졀다 악대믈 흔필이 나히 다습이오(평로하 14b)

졀짜빗히 악대믈 흔 필이 나히 다습이오(중로하 15b)

여기서 ≪쉬≫는 ≪歲≫의 음을 차용한것임은 확실하나 당시 차용어로 사용되였겠는가는 의심된다. 그것은 이미 15세기 문헌에 나이를 뜻하는 ≪나히≫가 쓰이고있었고 ≪번로≫에서도 ≪쉬≫는 한곳밖에 사용되지 않았지만 ≪나히≫는 여러번 사용되였으며 ≪번로≫와 비슷한 시기의 문헌에서도 ≪나히≫가 쓰이기때문이다.

②
- 내 나히 열힌 저긔(석상 24:19)(1447년)
- 아빅 나 ᄀᆞ튼 이룰 조차 ᄃᆞ니고 묘의 나 ᄀᆞ튼 이룰 기러기 톄로 ᄃᆞ니고(소언 2:64)(1587년)
- 나히 언메나 ᄒᆞ뇨(번로상6a), 小人은 나히 셜혼 다섯 설(번로상64a)

이로 보아 ≪쉬≫는 최세진이 실수로 음차의 형식으로 표기하였거나 아니면 차용어로 존재하였다 할지라도 당시에도 많이 쓰이지 않았던 단어인것임에 틀림없다. 따라서 ≪로언≫과 그후의 언해본들에서는 모두 ≪나히≫를 쓰고있다.

11) 무면, 목면[木棉]

①
쏘 굴근 무면 일빅 필와(번로하 69b)
쏘 굴근 목면 일빅 필와(로언하62b)
쏘 굴근 목면 一百匹과(평로하62b)
쏘 대포 一百 疋(중로하64a)[綿布]

여기서 ≪무면≫은 ≪木棉≫의 차용어이다. ≪로언≫에서는 이를 따르지 않고 ≪목면≫이라는 조선식한자음으로 표시하고있다. ≪중로≫에서는 원문이 달라지면서 ≪대포≫로 바뀌여 진다.

≪중로≫와 비슷한 시기의 ≪몽어로걸대≫와 ≪청어로걸대≫에서는
≪무명≫으로 쓰였다.

②
쏘 굵은 무명 一百 疋(몽로8:18)(1765년)
쏘 굵은 무명 一百 疋(청로 8:19)(1790년)

이로보아 ≪로언≫이 비록 ≪무면≫을 따르지 않고 ≪목면≫을 선택
하였지만 그것은 편찬자가 ≪무면≫보다 ≪목면≫이 낮다고 판단하여
그리하였을수도 있다. 18세기 문헌에서 ≪무명≫이 사용된것은 이시기
에 ≪목면≫보다 ≪무명≫이 더 활발히 사용된다는것을 보여준다. 현대
어에서도 ≪무명≫이 ≪목면≫보다 더 많이 쓰이고있다.

12) 푸 [鋪]; 푸즈[鋪子]
①
우리 푸에 혜아리라 가져(번로하 24a)
우리 푸즈에 혜아리라 가쟈(로언하21b)
우리 푸즈에 혜아리라 가쟈(평로하21b)
우리 아직 푸즈에 商量ᄒ라가쟈(로언하21b)

우의 례에서 ≪로언≫과 그 후의 언해본들은 ≪푸즈≫를 쓰고있는데
≪푸즈≫는 ≪鋪子≫에 해당한것으로 비록 ≪번로≫와 다른 형태를 보
인다고 하지만 ≪번로≫의 ≪푸≫를 습용하였다고 볼수 있다.

13) 노고[鑼鍋]
①
노고(번로하 33a)

노고(로언하29b)
노고(평로하29b)
노고(중로하31b)

우의 례에서 ≪노고≫는 ≪鑼鍋≫의 차용어인데 현대어에서는 ≪놋쇠
나 구리쇠로 만든 작은 솥≫이란 뜻으로 ≪노구, 노구솥≫이 쓰이고있다.

14) 푼ᄌ[粉子]

①
쏘 푼ᄌ 머겻고 굳디 아니ᄒᆞ니라(번로하 25b)
쏘 푼ᄌ 머겻고 질긔디 아니ᄒᆞ니라(로언하23a)
쏘 푼ᄌ 머겻고 질긔디 아니ᄒᆞ니라(평로하23a)
쏘 져기 픈ᄌ씌 이셔 㕘㕘치 못ᄒᆞ니라(중로하24a)

우의 례에서 ≪푼ᄌ≫가 ≪중로≫에서 ≪픈ᄌ≫로 되였지만 그것은
≪푼≫의 어음적변화에 의한것이므로 그대로 습용된것으로 볼수 있다.

15) 스란, 시란[膝欄]

①
[麝香褐膝欄]
샤향 비쳇 스란문 비단(번로하 24b)
샤향 빗체 슬란문 ᄒᆞᆫ 비단(로언하 22b)
샤향 빗체 슬란문 ᄒᆞᆫ 비단(평로하 22b)
스란문 (중로하 23a)[膝欄]

②
[織金膝欄襖子]

금으로 짜 시란흔 핟옷과(번로하50b)

금으로 쑨 膝欄흔 핫옷과(로언하45b)

금으로 쑨 膝欄흔 핫옷과(평로하45b)

織金믄흔 핫옷(중로47b)[織金襖子]

우의 례에서 ≪번로≫에서는 ≪스란, 시란≫두 형태의 차용어가 나오
는데 ≪膝[xī]欄≫의 정확한 차용어로는 ≪시[ʃi]란≫인것이다. ≪스란≫
은 ≪시란≫에서 변화한 다른 형태로 보아야 할것이다. 하지만 현대어에
서는 ≪치맛단에 금박을 박아 선을 두른것≫이란 뜻으로 ≪스란≫이 쓰
이고있을뿐(례:스란치마) ≪시란≫은 사용되지 않고있다. ≪로언≫, ≪평
로≫는 ≪슬란≫또는 ≪膝欄≫으로 바뀌여 진다. 다만 ≪중로≫에서 ≪스
란≫을 쓰고있다는 점이 특이하다. 또한 현대에도 ≪스란≫이 쓰이는것
을 감안하면 17세기에 ≪스란≫은 완전히 사용되지 않은것이 아니라 일
정한 범위에서 사용된것으로 보아진다.

16) 햐슈 [匣兒]

①
분 일빅 햐슈(번로하 68a)

면분 일빅갑(로언하61a)

면분 一百갑(평로하61a)

面粉 一百 匣(중로하63a)

≪햐슈≫는 ≪匣兒≫에 해당하는 차용어이다. ≪로언≫과 그 후의 언
해본들에서는 ≪갑≫ 또는 ≪匣≫으로 대체하고있다. 이는 ≪햐슈≫가
17세기에는 이미 소실되여 ≪갑≫에 의해 대체되였다는것을 의미한다.

17) 스견 [事件]

①

기르마는 시톄옛 은 입스흐욘 스견넷 됴흔 기르마 (번로하 49b)

기르마는 시톄예 은 입스흔 스견엣 됴흔 기르마(로언 하 45a)

기르마는 시톄예 은 입스흔 스견엣 됴흔 기르마(평로 하 45a)

기르마는 시톄예 은 입스 스견흔 죠흔 기르마 (중로 하 47a)

≪스견≫은 ≪꾸민것. 특히 새김질로 된 장식≫이란 뜻으로 ≪번역박
통사≫와 ≪훈몽자회≫서도 나타난다.

②

기르맛가지예 두으리예는 금실로 입스흔 스견 바갓고(번박 상:28)

(16세기초)

        裝 꾸밀 장; 金事   스견 수(훈몽 하:9)(1527년)

이로보아 ≪스견≫은 16세기에 자주 사용했던 차용어인것임이 틀림
없다. ≪事件≫의 근대한어음은 [ʃikiɛn]이다.

18) 딩즈 [頂子]

①

호박 딩즈 일빅 블(번로하 67b)

호박 딩즈 일빅 블 (로언하61a)

호박 딩즈 一百 블 (로언하61a)

琥珀 징즈 一百 블 (중로하63a)

여기서 ≪딩즈≫는 ≪頂子≫의 차용어로서 ≪무관들이 쓰는 모자를
장식하는 꾸밈새≫라는 뜻으로 ≪로언≫과 그후의 언해본들에서 그대로

습용된다. ≪중로≫에서 ≪징ᄌᆞ≫로 씌였는데 이는 구개음화에 의한것
이므로 ≪딩ᄌᆞ≫의 습용으로 볼수 있다. ≪표준국어대사전≫에는 ≪증
자(鐳子)≫와 같은 말로 ≪정자(頂子)≫와 ≪징자≫를 들수 있다.

19) 팀[貼]

①
팀 바다 가져온 은이라(번로상65b)
팀 바다 가져온 은이라(로언상59a)
팀 바다 가져온 은이라(평로상59a)
ᄎᆞ자 온 은이라(중로상60a)[找]

현대어 ≪보증≫ 또는 ≪전당잡다≫에 해당하는 ≪팀≫는 ≪번로≫
에서 ≪로언≫으로 이어진다. 11)그리고 ≪로언≫과 비슷한 시기의 문헌
≪첩해신어≫에서도 나타난다.

②
이리 슬옴이 내 편을 팀 ᄀᆞᆺ건마ᄂᆞᆫ 舘中도 심심ᄒᆞ매(첩신 초 9:11)
(1676년)

이로보아 ≪팀≫은 17세기에도 자주 사용되였던것 같다. ≪중로≫에
서는 한어원문이 변한 관계로 ≪팀≫이 사용되지 않고있다.
이외에도 ≪로걸대≫의 언해본에 사용되고있는 한어계 차용어들은 다
음과 같다.

---

11) 김완진 ≪노걸대의 언해본 연구≫에서는 ≪팀(貼)≫을 차용어로 보고 있다. p.186.

중국어	번로	로언 (평로)	중로
[胸背]	흉븨(하24a)	흉븨(하21b)	胸背문(하23a)
[荒貨]	황호(하56a)	황호(하50b)	貨物(하52b)
[錢糧]	쳔량(상15a)	화물(상13b)	貨物(상13b)
[湯水]	탕쉬(하39a)	湯水(하35a)	국[湯](하38a)
[斜皮]	셔피(하68b)	셔피(하61b)	셔피(하63a)
[赤根菜]	시근치(하38a)	시근치(하34b)	시근치(하37a)
[潑皮]	보피ᄒᄂᆞ(하48b)	보피로온(하44a)	보피로온(하46a)
[比甲]	비게(하51a)	비게(하46a)	비게(하48a)
[條環]	됴환(하51a)	됴환(하46a)	條環(하48a)
[條兒]	됴(하69a)	됴ᄋᆞ(하62a)	됴ᄋᆞ(하64a)
[利錢]	니쳔(상13a)	니쳔(상11b)	利錢(상11b)[12]
[脫脫麻食]	투투멋(하37b)	투투멋(하34a)	몽고씩[㺩子飲食](하36b)[13]
[小紅]	쇼홍(상13b)	小紅(상12b)	小紅(상12a)(로신1:17a)
[湯罐]	권ᄌᆞ(상42b)	탕권(상39a)	탕관(중상39b)[14]
[靑羅]	야쳥로(하50a)	야쳥노(하45a)	프른 깁(하47b)
[紫(的)]	ᄌᆞ디(하69a)	ᄌᆞ디(하62a)	ᄌᆞ지(하64a)
[出入]	나드리(하71a)	츄입(하64a)	出入(하66a)
[穿花鳳]	쳔화봉(하24b)	穿花鳳(하22b)	(해당 없음)
[沈]	팀ᄒᆞ다((하40a)	沈ᄒᆞ다(하36a)	沈ᄒᆞ다(하38b)
[㺩皮靴]	던피휘(하52b)	던피휘(하47b)	던피휘(하49b)
[七八里]	칠파릿(번로상60a)[15]	七八里(상54a)	七八里(상55a)

---

12) <로신>에서는 '利錢'으로 번역했다. (로신1:15b)

13) <평로>에서는 '투투멋'으로 번역했다. (평로하34a)

14) <평로>에서는 '탕관'으로 (평로상39a), <로신>에서는 '탕관'으로 (로신1:54b) 번역했다.

15) 김완진 ≪노걸대의 언해에 대한 비교연구≫에서는 ≪파≫가 ≪팔≫의 오기인지 ≪팔≫과 ≪바≫의 혼기인지 가늠하기 어렵다고 하였다. p.187.

이상의 ≪번로≫에서 사용된 차용어들을 분석하면 다음과 같이 세가지 류형으로 분류할수 있다.[16)

첫째, ≪로걸대≫의 언해본에 사용되였던 차용어가 다른 단어에 의해 대체되는것이다.

ㄱ) 공존하던 고유어에 의해 대체되는것

이 부류의 차용어는 동의적이거나 류의적인 고유어와의 공존과정에서 고유어에 의해 배제되는것이다. 이런 단어중 일부는 당초에 고유어에 적중한 단어가 없어서 받아들인것인데 후에 고유어에 차용어와 뜻이 비슷하거나 뜻이 더 명확한 단어가 산생됨에 따라 고유어에 의해 치환되고 말았다.

이런 현상은 ≪번로≫와 ≪로언≫의 비교에서도 나타난다.

① [중국어]	[번로]	[로언]
牙家	야즈(牙子)	즈름
背皮	븨피	겁지운
胸子	훙슷, 훙즈	가슴
欒帶	런듸	아롱듸즈
歲	쉬	나ᄒ
騙	션ᄒ다	붙티다

ㄴ) 음역차용어가 새로운 한자어에 의해 대체되는것

≪푸즈(鋪)≫가 차용될 시기에 조선어에는 이미 ≪가개≫(삼강행실도 1481)가 있었다. 이는 원어 ≪가가(假家)≫(역어류해보)에서 왔다고 볼수도 있는데 최종적으로 이 단어는 ≪가게≫로 고착되였다. ≪푸즈≫는 ≪가게≫를 이겨내지 못했을뿐만 아니라 새로운 한자어 ≪전방(塵房)≫도 이겨내지 못하였다. 이런 류형에 속하는 차용어들로는 다음과 같은것들이 있다.

---

16) 리득춘 ≪<로-박언해>의 중국어 차용어와 그 연혁≫≪한글≫제215호. 1992년 참조.

②

[중국어]	[차용어]	[한자어]
紫的	즈디	자주(紫朱)
鴨頭綠	야투루, 야토로	록색(綠色)
黑綠	연야토룩	암록색(暗綠色)
	희무로	
比甲	비갸, 비게	마갑(馬甲)

둘째, 다른 단어에 대체되지도 못하고 소실된것

하나의 단어가 차용되여 그 언어속에 계속 존재하며 사용되는가 하는 것은 우선 그가 표시하는 사물이나 개념이 계속 존재하는가 하는것과 관련된다. ≪던피휘, 휘, 투투멋≫ 와 같은것이 오늘날 쓰이지 않은것은 바로 이 단어들이 차용된후의 사용과정에서 그가 표시하는 사물이 소망되였거나 쓰이지 않은것과 관련되며 이로부터 단어로서의 존재의 의의가 소실되여 페어로 되였다.

이와 다른것도 있는데 사물이나 개념은 존재해 있지만 소실되여버리거나 쓰이지 않는것들이 있다. 그 원인은 이런 차용어들이 조선어의 조어법에 어긋남으로 하여 쓰기에 습관성이 결여되여 입에 오르지 않기때문이다. 특히 이음절로 된 중국어원어를 차용할때 보통 두음절의 차용방법을 통일하거나 또는 개별적으로 한 음절은 음역하고 한 음절은 음독한다. 그러나 음절을 증가하지 않는 상황에서 반의역반음역의 차용밥법을 채용하지 않는다. 이런 까닭으로 ≪흰노(白羅), 새휘≫ 등 부류의 단어들은 한때 쓰이다가 자취를 감추게 되였다.

또한 음역차용어는 조선어 조어법에 적응되면서도 적응되지 않을 때가 있다. 용언적 단어를 차용할때 보통 음독하는 한자어에 접사 ≪하다≫를 붙이는데 ≪보피롭다, 팀흐다≫등 차용어들은 중국어음으로 읽는 차용어에 접사를 붙였으므로 조선어에서 중국어단어를 받아들이는 습관에 맞지 않는다. 그러므로 이런 차용어들이 수명이 길지 못했던것이다.

셋째, 현대까지 계속 쓰이고있는 차용어.

이 부류의 차용어들은 조선어체계에 깊이 침투되어 뿌리를 박은것들로서 어음적외각이나 의미면에서 원어와 련계를 가지고있지만 조선어휘체계의 제약을 받으면서 조선어내부법칙에 순응하고있다. 때문에 이런 차용어에 대하여 외래어라고 인식하지 못하는 경우가 있다.

ㄱ) 차용시기의 어음적외각을 보류하고있거나 어음구조를 조금 개변시킨 것,

③

[중국어]	[차용어]	[현대조선어]
荒貨	황호	황아
錢	천	천
錢糧	천량	천량
赤根菜	시근치	시금치
鑼鍋	노고	노구, 노구솥
大紅	다홍	다홍
下處	햐츄, 햐쳐	사처
紫的	ᄌᆞ디	자지
湯罐	탕권	탕관
笆子	바ᄌᆞ	바자

ㄴ) 음역이 음독으로 바뀐것

이 부류의 단어들은 한자형태소나 단어의 의미에 큰 변동이 없이 다만 음역차용어의 어음적외각을 한자의 조선식독음으로 바꾸어 놓은것을 가리킨다.

④

[중국어]	[차용어]	[음독한자어]
胸背	흉븨	흉배
湯水	탕쇠	탕수
斜皮	셔피	사피
利錢	리쳔, 니쳔	리젼
出入	츄입	출입
頂子	딩즈	정자
羅	노	라
潑皮	보피	발피
燒餠	쇼빙	소병

우의 이런 현상들은 벌써 ≪번로≫와 ≪로언≫에서도 나타나고 있다.

⑤

[중국어]	[차용어]	[로언]
鞍籠	안룽	안롱
伴當	번당	반당
木棉	무면	목면17)
匣	하ᇝ	갑
膝欄	시란, 스란	슬란18)

≪로걸대언해≫나 ≪박통사언해≫중의 음역차용어들은 그 대부분이 의복, 음식, 기명, 포목, 매매 등과 관련된것으로 상인들이나 사신단이 조선과 중국을 드나드는 과정에서 음역차용어들이 구두로 차입되였고 또한 구두적인 교제에 많이 쓰이게 되였다. 이 두 책이 사역원의 중국어회화교과서로 과거시험의 배강과목인만큼 역학을 공부하던 많은 사람들이 원래

---

17) 현대조선어에서는 ≪무명(<무면)≫과 ≪목면≫이 공존하고있다.
18) 현대조선어에서는 ≪스란≫이 사용되지만 ≪슬란≫은 존재하지 않는다.

구두로 차용되였던 단어들의 원 한자를 알게 되였고 이런 음역차용어의 발음이 조선한자독음과 상당한 차이가 있었으므로 사람들은 음역단어를 접촉하면 원래의 한자를 떠올리게 되여 나중에는 조선한자음과 련계시키게 되였다. 이것이 바로 이미 받아들여졌던 음역차용어를 음독한자어가 바뀌게 되는 원인이였다.

중국어에 기원을 둔 단어가 한자어인가 차용어인가를 구별하기란 쉬운 일이 아니다. 그것은 특히 반음역반음독차용어의 경우에 더욱 그러하다. 그러므로 이를 구분하기 위해서는 차용어의 원래의 한자들의 당시의 음가를 아는것이 중요하다. 아래에 앞에서 례를 든 차용어의 일부 원어들의 한어근대음은 다음과 같다.

⑥

[차용어]	[중국어]	[근대음]
야청	鴉青	ĭa ts'iəŋ
야토로	鴨頭綠	ĭa t'əu liu
희무로	黑墨綠	xeimueiliu
바즈	笆子	pa tsï
다훙	大紅	ta xuŋ
훠	靴	xìuɛ
햐츄	下處	xìa ʧ'iu
쇼빙	燒餅	ʃiɛu piəŋ
로	羅	luo
쉬	歲	suei
무면	木(棉)	mu
푸	鋪	p'u
노고	鑼鍋	luo kuo
푼즈	粉(子)	fən (ts'i)
시란, 스란	膝欄	ʃi lan
하슥	匣(子)	xĭa (ʒĭ)

스견	事件	ʃi kiɛn
딩즈	頂子	tiəŋ tsï
팀	貼	t'iɛ

4.1.5 단위명사와 불완전명사

4.1.5.1 단위명사[19]

≪번로≫, ≪로언≫, ≪평로≫, ≪로신≫, ≪중로≫에서 단위명사의 사용은 대부분 경우에 큰 차이를 보이지 않고있다.

아래에 다르게 사용된 단위명사들만 보기로 한다.

1) 분, 푼, 픈, 分

①
[五分一斗小米]
닷 분에 흔 말 조밧 리오(번로상 9a)
오푼에 흔 말 조밧 리오(로언상8b)
오픈에 흔 말 조밧 리오(로언상8b)
흔 말 小米ᄂᆞ 오 픈 은에 풀고(로신1:11a)
五分 銀에 흔 말 小米오(중로상8b)

우의 례는 돈을 혜는 단위인 ≪分≫에 대한 언해문들의 표기이다. 그런데 ≪분≫은 ≪번로≫에서만 몇번 사용되고 이후의 언해본들에서는 쓰이지 않고있다. 그리고 ≪평로≫에서 ≪픈≫이 쓰이고있는데 이는 ≪푼≫

---

19) 단위명사는 불완전명사의 한 부류에 속하는데 본 론문에서는 론의 전개의 편리를 위하여 나누어 설명한다. 또한 단위명사적으로 쓰이는 명사를 단위명사와 함께 취급하기로 한다.

의 어음적변화에 의한 이형태로 볼수 있다. ≪픈≫은 ≪평로≫에서만 몇 곳 사용될뿐이다. 가장 많이 쓰이는것은 ≪푼≫이다. ≪푼≫은 ≪分≫의 차용어로 볼수 있다. 그리고 한자의 형태로 ≪分≫도 많이 사용된다. 또한 ≪푼≫은 현재에도 ≪돈 한 푼≫에서처럼 사용되고있다. 이로 보아 중세와 근대시기에 ≪푼≫은 돈을 세는 단위로 활발하게 사용되였다는것을 알수 있다.

2) 목, 운 (分兒)

①
이 삼을 다숫 모긔 ᄂᆞ호아(번로 하 58b-59)
이 삼을 다숫 운에 ᄂᆞ화(로언 하 52b-53a)
이 蔘을 다숫 운에 ᄂᆞ화(평로하52b-53a)
이 蔘을 다숫 운에 ᄂᆞ호라(중로하 54b-55a)

≪分兒≫에 대한 번역이 ≪번로≫에서는 ≪목≫으로 ≪로언≫이후로는 ≪운≫으로 나타난다. 이때의 ≪운≫을 석주연은 ≪分≫의 한자음 ≪본≫을 반영한것으로 보고있다. [20] 현대어에서도 ≪몫≫이 사용되고있는점을 볼 때 이 단어는 중세시기부터 현재까지 활발히 사용되고있었다는것을 알수 있다.

②
● 그딋 모글 두고 남ᄀᆞ란 내 모글 두어(석상 6:26)

≪석보상절≫의 이 례는 ≪목≫이 중세부터 활발히 사용되였다는것을 립증하여 준다.

---

20) 석주연, ≪노걸대와 박통사에 대한 국어학적 연구≫, p.153.

3) 필, 빌, 쎌 疋

①
쇼훙앤 뵈 닷 비레 프라(번로상14b)
小紅의는 뵈 닷 쎌에 프라(로언상13a)
小紅의는 뵈 닷 필에 프라(평로상13a)
小紅은 뵈 닷 필에 밧고와(로신1:17b)
小紅은 뵈 닷 필을 밧고와(중로상13a)

②
미 훈 피레 두 량식 주고(번로상13b)
미 훈 필에 두냥식 ᄒ여(로언상12b)
미 훈 필에 두냥식 ᄒ여(평로상12b)
每疋에 두 냥에 ᄒ여(로신1:17a)
每疋에 두 냥에 ᄒ여(중로상12b)

③
야청의는 뵈 <u>엿</u> 쎌에 프라 銀 석 냥 엿 돈에 혜고 小红의는 뵈 <u>닷</u>
쎌에 프라 銀 석 냥에 혜고 소옴은 每 넉 냥의 뵈 <u>흔</u> 쎌에 프라 銀 엿
돈에 혜여≫(로언상13a)

천을 혜는 단위로 ≪疋≫에 대한 번역은 ≪필, 빌, 쎌≫이 있는데 어느
언해본이나 막론하고 ≪필≫이 가장 많이 사용되고있다. 또한 ≪중로≫
와 ≪로신≫에서는 다른 언해본에 비하여≪疋≫이 많이 사용되였다.
≪빌≫은 ≪번로≫에서만 쓰이고 ≪쎌≫은 ≪로언≫에서만 쓰이고있는
데 례③에서처럼 세곳에 쓰였다. 이로보아 ≪쎌≫은 ≪빌≫의 ≪로언≫
에서의 지속으로 볼수 있는데 ≪닷 빌, 엿 빌≫의 어음적환경에서 ≪빌≫
이 된소리로 발음된것을 그대로 적은것이고 ≪흔 쎌≫은 그에 대한 류추
로 보인다. 게다가 련이어 사용된것으로 보아 더욱 그렇게 생각할수 있다.

≪로신≫과 ≪중로≫에서는 ≪필≫과 ≪疋≫만 사용된다. 이로부터 ≪빌≫은 17세기까지 그 사용이 적게나마 지속되였지만 18세기에 들어서면서 완전히 소실되였다는것을 알수 있다.

4) 사름, 人 [시]

① [每人]
미 흔 사르미게(번로상 23a)
每人(로언 상21a) (평로상 21a) (로신1:28b) (중로상20b)

≪번로≫에서는 ≪사름≫이 단위명사적으로 사용되였다. 현대에서도 사람을 셀 때 ≪한 사람, 두 사람≫처럼 사용되고있다.

5) 뭇, 束[束, 綑]

① [每束]
미 흔 무세 돈 열시기니(번로상23b)
每束에 열랏 돈이니(로언상21a0
每束에 열 낫 돈이니(평로상21)a
每 뭇세 열 낫 돈이니(로신1:29a)
每 뭇세 열 낫 돈이니(중로상21a)

≪번로≫에서는 고유어 ≪뭇≫만 사용된다. ≪로언≫과 ≪평로≫에서는 ≪뭇≫과 ≪束≫이 같이 사용된다. ≪로신≫과 ≪중로≫에서도 ≪뭇≫만 사용된다. 현대어에서 단위명사로 ≪뭇≫이 사용되고있다. 례하면 ≪짚 한뭇, 삼치 한 뭇≫과 같다.

6) 말, 斗 [斗]

① [黑豆六斗, 每斗五十個錢]
콩 엿 마래 미 혼 마래 돈 쉰시기니(번로상23a)
콩 엿 말엔 每斗에 쉰 낫 돈이니(로언상21a)
콩 엿 말엔 每斗에 쉰 낫 돈이니(평로상21a)
콩 엿 말에 每斗에 쉰 낫 돈이니(로신1:29a)
콩 엿 말에 每斗에 쉰 낫 돈이니(중로상20b)

≪번로≫에서는 고유어 ≪말≫만 사용되는데 ≪로언≫이후의 언해본
들에서는 ≪말≫과 ≪斗≫가 함께 사용된다. 현대어에서도 곡식을 세는
단위로 ≪말≫을 사용하고있는데 이는 ≪말≫이 고유어로서 중세시기로
부터 활발히 사용되고있었다는것을 보여준다. 그리고 ≪두(斗)≫도 ≪말≫
과 같이 현대어에서 사용되고있다.

7) 자, 尺 [尺]

①
닐굽여듧 잣(번로상36a)
닐곱여듧 자(로언상32b)
닐곱여듧 자(평로상32b)
七八尺(로신1:45b)
七八 尺(중로상32b)

≪번로≫와 ≪로언≫ ≪평로≫에서는 길이를 재는 단위로 ≪자≫를
사용하고있고 ≪로신≫과 ≪중로≫에서 ≪尺≫이 한곳씩 사용되고있다.
나머지 경우에는 모두 ≪자≫를 사용하고있다. 그런데 특이한것은 ≪중
로≫에서 한어원문이 ≪尺≫이 ≪棍子≫로 변한 례가 한곳 있다.

② 有五十棍子的, 也有四十棍子的, 也有四十八棍子的,

　　쉰자 치도 이시며 쏘 마흔자 치도 이시며 쏘 마은 여듧자 치도 이
셔(즁로 하 57b)

《즁로》의 한어원문에서 《막대》를 뜻하는 《棍子》가 량사처럼 사
용되고있다. 이에 대한 번역은 《자》로 되여있다. 21)

8) 귀 [句]

　　①
　　[一句話]
　　흔 마리(번로상52b)
　　흔 말이(로언상47a) (평로상47a)
　　흔 귀 말(즁로상48a)

우의 례에서 《즁로》의 《흔 귀 말》에서의 《귀》는 두가지 해석이
가능하다. 하나는 《귀》가 《句》의 음을 음차한것으로 볼수 있다. 《句》
의 근대한어음은 [kiu]인데 한어음의 모음 [iu]가 도치되여 [ui]로 된것으
로 볼수 있다. 이 경우에는 《귀》가 《句》를 음차한것으로 볼수 있다.
다른 하나는 《즁로》의 《흔 귀 말》은 《흔 句ㅣ 말 〉한 구ㅣ(구(句) +
ㅣ(속격))말 〉 흔 귀 말》의 변화과정을 거쳐 생긴것으로 볼수 있다. 이
경우에는 력사적 어음변화에 의해 생긴것으로 볼수 있다. 실제로 《句》
는 현대조선어에서 두가지 현실음을 가지는데 하나는 《글귀 귀》할 때
의 《귀》이고 하나는 《구절》 할 때의 《구》이다. 《표준대국어사전》
의 해석에 의하면 《글귀(－句). 글의 구나 절》로 되여있고 《귀절. 구절

---

21) 혹시 '棍子'를 《자》가 아닌 《자치》로 보는 견해도 있겠지만 이 경우에 《치》
　　는 《물건의 뜻을 더하는 접미사》로서 한어원문의 《물건》을 뜻을 나타내는
　　《的》에 대응되는 번역으로 된다.

(句節)의 잘못.≫으로 되여있는것으로 보아 ≪句≫의 두가지 음을 하나는 조선전통음으로 하나는 차용음으로 보는것이 합당하다고 생각된다.

≪몽어로걸대≫에서도 이에 해당하는 번역은 ≪흔 말≫(몽로3:19)이다. 이로부터 근대시기에 ≪말≫과 수사가 결합할 때는 단위명사가 없이 직접 결합되였다는것을 알수 있다. 따라서 ≪말 한 마디≫할 때의 ≪마디≫가 ≪말의 도막≫을 세는 단위로 사용된 시기는 근대이후의 시기라는것을 알수 있다.

9) 품, 成 [成]

① [八成]
바품 은이로소니(번로상64b)
八成 은이니(로언상58b) (평로상58b)
八成이니(중로상59a)

현대한어에서도 ≪成≫은 ≪할≫을 뜻하는 량사로 쓰인다. 여기서 ≪품≫은 한어 ≪品≫에서 온것으로 보인다. 여기서 ≪八成銀≫은 ≪순도가 8할인 은≫이라는 뜻이다. ≪번로≫의 ≪바품≫에서 ≪품≫도 역시 ≪할≫을 뜻하는 단위명사인것이다. 또한 뒤에 나오는 ≪구품 은≫과 비교하면 그 뜻이 더 명확해 진다.

② [這些個銀子是好靑絲, 比官銀一般使.]
이 은이 됴흔 구품이니 구의 나깃 은 글와 흔가지로 쁠 거시라(번로하 64a)
이 은이 됴흔 구품이니 구윗나기 은을 글와 흔가지로 쁠것시라(로언하57b)
이 은이 됴흔 구품이니 구윗나기 은을 글와 흔가지로 쁠것시라(평로하57b)

이 은도 죠흔 細絲ㅣ니 紋銀과 흔가지로 쁘ᄂᆞ니라(즁로하59b-60a)

여기서 ≪구품 은≫은 ≪구의나깃 은≫(官銀, 紋銀)이 아닌 질 좋은 ≪靑絲, 細絲≫를 말하는것이다, 여기서 좋은 ≪구품 은≫이 ≪구의나깃 은≫과 한가지로 쓰인다고 말한것으로 보아 ≪구품 은≫이 ≪八成銀≫인 ≪바품≫보다 좋은것임에는 틀림이 없다. 따라서 ≪바품 은, 구품 은≫에서 ≪품≫은 ≪할≫의 뜻을 가진 단위명사라는 알수 있다. 22)

10) 가지 [件]

① [只是一件]
오직 흔 가짓(번로하 14a)
다만 흔 가지ᄂᆞ (로언하 12b)(평로하12b) (즁로하13b)

≪번로≫에서 ≪가지≫는 ≪흔 가지≫의 형태로 여러번 나온다. ≪我一等≫의 뜻으로 ≪우리 흔 가짓≫(번로 하 65a) ≪一般≫의 뜻으로 ≪흔 가지로≫(번로하 64a)가 그러하다. 이런 경우는 모두 ≪한가지≫라는 하나의 단어형식으로 사용되였기에 진정한 의미에서 ≪가지≫는 단위명사

---

22) 紋銀은 중국 청나라시기의 표준은로서 足銀이라고 불리웠다. 은은 그 순도가 높을수록 표면이 특수한 무늬를 띄는데 紋銀이라는 명칭도 여기에서 온것이다. 건륭제시기에 발행한 ≪皇朝文獻通考, 貨幣考, 乾隆十年≫에 의하면 ≪무릇 모든 행사는 대체로 그 수가 적으면 엽전을 사용하고 그 수가 많으면 은을 사용한다. 무릇 은을 사용할 때 관청에서 발행한 紋銀을 기준으로 한다. 무릇 상인들과 백성들이 사용하는것은 십할, 구할, 팔할로 부동하다. 교역을 하게되는 경우에는 모두 십할 足紋을 기준으로 상호 환산한다.≫(凡一切行使, 大抵数少則用钱, 数多則用银. 凡用银之处, 官司所发例以纹银. 凡商民行使, 自十成至九成八成不等. 遇有交易, 皆按照十成足纹, 递相核算.≫여기서 ≪로걸대≫언해본들에서 나오는 ≪구의나귓 은≫(官銀, 紋銀)은 10할의 足銀에 해당한것이며 ≪구품 은≫(靑絲, 細絲)는 9할의 은에 해당하며 ≪바품은≫은 8할의 은에 해당한것임을 알수 있다. 실제로 紋銀의 순도는 93.5374%이다.

의 기능을 하지 못하고있다. ≪가지≫가 단위명사의 기능을 수행하는 례
는 단지 우의 례뿐이다. 이는 15세기부터 ≪가지≫가 단위명사로 쓰이고
있다는 점을 충분히 설명하고있다.

≪로걸대≫의 언해본들에서 사용된 단위명사들을 비교해 보면 다음과
같은 특징을 가지고있다. ≪번로≫에서 고유어의 형태로 단위명사기능
을 하는 단위명사는 후기의 언해본들에서 계속 지속적으로 사용되였으며
또한 이런 단위명사들은 현대어에서도 단위명사로 사용되고있다.

11) 곰, 식23)

①
믹 ᄒᆞ나히 콩 닷되 딥 ᄒᆞᆫ 뭇곰 ᄒᆞ야(번로상12a)
믹 ᄒᆞ나혜 닷되 콩과 ᄒᆞᆫ 뭇 딥식ᄒᆞ여(로언상10b)
믹 ᄒᆞ나혜 닷되 콩과 ᄒᆞᆫ 뭇 딥식ᄒᆞ여(평로상10b)
每 ᄒᆞ나히 닷 되 콩과 ᄒᆞᆫ 뭇 집히니(로신1:14b)
每 ᄒᆞ나히 닷 되 콩과 ᄒᆞᆫ 뭇 집히니(중로상10b)

≪번로≫에서는 15세기 문헌에 자주 나타나는 접미사≪곰≫이 쓰이고
있다.

②
舍利弗의 그에 무라 두 즘겟 길마다 후숨를 세콤 지스 니(월곡
상:56)
王이 ᄒᆞᆫ 太子를 ᄒᆞᆫ 夫人곰 맛디샤(석상 11:33)
四方이 各各 變ᄒᆞ야 十方곰 ᄃᆞ 외면 四十方이 일오 四十方이 各各

---

23) ≪곰≫과 ≪식≫은 수량를 나타내는 단어나 단어결합 뒤에 붙어서 강조를 나타내
는 접미사이다. 수량의 단위를 나타내는 단위명사와도 관계가 있으므로 단위명사
류에 넣어서 함께 서술하기로 한다.

變ᄒᆞ야 十方곰 드외면 四百方이 일리니(석상 19:12)

七寶床ㅅ 四方애 各各 ᄒᆞᆫ 雙곰 셔엣더니(석상 23:18)

그 五百 사ᄅᆞ미 弟子ㅣ 드외아지이다 ᄒᆞ야 銀돈 ᄒᆞᆫ 낟곰 받ᄌᆞᄫᅳ
니라(월석 1:9)

이처럼 15세기에 활발히 사용되던 ≪곰≫은 ≪번로≫에서 그 사용을
보이다가 ≪로언≫과 그 후의 언해본들에서는 접미사≪식≫에 의해 교
체된다. 이는 ≪곰≫이 근대에 들어오면서 이미 사라졌음을 보여준다. 하
지만 ≪로언≫에서 보여준 ≪식≫은 현대어에서도 ≪씩≫의 형태로 남
아있다.

③

닷 돈애 ᄒᆞᆫ 근시기라도 ᄯᅩ 어들 듸 업스니라(번로하2b)

닷 돈에 ᄒᆞᆫ 근식이라도 어들 듸 업스니라(로언하 2b)

닷 돈에 ᄒᆞᆫ 근식이라도 어들 듸 업스니라(평로하 2b)

닷 돈에 ᄒᆞᆫ 근식이라도 ᄯᅩ 어들 곳 업ᄂᆞ니라(중로 하2b)

또한 우의 례에서는 ≪번로≫에서도 ≪식≫이 사용되고있음을 보여준
다. 실제로 ≪번로≫에서는 ≪식≫의 사용회수가 ≪곰≫과 비슷하다. 이
는 16세기에 ≪곰≫이 ≪식≫과의 경쟁관계에 있었다는것을 알려준다.
≪중로≫에서는 ≪식≫은 우의 례에서만 사용되였다. 그러나 이는 18세
기에 ≪식≫이 거의 사용되지 않았다는것을 설명하는것은 아니다. 비슷
한 시기의 ≪몽어로걸대≫와 ≪청어로걸대≫에서는 ≪식≫이 자주 사용
되고 있다.

④

져년은 서 돈에 ᄒᆞᆫ 斤식이러니 이직 폴 사름이 업ᄉᆞ모로 닷 돈에

흔 斤식도 사기 어려오리라 (몽로5:3b)

   웃듬 모시뵈 一百 疋에 흔 兩식이면 대되 一百 兩이오 (청로8:11b)

이는 ≪중로≫의 편찬자들이 의도적으로 ≪식≫을 사용하지 않으려는 경향을 엿볼수 있다.

4.1.5.2 불완전명사

불완전명사란 문장구조속에서 다른 단어에 의존하지 않고서는 홀로 자립적으로 쓰일수 없는 명사를 가리킨다.[24] 불완전명사는 자립적인명 사에 비해 그 의미가 추상성을 띠고있는데 이는 원래 자립적인 단어들이 일정한 력사적 단계를 거쳐 의미상에서 자립성을 잃고 추상화되여 이루 어진것이다. 때문에 본 론문에서 불완전명사라고 하는 단어들은 문헌에 나타난 시대에 이미 불완전명사로 되였는지는 판단하기가 쉽지 않다. 때문에 여기서 말하는 불완전명사는 어디까지나 현대조선어의 시점에서 본 불완전명사들이다. 또한 기술의 편리를 위해여 일부 불완전명사처럼 쓰이는 형태소들도 불완전명사에 귀속시켜 함께 론하기로 한다.

  1) 하, 것 [的]

    ① [你的]
    그 상자리전이 네하가(번로상48b)
    그 잡화호전이 네하가(로언상44a)
    그 잡화호전이 네하가(평로상44a)
    져 雜貨鋪ㅣ 이 네것가(중로상44b)

---

24) 한국에서는 의존명사라고 한다.

② [我的]
내해 新羅ㅅ 人蔘이라(번로하3b)
내하ᄂ 新羅蔘이라(로언하2b)
내하ᄂ 新羅蔘이라(평로하2b)
내하ᄂ 新羅ㅅ蔘이라(중로하2b)

≪하≫는 불완전명사 ≪것≫이라는 의미의 어휘인데 15세기 문헌 ≪악학궤범≫에도 나온다

③ 아으 둘혼 내 해어니와 둘혼 뉘 해어니오 ≪악학 처용가≫(1493년)

≪하≫는 모두 다섯번 사용되였는데 ≪번로≫ ≪로언≫ ≪평로≫에선 모두 ≪하≫로 나타나고 ≪중로≫에서는 ≪것≫이 3번, ≪하≫가 2번 나타난다. 하지만 ≪청로≫와 ≪몽로≫에서는 모두 ≪것≫으로 나타난다.

④
내거슨 本ᄃᆡ 산거시라(몽로5:19)
내거슨 官家 저울이오(청로8:3)

이는 18세기에 ≪하≫는 이미 ≪것≫보다 적게 사용되였음을 보여주는것이다. ≪중로≫에서 ≪하≫가 나타나는것은 ≪중로≫의 편찬자들이 전시기의 언해본을 따르는 보수성에 의해 비롯된것으로 설명할수 있다. ≪하≫는 ≪첩해신어≫(1676)초간본에서 ≪희≫로 나타난다.

⑤
아ᄆ의 희도 됴티 아니ᄒ오니(첩신초1:17b)
내 희만 싱각ᄒ고(첩신초4:16a)

현대에서는 ≪해≫가 습용되고있다

18세기에 ≪하≫가 희소하게 사용되였다는것은 ≪번로≫에서 ≪것≫
이 ≪하≫보다 수적으로 훨씬 많이 나타나는 점에서도 알수 있다.

2)것

①
쓰디 몯 홀 거시면 네 즐겨 바들다 (번로상66a)
쓰디 못홀 써시면 네 즐겨 바들싸 (로언상59b)
쓰디 못홀 써시면 네 즐겨 바들싸 (평로상59b)
쓰디.못홀 량이면 네 즐겨 바드랴 (로언상59b)

②
흔 나그내 두 쥬신 저치디 몯홀 거시니 (번로상52b)
흔 나그내 두 쥬인을 적시디 못홀 써시니 (로언상47b)
흔 나그내 두 쥬인을 적시디 못홀 써시니 (평로상47b)
흔 나그늬 두 쥬인을 번거케 못홀 써시니 (중로상48b)

③
이 쟉도는 이 우리 아슥 믜 짓 거시니 (번로상19a)
이 쟉도는 이 우리 권당의 집 거시니 (로언상17b)
이 쟉도는 이 우리 권당의 집 거시니 (평로상17b)
이 쟉도는 이 우리 권당의 집 거시라 (로신1:23b)
이 쟉도는 이 우리 권당의 집 거시라 (로언상17b)

이처럼 ≪번로≫에서는 ≪것≫은 자주 나타나고있고 또한 ≪로언≫과
그 후의 언해본들데서는 거의 ≪것≫을 그대로 받아들이고있다.

3) 디

①
깃 ᄀ샛 나노 미틔 이셔셔 서늘흔 디 쉬며셔 자더니(번로상 28a)
길ᄾᆞ 나모 밋 서늘 흔 디 쉬며 자더니(로언 상25a)
길ᄾᆞ 나므 밋 서늘 흔 디 쉬며 자더니(평로 상25a)
길겻 나모 밋 서늘 흔 디 쉬며 자더니(로신1:34b)
길겻 나모 밋 서늘 흔 디 쉬며 자더니(중로상25a)

②
오늘 아ᄎᆞᆷ 밥 먹던 디셔(번로상 65b)
오늘 앗춤 밥 먹은 곳에셔(로언상59a)
오늘 앗춤 밥 먹은 곳에셔(평로상59a)
오늘 앗춤 밥 먹은 곳에셔(중로상60a)

우의 례에서 ≪디≫는 ≪곳이나 장소≫을 뜻하는 불완전명사이다. ≪번로≫에서는 ≪디≫로 나타났지만 ≪로언≫이후에서는 ≪디≫로 쓰이거나 ≪곳≫에 의해 교체된다. 현대어에서 같은 뜻을 나타내는 불완전명사로 ≪데≫와 불완전명사적으로 쓰이는 ≪곳≫이 많이 쓰이고있는 점을 보아 ≪데≫와 ≪곳≫은 근대부터 공존관계를 형성하면서 현재까지 지속되여 왔음을 알수 있다.

4) 이 [的]

① [背過的]
외오니란 스승님이 免帖ᄒᆞ나흘 주시고(번로상3a)
외오니란 스승이 免帖ᄒᆞ나흘 주고(로언상3a)
외오니란 스승이 免帖ᄒᆞ나흘 주고(평로상3a)
외오기 닉은이ᄂᆞ 스승이 免帖 흔 쟝을 주고(로신1:4a)
외오기 닉은이ᄂᆞ 스승이 免帖 흔 쟝을 주고(중로상3a)

≪번로≫에서 사람을 가리키는 불완전명사 ≪이≫는 ≪로언≫과 그 후의 언해본들에서 그대로 나타났고 현대에서까지 사용되고있다.

5) 외, 밧[外][除了]

① [外]
그 외예 허릐우는 니쳔을 언노라 (번로상 14b)
덜온 밧씌 쏘 혀릐온 니쳔을 어들러라(로언상13ab)
덜온 밧씌 쏘 혀릐온 니쳔을 어들러라(평로상13ab)
더론 밧긔 쏘 혀릐온 利錢을 어들러라(로신1:17b−18a)
더론 밧긔 쏘 가히 혀릐온 利錢을 어들러라(중로상13a)

② [除了]
이 믈 외예 년근 다 됴티 아니타(번로상12b)
이 믈을 덜고는 다른니는 다 됴티 아니타(로언상11a)
이 믈을 덜고는 다른니는 다 됴티 아니타(평로상11a)
이 믈을 덜고는 다른이는 다 죠치 아닌이라(로신1:15ab)
이 믈을 덜고는 다른이는 다 죠치 아니ᄒ다(중로상11a)

≪외≫의 경우 한어의 ≪外≫을 나타내는 경우에는 ≪로언≫과 그 후의 문헌들에선 ≪밧≫로 교체시키고있지만 ≪除了≫와 같은 뜻을 나타내는 경우에는 ≪로언≫이후의 언해본들에서는 ≪덜다≫라는 원래의 뜻을 사용하고있다. 현대어에는 ≪외≫와 ≪밧≫이 모두 불완전명사로 사용되고있다.25)

6) 적[其間][時]

① [商量其間]

---

25) ≪밧≫은 자립적인 완전명사로서 여기서는 불완전명사적으로 사용된것이다.

의론홀 저긔 (번로하65b)

의논 홀 쓰이예(로언하 59a)

의논 홀 스이예(평로하 59a)

(해당없음)(중로)

우의 례에서 ≪적≫은 ≪로언≫과 ≪평로≫에서 ≪스이≫에 의해 교체된다. 이는 한어≪其間≫의 뜻을 충분히 나타내기 위한 조치로 생각된다. 다음의 례는 ≪번로≫에서의 ≪적≫이 ≪로언≫에서 준말형태로 바뀌는 례이다.

② [趁凉快, 馬又喫的飽時]

서늘흔 적 미처 물도 쏘 머건디 빅브른 저긔(번로상60a)

서늘흔 제 밋처 물이 쏘 먹어 빅브른 제(로언상54a)

서늘흔 제 밋처 물이 쏘 먹어 빅브른 제(평로상54a)

서늘흔 제 밋처 물이 쏘 먹어 블러시니(중로상54b−55a)[馬又喫的飽]

여기서 ≪제≫는 ≪적에≫의 준말이다. 이처럼 ≪로언≫이후의 언해본에서 모두 준말형식으로 받아드리는 경우는 아주 흥미로운것이다.

7) 녁 [邊]

① [東邊]

뎌 동녁 겨틔 흔 간 뷘 방 잇ᄂ니(번로상67b)

뎌 동녁 겻틔 흔 간 뷘 방이 이시니(로언상60b)

뎌 동녁 겻틔 흔 간 뷘 방이 이시니(평로상60b)

져 동편에 흔 간 뷘 방이 이시니(중로상61b)

≪녁≫은 방향의 뜻을 가진 불완전명사이다. 우의 례에서는 ≪로언≫과 ≪평로≫에서 ≪녁≫으로 쓰였다가 ≪중로≫에서는 ≪편≫으로 바뀌었다.

② [這店西]

이 뎜 셧녁 거틱 (번로상26a)

이 뎜 셔편(로언상23b) (평로상 23b)

이 店에 쓰미 (로신1:32b)(중로상23b)[離你這店]

우의 례에서는 ≪로언≫과 ≪평로≫에서 ≪편≫으로 바뀐 례이다. 현대어에서는 ≪녁, 편≫ 모두가 불완전명사로 쓰이고있다.

4.2 대명사류

≪로걸대≫의 언해본들에서 사용된 ≪대명사≫는 거의 대부분이 현대와 같게 사용된다. 본절에서는 특징적인 대명사만 서술하기로 한다.

1) 小人 [小시

여기서 주목할만한것은 일인칭대명사로 ≪小人≫이 사용되고있다는 점이다. ≪小人≫은 ≪자신을 낮추어 가리키는≫ 대명사로서 현대조선어에서 ≪저≫에 해당한다.

① [小시

小人은 나히 셜흔 다슷 설(번로상64a)

小人은 나히 셜흔 다슷 시라(로언상57b)(평로상57b)

내 올히 셜흔다슷 이로라(중로상58a)[我]

우의 례에서 ≪小人≫은 ≪중로≫에서 ≪내≫로 변하는데 이는 한어 원문이 ≪小人≫에서 ≪我≫로 변했기때문이다. ≪중로≫에서는 ≪小人≫이 모두 ≪내≫로 쓰이고있다.

기타 언해본들에서는 대부분 ≪小人≫을 그대로 받아들여 사용되고있는데 ≪번로≫에서 ≪小人≫에 대하여 조선어로 번역한 곳이 두곳 있다.

　　② [是小人姑舅哥哥]
　　이는 내 아븨동싱누의와 어믜동싱오라븨게 난 형이오(번로상15b)
　　이는 小人의 아븨누의 어믜오라븨게 난 형이오(로언상14a)

여기서 ≪小人≫은 ≪내≫로 번역된다. 그러나 ≪로언≫에서는 다시 ≪小人≫으로 바뀐다.

　　③ [是小人兩姨兄弟]
　　이는 우리 어믜 동싱의게 난 아싀오(번로상16a)
　　이는 小人의 어믜 동싱의게 난 아이오(로언상14a)

여기서 ≪小人≫은 ≪우리≫로 번역되였는데 ≪로언≫에서 다시 ≪小人≫으로 바뀐다. 그러나 여기서 주목할것은 ≪우리≫가 여기서 복수의 의미를 가지고 사용된것이 아니라는 점이다. 즉 현대어에서 ≪우리 집, 우리 어머니≫에서처럼 ≪내≫와 같은 단수를 나타내고있다는 점이다. 또한 ≪小人≫이 자신을 낮추어 가리키는데도 불구하고 ≪내≫와 ≪우리≫를 쓴것도 특이한 부분이다. 게다가 전편이 존칭을 쓰여진 ≪번로≫에서 ≪내, 우리≫가 쓰이고 평칭으로 쓰여진 ≪로언≫에서 ≪小人≫을 유지하고있다는 점은 흥미로운 일이 아닐수 없다.

2) 어드, 어듸, 어딕 [那裏]

　①
　이제 어드러 가는다(번로 상 1a)
　이제 어드러 가는다(로언 상 1a)
　이제 어드러 가는다(평로 상 1a)
　이번에 어듸로 가는다(로신 1:1a)
　이제 어딕로 가는다(중로상 1a)

　②
　큰형님 네 이제 어듸 가는다(번로상7a)
　큰형아 네 이제 어듸 가는다(로언상6b−7a)
　큰형아 네 이제 어듸 가는다(평로상6b−7a)
　큰형아 네 이제 어딕룰 향ㅎ여 가는다(로신 1:9b)
　큰형아 네 이제 어딕로 가는다(중로상7a)

　　우에서 사용된≪어드, 어듸, 어딕≫는 현대에 ≪어디≫로 사용된다. 비
록 이 세개의 단어는 모든 언해본에서 모두 사용되지만 ≪어듸≫와 ≪어
딕≫가 수량면에서 압도적이다. 특히 ≪중로≫에서는 ≪어드≫와 ≪어듸≫
가 각각 한번씩만 사용되었다.

3) 언메, 언머 [多少]

　①
　나희 언메나 ᄒ뇨(번로상6b)
　나히 언머나 ᄒ뇨(로언상6a)
　나히 언머나 ᄒ뇨(평로상6a)
　나히 언머나 ᄒ뇨(로신1:8a)
　나히 언머나 ᄒ뇨(중로상6a)

우의 례에서 ≪언메≫는 ≪번로≫에서도 ≪언머≫보다 적게 나타난다. ≪로언≫에서는 ≪언메≫가 나타나지만 ≪번로≫에서보다 더 적게 나타난다. ≪로신≫과 ≪중로≫에서는 ≪언메≫는 한번도 나타나지 않는데 이는 ≪언메≫가 완전히 ≪언머≫에 대체되였다는것을 말하여 준다.

4) 예, 여긔 [這裏]

　　①

　　예서 셔울 가매 몃 즘겟 길히 잇는고(번로상10b)

　　예서 셔울 가기 몃 즘게 길히 잇느뇨(로언상9b)

　　예서 셔울 가기 몃 즘게 길히 잇느뇨(평로상9b)

　　다만 여긔서 셔울 가기 오히려 언머 길히 잇느뇨(로신1:13a)

　　여긔서 셔울 가기 언머 길히 잇느뇨(중로상9b)

여기서 ≪예≫는 ≪여긔≫의 준말이다.

5) 뎨, 뎌긔, 져긔 [那裏]

　　①

　　뎨셔 곧 믈 져제 감도 쏘 갓가오니라(번로 상11a)

　　뎨셔 곳 믈 져제 가미 쏘 갓가오니라(로언 상 10a)

　　뎨셔 곳 믈 져제 가미 쏘 갓가오니라(평로 상 10a)

　　져긔셔 믈 져제 가기 쏘 갓가오니라(로신1:13b)

　　져긔셔 믈 져제 가기 쏘 갓가오니라(중로상10a)

　　②

　　나도 젼년희 뎨 브리엿더니 ㄱ장 편안ᄒᆞ더라(번로상11b)

　　나도 져년에 뎌긔 브리웟더니 ㄱ장 편당ᄒᆞ더라(로언상10b)

　　나도 젼년에 뎌긔 브리웟더니 ㄱ장 편당ᄒᆞ더라(평로상10b)

내 그 희예도 져긔 머므니 ᄀ장 맛당ᄒ더라(로신1:14a)
내 그 희도 져긔 머므니 ᄀ장 便當ᄒ더라(즁로샹10b)

여기서도 마찬가지로 ≪뎨≫는 ≪뎌긔≫의 준말이고 ≪뎌긔≫는 후에
구개음화되여 ≪져긔≫로 된다.

6) 년 듸, 다른 듸 [別處]

≪다른 곳≫을 뜻하는 ≪년 듸≫는 ≪다른, 남≫을 뜻하는 중세어 대
명사 ≪녀느≫와 ≪곳≫을 뜻하는 ≪듸≫가 합해져 이루어진 단어이다.
≪녀느≫는 15세기 문헌에서도 나타나고 있다.

① 四海ᄅᆞᆯ 녀글 주리여(룡가20)[26]

15세기에 사용되던 ≪녀느≫가 ≪번로≫에서도 사용되고 있다.

②
년 듸 브리디 아녀(번로샹11a)
다른 듸 브리오지 아니하고(로언샹11b)
다른 듸 브리오지 아니하고(평로샹11b)
다른 듸 브리오지 아니하고(로신1:14b)
다른 듸 브리오지 아니하고(즁로샹11b)

한어원문 ≪別處≫에 대응하여 ≪번로≫에서는 ≪년 듸≫라고 쓴곳이
한곳 나타내고 있다. 기타의 경우에는 모두 ≪다른 듸≫로 쓰고 있다. 례하
면 ≪네 다른 別處 잘 듸 어드라 ≫(你別處尋宿處去)(번로샹47a) 이외에도

---

26) 여기서 ≪녀글≫은 대명사 ≪녀느≫의 대격형태이다. 허웅, ≪용비어천가≫ 정음
사, 1986년, p.130.

≪다른≫(別)의 뜻으로 ≪녀느≫가 한곳 쓰이고 있다.

③ [別個菜都沒]
녀느 ᄂᆞᄆᆞ새ᄂᆞᆫ 다 업거니와 (번로상41a)
녀느 ᄂᆞᄆᆞ새ᄂᆞᆫ 다 업거니와 (로언상 37a)
녀느 ᄂᆞᄆᆞ새ᄂᆞᆫ 다 업거니와 (평로상 37a)

우의 례에서 ≪다른≫의 뜻으로 ≪번로≫, ≪로언≫, ≪평로≫에서 모두 ≪녀느≫가 쓰이고있다. ≪로신≫과 ≪중로≫에서는 한어원문이 ≪這菜≫로 수정되면서 ≪이 菜≫로 쓰이고있다. 이외에 ≪別≫을 나타내는 것은 모두 ≪다른≫으로 쓰이고있다. 이로 보아 15세기에 활발히 사용되던 ≪녀느≫는 16, 17세기에도 간혹 사용되고있으며 ≪로걸대≫의 언해류에서는 ≪다른≫에 의해 대체되여 가고있다는것을 알수 있다. 그러나 ≪녀느≫는 완전히 소실된것이 아니라 현대조선어의 ≪여느≫로 이어지고있다.

4.3 동사

4.3.1 고유어에서 한자어에로의 교체

근대조선어에서는 동사의 경우에도 고유어에서 한자어에로의 교체가 일어나고있다. 이시기 한자어동사의 한자어와 ≪ᄒᆞ다≫의 복합형태로 대량으로 산생된다. 이렇게 새로 형성된 한자어동사는 기존의 고유어동사와 생존경쟁을 벌이는 과정에서 고유어를 교체하고있다.

1) 설엊다[收拾]

    ①
    우리 샐리 짐들 설어즈라(번로상 38a)
    우리 샌리 짐들 收拾ᄒ쟈(로언상34b)
    우리 샌리 짐들 收拾ᄒ쟈(평로상34b)
    行李를 收拾ᄒ여(로신1:47b)
    行李를 收拾ᄒ여(중로상34b)

≪설엊다≫는 ≪설거지하다, 처리하다≫의 뜻을 가진 동사이다. 우의 례에서는 ≪로언≫에서 ≪收拾하다≫로 대체된다.

2) 너기다, 싱각ᄒ다[想]

    ①
    나도 ᄆᅀᅡ매 이리 너기노라(번로상11a)
    나도 ᄆᆞ음애 이리 싱각ᄒ엿더니(로언상10a)
    나도 ᄆᆞ음애 이리 싱각ᄒ엿더니(평로상10a)
    나도 ᄆᆞ음에 이리 싱각ᄒ엿더니(로신1:13b)
    나도 ᄆᆞ음애 이리 싱각ᄒ엿더니(중로상10a)

≪번로≫에서 나타난 고유어 ≪너기다≫가 ≪로언≫에서 한자어 ≪싱각ᄒ다≫로 바뀐다.

3) 혜아리다, 商量ᄒ다 [商量]

    ①
    우리 푸에 혜아리라 가져(번로하 23b−24a)
    우리 푸제 혜아리라 가쟈(로언하21b)
    우리 푸제 혜아리라 가쟈(평로하21b)
    우리 아직 푸제 商量ᄒ라 가쟈(중로하22b)

≪혜아리다≫는 ≪로언≫≪평로≫에서 그대로 쓰이지만 ≪중로≫에서 한자어에 대체된다.

4) (구장) 깃게이다 **多謝多謝**ᄒ여라[**多謝多謝**]

①
구장 깃게이다(번로상55b)
구장 깃게이다(로언상50a)
구장 깃게이다(평로상50a)
多謝多謝ᄒ여라(중로상50b)

≪구장 깃게이다≫는 ≪多謝多謝ᄒ여라≫로 바뀌는데 이는 ≪多謝≫와 ≪ᄒ다≫가 합한 이 단어는 그 시기에 실제로 사용되였는지 의심된다. 현대에서도 ≪多謝≫가 이어진 ≪다사≫가 명사로는 쓰이지만 동사로는 쓰이지 않는다. 이는 편찬자의 의지에 의해 만들어진 동사로 보인다.

5) (목무른 듸) 헤와다, **解渴**ᄒ다 [**解渴**]

①
목무른 듸 헤완고(번로상62b)
목무른 듸 헤왓고(로언상56b)
목무른 듸 헤왓고(평로상56b)
解渴ᄒ고(중로상57a)

우의 례는 한어 ≪解渴≫에 대해 ≪번로≫≪로언≫등에서 ≪목무른 듸 헤와다≫로 번역한것을 ≪중로≫에서 다시 한자어명사 ≪解渴≫에 ≪ᄒ다≫붙여 사용하고있다.

6) 슬허ᄒ다 悽惶ᄒ다 [悽惶]

①
슬허ᄒ면(번로하47b)
슬허ᄒ면(로언하 43a)
슬허ᄒ면(평로하 43a)
悽惶ᄒ면(중로45a)

《슬허ᄒ다》는 《슬퍼하다》의 뜻으로 현대어 《슬프다》는 《슳
+ 브 + 다 →슬프다》의 과정에서 산생된것으로 볼수 있다. 《중로》에
서 《悽惶》으로 쓰였지만 이는 완전한 교체를 이루지 못했다.

7) 훤츨ᄒ다, 통달ᄒ다 [通達]

①
나드리 홈도 훤츨타(번로하71ab)
츄입이 통달ᄒ다(로언하64ab)
츄입이 通達ᄒ다(평로하64ab)
出入에 通達ᄒ다(중로하66a)

《훤츨ᄒ다》는《로언》에서 한자어 《통달ᄒ다》로 바뀐다.

8) 간슈ᄒ다 슈습ᄒ다 收拾ᄒ다[收拾]

①
그릇벼를 간슈하고(번로하46a)
그릇쎠를 슈습ᄒ고 (로언하41a)
그릇쎠를 슈습ᄒ고 (로언하41b)
그릇쎠를 收拾ᄒ고 (중로하43b)

여기서 ≪간슈ᄒ다≫를 한자어 ≪看守≫에 ≪ᄒ다≫가 결합된 한자어로 볼수 있는데 ≪간슈ᄒ다≫는 ≪건사하다≫라는 뜻을 가진 고유어이다.27)

②
保ᄒ야 가지며 두퍼 간슈ᄒ야(릉엄경언해9:8)
醫와 藥과 病 간슈ᄒ 리 업거나(석상 9:36)
버리 뿌를 간슈홀시 (원각 상1 2:178)

례①은 고유어 ≪간슈하다≫가 한자어 ≪收拾ᄒ다≫에로 대체되는 례를 보여주는데 이는 원문≪收拾≫의 뜻을 더 잘 나타내기 위하여 교체된으로 보인다.

4.3.2 고유어에서 고유어에로의 변화

1) ᄀᆯ외다, ᄀ래다[頑]

①
그 듕에 ᄀᆯ외ᄂ니 잇ᄂ녀(번로상7a)
그 듕에 ᄀ래ᄂ니 잇ᄂ냐(로언상6b)
그 듕에 ᄀ래ᄂ니 잇ᄂ냐(평로상6b)
그 즁에 ᄯ 또 ᄀ래ᄂ이 잇ᄂ냐(로신1:8b)
그 즁에 ᄯ 또 ᄀ래ᄂ이 잇ᄂ냐(중로상8b)

---

27) 유창돈의 ≪조어사전≫에서는 ≪간슈≫를 ≪看守≫의 한자어로 보고있는데 ≪표준국어대사전≫과 ≪중세조선말사전≫에서는 고유어로 보고있다.

≪ᄀᆞ외다≫는 ≪로언≫에서 ≪ᄀᆞ래다≫로 교체 되였다가 현대에는 ≪가래다≫로 사용된다. ≪ᄀᆞ외다≫의 형태는 ≪로언≫시기에 이미 소실된것으로 보아진다.

2) 사괴다, 알다[相識]

　　①
　　내 뎌 사괴ᄂᆞᆫ 사ᄅᆞ미 일즉 닐오되(번로상9a)
　　내 뎌 아ᄂᆞᆫ 사름이 일즉 니ᄅᆞ 되(로언상8b)
　　내 뎌 아ᄂᆞᆫ 사름이 일즉 니ᄅᆞ 되(평로상8b)
　　내 져 아ᄂᆞᆫ 사름이 일즉 니ᄅᆞ 되(로신1:11b)
　　내 져 아ᄂᆞᆫ 사름이 일즉 니ᄅᆞ 되(중로상8b)

이 례는 ≪사괴다≫에서 ≪알다≫로 바꾼 례인데 아마 한자어≪相識≫에 대한 치중점을 어디에 두는가에 따라 의견이 달라진것 같다. ≪번로≫에서는 ≪相≫에 치중점을 두었기때문에 ≪사괴다≫로 변역했고 ≪로언≫이후의 언해본들에서는 ≪識≫에 치중점을 두었기에 ≪알다≫로 변역한것 같다.

3) 녜다, 가다[行]

　　①
　　우리 앒푸로 나ᅀᅡ가 십리만 싸해 ᄒᆞᆫ 뎜이 이쇼ᄃᆡ(번로상9b-10a0
　　우리 앒흐로 향ᄒᆞ여 녜여 十里ᄂᆞᆫ ᄒᆞᆫ 싸히 ᄒᆞᆫ 店이 이쇼ᄃᆡ(로언상9a)
　　우리 앒흐로 향ᄒᆞ여 녜여 十里ᄂᆞᆫ ᄒᆞᆫ 싸히 ᄒᆞᆫ 店이 이쇼ᄃᆡ(평로상9a)
　　우리 앒흘 향ᄒᆞ여 녜여 十里 남즉ᄒᆞᆫ 길히 ᄒᆞᆫ 店이 이시되(로신1:12b)
　　우리 앒흘 향ᄒᆞ여 녜여 十里 남즉ᄒᆞᆫ 길히 ᄒᆞᆫ 店이 이시니(중로상9a)

　　②
　　세히 ᄒᆞᆫ ᄃᆡ 길 녀매(번로상34b)

세사룸이 훔 끠 녜매(로언상31a)

세사룸이 훔 끠 녜매(평로상31a)

세사룸이 훈가지로 가매(로신1:42ab)

세사룸이 훈가지로 가매(중로상31a)

≪로걸대≫의 언해본들에서는 한어 ≪行≫을 뜻하는 ≪녀다, 네다, 가다≫
쓰였는데 ≪번로≫와 ≪로언≫,≪평로≫에서는 ≪녀다, 네다≫로만 나타
나고 ≪중로≫에서는 ≪둔니다, 가다, 네다≫가 쓰인다. 하지만 ≪번역소
학≫(1518)에서 보이던 ≪녀다≫가 ≪소학언해≫(1587)에서 하나도 보이
지 않는것을 미루어 볼 때 ≪녀다≫는 16세기에 이미 ≪네다≫로 교체 된
것으로 보인다. ≪네다≫는 현대어에 ≪예다≫로 그 형태가 남아있다.

3)가다 [去]

≪로걸대≫의 언해본들에서는≪去≫의 뜻으로는 ≪가다≫만 나타난다.

①

우리 훔쾌 가져(번로상7b)

우리 훔 끠 가쟈(로언상7a)

우리 훔 끠 가쟈(평로상7a)

우리 훈 가지로 가쟈(로신1:9a)

우리 훈 가지로 가쟈(중로상7b)

≪번로≫와 ≪로언≫에서는 ≪行≫과 ≪去≫를 구분하여 ≪行≫에는
≪녀다, 네다≫가 사용되고 ≪去≫에는 ≪가다≫가 사용되는데 이는 16,
17세기에는 ≪네다≫와 ≪가다≫가 의미상에서 구분이 되였던것으로 보
인다. 18세기에는 ≪行≫의 뜻으로 ≪가다≫가 사용되면서 량자는 구별
되지 않고 함께 사용되었다. 또한 ≪行≫을 나타내던 ≪네다≫가 ≪가다≫

로 바뀌여 사용된다는것은 ≪녜다≫의 사용이 점차 ≪가다≫에 의해 대체되가고있는 과정을 보여준다.

  4) 날회다. 머믈다 [住]

    ① [且住]
    아직 날회라(번로하71b)
    아직 날회라(로언하64b)
    아직 날회라(평로하64b)
    아직 머믈라(중로하65b)

  우의 례를 보면≪날회다≫는 ≪번로≫≪로언≫, ≪평로≫모두 나타나는데 ≪중로≫에서는 ≪머믈다≫로 바뀌여 진다. 이 두 단어의 뜻은 전혀 다르다. 이는 번역자들의 원문리해의 차이에서 온것이다. ≪날회다≫는 ≪기다리다≫라는 뜻을 가진 단어이다. 우의 문장에 쓰인 문맥을 보면 상인들이 북경에서 장사를 마치고 길일(吉日)을 택해 돌아가려고 운세보는 사람한테가서 ≪요사이에 집으로 돌아가려 하는데 어느 날에 길을 떠나는 것이 좋겠냐≫라고 묻는 상황에서 운세보는 사람이 한 말이다. 그러므로 ≪且住≫는 ≪좀 기다려라≫라는 뜻으로 해석하는것이 좋을듯 싶다. 뒤에 ≪내 너 위ᄒᆞ야 됴ᄒᆞᆫ 날 굴히요마≫(번로하71b)라는 발화문이 뒤따르는데 ≪중로≫에서의 ≪머믈라≫는 우의 발화상황에서 어색한 감을 준다.

  4) 짓글다, 둦토다 [叫噢]

    ①
    짓글히디 말오(번로하13a)
    짓궤디 말고(로언하12a)
    짓궤디 말고(평로하12a)
    둦토지 말고(중로하12b)

≪짓글다≫는 ≪지껄이다≫의 뜻의 단어인데 ≪중로≫에서는 ≪둣토다≫로 대체된다. 현대어에서는 이 두 단어가 모두 사용되고있다.

7) 브리다, 부리다, 머믈다 [安下] [住下] [下]

　　①[安下][住下]
　　우리 가면 어듸 브리여사 됴홀고(번로상11a)[安下]
　　우리 가면 어듸 브리워야 됴홀고(로언상10a)[安下]
　　우리 가면 어듸 부리워야 됴홀고(평로상10a)[安下]
　　우리 셔울 가면 어듸 머므려야 죠흐료(로신1:13b)[住下]
　　우리 셔울 가면 어듸 머므려야 죠흐료(중로상10a)[住下]

　　② [下] [住下]
　　우리 順城門읫 뎜에 가 브리엿쟈(번로상11a) [下]
　　우리 順城門읫 官店을 향ᄒ야 브리오라 가쟈(로언상10a) [下]
　　우리 順城門읫 官店을 향ᄒ야 브리오라 가쟈(평로상10a) [下]
　　우리 順城門 官店에 가서 머므쟈(로신1:13a)[住下]
　　우리 順城門 官店에 가서 머므쟈(중로상10a)[住下]

　우의 례는 한어원문이 달라짐에 고유어도 변화하는 례이다. ≪安下, 住下≫는 ≪머믈다≫의 뜻을 가지고있는데 우의 례에서는 ≪번로≫, ≪로언≫, ≪평로≫에서는 ≪짐을 부리다≫는 뜻으로 해석되여 ≪브리다≫로 쓰이고있다.

7) 고르다, 굴히다 [揀]

　　①
　　다믄 쳔ᄒᆞᆫ 거슬 골와 사(번로하66b—67a)
　　다만 쳔ᄒᆞᆫ 거슬 골라 사ᄂᆞ니(로언하 60a)

다만 쳔ᄒᆞᆫ 거슬 골라 사ᄂᆞ니(평로하 60a)

그저 賤ᄒᆞᆫ것만 글ᄒᆡ여 사니(중로하62a)

여기서 ≪번로≫, ≪로언≫, ≪평로≫에서 사용된 고유어 ≪고르다≫
는 ≪중로≫에서 ≪글ᄒᆡ다≫에 대체된다. 현대어에는 ≪고르다, 가리다
≫가 모두 사용되고있다.

8) 얻다 [尋]

①

조혼 덤 글회여(번로상17a)

ᄀᆞ장 乾淨ᄒᆞᆫ 店을 어더(로언상 15b)

ᄀᆞ장 乾淨ᄒᆞᆫ 店을 어더(평로상 15b)

ᄀᆞ장 乾淨ᄒᆞᆫ 店房을 어더(로신1:21ab)

ᄀᆞ장 乾淨ᄒᆞᆫ 店房을 어더(중로상15b)

여기서는 ≪글회다≫가 서로 다른 단어≪얻다≫에 의해 교체된다. 한
어원문 ≪尋≫에 대하여 ≪번로≫에서는 ≪글회다≫(가리다)를 사용하
였는데 ≪로언≫부터 ≪尋≫의 원뜻을 나타내기 위해 ≪얻다≫로 바꾸
어 사용하고있다. ≪얻다≫는 현대어에서도 사용되고있다.

4.3.3 한자어의 변화

1) 각산ᄒᆞ다, 흐터디다[各散]

①

이 이바디 각산ᄒᆞ야다(번로하 39b)

이 이바디 흐터디거다(로언하35b)
이 이바디 흐터디거다(평로하35b)
이 이바디 흐터지거다(중로하35b)

≪각산ᄒ다≫는 ≪제각기 따로 흩어지다≫의 뜻의 한자어이다. 우의
례에서는 ≪번로≫의 한자어가 ≪로언≫에서 고유어로 대체되고있다.

2) 츌행ᄒ다, 起程ᄒ다, 떠나다 [起程]
①
츌행ᄒ져(번로하72b)
起程ᄒ리니(로언하65a)
起程ᄒ리니(평로하65a)
떠날거시니(중로하67a)

≪츌행ᄒ다≫와 ≪起程ᄒ다≫는 모두 ≪길을 떠나다≫의 뜻을 가진
한자어인데≪중로≫에서는 고유어≪떠나다≫로 이들을 대체한다.

우의 두 례는 한자어에서 고유어로 변화한 례인데 이런 례는 ≪로걸대≫
언해본들의 비교에서 그리 많지 않다. 특히 후자의 경우 보수성이 강하여
한자어를 고집하던 ≪중로≫에서 전시기에 사용되였던 한자어를 이어
쓰지 않고 고유어를 선택한것으로 보아 ≪츌행ᄒ다≫와 ≪起程ᄒ다≫가
당시에 그리 잘 쓰이지 않았던것으로 추정된다.

3) 收拾ᄒ다, 쳐치ᄒ다[收拾]
①
우리 신슴ㅅ 갑도 다 간슈ᄒ져(번로하65b)
우리 人蔘ㅅ 갑도 다 收拾ᄒ쟈(로언하 59a)

우리 人蔘ㅅ 갑도 다 收拾ㅎ쟈(평로하 59a)

우리 人蔘을 다 쳐치ㅎ고(중로하 61a)

여기서 ≪번로≫의 고유어 ≪간슈ㅎ다≫는 ≪로언≫에서 ≪收拾ㅎ다≫로 변화한다. ≪중로≫에서는 다른 한자어인 ≪쳐치ㅎ다≫(處置ㅎ다)로 바뀌고있다.

4.4 형용사류

1) 아니하다, 적다, 약간(ㅎ다) [些少, 些微]

①

이 믈 우희 시론 아니한 모시뵈도 이믜셔 플오져 ㅎ야 가노라(번로상8b)

이 믈쎄 실은 져근 모시뵈도 이믜셔 플고져 하여 가노라(로언상7b)

이 믈쎄 실은 져근 모시뵈도 이믜셔 플고져 하여 가노라(평로상7b)

이 믈쎄 실은 져기 여러 필 모시뵈도 흠씌 다 폴려ㅎ니(로신1:10a)[些微]

이 믈쎄 실은 약간 모시뵈도 흠씌 다 폴려ㅎ니(중로상7b-8a)[些微]

여기서는 점점 더 적어지는 감을 주는 단어로 교체되고있다. ≪많지 않은≫의 뜻인 ≪아니한≫에서 ≪젹다≫로 ≪젹다≫에서 다시 ≪약간≫으로 점점 더 적은 뜻을 나타내는 단어로 교체하고있는것이다.

2) 쓰다-디다, 놉ㅎ다-눗다 [高低]

①

일즉 아ᄂᆞ니 뵛갑슨 쓰던가 디던가(번로상9a)

일즉 아ᄂᆞ니 빗갑시 쓰던가 디던가(로언상8a)

일즉 아느니 빗갑시 쌋던가 디던가(평로상8a)

또 볏갑시 놉흐며 느즈믈 아는가(로신1:11a)

또 볏갑시 놉흐며 느즈믈 아는가(중로상8b)

여기에서는 번역자들이 ≪高低≫대한 인식의 차이에 의해 교체된것으로 보인다. ≪번로≫≪로언≫, ≪평로≫의 편자들은 ≪高低≫를 값의 기점으로 인식했던것이고 ≪로신≫과 ≪중로≫의 편자들은 돈액수의 수량을 기점으로 보았던것으로 추정된다.

3) 노다-흔ᄒ다, 貴賤 [貴賤]

①

서울 머글거슨 노던가 흔턴가(번로상9a)

서울 머글거시 노든가 흔튼가(로언상8b)

서울 머글거시 노든가 흔튼가(평로상8b)

서울 먹을쎠시 貴賤이 엇더ᄒ더뇨(로신1:11b)

서울 먹을쎠시 貴賤이 엇더ᄒ던고(중로상8b)

우의 례에서 ≪번로≫, ≪로언≫, ≪평로≫는 ≪貴賤≫에 대하여 고유어로 풀어썼고 ≪로신≫과 ≪중로≫의 편자들은 ≪貴賤≫을 한개의 단어로 보고 그대로 사용하였다.

4) 하나하다, 許多ᄒ다 [許多]

하나한 디플 어느제 사ᄒ료(번로상19a)

하나한 딥흘 언제 싸ᄒ뇨(로언상17a)

하나한 딥흘 언제 싸ᄒ뇨(평로상17a)

許多ᄒ 집흘 언제 마치 싸흐러 뭇츠리오(로신1:23b)

許多ᄒ 집흘 언제 마치 싸흐러 뭇츠리오(중로상17a)

여기서 고유어 ≪하나하다≫(많고 많다)은 한자어≪許多ᄒ다≫에 교
체되고있다.

5) 굳다, 질긔다, 牢壯ᄒ다 [牢壯]

　①
　굳디 아니ᄒ니라(번로하25b)
　질긔디 아니ᄒ니라(로언하23a)
　질긔디 아니ᄒ니라(평로하23a)
　牢壯치 못ᄒ니라(중로하 24b)

여기서 ≪굳다≫는 ≪로언≫에서 ≪질긔다≫에 의해 교체되고 ≪중로≫
에서는 한자어≪牢壯ᄒ다≫에 의해 교체된다. ≪牢壯ᄒ다≫는 현대어에
서는 사용되지 않고 ≪굳다, 질기다≫는 사용되고 있다.

6) 졈글다, 늦다 [晩]

　①
　ᄀ장 졈글어든(번로상59b)
　ᄀ장 늦게야(로언상53b)
　ᄀ장 늦게야(평로상53b)
　느즈매(중로상54b)

≪졈글다≫는 ≪저물다≫의 옛말형태이다. 이 례에서는 ≪晩≫을 ≪번
로≫에서는 ≪날이 저무는것≫으로 보았고 ≪로언≫이후의 문헌들은 ≪시
간의 빠르고 늦음≫으로 보았다.

7) 어위다, 너르다 [闊]

①
석자히 어위오(번로상26b)
석 자히 너르니(로언 상23b)
석 자히 너르니(평로 상23b)
석자히 너르니(로신1:33a)
석자히 너르니(중로상23b)

여기서 ≪어위다(넓다)≫는 동의어≪너르다≫에 의해 교체되는데 현재 완전히 사라진것으로 보인다.

8) 쉽다, 편당ᄒ다 [便當]

①
나드리 쉽사디 아니며(번로상55a)
出入이 편당티 아니ᄒ고(로언상 49b)
出入이 편당티 아니ᄒ고(평로상 49b)
出入이 便當치 아니ᄒ고(중로상 50a)

우의 례에서 ≪쉽다≫는≪로언≫에서 한자어 ≪便當ᄒ다≫에 의해 대체된다.

9) 이대이대, 편안ᄒ다 [好麼, 好麼]

①
이대이대(번로상17b)
이대이대(로언상16a)
이대이대(평로상16a)
편안ᄒ냐(로신1:21b)
편안ᄒ냐(중로상15b)

≪이대≫는 ≪잘, 좋게≫ 뜻의 단어이다. 문맥을 보면 인사말로 쓰인 ≪이대이대≫는 ≪잘 있으냐≫하는 정도의 인사라고 말할수 있다. ≪로신≫과 ≪중로≫에서 ≪편안ᄒᆞ다≫에 대체되는데 이는 이시기에 ≪이대≫라는 단어가 소실되였다는것을 설명하여 준다.

4.5 부사류

1)앗가ᅀᅡ, ᄀᆞᆺ [纔]

　①
　엇디 앗가ᅀᅡ 예 오뇨(번로 상 1b)
　엇디 ᄀᆞᆺ 여긔 오뇨(로언 상 1b)
　엇디 ᄀᆞᆺ 여긔 오뇨(평로 상 1b)
　엇지 ᄀᆞᆺ 여긔 오뇨(로신1:1b)
　엇디 ᄀᆞᆺ 여긔 오뇨(중로상 1b)

여기서 ≪앗가ᅀᅡ≫는 ≪ᄀᆞᆺ≫에 교체된다. ≪번로≫에서는 ≪纔≫의 뜻으로 ≪ᄀᆞᆺ≫도 사용된다.

　②[夜來纔到]
　어재 ᄀᆞᆺ 오다(번로상2b)

이는 ≪번로≫에서 ≪앗가ᅀᅡ≫와 ≪ᄀᆞᆺ≫이 같은 뜻으로 사용되였다는 것을 보여준다. 현대어에서는 ≪아까≫와 ≪갓≫이 모두 사용되고있다.

2) 이런 젼츠로, 그러므로, 이러므로[因此上] [故此] [所以]

①

이런 젼츠로 오미 더듸요라(번로상 1b)

이런 젼츠로 오미 더듸여라(로언상 1b)

이런 젼츠로 오미 더듸여라(평로상 1b)

그러므로 오미 더듸여라(로신1:1b)[故此]

그로므로 오미 더듸여라(중로상 1b)[故此]

②

이런 젼츠로 져그나 漢語 아노라(번로상2b)

이런 젼츠로 져기 漢ㅅ 말을 아노라(로언상2a)

이런 젼츠로 져기 漢ㅅ 말을 아노라(평로상2a)

이러므로 져기 한말을 아노라(로신1:2b)[所以]

이러므로 져기 한말을 아노라(중로상2a)[所以]

≪이런 젼츠로≫는 ≪이런 까닭으로≫의 뜻을 나타내는데 ≪젼츠≫
는 한자어 ≪詮次≫를 가리킨다. ≪번로≫, ≪로언≫, ≪평로≫의 한어원
문 ≪因此上≫에 대응하여 ≪이런 젼츠로≫가 쓰이지만 ≪로신≫과 ≪중
로≫에서는 원문이 모두 ≪故此, 所以≫로 바뀐다. 따라서 번역문에서도
≪그러므로, 이러므로≫로 바뀌고있다.

3) 당시롱 [還]

≪당시롱≫은 ≪아직, 오히려, 도리여≫의 뜻으로 쓰인 어휘이다. ≪번
로≫ ≪로언≫에서는 ≪당시롱, 당시론≫으로 쓰이다가 ≪중로≫에 와
서는 ≪오히려, 도로혀≫로 교체되어 나타난다.

① [還]

예서 뎨 가매 당시론 칠파릿 길히 잇고나(번로상60a)

예셔 뎨 감이 당시롱 七八里 씰히 잇고나(로언상54a)
예셔 뎨 감이 당시롱 七八里 씰히 잇고나(평로상54a)
예셔 져긔 가기 도로혀 七八里 길히 잇ᄂ니(중로상55a)

② [倒]
도로혀 뎌 사ᄅ 믈 다 프라 줌만 ᄀ트니(번로하8b)
도로혀 뎌를 다 프라줌만 ᄀᆺ디 못ᄒ니(로언하7b)
도로혀 뎌를 다 프라줌만 ᄀᆺ디 못ᄒ니(평로하7b)
도로혀 다 프라 져를 주미 죠홈만 ᄀᆺ디 못ᄒ니라(중로하7b)

한어≪倒≫의 뜻으로 ≪번로≫≪로언≫, ≪평로≫에서도 ≪도리혀≫
라는 어휘로 사용되고있다. 이를 보아 16, 17세기에는 ≪당시롱≫과 ≪도
로혀≫가 서로 다른 의미를 가지고 사용되다가 18세기에 와서야 ≪당시
롱≫이 ≪도로혀≫와 같은 뜻을 가진것으로 보아진다.

4) 다함, 그저[只是]

①
[那般打了時, 只是不怕]
그리 텨도 다함 저티 아닌ᄂ니라(번로상7a)
그리 티되 그저 졋티 아니하ᄂ니라(로언상6b)
그리 티되 그저 졋티 아니하ᄂ니라(평로상6b)
즉시 져를 치되 제 쏘 죵시 저퍼 아니ᄒᄂ니(로신1:8b)(원문다름
終久不怕)
곳 져를 치되 제 그저 저퍼 아니ᄒᄂ니(중로상6b)

≪다함≫은 ≪다만≫의 뜻으로 쓰인 단어이다. ≪로언≫에서 ≪그저≫
에 의해 교체되는데 17세기에도 다른 문헌들에서 사용되고있다.

② 뿔뿔은 다함 브라는 양이라(가례언해9:35)(1632)

5) ㅎ마, 이믜 [待] [旣]

《ㅎ마》와 《이믜》는 그 관계가 비슷하다고 볼수도 있다. 하지만 이
들의 의미령역은 이미 《로언》에서 명확히 구분되게 된다.[28]

《ㅎ마》는 원래《이미》(旣)의 뜻을 나타내는 동시에 미래에 개연성
이 높은 일이 일어난다는것을 뜻하는 부사로 씌였다. 하지만 《로언》에
와서는 《이미》의 뜻은 《이믜》에 의해 독점당하게 되고 후자의 뜻으
로만 쓰이게 된다.

이를 《번로》와 《로언》의 비교을 통하여 알수 있다.

① [待天明了也]
ㅎ마 하늘도 볼 ㄱ리로다(번로상38a)
ㅎ마 하늘도 볼 ㄱ리로다(로언상34b)

② [天道待明也]
하늘도 ㅎ마 볼가 가ㄴ다(번로상58a)
하늘도 ㅎ마 볼그리로다(로언상52b)

③ [店子待到也]
뎜도 ㅎ마 다ᄃ리로다(번로상60b)
店도 ㅎ마 다ᄃ롤이로다(로언상54b)

우의 례들에서 《번로》의《ㅎ마》가 《로언》의 《ㅎ마》로 대응될
때는 한어 원문 《待》를 나타내는것을 기준으로 한다는것을 알수 있다.

---

28) 김완진, 《노걸대의 언해본에 대한 비교연구》, p.197~202.

하지만 아래의 경우 ≪旣≫를 나타낼 때도 ≪번로≫는 ≪ᄒ마≫를 쓰는데 ≪로언≫에서는 ≪ᄒ마≫와 ≪이믜≫로 갈라서 쓰고있다.

④[你旣要賣時]
네 ᄒ마 풀오져 ᄒ거니(번로상69b)
네 ᄒ마 풀고져 ᄒ거든(로언상62b)

⑤[你旣要賣時]
네 ᄒ마 ᄑ로려 ᄒ거든(번로하8a)
네 의믜 풀려 ᄒ면(로언하7b)

여기서 똑같은 ≪旣要≫에 대해 ≪要≫에 중점을 두었을 때 ≪로언≫에서는 ≪ᄒ마≫로 받아들였고 ≪旣≫에 중점을 두었을 때 ≪이믜≫로 받아들이고있다.

⑥ [旣]
네 ᄒ마 北京향ᄒ야 가거니(번로상7b)
네 이믜 北京을 향ᄒ야 갈쟉시면(로언상7a)

⑦ [旣]
이믜 이러ᄒ면(번로하14a)
임의 이러ᄒ면(로언하12b)

이처럼≪로언≫에서≪ᄒ마≫는 ≪待≫의 뜻을 나타낼 때 씌였고 ≪이믜≫는 ≪旣≫의 뜻을 나타낼 때 사용되였다. ≪번로≫에서 ≪ᄒ마≫와 ≪이믜≫가 잘 구별되지 않고 사용되였다면 ≪로언≫에서는 이들의 의미령역의 분담이 확정되였다고 말할수 있다.

6) 훔콰, 훔끠, 훈가지로[一同]

①

이러면 우리 훔콰 가져(번로상8a)

이러면 우리 훔끠 가쟈(로언상 7a)

이러면 우리 훔끠 가쟈(평로상 7a)

이러면 우리 훈가지로 가쟈(로신1:9a)

이러면 우리 훈가지로 가쟈(중로상 7b)

우의 례에서는 ≪번로≫, ≪로언≫, ≪평로≫의 ≪훔콰, 훔끠≫가 ≪로신≫과 ≪중로≫에서 ≪훈가지로≫로 교체된다.

7) 이믜셔, 훔끠 [一就, 一併]

①

이 믈 우희 시론 아니한 모시뵈도 이믜셔 풀오져 ᄒ야 가노라(번로상8b)[一就待賣去]

이 믈쎄 실은 져근 모시뵈도 이믜셔 풀고져 하여 가노라(로언상7b)[一就待賣去]

이 믈쎄 실은 져근 모시뵈도 이믜셔 풀고져 하여 가노라(평로상7b)[一就待賣去]

이 믈쎄 실은 져기 여러 필 모시뵈도 훔끠 다 풀려ᄒ니(로신1:10a)[一併都是要賣的]

이 믈쎄 실은 약간 모시뵈도 훔끠 다 풀려ᄒ니(중로상7b−8a)[一併都是要賣的]

≪번로≫, ≪로언≫, ≪평로≫의 ≪一就≫에 대응되는 ≪이믜셔≫는 ≪이미, 벌써≫의 뜻으로 쓰인 단어인데 ≪로신≫과 ≪중로≫에서는 원문이 ≪一併≫으로 바뀌여 번역도 ≪훔끠≫로 바뀌여 진다. ≪이믜셔≫

는 ≪이믜≫와 같은 뜻을 가진 부사로서 ≪이미≫의 뜻을 나타내는 외 ≪곧≫의 뜻을 가진다.

8) 너므, 너모, 너무 [甙]

①
이 버다 네 사ᄒᆞᆫ 딥히 너므 굵다(번로 상 19b)

이 버다 네 싸ᄒᆞᄂᆞᆫ 딥히 너모 굵다(로언상 17b)

이 벗아 네 싸ᄒᆞᄂᆞᆫ 딥히 너모 굵다(평로상 17b)

이 벗아 네 ᄡᅡᄒᆞᄂᆞᆫ 딥히 너무 굵으니 즘싱이 엇지 먹으료(로신1:23b)

이 벗아 네 ᄡᅡᄒᆞᄂᆞᆫ 딥히 너무 굵으니 즘싱이 엇지 먹으료(중로상17b)

우의 례는 ≪너무≫의 외형변화를 보여주는 례인데 중세 또는 근대초 까지 ≪너므≫, ≪너모≫, ≪너무≫가 병용되였다는것을 말해준다.

②
너모 슬허(삼강행실도 烈26. 1481년)

너므 슬흐며(삼강행실도 孝21)

너무 오라다(월석 7:2)

9) 댱샹, 샹샹[常]

① [老實常在, 脫空常敗]
고디시그니ᄂᆞᆫ 댱샹 잇고 섭섭ᄒᆞ니ᄂᆞᆫ 댱샹 패ᄒᆞᆫ다(번로하43a)

고디식ᄒᆞ니ᄂᆞᆫ 샹샹에 잇고 섭섭ᄒᆞ니ᄂᆞᆫ 샹샹에 패ᄒᆞᆫ다(로언하39a)

고디식ᄒᆞ니ᄂᆞᆫ 샹샹에 잇고 섭섭ᄒᆞ니ᄂᆞᆫ 샹샹에 패ᄒᆞᆫ다(평로하39a)

고디식ᄒᆞ니ᄂᆞᆫ 덧덧이 잇고 섭섭ᄒᆞ니ᄂᆞᆫ 덧덧이 敗ᄒᆞᆫ다(중로하39a)

우의 례는 ≪번로≫의 ≪댱샹(長常)≫이 ≪로언≫에서 ≪샹샹(常常)≫ 에 의해 교체되였지만 18세기에 이르러 ≪덧덧이≫에 의해 교체된다. ≪덧덧이≫는 현대어에서는 사용되지 않지만 현대어에 존재하는 ≪거듭≫의 뜻을 가진 접두사 ≪덧-≫(례:덧저고리, 덧신)으로부터 ≪거듭하여≫의 뜻을 가졌던것으로 추정된다.

10) 모로매 [好歹]

①
네 모로매 나를 두려 벋지서 가(번로상7b)
네 모로미 나를 두려 벗지어 가고려(로언상7a)
네 모로미 나를 두려 벗지어 가고려(평로상7a)
네 모로미 나를 두려 흔가지로 벗지어 가쟈(로신1:9b)
네 모로미 나를 두려 흔가지로 벗지어 가쟈(중로상7a)

②
네 모로매 일즈시 오나라(번로하56b)
네 모로미 일 오라(로언하51a)
네 모로미 일 오라(평로하51a)
네 반두시 일즉이 오라(중로하52b)

≪모로매≫는 ≪모름지기, 반드시≫의 뜻으로 쓰인 부사인데 ≪번로≫에서는 ≪모로매≫만 사용되였고 다른 언해본들에서는 ≪모로매, 모로미≫가 사용되였다. ≪중로≫에서는 ≪모로미≫와 ≪반두시≫가 사용되고있다.

11) 아릭, 일즉(일즙) [曾] [在先]

① [我曾打廳得]
내 아릭 드르딕(번로하 66b)
내 일즙 드릭 니(로언하60a)

내 일즙 드르니(평로하60a)

내 일즉 듯보니(중로하62a)

② [你在先曾也北京去來]

네 아릐 일즉 셔울 녀러 오나시니(번로상60ab)

네 아래 일즉 北京 둔녀시되(로언상54ab)

네 아래 일즉 北京 둔녀시되(로언상54ab)

네 젼에 쏘 일즉 北京둔녀시되(상55)

　≪아릐≫는 ≪일찍 , 젼에≫의 뜻을 가진 단어이다. 례①을 보면 ≪로언≫에서 ≪일즙≫으로 교체 되였다가 ≪중로≫에서 ≪일즉≫으로 교체된다. 례②는 ≪아릐≫가 ≪在先≫을 나타내는 례이다. 례②에서도 ≪일즉≫이 나타나는데 ≪曾≫에 대응된다.

　이상에서 ≪로걸대≫의 언해본들에 나타난 어휘들을 품사별로 살펴보았다. 그중 가장 특징적인것은 ≪번로≫에 비하여 ≪로언≫이후의 언해본들에서의 한자어 증가라고 볼수 있다. 한자어가 증가된 원인을 김완진은 세가지로 보고있다. 첫째로는 역어를 통일하려는 의욕으로 최세진의 번역에서 한자로 썼다 한글로 썼다 하며 표기에서의 일률성이 결핍했던 한자어에 대해서 되도록 한자 표기쪽에 통일시키려 한 노력으로 인한것이며, 둘째는 같은 한어 단어에 대하여 최세진은 여러개의 역어를 보이고 있는데 가능한 한 중국어 원문에 나타난 한자어로 통일하려 한것으로 인한것이고, 셋째로는 최세진이 사용한 역어가 소실되여 한자어로 표시할 수 밖에 없게 됨에 인한것이라고 하였다.[29] 다음으로 특징적인것은 ≪번로≫에서 쓰인 고유어들이 ≪로언≫과 그후의 언해본들에서 다른 단어로 교체되였을 때 대부분은 한자어에 의해 교체되였으며 이럴 경우에

───────────────

29) 김완진, ≪노걸대의 언해에 대한 연구≫, p.92~93.

≪번로≫에서 사용되던 단어들은 현대어에서는 이미 소실되였거나 또는 자주 사용되지 않는 단어로 남아있다. 그리고 ≪중로≫는 그 편찬년대가 가장 늦은데 비하여 사용된 어휘들이 그 시기의 다른 문헌들과 달리 전시기의 문헌을 많이 답습하는 보수성을 가지고있다.

조선어에서 한자어의 증가는 오랜 력사적행정에 진행되여 왔다. 훈민정음이 창제되기전에는 한자를 빌어서 사용하였기에 한자어의 증가가 부득이 하였다고 할수 있지만 훈민정음이 창제된 이후에도 한자어의 증가는 계속 진행되였던것이다. 이런 실정은 다음과 같은 력사환경에 그 근원을 둔다.

우선 이것은 조선조의 유학의 흥성과 관련된다. 세종때는 불경을 숭상하여 훈민정음 창제 초기에는 많은 불교경전들이 언해되여 나오게 되였다. 그러나 성종, 연산군, 중종때에 이르러 유교가 흥성하기 시작하면서 불교는 배척을 당하게 된다. 유학의 흥성은 필연코 중국과의 래왕, 중국문화의 수입, 한문숭배사상을 고취했으며 이런것들은 한자어휘를 끌어들이는 하나의 도경이 되였다.

훈민정음은 창제초기부터 최만리 등의 반대소동에 부딪쳤고 세종이후에는 특히 15세기말부터 16세기 중엽에 있는 당파싸움은 통치자들로 하여금 민족어의 발전에 관심을 기울일수 없게 하였다.

게다가 임진왜란 등 외세의 침략은 민족문화의 발전에 큰 타격을 주었고 조선어의 발전에도 큰 영향을 주었다.

이런 환경속에서 한자어휘는 계속 발전하여 조선어의 어휘체계에 휩슬려 들었으며 조선어의 고유어들과 생존경쟁이 생기게 되였고 이 과정에서 고유어는 한자어휘에 의해 대체되여 갔다. 따라서 정음으로 된 문헌인 경우에도 한자어가 대량으로 사용되였던것이다. 이 시기는 한자어 신어가 만들어졌는가 하면 또한 한자어가 고유어와 결합하여 새로운 한자어가 대량으로 산생되였다. 이런 한자어에 의한 고유어의 교체는 전반 근대조선어시기의 특점으로 된다. 이런 고유어는 한자어로 완전히 교체된 것(례:웃듬봄 〉 主見), 원래의 고유어와 한자어가 공존하는것(례:어버이ㅡ 父母), 고유어를 교체한 한자어가 소실되는것(례:어미오라비 〉 舅舅)등으로 나눌수 있다.

다음으로 차용어의 사용을 들수 있다. 차용어에는 몽골어계차용어와 한어계차용어가 있다.

몽골어계 차용어에는 ≪아질게물, 악대물, 졀다물 ≫등 말의 명칭과 관련된 차용어, ≪오랑≫과 같은 마구(馬具)와 관련된 차용어, ≪더그레≫와 같은 의상과 관련된 차용어, ≪아질게 양≫과 같은 양(羊)과 관련된 차용어, ≪노연≫과 같은 호칭과 관련된 차용어가 있었다.

한어계차용어는 다른 단어에 의해 대체되는 차용어, 다른 단어에 대체되지도 못하고 소실되는 차용어, 후시기에 계속 쓰이고있는 차용어로 나눌수 있는데 다른 단어에 의해 대체되는 차용어는 ≪야즈 〉 즈름≫처럼 원래 공존하던 고유어에 의해 대체되는것과 ≪즈디(紫的) 〉 자주(紫朱)≫처럼 새로운 한자어에 의해 대체되는것이 있으며 소실된 차용어에는 ≪흰노(白羅), 새휘≫ 와 같은 차용어가 있었고 계속 쓰이고있는 차용어에는 차용시기의 어음적외각을 보류하고있거나 어음구조를 조금 개변시킨것과(례;황호<황아) 음역이 음독으로 바뀐것(례:흉븨<흉배)이 있었다.

제5장

문법의 변화

본 장에서는 ≪번로≫, ≪로언≫, ≪평로≫, ≪로신≫, ≪중로≫에서 나타난 문법현상들의 변화에 대하여 론하기로 한다. 문법의 변화를 론함에 있어 크게 형태론적측면과 문장론적측면에서 문법적형태의 변화와 문장의 변화로 나누어 론한다.

5.1 문법적형태의 변화

5.1.1 종결토

종결토는 서술식, 의문식, 명령식, 권유식으로 나누어 설명한다.

5.1.1.1 서술식 종결토

서술식이란 말하는 사람이 말을 듣는 사람에게 어떤 사실을 알리려고 서술하는 식이다.

1) 다

중세조선어에서 대표적인 서술식 종결토는 ≪-다≫이다. ≪-다≫는
의도를 나타내는 토 ≪-오-≫, 시칭토≪-더(과거지속), -리(미래진행), -
니(과거완료)≫, 체언전성토≪-이≫ 뒤에서 ≪-라≫로 교체되였다.1)

≪-다≫와 ≪-라≫는 동일한 문법적형태의 이형태로 볼수 있는데 각각
서로 다른 문법적형태들과 결합하므로 본 연구에서는 ≪-다≫와 ≪-라≫
를 나누어 고찰하기로 한다.

a. 체언뒤에 오는 경우

현대조선어에서 체언뒤에 ≪-다≫가 오는 경우에는 반드시 체언전성
토 ≪이≫가 함께 쓰인다. 이런 문법현상은 ≪로걸대≫의 언해본들에서
는 현대조선어의 경우와 마찬가지이다. 다른점이라면 체언이 서술어로
쓰일 때 체언전성토 ≪이≫와 ≪다≫사이에 ≪-로≫가 삽입되여 ≪이
로다≫의 형식으로 쓰인다는 점이다. 이는 ≪이도다≫의 ≪-도≫가 음
운적변동을 일으켜 ≪이로다≫로 변한것이다.2)

①
이 댱 사댱 지비로다(번로상44b)
이 張社長 집이로다(로언상40a)
이 張社長 집이로다(평로상40a)
이 張社長의 一家 ㅣ라.(로신1:56ab)
이 張社長 집이라(중로상40a)

---

1) 김영황, ≪조선어사≫, 1997, p.228; 이기문 ≪국어사개설≫ 2000, p.178 참조
2) 허웅, 1975, ≪우리옛말본-15세기 국어형태론≫ 에서는 지정사어간과 ≪-으리≫
   밑에서는 강조의 뜻을 나타내는 선어말어미 ≪-도≫가 ≪-로≫로 변동된다고 하
   였다. p.944 참조.

②
모도니 쉰 낫 돈이로다(번로상62a)
모도니 쉰 낫 돈이로다(로언상55b)
모도니 쉰 낫 돈이로다(평로상56a)
대되 히오니 쉰 낫 돈이로라(중로 상56b-57a)

우의 례에서 보면 ≪번로≫에서 체언뒤에 ≪-다≫가 올 경우에는 ≪-이로다≫의 형식을 취하고있으며 ≪로언≫과 ≪평로≫에서도 계속 이어진다. 하지만 ≪신로≫에서는 ≪- ㅣ라≫, ≪중로≫에서는 ≪-이라≫, ≪-이로라≫로 바뀌고있다.

b. 용언어간에 직접 활용하는 경우
ㄱ. 형용사어간에 직접 활용하는 경우
현대조선어에서도 형용사어간에 ≪-다≫가 직접 활용하는 경우는 흔히 볼수 있다. 례하면 ≪춥다, 덥다, 곱다, 가늘다, 굵다≫등과 같다. 형용사는 글말체뿐만아니라 입말체에서도 ≪형용사어간+다≫의 형식으로 쓰이고 있다.

①
오늘 날씨가 춥다. 옷을 많이 입어라.
그 실은 가늘다. 좀 더 굵은것으로 바꿔오라.

≪로걸대≫의 언해본들에서도 현대어와 마찬가지로 ≪형용사어간+다≫의 사용은 ≪번로≫,≪로언≫≪평로≫, ≪로신≫, ≪중로≫ 전반에 걸쳐 변함이 없다.

②

네 사ᄒᆞᆫ 딥피 너므 굵다(번로상19b)

네 싸ᄒᆞᄂᆞᆫ 딥히 너모 굵다(로언상17b)

네 싸ᄒᆞᄂᆞᆫ 딥히 너모 굵다(평로상17b)

네 빠흐ᄂᆞᆫ 집히 너무 굵으니(로신1:23b)

네 빠흐ᄂᆞᆫ 집히 너무 굵으니(중로상17b)

③

네 닐오미 올타(번로상11a)

네 니ᄅᆞ미 올타(로언상10a)

네 닐름이 올타(평로상10a)

네 니ᄅᆞ미 올타(로신1:13b)

네 니름이 올타(중로상10a)

우의 례에서 보다싶이 《형용사어간+다》의 형태는 《로걸대》의 언해본전반에 걸쳐 사용되였다는것을 알수 있다. 이는 《형용사어간+다》의 형태가 중세로부터 현대에 이르기까지 계속 변화되지 않았음을 알려준다.

ㄴ. 동사어간에 직접 활용하는 경우.

형용사와 달리 현대어에서 《동사어간+다》의 경우는 사전적용어나 신문매체의 제목 등에서는 나타나지만 입말체에서는 사용되지 않는다. 그러나 중세말기의 문헌인 《번로》에서는 《동사어간+다》의 형태가 쓰이고 있다.

①

이 버디 곧 긔니 어재 ᄀᆞᆺ 오다(번로상1b-2a)

그 나ᄆᆞᆫ 믈 글월도 다 써다(번로하 17b)

이 비단 사다(번로하 28a)

활와 시울와 다 사다(번로하32ab)

이 황호돌 다 사다(번로하70b)

이처럼 ≪동사어간+다≫의 사용에 대하여 고영근은 특별한 형태소가 개입없이 용언의 동작류에 따라 시칭이 결정되는 ≪부정법≫(不定法)[3]으로 보았다.

②
市橋㣇 在成都西南ㅎ다(두언7:6a)

碧溪坊은 在成都ㅎ니라(두언7:5b)

우의 례에서 의미의 차이가 없이 두 어형이 서로 수의적으로 교체된다는것은 기능이 유사함을 말하는것이라고 하였다.[4] 허웅선생은 ≪동사어간+다≫의 류형과 같은 활용형들은 모두 말하는 사람이 시칭에 관해서 관심이 없을 경우, 시칭을 분명히 표시할 필요를 느끼지 않을 경우에 쓰인다고 하였다.[5]

이로부터 중세조선어에서 ≪동사어간+다≫는 부정법으로서 과거시칭을 나타내고있었거나 또는 시칭을 분명히 표시하지 않아도 되는 경우에 쓰였다는것을 알수 있다. 아래에 ≪로걸대≫의 언해본들에서 쓰인 례들을 비교하면서 ≪동사어간+다≫의 사용을 살펴보기로 한다.

③
이 버디 곧 긔니 어재 곳 오다(번로상1b-2a)

이 벗이 곧 긔니 어제 곳 오니라(로언상1b)

---

3) 부정법이란 일정한 형태가 없으면서도 일정한 시칭이 표시되는것을 말한다.

4) 고영근, ≪중세국어의 시상과 서법≫, p.13~16 참조.

5) 허웅, ≪우리옛말본-15세기 국어형태론≫, p.922.

이 벗이 곧 긔니 어제 ㅈ 오니라(평로상1b)
이 벗이 곧 긔니 어제 ㅈ 오니라(로신1:1b)
이 벗이 곧 긔니 어제 ㅈ 오니라(중로상1b)

　우의 례에서는 ≪번로≫에서의 ≪오다≫가 ≪로언≫부터는 ≪오니라≫
로 변화한다. 이 경우는 ≪동사어간+다≫가 과거시칭을 나타내는 경우
이다. ≪번로≫에서는 과거를 나타내는 단어인 ≪어제≫가 사용되였으
므로 굳이 시칭을 나타내는 시칭토 ≪-니≫가 없다하여도 과거시칭을
나타낸다는것을 알수 있다.

　④
[其餘的馬契都寫了也]
그 나믄 물 글월도 다 써다(번로하 17b)
그 나믄 물 글월도 다 써다(로언하 16a)
그 나믄 물 글월도 다 써다(평로하 16a)
그 나믄 물 글월도 다 뻐 못차다(중로하 17a)
　⑤
[這段子買了也]
이 비단 사다(번로하 28a)
이 비단 사다(로언하25b)
이 비단 사다(평로하25b)
이 비단 사다(중로하25b)
　⑥
[這弓和弦都買了也]
이 활와 시울와 다 사다(번로하32ab)
이 활과 시욹을 다 사다(로언하29a)
이 활과 시욹을 다 사다(평로하29a)
이 활과 다 못 져 시위를 다 사다(중로하30b)

⑦

[這些貨物都買了也]

이 황호들 다 사다(번로하70b)

이 황호들 다 사다(로언하 63b)

이 황호들 다 사다(평로하 63b)

이 져기 貨物과 書籍도 다 사거다(중로하65b)

우의 례들은 한어원문과 대조하여 보면 그 과거시칭을 나타냄을 알수
있다. 우의 례문들의 한어원문에는 사건의 완료를 나타내는 어말조사 ≪了≫
가 사용되여있다. 그러므로 우의 례문들에서 사용된≪쓰다≫, ≪사다≫
는 ≪썼다≫, ≪샀다≫의 의미로 해석된다. 특히 중로에서 ≪사거다≫로
과거시칭을 나타내는 ≪-거≫가 사용되였다는것은 이들이 완료의 뜻을
나타낸다는것을 설명한다.

ㄷ. 시칭을 나타내는 형태소와 결합되는 경우

종결토 ≪-다≫가 시칭을 나타내는 형태소와 결합된 경우는 다음과
같다.

현재시칭: -ᄂᆞ다
과거시칭: -엇/앗+다, -거/어/나+다, -와다

○ -ᄂᆞ다

현재시칭을 나타내는 형태소로는 ≪-ᄂᆞ≫가 있다. ≪-ᄂᆞ≫는 현대
조선어에서는 ≪-ㄴ, -는≫의 형태로 남아있다. 그러나 중세조선어시
기에는 유일한 현재시칭을 나타내는 형태소로 사용되었다.

① 스승니미 엇던 사ᄅᆞ미시관ᄃᆡ 쥬벼느로 이 門을 여르시ᄂᆞ니잇고(월석23:84)

≪ᄂᆞ≫는 의도형 형태소 ≪－오≫와 결합될 때는 ≪－노≫로 나타난다.

②소리ᄲᅮᆫ 듣노라(석상6:15)

≪번로≫에서는 ≪ᄂᆞ다≫가 비교적 활발하게 쓰였다.

③
하ᄂᆞᆯ도 ᄒᆞ마 ᄇᆞᆯ가 가ᄂᆞ다(번로 상58a)
ᄀᆞ장 즐겨 ᄀᆞᄅᆞ치ᄂᆞ다(번로 상 6b)
이 작되 드디 아니ᄒᆞᄂᆞ다(번로상19a)
이 ᄆᆞ리 믈 잘 먹ᄂᆞ다(번로상35a)

우의 례들은 중세조선어에서 현재를 나타내는 ≪－ᄂᆞ≫가 ≪번로≫에서도 그대로 작용하고있음을 보여준다.

하지만 ≪로언≫부터는 거의 모습을 보이지 않고 다른 형태에 의해 대체된다.

④
내 드로니 앏픠 길 어렵다 ᄒᆞᄂᆞ다(번로상26b)
내 드ᄅᆞ니 앏픠 길히 머흐다 ᄒᆞ더라(로언상24a)
내 드ᄅᆞ니 앏희 길히 머흐다 ᄒᆞ더라(로언상24a)
내 드르니 앏히 길히 甚히 험ᄒᆞ여 사오나온 사ᄅᆞᆷ이 잇다 ᄒᆞ더라(로신1:33a)
내 드르니 앏히 길히 甚히 머흐러 사오나온 사ᄅᆞᆷ이 잇다 ᄒᆞ더라(중로상24a)

우의 례는 인용문에서 ≪-ᄂ≫가 쓰인 경우인데 ≪로언≫부터는 ≪-ᄂ≫가 ≪-더≫로 변하는 모습을 보이고있다. 우의 례문에서 보면 화자가 알고있는 사실을 인용하여 청자에게 전달하는 의미가 있기때문에 전달의 기능을 가지고있는 ≪-더≫로 대체되었다고 본다.

⑤
ᄀ장 즐겨 ᄀᄅ치ᄂ다(번로상 6b)
ᄀ장 즐겨 ᄀᄅ치ᄂ니라(로언 상6a)
ᄀ장 즐겨 ᄀᄅ치ᄂ니라(평로상6a)
ᄀ장 힘써 우리를 ᄀᄅ치ᄂ이라(로신1:8a)
ᄀ장 힘써 우리를 ᄀᄅ치ᄂ니라(중로상6a)
⑥
싯구기 잘 ᄒᄂ다(번로상65b)
싯구기 잘 ᄒᄂ고나 (로언상59a)
싯구기 잘 ᄒᄂ고나(평로상59a)
쏘 싯구기 흔다(중로상50b)

우의 례들에서 보면 원래 현재시간을 나타내던 ≪-ᄂ다≫가 ≪-더라≫, ≪ᄂ니라(ᄂ이라)≫, ≪ᄂ고나, -ᄂ다≫로 변화함을 알수 있다.

이처럼 15세기에 현재시칭을 나타내던 형태소 ≪-ᄂ≫는 16세기 말부터 기능이 쇠퇴하여 17세기 부터는 현재시칭을 나타내는 속성을 잃고있다. ≪ᄂ이라≫는 ≪-이라≫가 탈락되면서 규정형 ≪ᄂ≫으로 변화하고 ≪니라≫에서도 ≪ㅣ라≫가 탈락하면서 규정형 ≪(으)ᄂ≫으로 변화하였는데 ≪번로≫이후 이런 토들에 ≪고나≫, ≪다≫가 붙은 형태가 나타나고있다.

17,18세기 문헌들에서는 ≪-ᄂ다≫와 같은 형태를 찾아보기 어렵다.

○ -엇/앗+다

≪-엇/앗≫은 근대조선어시기에 와서 쓰이기 시작한 형태소인데 중세에서는 접속형의 ≪-아/어≫에 동사 ≪잇다≫의 결합형태로 씌웠다.

①
인 틴 글워를 번드기 가져 잇노라(번로상48a)
인 틴 글월을 번드시 가졋노라(로언상43b)
인 틴 글월을 번드시 가졋노라(평로상43b)
번드시 印信 잇ᄂ 路引을 가져 여긔 잇노라 (중로상44a)

우의 례는 ≪번로≫에서 ≪-아/어+잇다≫의 형태로 사용된 례이다. ≪-엇/앗≫은 ≪번로≫와 ≪로언≫에서는 약간 쓰임을 보이다가 18세기 문헌인 ≪청로≫와 ≪몽로≫에서 대거로 등장하는데 이는 18세기에 과거시칭토로 거의 자리를 굳힌것으로 보아진다.6) ≪중로≫에서는 과거시칭을 나타내는 형태소≪-거/어≫가 다소 례외적으로 나타나지만 그 역시 기능은 ≪-엇/앗≫과 일치하다.

②
즈름 張 아뫼 일홈 두엇다(번로하 17b)
즈름 張 아뫼 일홈 두엇다(로언 하15b)
즈름 張 아뫼 일홈 두엇다(평로 하15b)
즈름 張 아모ㅣ 일홈 두어다(중로 하 16b)

≪중로≫에서 ≪두어다≫의 ≪어≫는 현재완료 표시의 시칭토 ≪-거≫가 타동사 ≪두다≫에 붙으면서 어음이 변한것이다. 7)

---

6) 김성란, ≪<노걸대> 언해본에 대한 연구≫에 의하면 ≪엇≫의 사용은 ≪몽로≫에서 32번, ≪청로≫에서 22번이 나타난다. p.88.

○ -거/어/나+-다

≪-거≫와 ≪-어≫와 ≪-나≫는 모두 과거시칭을 나타내는 한 형태
소의 이형태들이다. 이들의 분포를 보면 다음과 같다.

　①
　이 고기 다 슬마 닉거다(번로하 38b)
　이 고기 다 슬마 닉거다(로언하35a)
　이 고기 다 슬마 닉거다(평로하35a)
　이 고기 다 닉어다(몽로7:4)
　이 숨 는 고기도 다 닉어다(청로7:5)
　이 고기 다 슬마 닉어다(중로하37b)

우의 례는 ≪번로≫와 ≪로언≫에서 형태소 ≪-거≫와 결합된 ≪닉
거다≫가 ≪몽로≫, ≪청로≫, ≪중로≫에서 ≪-어≫와 결합된≪닉어
다≫의 모습으로 나타나는 경우이다. 이는 ≪-거≫와 ≪-어≫가 같은
의미를 가진 형태소로 수의적으로 교체될수 있음을 시사한다.

≪-나≫는 동사 ≪오다≫의 어간에만 씌인다. ≪-나≫의 기능은 ≪-
거/어≫와 일치한다.

　②
　이 블 오나다(번로 상25a)
　이 등잔블 오나다(로언상 22b)
　이 등잔블 오나다(평로상 22b)
　블 혀 왓다(로신1:31a)
　블 혀 왓다(중로상22b)

----

7) 고영근 ≪표준중세국어문법론≫ p.43, 238.

우의 례는 ≪번로≫,≪로언≫에서의 ≪−나≫가 ≪로신≫, ≪중로≫
에서 ≪−엇≫의 형태로 바뀐것이다. 이는 ≪−나≫가 과거시칭을 나타
내는 형태소라는것을 나타내는것이다.

③ [日頭後晌也]
나리 낫 계어다(번로상66a)
날이 낫 계엇다(로언상59b)
날이 낫 계엇다(평로상59b)
히 낫 계엿다(몽로4:14)
히 낫 계엿다(청로4:22)
히 임의 午後ㅣ 되엿고(중로상60a) [日頭已到午後了]

우의 례에서 ≪번로≫에서는 ≪−아/어≫가 결합되였지만 ≪로언≫부
터는 ≪−엇/엿≫으로 바뀐 례이다. 여기서 ≪−아/어≫는 과거시간을 나
타내는 형태소임을 알수 있다.

④
탕쇠와 차반이 다 ᄀᆞᆺ거다(번로하39a)
湯水와 茶飯이 다 ᄀᆞ지다(로언하35a)
湯水와 茶飯이 다 ᄀᆞ지다(평로하35a)
잔치에 국과 밥이 다 ᄀᆞ잣다(중로하 38a)

우의 례는 ≪번로≫에서 ≪−거≫가 사용된 례인데 ≪로언≫과 ≪평
로≫에서 능동을 나타내는 형태소 ≪−이≫로 바뀌지만 ≪중로≫에서 ≪−
앗≫으로 바뀐 례이다. 비록 ≪로언≫과 ≪평로≫에서 능동을 나타내는
≪−이≫로 대체되지만 ≪ᄀᆞ지다≫가 나타내는 시간을 분석하여 보면
과거시간을 나타내는것이다. 즉 ≪ᄀᆞ지다≫는 ≪갖추어졌다≫라는 뜻을
나타낸다. 이는 ≪중로≫에서 과거를 나타내는 ≪−앗≫이 사용되였다는

데서 잘 알수 있다.

전체적인 맥락을 보면 17세기에 ≪-거/어/나≫는 ≪-엇≫과 공존현상을 보이며 18세기에서는 ≪-엇/앗≫쪽으로 변천하여 감을 알수 있다.

○ -와다

　　①
　　내 앗가 ᄀᆞᆺ 줌 씨와다(번로상57b)
　　내 앗가 ᄀᆞᆺ 줌 씨아다(로언상51b)
　　내 앗가 ᄀᆞᆺ 줌 씨아다(평로상51b)
　　내 앗가 ᄀᆞᆺ 줌 씨엿다(몽로4:3)
　　내 앗가 ᄒᆞᆫ 줌자고 씨여보니 參星이 놉히 쩌 밤듕 되엿다(청로4:8)
　　내 줌 씨여다(중로상52b)

우의 례에서 볼 때 ≪-와≫는 ≪로언≫,≪평로≫에서 ≪-아≫로, ≪중로≫에서는 ≪-여≫로 대응되는데 이로 보아 ≪-아/어≫와 의도형의 ≪-오≫의 결합형태인것임을 알수 있다. ≪로언≫에서는 의도형 ≪-오≫의 소실로 ≪-아≫로 된것이다. 이는 ≪몽로≫와 ≪청로≫에서 과거를 나타내는 ≪-엿≫으로 나타나는데(≪청로≫의 경우 접속술어에서 ≪여≫로 종결술어에서 ≪엿≫으로 됨) 이는 ≪-와≫가 과거시칭을 나타낸다는것을 알수 있다. ≪-와≫는 ≪-거≫와 ≪-오≫의 결합인 ≪-과≫와도 일치하다.

ㄹ. 존대를 나타내는 형태소와 결합하는 경우

이 경우에는 ≪이+다≫가 있다. ≪-이≫는 중세조선어에서 상대존칭을 나타내던 형태소이다. 그러나 근대에 들어서면서 ≪ㅇ≫의 소실로 인해 그 형태가 ≪이≫로 바뀌게 된다.

○ -이다

①
읍ᄒ노이다 큰 형님(번로하 1a)
읍ᄒ노이다 큰 형아(로언하1a)
읍ᄒ노이다 큰 형아(평로하1a)
큰형아 揖ᄒ노라(중로하1a)

우의 례는 바로 ≪ㅇ≫의 소실로 인해 ≪로언≫에서 ≪이≫로 바뀐 례이다.

②
小人들히 예 와 해자ᄒ고 널이과이다.(번로상43ab)
小人들히 예 와 슈폐ᄒ여이다(로언상 39a)
小人들히 예 와 슈폐ᄒ여이다(평로상 39a)
우리 여긔 폐ᄒ여다(로신1:55a)
우리 여긔셔 폐ᄒ여다(중로상39b)

③
됴토다 됴토다 ᄀ장 깃게이다(번로상55b)
됴토다 됴토다 ᄀ장 깃게이다(로언상50a)
됴토다 됴토다 ᄀ장 깃게이다(평로상50a)
多謝, 多謝ᄒ여라(중로상51a)

우의 례들에서는 ≪번로≫에서 사용된 ≪이다≫가 ≪로언≫에서는 거의 사용되지 않으며 18세기에는 아예 사용되지 않음을 보여주고있다.
≪번로≫에서의 ≪이≫의 사용을 보면 직접 용언의 어간에 붙어 사용되는 례는 거의 없는데 언제나 다른 형태소들과 결합하여 사용된다.

④ 우리 가장 브르이다(번로상42b)

우의 례는 ≪이다≫가 용언어간에 직접 쓰인 유일한 례이다. 기타의 경우는 모두 다른 형태소들과 결합하여 사용된다.

⑤
우리 가노이다(번로 상 38b)
읍ᄒ노이다(번로상 47a)

우의 례는 ≪동사어간 + -ᄂ-(현재시칭) + -오(의도형) + -이(상대존칭) + -다≫의 결합형태이다.

⑥
큰 형님 니ᄅ 샤미 올ᄒ시이다(번로 상41b)
우의 례는 ≪동사어간 + -시(주체존칭) + -이(상대존칭) + -다≫의 결합형태이다.

⑦
너를 ᄒ야 홀롤 내내 수고ᄒ게 ᄒ과이다(번로하 35a)
여긔 널이쾌이다(번로상 59a)

우의 례는 ≪동사어간 + -거(과거시칭) + -오(의도형) + -이(상대존칭) + -다≫의 결합형태인것이다. ≪-과≫가 ≪-쾌≫로 된것은 ≪-과≫가 후행하는 모음 [i]에 의하여 역행동화된것으로 생각할수 있다.

⑧
내 쏘 ᄒ일 니젓다이다(번로 상31a)
내 쏘 ᄒ일을 니저세라(로언상28a)

내 쏘 흔 일을 니저세라(평로상28a)

내 쏘 흔 일을 니젓노라(중로 상28a)

우의 례는 ≪닛ー + ー엇(과거시칭) + ー다ー(과거시칭) + ー이(상대존칭) + ー다≫의 결합형태이다. [8] 여기서 첫번째 ≪ー다≫는 종결토가 아닌 과거의 의미를 강조하는 역할을 하는 형태소로 보는것이 타당하다.

⑧ ᄀ장 깃게이다(번로상 55b)

이 경우 ≪ー게이다≫의 ≪ー게≫는 ≪ー거≫가 후행하는 모음 [i]에 의해 역행동화된것이라고 볼수 있다.

ㅁ. 강조를 나타내는 형태소와의 결합

종결토 ≪ー다≫는 강조를 나타내는 형태소 ≪ー도≫와도 결합하여 사용되였다. 중세조선어에는 ≪ー도≫의 이형태로 ≪ー돗/옷/ㅅ≫등이 있었다.

○ ー도다

①

그러면 ᄀ장 됴토다(번로 상 8a)

그러면 ᄀ장 됴토다(로언상 7b)

그러면 ᄀ장 됴토다(평로상7b)

이러면 ᄀ장 죠타(로신1:10a)

이러면 ᄀ장 죠타(중로상 7b)

---

8) 정광 감수 ≪역주 번역노걸대≫ 1995. p286 에서는 첫번째 ≪ー다≫를 과거시상으로 보고있다. 그러나 신한승 ≪노걸대의 언해본 연구≫ 1990. p28에서는 ≪ー다ー≫를 종결토 ≪ー다≫로 볼것인가 아니면 회상을 나타내는 형태소 ≪ー더≫와 의도형 형태소≪ー오≫의 결합된 화합(amalgame)현상으로 보고있다.

우의 례에서 보면 ≪번로≫와 ≪로언≫ ≪평로≫에서는 ≪용언어간 + −도 + −다≫의 형식을 쓰고있지만 ≪로신≫과 ≪중로≫에서는 ≪−도≫가 사라지고 ≪용언어간 + −다≫의 형식으로 쓰였다.

앞에서 언급했지만 ≪−도≫는 체언전성토 ≪이≫와 추측을 나타내는 형태소 ≪−리≫ 아래서는 ≪−로≫로 변화한다.

　②
　갑시 다 ᄒᆞᆫ가지로다(번로상9b)
　갑시 다 ᄒᆞᆫ가지로다(로언상 8b)
　갑시 다 ᄒᆞᆫ가지로다(평로상8b)
　갑시 다 ᄒᆞᆫ가지로다(로신1:11b)
　갑시 다 ᄒᆞᆫ가지로다(중로상9a)

우의 례에서 ≪ᄒᆞᆫ가지로다≫는 ≪ᄒᆞᆫ가지+−이+−도+−다≫에서 ≪−도≫가 ≪−로≫로 변하였고 체언전성토 ≪−이≫가 모음 ≪ㅣ≫뒤에서 생략된것으로 보아야 한다.

○ −리로다
　①
　머글만 다ᄃᆞ르면 나도 무츠리로다(번로상 22b)
　머글만 다ᄃᆞ르면 나도 믓츠리다(로언상20a)
　먹을만 다ᄃᆞ르면 나도 믓츠리다(평로상20a)
　네 먹을 썩이면 내 여긔 쏘 즉시 잘 믓츠리라(로신1:27b)
　네 먹을 썩이면 나도 곳 무츠리라(중로상20a)

우의 례에서 ≪번로≫에서 ≪-리로다≫는 ≪로언≫과 ≪평로≫에서 ≪-로≫가 소실되여 ≪-리다≫로 변하고 ≪로신≫과 ≪중로≫에서는 ≪-리라≫로 변한다. ≪-리다≫에서 ≪-리라≫로 변화함은 추측을 나타내는 ≪-리≫의 뒤에 객관성을 나타내는 ≪-다≫ 보다 주관성이 더 강한 ≪-라≫가 오는것이 더 적합하였기때문인것 같다.

그리고 ≪-로≫는 16세기에 이미 감탄의 의미가 미약한것으로 보인다. 우의 례문에서 볼 때 ≪-리≫에 의한 추측의 의미가 ≪-로≫에 의한 감탄의 의미보다 훨씬 강함을 알수 있다. 이것은 ≪-로≫가 한 형태소로 있어도 되고 없어도 되는 미약한 처지에 있었음을 설명하기도 한다. 결국 ≪-로≫는 18세기에 자취를 감추고 ≪-리로다≫는 ≪-리라≫의 형식으로 그 모습을 바꾸게 된다.

2) -라

ㄱ. 체언과 결합하는 경우

○ -이라

≪-라≫는 ≪-다≫의 이형태로서 체언과 결합할 때 언제나 체언전성토≪-이≫와 먼저 결합한다. ≪체언 + -이라≫는 모든 ≪로걸대≫의 언해본들에서 활발히 쓰이고 있다.

①
이 漢人이라(번로 상 6b)
이 漢ㅅ 사름 이라(로언상6a)
이 漢ㅅ 사름 이라(평로상6a)
이 漢ㅅ 사름 이라(로신1:8a)
이 漢ㅅ 사름 이라(중로상6a)

②
北京의 가면 흠싀 혜여 덜 거시라(번로상24a)

北京의 가든 흠싀 혀 덜 거쟈(로언상 21b)

北京의 가든 흠싀 혀 덜 거쟈(평로상 21b)

北京에 가 대되 다시 혜미 무던ᄒ다(로신1:29b)

北京에 가 대되 다시 혜쟈(중로상21b)

　　우의 두 례는 전자는 《-이라》가 《번로》에서 《중로》까지 계속 이어져 사용된 례이고 후자는 《번로》에서 《-이라》로 사용되였다가 《로언》, 《평로》, 《중로》에서 권고를 나타내는 《-쟈》로 바뀐 례이다.

③
이 은이 됴흔 구품이니 구의나깃 은 굴와 흔가지로 쓸 거시라(번로하 64a)

이 은이 됴흔 구품이니 구왓나기 은을 굴와 흔가지로 뿔것시라(로언하 57b)

이 은이 됴흔 구품이니 구왓나기 은을 굴와 흔가지로 뿔것시라(평로하 57b)

이 은도 죠흔 細銀ㅣ니 紋銀과 흔가지로 쓰ᄂ 니라(중로하59a-60b)

　　우의 례에서는 《번로》, 《로언》, 《평로》에서 《-ㄹ 것이라》(혹은 중철되여 《-ㄹ 것시라》)로 사용되였던것이 《중로》에서 《-니라》로 바뀐 례이다. 여기서 《-ㄹ 것이라》는 현대조선어에서의 미래에 벌어질 일을 추측하는 《-ㄹ 것이다》와 같은 의미로 사용되였다. 우의 례문을 《몽로》와 《청로》에서 대응하는 문장과 비교해 보면 더욱 뚜렷하다.

④
이 銀이 됴흔 九品엣 거시니 구의 銀 ᄀᆺ치 쓰리라(몽로 8:12)

이 銀은 바론 져제 죠흔 銀이니 官家 銀에 비겨 쓰리라(청로 8:12)

≪번로≫에서 ≪－ㄹ 것이라≫로 쓰인것이 ≪몽로≫와 ≪청로≫에서 미래의 일을 추측하는 ≪－리라≫로 바뀌여 사용되였던 것이다.

⑤
나는 高麗ㅅ 사룸이라 한 짜해 니기 둔니디 몯ㅎ야 잇노니 (번로상7b)
나는 高麗ㅅ 사룸이라 漢ㅅ 짜히 니기 둔니디 몯ㅎ엿노니 (로언상7a)
나는 高麗ㅅ 사룸이라 漢ㅅ 짜히 니기 둔니디 몯ㅎ엿노니 (평로상7a)
나는 이 朝鮮ㅅ 사룸이라 中國ㅅ 짜히 본디 둔니기 닉지 못ㅎ니
(로신1:9b)
나는 이 朝鮮ㅅ 사룸이라 中國ㅅ 짜히 본디 둔니기 닉지 못ㅎ니
(중로상7a)

우의 례에서는 ≪－이라≫가 접속술어의 위치에서 원인을 나타내는 접속술어의 역할을 하고있는 례이다.

ㄴ. 용언어간에 직접 활용될 때

○ －라

①
내 이듯 초ㅎ룻날 王京의셔 떠나라(번로상1a)
내 이 둘 초ㅎ른날 王京셔 떠난노라(로언상1a)
내 이 둘 초ㅎ른날 王京셔 떠난노라(평로상1a)
내 이둘 초ㅎ룻날 王京셔 떠낫노라(로신1:1a)
내 이둘 초ㅎ룻날 王京셔 떠낫노라(중로상1a)

②
내 되 흑당의셔 글 빅호라(번로상2b)
내 漢 흑당의셔 글 빅호라(로언상2b)

내 漢學堂의셔 글 빅호롸(평로상2b)
내 中國ㅅ 사름의 學堂에 이셔 글을 빅호롸(로신1:2b)
내 中國ㅅ 사름의 學堂에셔 글을 빅호롸 (중로상2b)

③
내 여러 필 무를 가져오라(번로하 2a)
내 여러 필 물을 가져오롸(로언하2a)
내 여러 필 물을 가져오롸(평로하2a)
내 여러 필 물을 가져왓노라(중로하 2a)

④
내 쇼히로니 올히 마ᅀᆞ니오 칠월 열닐웻날 인시에 나라(번로 하71a)
내 쇼히로니 올히 마은이오 칠월 열닐윗날 인시에 낫노라(로언하64a)
내 쇼히로니 올히 마은이오 칠월 열닐윗날 인시에 낫노라(평로하64a)
나는 이 내 쇼히니 올히 四十歲오 七月 十七日 寅時에 난이라(중로
하65b-66a)

　　≪번로≫에서 ≪-라≫가 붙은 동사를 보면 ≪뻐나다, 빅호다, 오다, 나다(生)≫네개 뿐인데 우의 례문들을 보면 ≪-라≫가 ≪-롸≫로 변한 것을 볼수 있다. 이는 ≪-라≫와 의도형 형태소 ≪-오≫의 결합으로 이루어 진것이다. ≪낫노라≫에서 ≪-노≫는 ≪-ᄂᆞ + -오≫로 볼수 있다. 이로부터 이상의 례들에서 모두 의도형 ≪-오≫가 첨가된것을 발견할수 있다. 또한 주어는 모두 1인칭주어이다. 이는 ≪-라≫가 화자가 주관적인 의도를 말할 때 사용된것이라는것을 알려준다. 또한 ≪뻐나라≫가 ≪로신≫과 ≪중로≫에서 ≪뻐낫노라≫로, ≪가져오라≫가 ≪중로≫에서 ≪가져왓노라≫로, ≪나라≫가 ≪로언≫,≪평로≫에서 ≪낫노라≫로 되였는데 이 례들에서 과거시칭을 뜻하는 ≪-앗/-엇≫을 사용했다는것은 ≪-라≫도 ≪-다≫와 마찬가지로 과거시칭을 나타내는 부정칭의 종결토였음을 말하고있다. 다른점이라면 ≪-라≫는 주관적인 의도

를 나타낼때 사용되었고 ≪-다≫는 화자가 상대적으로 객관적인 사실을
알리는 경우에 사용되었다.

⑤
그 나믄 믈 글월도 다 써다(번로하 17b)
그 나믄 믈 글월도 다 써다(로언하 16a)
그 나믄 믈 글월도 다 써다(평로하 16a)
그 나믄 믈 글월도 다 뻐 뭇차다(중로하 17a)

우의 례는 상인들이 계약서을 다 작성했다는 사실을 알리는 상황에서
쓰인 말인데 여기서는 화자가 ≪글월을 다 썼다≫는 객관적인 사실을 청
자에게 알리는 경우인것이다.

ㄷ. 시칭을 나타내는 형태소와의 결합

≪-라≫는 미래에 벌어질 일을 추정하는 ≪-리≫와 설명의 뜻을 나
타내는 ≪-니≫와 결합하고있다.

○ -리라
우선 ≪용언어간 + -리 + -라≫의 결합형태를 살펴보자.

①
하늘이 어엿비 너기샤 모미 편안ᄒᆞ면 가리라(번로상2a)
하늘이 어엿비 너기샤 몸이 편안ᄒᆞ면 가리라(로언상2a)
하늘이 어엿비 너기샤 몸이 편안ᄒᆞ면 가리라(평로상2a)
萬一 하늘이 어엿비 너기샤 몸이 平安ᄒᆞ면 싱각건대 가리로라(로
신1:2a)

萬一 하늘이 어엿비 너기샤 몸이 平安ᄒ면 싱각건대 ᄯᅩ 피히 가리
로라(중로상2a)

우의 례에서 ≪-리라≫는 현대조선어에서의 ≪-ㄹ 것이다≫와 같은
맥락에서 사용된것임을 알수 있다. 즉 추정의 조건은 ≪하늘이 어엿비 너
기샤 모미 편안ᄒ다≫이고 추정의 결과는 ≪가리라≫이다. ≪로신≫과
≪중로≫에서는 ≪-라≫가 감탄을 동반하는 ≪-도≫의 이형태 ≪-로≫
와 결합되여 ≪-리로라≫로 되였다.

○ -오리라

≪-리라≫는 또한 ≪-오≫와 결합되여 사용되는 경우도 있다.

①
나는 그저 이리 닐오리라(번로상18b)
나는 그저 니ᄅᆞ리라(로언상17a)
나는 그저 이리 니ᄅᆞ리라(평로상17a)
나는 그저 이리 니ᄅᆞ노라(로신1:23a)
나는 그저 이리 니ᄅᆞ노라(중로상16b)

우의 례에서 ≪번로≫의 ≪닐오리라≫는 ≪니ᄅᆞ +-오 +-리 + -다≫
의 결합형태이다. ≪로언≫에서는 의도형의 ≪-오≫가 사용되지 않지만
≪로신≫과 ≪중로≫에서는 현재시칭의 ≪-ᄂᆞ≫에 의도형 형태소≪-오≫
가 결합된 ≪-노≫가 사용된다. 이는 ≪-리라≫가 화자의 강한 의도를
나타내고있는 경우에 사용된것이라는것을 설명하고있는것이다.

○ -니라

다음은 ≪용언어간 + -니 + -라≫의 경우를 보기로 하자.

　①
　市橋는 在成都西南ㅎ다(두언7:6a)
　碧溪坊은 在成都ㅎ니라(두언7:5b)

앞에서 ≪-다≫를 설명할 때 이미 언급한바와 같이 우의 경우에 ≪-
다≫와 ≪-니라≫는 가치의 동일성을 띠고 있다.

　②
　이 버디 곧 긔니 어재 ㄱ 오다(번로상1b-2a)
　이 벗이 곧 긔니 어제 ㄱ 오니라(로언상1b)
　이 벗이 곧 긔니 어제 ㄱ 오니라(평로상1b)
　이 벗이 곧 긔니 어제 ㄱ 오니라(로신1:1b)
　이 벗이 곧 긔니 어제 ㄱ 오니라(중로상1b)

우의 례에서 알수 있는바 ≪오다≫와 ≪오니라≫는 모두 ≪왔다≫로
설명할수 있는것이다. 이는 ≪-다≫와 ≪-니라≫가 가치와 의미상에서
동일성을 띠고있다는것을 설명한다.

　③
　ㅎ다가 디나가면 뎌 녀긔 싀십릿 싸해 人家ㅣ 업스니라(번로상10a)
　ㅎ다가 디나가면 뎌 편 二十里 싸히 人家ㅣ 업스니라(로언상9a)
　만일에 디나가면 뎌 편 二十里 싸히 人家ㅣ 업스니라(평로상9a)
　만일 쏘 지나가면 앏흘 향ㅎ여 二十里 남즉흔 싸히 人家ㅣ 업스니
라(로신1:12b)
　만일 쏘 지나가면 앏흘 향ㅎ여 二十里 싸히 人家ㅣ 업ㄴ니라(중로상9b)

우의 례에서 ≪-니라≫는 과거시칭을 나타내고있다.

○ -ᄂᆞ니라

①
각각 사ᄅᆞ미 다 웃듬으로 보미 잇ᄂᆞ니라(번로상5a)
각각 사ᄅᆞ미 다 主觔이 잇ᄂᆞ니라(로언상4b)
각각 사ᄅᆞ미 다 主觔이 잇ᄂᆞ니라(평로상4b)
다만 각각 사ᄅᆞ미 다 主觔이 잇ᄂᆞ니라(로신1:6a)
다만 각각 사ᄅᆞ미 다 主觔이 잇ᄂᆞ니라(중로상4b)

우의 례는 ≪-니라≫가 ≪-ᄂᆞ≫와 결합하여 쓰인 경우이다. 이처럼 ≪-니라≫는 앞에 다른 형태소들과 결합하여 사용되기도 한다. 앞서 설명한바와 같이 ≪-ᄂᆞ≫는 ≪-다≫와 결합할 때 ≪로언≫에서는 거의 쓰이지 않고있는 반면에 ≪-ᄂᆞ니라≫의 경우에는 모든 언해본에서 활발하게 사용되고있다.

○ -엇/앗 +-ᄂᆞ +-니라

①
법다이 밍ᄀᆞ로믈 됴히 ᄒᆞ엿ᄂᆞ니라(번로상26b)
법다이 밍글기를 됴히 ᄒᆞ엿ᄂᆞ니라(로언상24a)
법다이 밍글기를 됴히 ᄒᆞ엿ᄂᆞ니라(평로상24a)
더욱 ᄆᆞᆫ들기를 잘 ᄒᆞ엿ᄂᆞ니라(로신1:33a)
더욱 ᄆᆞᆫ들기를 잘 ᄒᆞ엿ᄂᆞ니라(중로상23b)

우의 례는 ≪용언어간 +-엇/엿 + -ᄂᆞ +-니 +-라≫의 결합형태이다. 이상한것은 과거시칭을 나타내는 ≪-엇≫과 현재시칭을 나타내는 ≪-ᄂᆞ≫가 동시에 사용된것이다. 여기서 우리는 현재시칭을 나타내는

≪-ᄂᆞ≫의 문법적기능이 약화되여 ≪-엇ᄂᆞ니라≫가 과거시칭을 나타
내고있다는 점을 알수 있다. ≪-엇≫과 ≪-ᄂᆞ≫가 결합하여 동시에 출
현할 때 ≪-ᄂᆞ≫의 의미기능에 대하여 주경미는 ≪근대국어의 선어말
어미에 대한 연구≫에서 다음과 같이 설명하고있다. ≪근대국어에서
<-ᄂᆞ>는 [사건의 현재성]과 [현재인식]의 기능을 한다. <-엇ᄂᆞ>로
쓰였을 때는 사건의 현재성을 나타내는것이 아니라 과거 사건의 현재 인
식을 드러내고 따라서 과거 사건에 대한 과거인식을 나타내는 <-엇더>
와 대립관계를 이룬다≫고 하였다.9) 즉 ≪용언어간 +-엇 + -ᄂᆞ +-
니 +-라≫의 결합형태는 과거에 벌어진 사실에 대하여 현재의 시점에
서 강조하는 역할을 하는것이다.

○ -더 +-니라

①

전혀 이 큰형님이 슈고ᄒᆞ더니라(번로하 6b)
전혀 이 큰형님이 슈고ᄒᆞ더니라(로언하6a)
전혀 이 큰형님이 슈고ᄒᆞ더니라(평로하6a)
전혀 이 큰형이 나를 ᄀᆞᄅ차 추리믈 미덧노라(중로하6a)

②

내 그저 닐오ᄃᆡ 우리 예 ᄒᆞᆫ가지로 믈 긷ᄂᆞ다 ᄒᆞ야 니ᄅᆞ노라(번로상27a)
내 그저 닐오ᄃᆡ 우리 여긔 ᄒᆞᆫ가지로 믈 깃ᄂᆞᆫ가 ᄒᆞ더니라(로언상33b)
내 그저 닐오ᄃᆡ 우리 여긔 ᄒᆞᆫ가지로 믈 깃ᄂᆞᆫ가 ᄒᆞ더니라(평로상33b)
우리 ᄆᆞ음에 그저 닐오ᄃᆡ 이 우리 여긔 ᄒᆞᆫ가지로 믈 깃ᄂᆞᆫ가 ᄒᆞ더
니라(로신1:46a)
내 그저 닐오ᄃᆡ 우리 여긔 ᄒᆞᆫ가지로 믈 깃ᄂᆞᆫ가 ᄒᆞ더니라(중로상33ab)

9) 김성란, ≪<노걸대>류 언해본에 대한 연구≫, p.139.

우의 례①은 ≪번로≫ ≪로언≫의 ≪-더니라≫가 ≪중로≫에서 ≪-엇노라≫의 형태로 바뀐것이고 례②는 ≪번로≫에서 ≪-노라≫가 ≪로언≫부터 ≪-더니라≫로 바뀐 례이다. 여기서 ≪-더≫는 회상의 뜻을 나타낸다고 보기보다는 단순한 과거를 나타낸다고 보는것이 바람직하다. 우의 례문들에서 ≪-더≫에 대하여 회상의 뜻으로 ≪큰형님이 수고하더라≫ 또는 ≪우리와 여기가 한가지로 물을 깃는가 하더라≫로 해석한다면 문장이 이상해진다. 그러므로 단순한 과거로 보고 ≪큰형님이 수고하였다≫, ≪우리와 여기가 한가지로 물을 깃는가 하였다≫로 해석하는것이 옳은것이다.

○ -더라

이번에는 ≪용언어간+더+라≫의 경우를 보기로 한다. 즉 회상을 나타내는 형태소 ≪-더≫와 ≪-라≫가 결합된 형태이다. 이 경우 ≪-더≫는 ≪-더니라≫에서처럼 과거시칭을 나타내고있기도 하지만 더 중요하게는 전에 벌어진 일을 회상하는 뜻으로 쓰이고 있다.

　　①
　　나도 젼년희 뎨 브리엿다니 ᄀᆞ장 편안ᄒᆞ더라(번로 상11b)
　　나도 져년에 뎌긔 브리윗더니 ᄀᆞ장 편당ᄒᆞ더라(로언상10b)
　　나도 젼년에 뎌긔 브리윗더니 ᄀᆞ장 편당ᄒᆞ더라(평로상10b)
　　내 그 히예도 져긔 머므니 ᄀᆞ장 맛당ᄒᆞ더라(로신1:14a)
　　내 그희도 져긔 머므니 ᄀᆞ장 便當ᄒᆞ더라(중로상10b)

우의 례문에서 ≪-더≫는 과거에 경험하였던 사실에 대한 회상의 뜻으로 사용되고 있다.

②

店主人이 닐오딕 이 세 버디 둘혼 물 살 나그내오 ᄒᆞ나혼 즈름이러
라(번로 하7b)

店主人이 닐오딕 이 세 벗이 둘혼 물 살 나그내오 ᄒᆞ나혼 즈름이러
라(로언하 6b)

店主人이 닐오딕 이 세 벗이 둘혼 물 살 나그내오 ᄒᆞ나혼 즈름이러
라(평로하 6b)

店主人이 니ᄅᆞ되 이 세 벗이 둘은 물 살 나그닉오 ᄒᆞ나혼 이 즈름
이라(중로하 7b)

우의 례에서 ≪－러≫는 체언전성토 ≪－이≫와 ≪－더≫의 결합에서
≪－더≫가 음운론적변화를 일으켜 변화한것이다. 이 경우는 ≪－더≫의
의미기능과 동일하다.

○ －돗 ＋ －더라

①
그 사ᄅᆞ미 왼 풀독애 살 마자 샹ᄒᆞ얏고 셩명은 샹티 아니 ᄒᆞ돗더라
(번로상30b)

그 사름이 왼녁 풀독에 살 마자 샹ᄒᆞ엿고 일즉 性命은 샹티 아니
ᄒᆞ돗더라(로언상27b)

그 사름이 왼녁 풀독에 살 마자 샹ᄒᆞ엿고 일즉 性命은 샹티 아니
ᄒᆞ돗더라(평로상27b)

[해당 없음] [로신]

풀 쪽에 살 마잣고 또 일즉 性命은 샹치 아니 ᄒᆞ엿더라(중로상27b)

우의 례는 ≪－더라≫가 강조를 나타내는 ≪－돗≫과 결합된 례이다.
≪－돗≫은 16, 17세기에는 사용되였지만 18세기에는 소실된다. 우의 례
에서도 ≪중로≫에서 ≪－돗≫이 소실되여 사용되지 않고있다.

ㄹ. 의도형 형태소 ≪-오≫와의 결합

앞에서 ≪-다≫를 설명할 때 ≪-다≫가 의도형 ≪-오≫와 결합할 때 ≪-라≫로 됨을 이미 말한적이 있다. 허웅은 ≪우리 옛 말본−15세기 국어형태론≫(p.732)에서 ≪-오≫를 인칭법이란 문법적범주에서 다루고있다. 그것은 ≪-오≫가 사용된 문장들을 보면 문장의 주어가 언제나 일인칭이기때문이다. ≪-오≫가 사용된 문장의 주어는 항상 일인칭으로서 ≪-오≫는 문장에서 화자의 의도를 나타낸다.

①
論語, 孟子, 小學을 닐고라(번로 상2b)
論語, 孟子, 小學을 닐그롸(로언 상2b)
論語, 孟子, 小學을 닐그롸(평로 상2b)
내 일쯕 닑은 거시 이 論語, 孟子, 小學이라(로신1:3a)
내 일쯕 닑은 거시 이 論語, 孟子, 小學이라(중로상2b)

우의 례에서 ≪번로≫에서는 ≪-오≫가 용언어간에 직적 결합되여 ≪닐고라≫로 나타나고있지만 ≪로언≫에서는 독립된 형태소로서의 ≪-오≫의 모습은 보이지 않는다. 이는 근대에 들어서면서 의도를 나타내는 의도형 형태소 ≪-오≫가 소실되였음을 보여준다. 그러나 ≪-오≫는 잔여현상을 보여주고있다.

우의 례에서 ≪로언≫의 ≪-롸≫는 의도형 형태소 ≪-오≫가 사라졌지만 그 잔여현상으로 원순성을 종결토 ≪-라≫에 옮겨 ≪-롸≫로 변화한것이다.

≪-롸≫는 ≪평로≫ ,≪로신≫,≪중로≫에서도 모습을 약간 보이고있다.

②
내 되 혹당의셔 글 비호라(번로상2b)

내 漢 혹당의셔 글 비호라(로언상2b)

내 漢學堂의셔 글 비호롸(평로상2b)

내 中國ㅅ 사름의 學堂에 이셔 글을 비호롸(로신1:2b)

내 中國ㅅ 사름의 學堂에셔 글을 비호롸 (중로상2b)

우의 례는 ≪번로≫와 ≪로언≫에서 ≪-롸≫가 사용되지 않았지만 ≪평로≫, ≪로신≫, ≪중로≫에서 사용된 례이다.

○ -노라

①
내 아니 여러 말 가져 풀라 가노라(번로상8a)

내 이 여러 물 가져 풀라 가노라(로언상7b)

내 이 여러 물 가져 풀라 가노라(평로상7b)

내 이 여러 물을 가져 풀라 가려 ᄒ노라(로신1:10a)

내 이 여러 물을 가져 풀라 가노라(중로상7b)

우의 례는 ≪용언어간 +-노 + -라≫의 결합형태인데 ≪-노≫는 현재시칭 ≪-ᄂ≫와 ≪-오≫의 결합인 것이다.

②
나도 ᄆᆞ슈먀 이리 너기노라(번로 상70a)

나도 ᄆᆞ음에 이리 싱각ᄒ엿노라(로언상63b)

나도 ᄆᆞ음에 이리 싱각ᄒ엿노라(평로상63b)

내 ᄆᆞ음에도 이리 싱각ᄒ엿더니라(중로상63b)

우의 례에서 ≪로언≫과 ≪평로≫에서 용언어간과 ≪-노라≫사이에 과거시칭의 ≪-엇≫이 결합된것을 볼수 있다. 이는 ≪-엇 + -ᄂ + -오 +-라≫의 결합형태로서 과거시칭과 현재시칭이 동시에 존재하는데 이 경우는 앞서 언급한바와 같이 현재시칭의 ≪-ᄂ≫는 현재시칭의 의미를 잃어버리고 어떤 사실을 현실적으로 강조하는 의미를 가지고있다.

ㅁ. 강조의 뜻을 나타내는 형태소와의 결합

○ -애/에+-라

≪-다≫를 설명하면서 강조를 나타내는 형태소 ≪-도≫에 대하여 서술하였다. ≪-도≫가 ≪-다≫와만 결합하는 반면에 ≪-애/에≫는≪-라≫와만 결합한다.

　①
　　네 비록 遼東人이로라 흔들 내 믿디 몯 ᄒ얘라(번로상50a)
　　네 비록 遼東 사름이로라 ᄒ나 내 밋디 못ᄒ여라(로언상45a)
　　네 비록 遼東 사름이로라 ᄒ나 내 밋디 못ᄒ여라(평로상45a)
　　네 비록 니ᄅ되 遼東ㅅ 사름이라 ᄒ나 내 敢히 네 來歷을 밋지 못ᄒ고(중로상45b)
　②
　　내 쏘 人蔘과 모시 뵈 이셰라(번로 상70a)
　　내 쏘 人蔘과 모시뵈 이시니(로언상63b)
　　내 쏘 人蔘과 모시뵈 이시니(평로상63b)
　　내 쏘 人蔘과 모시뵈 이시니(중로상64a)

≪-애/에 +라≫는 앞의 음운론적환경에 따라 ≪애, 여, 예≫등 부동한 이형태로 나타난다. 우의 례에서 전자의 경우 ≪번로≫에서는 ≪ᄒ애

라》가 《로언》에서 《ᄒᆞ여라》로 나타나고있다. 《-애라/에라》는
《번로》와 《로언》에서는 사용되고있지만 18세기에서는 거의 사용되
지 않고있다.

○ -노소라

①
큰형아 우리 도라 가노소라(번로하 72b)
큰형아 우리 도라 가노라(로언하 65b)
큰형아 우리 도라 가노라(평로하65b)
큰형아 우리 도라 가노라(중로하67a)

우의 례에서 《-노소다》는 현재시칭의 형태소《-ᄂᆞ》에 강조의 형
태소 《-옷》과 의도형의 《-오》가 첨가된 문법형태이다.(신한승1991:
46) 17,18세기에는 《-옷》이 사라지고 의도형인 《-오》만 남은 형태
로 바뀌였다. 그리하여 《-노소라》는 《-노라》의 형태로 바뀐다.

3) 기타 서술식 종결토

《로걸대》의 언해본들에서는 《-다》, 《-라》외에도 다른 서술식
종결토들이 사용되고있다.

○ -오

《로걸대》의 언해본들에서 《-오》는 종결술어에서 사용되지 않고
접속술어에 붙어 접속토의 역할을 하고 있다.

①
ᄒᆞᆫ 돈 은에 열 근 글이오 두 푼 은에 ᄒᆞᆫ 근 양육이라 ᄒᆞ더라(번로상9b)
ᄒᆞᆫ 돈 은애 열 ᄯᅡᆫ 글리오 두 푼 은에 ᄒᆞᆫ 근 羊肉이라 ᄒᆞ더라(로언상8b)
ᄒᆞᆫ 돈 은애 열 ᄯᅡᆫ 글리오 두 푼 은에 ᄒᆞᆫ 근 羊肉이라 ᄒᆞ더라(평로상8b)
무른 국슈 열 근은 ᄒᆞᆫ 돈 은에 ᄑᆞᆯ고 羊肉 ᄒᆞᆫ 근은 두 픈 은에 푼다
ᄒᆞ더라(로신1:11b)
乾麵 열 근에 ᄒᆞᆫ 돈 銀이오 羊肉 ᄒᆞᆫ 근에 두 픈 銀이라 ᄒᆞ더라(중로
상8b-9a)

○ -고나, -괴여

①
이 믈도 거르밀 됴코나(번로상12a)
이 믈도 거름이 됴코나(로언상11a)
이 믈도 거름이 됴코나(평로상11a)
이 믈이 거름이 죠타(로신1:15a)
이 믈이 거름이 죠타(중로상11a)

≪번로≫와 ≪로언≫에서의 ≪-고나≫는 감동의 뜻을 동반하는 서
술식 종결토이다. 현대조선어에서는 ≪-구나≫로 사용되고있다. 그러나
≪중로≫와 ≪로신≫에서 사용되지 않은것으로 보아 18세기에는 별로
사용되지 않은것으로 보인다.

②
네 믈기리 니근듯 ᄒᆞ고나(번로상34b)
네 믈깃기 니근듯 ᄒᆞ괴야(로언 상17b)
네 믈깃기 닉은듯 ᄒᆞ괴야(평로 상17b)
네 믈깃기 닉이 아ᄂᆞᆫ다(로신1:43b)
네 믈깃기 닉이 아ᄂᆞᆫ다(중로상31a)

③
애, 쏘 王가 형님이로괴여(번로상17b)
애, 쏘 王가 큰형이로괴야(로언상15b)
애, 쏘 王가 큰형이로괴야(평로상15b)
噯呀, 王가 큰형이 왓고냐(로신1:21b)
噯, 王가 큰형이 왓ᄂ냐(중로상15b)

우의 두 례는 ≪-고나≫와 ≪-괴여≫가 16, 17세기에 수의적으로 교
체가 가능했다는것을 보여주며 또한 16세기의 ≪-괴여≫는 17세기에
≪-괴야≫로 쓰였음을 보여준다. ≪로신≫과 ≪중로≫에서 서술식으로
된 ≪-고나≫와 ≪-괴야≫가 의문식의 ≪-ㄴ다≫로 교체되거나 ≪중
로≫에서 ≪ᄂ냐≫로 교체됨을 보이고있다. 이는 번역자들의 문체론적
의도에 의해 조성된것이지 결코 서술식의 ≪-고나≫와 ≪-괴야≫가 의
문식의 ≪-ㄴ다≫에 의해 교체되는 현상이 아니다.

○ -ㄴ뎌

≪-ㄴ뎌≫는 감동을 나타내는 서술식 종결토이다.

①
너 슈고 ᄒ연뎌(번로상46a)
너 슈고 ᄒ여다(로언상41b)
너 슈고 ᄒ여다(평로상41b)
너를 슈고 시겨다(로신1:58a)
너를 슈고 시겨다(중로42b)

우의 례에서 ≪-ㄴ뎌≫는 ≪로신≫에서 ≪-다≫로 교체되는것을 알
수 있다. ≪-ㄴ뎌≫의 용례는 ≪로언≫에서는 찾아보기가 어렵다. 이는

17세기에 ≪-ㄴ뎌≫형이 소실된것을 의미하는것이다.

○ -ㄹ셔

≪-ㄹ셔≫도 감동의 뜻을 나타내는 서술식 종결토이다.

①
마치 됴히 네 올셔(번로하66a)
마치 됴히 네 올샤(로언하59b)
마치 됴히 네 올샤(평로하59b)
맛치 죠히 네 오나다(중로하60b)

우의 례에서 ≪-ㄹ셔≫형은 ≪로언≫에서 ≪-ㄹ샤≫로 바뀌었다가 ≪중로≫에서는 ≪-나다≫의 서술식으로 전환된다.

○ -마

약속의 뜻을 나타내는 서술식 종결토 ≪-마≫는 16세기까지 ≪-오/우≫와 반드시 결합하여 사용된다.

①
너희 주워 머규마(번로상55b)
너희를 주어 먹이마(로언상50a)
너희를 주어 먹이마(평로상50a)
너희를 주어 먹이쟈(중로상50b)

우의 례에서 ≪로언≫에서는 ≪번로≫에서 쓰인 ≪-오/우≫가 사라진다. ≪중로≫에서는 권유식의 종결토 ≪-쟈≫로 전환된다.

○ ∅

≪번로≫에서는 특수하게도 종결토가 생략되어 체언으로 문장을 끝맺는 례가 있다.

> ①
> ᄒᆞ나흔 어믜 겨집 동싱의게 난 아ᅀᆞ(번로하5b)
> ᄒᆞ나혼 兩姨의게서 난 아이라(로언하5a)
> ᄒᆞ나혼 兩姨의게 난 아이라(평로하5a)
> ᄒᆞ나혼 이 兩姨의게 난 아이라(중로하5a)

> ②
> 小人은 나히 셜혼 다ᄉᆞᆺ 설(번로상64a)
> 小人은 나히 셜혼 다ᄉᆞᆺ 시라(로언상57b)(평로상57b)
> 내 올ᄒᆡ 셜혼다ᄉᆞᆺ이로라(중로상58a)

례②의 ≪번로≫에서는 체언으로 문장이 끝을 맺었는데 문장의 완정성을 유지하고있다. 이는 최세진이 번역할때 소홀하여 틀리게 기록하였을 가능성도 있겠지만 중세후기에 대화체문장에서 종결토의 사용이 없이도 문장을 매듭지을수 있지 않았을가 하는 추측을 해볼수 있다. ≪로언≫부터는 ≪-이라≫를 사용하고있다.

5.1.1.2 의문식 종결토

15세기의 의문식 종결토를 연구함에 있어서 학자들은 부동한 관점에 의거하여 분류하고있다. 이런 관점들을 보면 주로 세가지로 귀납할수 있다.

첫째: 직접의문과 간접의문의 대립관계로 체계를 세운 견해;

둘째: 공손법과 관련을 지으면서 대답하는 형태에 따라 설명의문과 판정의문으로 분류한 견해;

셋째: 높임법과 관련지어 인칭의문법과 비인칭의문법으로 구분하여 체계화한 견해.10)

첫번째 견해를 주장한 학자로는 이승욱, 이현희 등이 있다. 이승욱은 《의문사첨고》(1963)에서 의문식 종결토를 직접의문과 간접의문의 대립관계를 세워 설명하고있는데 《-다》, 《-고》, 《-가》를 의문첨사로 분석하여 《-다》는 직접의문문에 쓰이고 《-가》는 간접의문에 쓰인다고 하였다. 그리고 《-고》는 《-가》보다는 더 원형일것이라고 하였다. 이현희의 《국어의 의문법에 대한 통시적연구》(1982)에서는 의문식종결토를 기원적으로 《직접의문:간법의문》 즉 《-니여계:-ㄴ가계》의 2원적 대립이였던것으로 보인다면서 중간 어느 단계에서 《-ㄴ다계》가 2인칭 주어와 공기하게 되면서 3원적인 대립으로 바뀌였을것이라고 하였다.11) 이처럼 중세조선어에서는 직접의문과 간접의문이 별도의 의문식 종결토를 요구하고있었던것이다. 여기서 직접의문이란 화자가 직접 청자에게 대답을 요구하는 의문이고 간접의문이란 화자가 원칙적으로 자를 전제로 하지 않거나 적극적으로 고려하지 않는 의문을 말한다.

두번째 견해를 주장하는 학자들로는 나진석, 안병희를 들수 있다. 나진석의 《의문형 어미고》(1958)에서는 처음으로 의문사(疑問詞)의 유무와 의문식 종결토와의 관계를 제기하였는데 《-고》계의 의문식 종결토는 의문사와 호응하고 《-가》계의 의문식 종결토는 의문사의 유무와 관계없이 쓰인다고 하였다. 안병희는 《후기 중세국어의 의문법에 대하여》(1965)에서 공손법과 관련을 지어서 의문식 종결토를 3단계로 나누었으

10) 신한승, 《노걸대의 언해본 연구》, p.52.
11) 김성란, 《<노걸대>류 언해본에 대한 연구》, p.163~164.

며 ≪-고≫계는 설명의문, ≪-가≫계는 판정의문임을 지적하고있다. 그리고 판정의문은 ≪특수한 주어에 특수한 서술어의 련결이 정당한지 않은지의 의문을 풀어 달라는 말하자면 가부의 판정을 요구하는것≫이고 설명의문은 ≪미지의 일(의문사로 표현된다)에 대한 설명을 요구하는것≫으로 정의하고있다.12)

세번째 견해를 주장하는 대표적인 학자는 허웅이다. 허웅의 ≪우리 옛말본-15세기 국어 형태론≫(1975)에서는 인칭의문은 의문식 종결토 ≪-다≫, ≪-가≫, ≪-고≫에 선행하는 형태소가 ≪-ㄴ/ㄹ≫일 때이며, 술어의 주어가 2인칭일 때는 ≪-다≫계 의문식 종결토가, 술어의 주어가 1인칭과 3인칭일 때는 ≪-가≫와 ≪-고≫가 쓰인다고 하였다. 비인칭의문은 의문식 종결토가 ≪-다≫, ≪-가≫, ≪-고≫에 형태소 ≪-니≫, ≪-리≫가 선행했을 때이며 이때에는 술어의 주어에 대한 인칭구별이 없다고 하였다.

본 론문은 이상에서 언급한 의문식 종결토의 특성을 종합적으로 고려하면서 다섯가지로 분류하여 고찰하고자 한다.

1) ≪-다≫계 의문식종결토

인칭의문을 나타내는 ≪-다≫계 의문식종결토에는 ≪-ㄴ다≫, ≪-ᄂ다≫, ≪-ㄹ다≫가 있다.

여기서 ≪-ㄴ다≫는 과거시칭을 나타내고 ≪-ᄂ다≫는 현재시칭을 나타내고 ≪-ㄹ다≫는 미래시칭을 나타낸다.

　　　①네 언제 王京의셔 ᄯᅥ난다 / 내 이 ᄃᆞᆯ 초ᄒᆞ 룻날 王京의셔 ᄯᅥ나라
　　（번로상1a）

---

12) 김성란, ≪<노걸대>류 언해본에 대한 연구≫, p.161~162.

　　　　네 언제 王京의셔 떠난다 / 내 이 둘 초ㅎᆞ른날 王京셔 떠난노라
（로언상1a）
　　　　네 언제 王京의셔 떠난다 / 내 이 둘 초ㅎᆞ른날 王京셔 떠난노라
（평로상1a）
　　　　네 언제 王京에셔 떠난다 / 내 이 둘 초ㅎᆞ릿날 王京셔 떠낫노라
（로신1:1a）
　　　　네 언제 王京셔 떠나온다 / 내 이 둘 초ㅎᆞ릿날 王京셔 떠낫노라
（중로상1a）

　　례①에서 의문문의 대답으로 ≪번로≫에서는 ≪−라≫의 부정법(不定
法)으로 과거시칭을 나타내고있고 ≪로언≫부터는 과거시칭토 ≪−앗≫
으로 과거시칭을 나타내고있다. 이는 ≪−ㄴ다≫가 과거시칭을 나타낸다
는것을 설명한다.

　　　②이제 어드러 가는다/ 내 北京향ᄒᆞ야 가노라(번로상1a)
　　　　이제 어드러 가는다/ 내 北京으로 향ᄒᆞ야 가노라(로언상1a)
　　　　이제 어드러 가는다/ 내 北京으로 향ᄒᆞ야 가노라(평로상1a)
　　　　이번에 어듸로 가는다/ 내 北京으로 향ᄒᆞ야 가노라(로신1:1a)
　　　　이제 어듸로 가는다/ 내 北京으로 향ᄒᆞ여 가노라(중로상1a)

　　례②에서 의문문의 대답으로 모두 ≪가노라≫로 대답하고있는데 여기
서 ≪−노≫는 현재시칭의 ≪−ᄂᆞ≫에 의도형의 ≪−오≫가 결합된 형태
인것이다. 따라서 ≪−는다≫가 현재시칭을 나타낸다는것을 알수 있다.
또한 의문문에서 ≪이제≫라는 현재시간을 뜻하는 단어가 사용되였는데
이 역시 ≪−는다≫가 현재시칭을 나타낸다는것을 설명한다.

　　　③너는 高麗ㅅ 사름미어시니 漢人의 글 빅화 므슴ᄒᆞᆯ다(번로상5a)
　　　　너는 高麗ㅅ 사름이어니 뎌 漢ㅅ 글 빅화 므슴ᄒᆞᆯ다(로언상4b)

너는 高麗ㅅ 사름이어니 뎌 漢 ㅅ 글 빈화 므슴홀따(평로상4b)

너는 이 朝鮮ㅅ 사름이라 져 한말을 빈화 므슴홀따(로신1:6a)

너는 이 朝鮮ㅅ 사름이라 져 한말을 빈화 므슴홀따(중로상4b)

레③은 중국상인이 조선(고려)상인에게 묻는 말이다. 중국상인은 조선 상인에게 《너는 조선사람인데 중국말을 배워 뭘 하려 하는가?》고 묻고 있는데 이것은 아직 일어나지 않은 미래의 사실에 대한 물음이다. 여기서 《-ㄹ다》는 미래시칭을 나타내고있다.

《-다》계의 의문식 종결토는 2인칭 대명사를 주어로 요구하고있다. 또한 물음에 대답할 때 주어는 1인칭 대명사여야 하며 술어에는 언제나 의도형의 형태소 《-오/우》가 동반한다.

④큰형님 네 어드러로셔브터 온다/ 내 高麗王京으로셔브터 오라
(번로상1a)

큰형아 네 어드러로셔브터 온다/ 내 高麗王京으로셔브터 오롸
(로언상1a)

큰형아 네 어드러로셔조차 온다/ 내 高麗王京으로셔조차 오롸
(로언상1a)

형아 네 어드러로셔 온다/ 내 朝鮮ㅅ 王京으로 조차 오롸(로신1:1a)

큰형아 네 어드러로셔 조차 온다/ 내 朝鮮ㅅ 王京으로조차 왓노
라(중로상1a)

우의 레에서 의문문의 주어는 2인칭 대명사 《네》이다. 물음의 대 답으로 주어는 모두 1인칭대명사 《내》로 되여있다. 또한 《번로》의 술어에는 의도형의 형태소 《-오》가 동반되였다. 《오라》는 《오-(來) + -오 +-다》의 결합형태인것이다. 《-오》는 《로언》부터는 소실되 였지만 그 잔여현상을 남기고있는데 《로언》 ,《평로》, 《로신》에서

의 ≪오라≫가 바로 그러하다.

≪-다≫계의 의문식종결토는 의문사의 유무(有無)와 관계없이 쓰인다. 따라서 의문사가 씌였을 경우에는 설명의문으로서 의문사에 대한 설명을 요구하게 되고 의문사가 쓰이지 않았을 때는 판정의문으로 가부(可否)의 판정을 요구한다. 여기서 의문사(wh-word)와 부정사(indefinite word)를 구별하여야 한다. 의문사와 부정사는 형태상으로는 구별이 되지 않는다. 서정수의 ≪국어문법≫(1996)에서는 의문사와 부정사에 대하여 다음과 같이 식별하고 있다.

⑤a.이속에 무엇이 있니?
　　b.이속에 무엇이 있니?＼
　　c. 이속에 무엇이 있니?／

례문⑤a)에서와 같은 의문문에서 ≪무엇≫은 상황에 따라 두가지로 해석된다. (b)에서 처럼 ≪무엇≫에 강세가 놓이고 문말억양이 내려가면 의문사로 해석되고 (c)에서처럼 ≪무엇≫에 강세가 놓이지 않고 문말억약이 올라가면 그것은 부정사가 된다.[13]

즉 우의 례에서 ≪강세≫란 바로 질문의 초점을 말하는것이다. 그러므로 질문이 초점이 부여되여야 의문사로 될수 있고 의문문도 설명의문으로 될수 있으며 질문의 초점이 부여되지 않으면 부정사가 의문사로 될수 없고 의문문은 판정의문문으로 된다.

⑥ㄱ. 네 언제 王京의셔 쩌난다/내 이틄 초ᄒᆞ룻 날 王京의셔 쩌나라(번로상1a)
　　ㄴ.네 뉘손ᄃᆡ 글 빅혼다/내 되 흑당의셔 글 빅호라 (번로상2b)

---

13) 서정수, ≪국어문법≫, p.374~375.

ㄷ. 모도 언머 갑슬 밧고져 ᄒᆞᄂᆞᆫ다/대되 一百四十 兩 은을 바드
려 ᄒᆞ노라(로언하9a)

　　　　ㄹ. 네 몃 벗과 ᄒᆞᆫ가지로 온다/ 두 벗이 이시되 다 이권당이니
(중로하5a)

　　　　ㅁ. 네 므슴 綾을 ᄒᆞ려 ᄒᆞᄂᆞᆫ다 /내 구의나기 綾을 ᄒᆞ려 ᄒᆞ노라
(평로하 23a)

우의 례문들은 ≪로걸대≫의 언해본들에서 나타난 설명의문문과 그에 대답하는 문장들이다. 여기서 우리는 설명의문문에서 질문의 초점은 언제나 의문사에 놓이게 되며 의문문에 대한 대답도 의문사에 따라 설명내용의 중심이 되는것을 알수 있다.

의문사		설명내용
언제	→	이 ᄃᆞᆯ 초ᄒᆞᄅᆞᆺ날
뉘	→	되 흑당
언머(값)	→	百四十兩 銀
몃(벗)	→	두 (벗)
므슴(綾)	→	구의나기 (綾)

≪번로≫에서 ≪-다≫가 쓰인 판정의문문은 그리 많지 않다.

⑦큰 형님 네 이 양을 풀다/그리어니 풀 리라(번로하 21b)

우의 례는 질문의 초점이 술어에 있다는것을 그 대답하는 문장에서 알수 있다.

≪번로≫에서 ≪-다≫가 쓰인 판정의문문은 둘중에서 하나를 선택하는 선택의문의 형식으로 사용되고있다.

⑧ㄱ.나그내네 더우니 머글다 추니 머글다(번로상63b)

ㄴ.나그내 네 블디디 ᄒᆞᄂᆞᆫ다 블디디 몯 ᄒᆞᄂᆞᆫ다(번로상20a)

ㄷ.이 네 므슴모로 빅호ᄂᆞᆫ다 네 어버시 너를 ᄒᆞ야 빅호라 ᄒᆞ시
ᄂᆞ녀(번로상6a)

례문⑧(ㄱ)은 술집주인이 손님들에게 ≪더운 술을 먹겠는가 찬 술을 먹
겠는가≫고 물어보는 상황이고 ⑧(ㄴ)은 하숙집주인이 손님들에게 ≪불
짓기를 하겠느냐 하지 않겠냐≫고 물어보는 상황이고 ⑧(3)은 중국상인
이 조선상인에게 ≪중국어를 네 스스로 배우려 한것이냐 아니면 너의 부
모가 너로 하여 배우라고 하신것이냐≫고 묻는 상황이다.

≪-다≫계 의문식 종결토는 ≪번로≫, ≪로언≫, ≪평로≫, ≪로신≫,
≪중로≫에 거쳐 사용되고있지만 대응되는 문장을 비교하면 서로 다른
점도 있다.

⑨네 므슴 그를 빅혼다(번로상2b)(你學甚麼文書來)

네 므슴 글을 빅혼다(로언상2b)(你學甚麼文書來)

네 므슴 글을 빅혼다(평로상2b)(你學甚麼文書來)

네 빅혼거시 이 므슴 글고(로신1:3a)(你學的是甚麼書)

네 빅혼거시 이 므슴 글고(중로상2b)(你學的是甚麼書)

우의 례는 비록 ≪번로≫, ≪로언≫, ≪평로≫에서 사용된 한어원문과
≪로신≫, ≪중로≫에서 사용된 한어원문이 달라져서 언해문이 달라졌
을수도 있겠지만 ≪-ㄴ다≫가 ≪-고≫로 교체되였다. 이는 또한 18세
기에 ≪-다≫계의 의문식 종결토가 다른 형태의 의문식 종결토로 교체
되는 경향을 보여주고있는것이다.

⑩이 네 므슴모로 빅호ᄂᆞᆫ다 네 어버싀 너를 ᄒᆞ야 빅호라 ᄒᆞ시ᄂᆞ
녀(번로상6a)

이 네 ᄆᆞᆷ으로 빌호ᄂᆞ다 네 어버이 널로 ᄒᆞ야 빌호라 ᄒᆞᄂᆞ냐
(로언상5b)
이 네 ᄆᆞᆷ으로 빌호ᄂᆞ다 네 어버이 널로 ᄒᆞ야 빌호라 ᄒᆞᄂᆞ냐
(평로상5b)
이 네 임의로 빌혼것가 당시롱 네 父母ㅣ 널로 가 빌호라 ᄒᆞᆫ것가
(로신1:6b-7a)
이 네 ᄆᆞᆷ으로 빌호려 ᄒᆞᆫ것가 도로혀 네 父母ㅣ 너로 ᄒᆞ여 빌
호라 ᄒᆞᆫ 것가(중로상5b)

우의 례에서 ≪-ᄂᆞ다≫는 ≪로신≫과 ≪중로≫에서 ≪-가≫로 교체
된다.

⑪ 네 황호 다 ᄑᆞ냐 몯 하얏ᄂᆞ녀(번로하66a)
네 황호를 다 ᄑᆞᆫ다 못 ᄒᆞ엿ᄂᆞᆫ다(로언하59b)
네 황호를 다 ᄑᆞᆫ다 못 ᄒᆞ엿ᄂᆞᆫ다(평로하59b)
너희 貨物을 다 ᄑᆞᆯᆺᄂᆞ냐 못 ᄒᆞ엿ᄂᆞ냐(중로하61a)

우의 례는 ≪번로≫에서 쓰인 ≪-ᄂᆞ녀≫형이 17세기에 ≪-ᄂᆞ다≫형
으로 18세기에 다시 ≪-ᄂᆞ냐≫로 바뀌는 현상을 보여주고 있다.

⑫
前後에 언메나 오래 머므ᄂᆞᆫ다(번로상15a)
前後에 언메나 오래 머믈러뇨(로언상13b)
前後에 언메나 오래 머믈러뇨(평로상13b)
前後에 몃 날을 머믈러뇨(로신1:18b)
前後에 몃 날을 머믈러뇨(중로상13b)

우의 례는 ≪번로≫에서의 ≪-ᄂᆞᆫ다≫가 ≪로언≫부터 ≪-뇨≫로 교
체됨을 보여준다.

이상의 례들에서부터 알다싶이 ≪-다≫계의 의문식 종결토는 비록 18세기에도 그 모습을 보이고있지만 17세기부터 이미 다른 의문식종결토에 교체되고있음을 보여주고있다. 특히 18세기의 언해본들에서는 ≪-가≫, ≪-고≫14), ≪-냐≫, ≪-뇨≫ 등 여러 형태의 의문식 종결토로 바뀌는데 이는 18세기에 ≪-다≫계의 의문식 종결토들이 의문의 기능을 수행하는면에서 크게 흔들리고있으며 소실되는 과정에 있었음을 보여주는것이다. 현대조선어에서 ≪-다≫계의 의문식종결토는 쓰이지 않고있으며 ≪-ㄴ다≫가 서술식 종결토로서 의문의 억양에 의해 ≪자기 스스로에게 묻는 물음을 나타내는≫경우에만 쓰이고있다. 례하면 다음과 같다.

⑬ 오늘은 뭘 한다?

≪-다≫계의 의문식 종결토가 소실된 원인은 여러가지가 있다. 종합해 보면 현재를 나타내는 서술식 종결토 ≪-다≫와의 동음형태의 충돌, 2인칭주어에 대한 제약과 동사 술어에 대한 제약, 의도형의 ≪-오≫의 소실, 의문식 종결토의 단일화 경향 등 복합적인 원인에 의해 근대에 와서 ≪-다≫형 의문식 종결토가 소실되게 되였다.15)

2) ≪-고≫계 의문식 종결토

의문식 종결토 ≪-고≫는 고대향가에서도 나타나고있는데 ≪古≫ ≪遣≫ 등의 표기로 나타난다.16)

---

14) 체언뒤에 바로 붙어 의문을 나타내는 ≪-가≫와 ≪-고≫에 대해 허웅(1991)에서는 물음토씨라고 하였고 안병희(2001)에서는 보조조사로 보고있다. ≪-가≫, ≪-고≫가 쓰인 위치를 볼 때 문장의 종결위치에 쓰이므로 체언뒤에 쓰이는 의문식 종결토로 처리하기로 한다.

15) 김성란, ≪<노걸대>류 언해본에 대한 연구≫, p.185~190.

16) 최남희, ≪고대국어 형태론≫, p.331~333.

①
奪叱良乙 何如爲理古(처용가) → 아살 엇더ㅎ 리고
西方念丁去賜理遺(원왕생가) → 西方 ㄱ장 가시리고

중세조선어에서 ≪-고≫는 체언 뒤에 바로 결합하여 사용되거나 용언
어간에 형태소 ≪-ㄴ, -ㄹ, -는≫을 첨가하여 ≪-ㄴ고, -ㄹ고, -는
고≫의 형식으로 사용되었다.

②
언메나 漢兒人이며 언메나 高麗ㅅ 사름고(번로상7a)
언머는 漢ㅅ 사름이며 언머는 高麗ㅅ 사름고(로언상6a)
언머는 漢ㅅ 사름이며 언머는 高麗ㅅ 사름고(평로상6a)
언머는 中國ㅅ 사름이 이시며 언머는 朝鮮ㅅ 사름고(로신1:8a)
언머는 中國ㅅ 사름이 이시며 언머는 朝鮮ㅅ 사름고(중로상6ab)

우의 례는 ≪-고≫가 체언과 결합하는 례인데 체언전성토 ≪-이≫가
사용되지 않고도 체언과 직접 결합되여 사용된다.

③
너희 대되 몃 사름매 몃 물오(번로상67a)
너희 대되 몃 사름에 몃 말고(로언상60b)
너희 대되 몃 사름에 몃 물고(평로상60b)
네 대되 몃 사름에 몃 물고(중로상61a)
④
네 이 심이 몃근 므긔오(번로하57a)
네 이 蔘이 몃근 므긔고(로언하51b)
네 이 蔘이 몃근 므긔고(평로하51b)
네 이 蔘이 대되 언마 斤重고(중로하53b)

례③④는 중세조선어에서 ≪-고≫가 받침이 ≪ㄹ≫로 끝난 체언이거나 모음으로 끝난 체언과 결합할 때는 ≪-고≫의 이형태 ≪-오≫가 결합된다는것을 보여준다. 근대에 이르러서는 이형태 ≪-오≫는 쓰이지 않고 다시 기본형 ≪-고≫를 사용하게 된다.

용언의 어간과 결합하는 경우에는 ≪-ㄴ고, -ㄹ고, -ᄂᆞᆫ고≫의 형태로 사용되였는데 각각 ≪과거, 미래, 현재≫의 시칭범주를 나타내고 있다.

⑤
엇디ᄒᆞ야 이런 아니완ᄒᆞᆫ 사ᄅᆞ미 잇ᄂᆞᆫ고(번로상26b)
엇디ᄒᆞ야 이런 사오나온 사름이 잇ᄂᆞᆫ고(로언상24a)
엇지ᄒᆞ야 이런 사오나온 사름이 잇ᄂᆞᆫ고(평로상24a)
므슴ᄒᆞ라 사오나온 사름이 잇ᄂᆞ뇨(로신1:33a)
므슴ᄒᆞ라 사오나온 사름이 잇ᄂᆞ뇨(중로상24a)

우의 례는 현재시칭을 나타내는 ≪-ᄂᆞᆫ고≫가 용언에 결합되는 경우이다. ≪로신≫과 ≪중로≫에서는 ≪-ᄂᆞᆫ고≫가 ≪-뇨≫형으로 교체된다.

⑥
형님 일즉 아ᄂᆞ니 셔울 ᄆᆞᆯ 갑시 엇더ᄒᆞᆫ고(번로상8b)
형은 일즉 아ᄂᆞ니 셔울 ᄆᆞᆯ 갑시 엇더ᄒᆞᆫ고(로언상7b-8a)
형은 일즉 아ᄂᆞ니 셔울 ᄆᆞᆯ 갑시 엇더ᄒᆞᆫ고(평로상7b-8a)
큰형아 알 ᄊᆞ시니 셔울 ᄆᆞᆯ 갑시 엇더ᄒᆞᆫ고(로신1:11a)
큰형이 알 ᄊᆞ시니 셔울 ᄆᆞᆯ 갑시 엇더ᄒᆞᆫ고(중로상8a)

우의 례는 과거시칭의 ≪-ㄴ고≫가 용언과 결합되는 경우이다.

⑦

우리 가면 어듸 브리여샤 됴홀고(번로상 11a)

우리 가면 어듸 브리워야 됴홀고(로언상10a)

우리 가면 어듸 브리워야 됴홀고(평로상10a)

우리 셔울 가면 어듸 머므러야 죠흐료(로신1:13b)

우리 셔울 가면 어듸 머므러야 죠흐료(중로상10a)

우의 례는 미래시칭의 ≪-ㄹ고≫가 용언과 결합되는 경우이다. ≪로
신≫과 ≪중로≫에서는 ≪-고≫형에서 ≪-료≫형으로 교체된다.

이상의 례들을 보면 ≪-고≫계 의문식 종결토는 주어가 1인칭 또는 3
인칭인 경우에 씌였으며 의문문에는 의문사를 반드시 수반하고있다. 이
런 의문은 설명의문으로서 질문의 초점이 항상 의문사에 있고 대답하는
문장도 의문사에 대한 설명의 내용이 중점으로 된다.

그러나 2인칭 문장에서 의문식 종결토 ≪-고≫가 사용된 경우도 있다.

⑧

나그네네 므슴 음식 머글고(번로상61b)

나그네들 므슴 차반 먹을고(로언상55b)

나그네들 므슴 차반 먹을고(평로상55b)

나그닉 므슴 차반 먹으려 ᄒᆞᆫ다(중로상56a)

우의 례는 주어가 2인칭인 의문문에 의문식 종결토 ≪-고≫가 사용된
것이다. 이는 중세말기에 이미 ≪-고≫계 의문식 종결토의 주어에 대한
인칭제약이 흔들리고있었다는것을 말해준다. ≪중로≫에서 ≪-ᄂᆞᆫ다≫
를 사용한것은 2인칭문장에서의 수의적인 교체로 보아진다.

3) ≪-가≫계 의문식 종결토

≪-가≫계 의문식 종결토도 ≪-고≫계 의문식 종결토와 마찬가지로
체언에 직접 붙어 쓰이고있었다.

①
이 세 버디 이 네 아숨가(번로상15b)
이 세 벗이 네 권당가(로언상13b)
이 세 벗이 이 네 권당가(평로상14a)
이 세벗이 이 네 권당가(로신1:19b)
이 세 벗이 이 네 권당가(중로상14a)

≪-가≫계 의문식 종결토가 용언과 결합하는 경우를 보면 과거시칭
을 나타내는 ≪-ㄴ가, -앗/엇는가, -던가≫, 현재시칭을 나타내는 ≪-
는가≫, 미래시칭을 나타내는 ≪-ㄹ가≫등 형태가 있다.

②
흔 곧 드리 믈어디여 잇더니 이제 고텨 잇는가 몯ᄒ얏는가(번로상
26a)
흔 곳 드리 믈허뎌 잇더니 이제 고텻는가 못ᄒ엿는가(로언상23b)
흔 곳 드리 믄허뎌 잇더니 이제 고텻는가 못ᄒ엿는가(평로상23b)
흔 드리 문허지미 잇더니 이제 일즉 고쳐는가 못ᄒ엿는가(로신
1:32b)
흔 드리 문허지미 잇더니 이제 고쳣는가 못ᄒ엿는가(중로상23b)
③
일즉 아ᄂ니 빗 갑슨 쓰던가 디던가(번로상9a)
일즉 아ᄂ니 빗 갑시 쓰던가 디던가(로언상8a)
일즉 아ᄂ니 빗 갑시 쓰던가 디던가(평로상8a)
쏘 빗갑시 놉흐며 ᄂ즈믈 아는가(로신1:11a)
쏘 빗갑시 놉흐며 ᄂ즈믈 아는다(중로상8b)

우의 례는 과거시칭을 나타내는 경우이다. ≪-던가≫는 ≪-더 + -ㄴ +가≫의 결합형태로 분석할수 있는데 과거의 경험적 사실을 회상하는 형태소 ≪-더≫와 기정의 사실을 확정하는 형태소 ≪-ㄴ≫와의 결합에서 ≪-ㄴ≫의 문법적의미는 ≪-더≫의 문법적의미에 밀려 약화되거나 소멸되였다. 이는 물음에 대한 응답과 대응시켜보면 더욱 잘 알수 있다.

④ 일즉 아ᄂᆞ니 볏 갑슨 쏘던가 디던가/볏갑슨 니건힛 갑과 흔가
지라 ᄒᆞ더라(번로상9a)

우의 례문에서 물음에 답하는 술어을 보면 ≪-더≫ 다음에 바로 종결토 ≪-라≫가 련결된다. 여기서 그 어떤 기정의 의미를 가진 형태소의 첨가도 찾아 볼수 없다. 즉 ≪-더≫는 과거시칭을 나타내는 ≪-ㄴ≫의 첨가가 없이 그 자체만으로도 과거시칭의 의미를 나타낼수 있다. 따라서 ≪-던가≫에서의 과거시칭의 의미는 ≪-더≫에 의해 나타나는것이라는 알수 있고 ≪-ㄴ≫의 문법적기능은 약화 내지는 상실되였다는것을 알수 있다. 그리고 ≪로신≫과 ≪중로≫에서 ≪-ᄂᆞ가≫의 현재시칭으로 변하였는데 이는 한어원문이 ≪曾知得布價高低麽≫에서 ≪却知道布價的高低麽≫로 변함으로 인하여 변화된것이다.

현재시칭을 나타내는 례문은 다음과 같다.

⑤
네 이 뎜에 콩딥 다 잇ᄂᆞᆫ가 업슨가(번로17b)
네 이 店에 딥과 콩이 다 잇ᄂᆞᆫ가 업슨가(로언상16a)
네 이 店에 딥과 콩이 다 잇ᄂᆞᆫ가 업슨가(평로상16a)
네 이 店에 집과 콩이 다 잇ᄂᆞ냐 업ᄂᆞ냐(로신1:22a)
네 이 店에 집과 콩이 다 잇ᄂᆞ냐 업ᄂᆞ냐(중로상16a)

우의 례에서 《-는가》는 《로신》과 《중로》에서 《-냐》로 교체된다.

미래시칭을 나타내는 례문은 다음과 같다.

⑥
그 버디 이제 미처 올가 몯 올가(번로상1b)
그 벗이 이제 미처 올가 못 올가(로언상1b)
그 벗이 이제 미처 올가 못 올가(평로상1b)
그 벗이 이제 밋츨가 밋지 못홀가(로신1:1b)
그 벗이 이제 밋츤가 밋지 못흔가(중로상1b)

우의 례에서 《중로》에서는 미래시칭이 과거시칭 《-ㄴ가》로 변하는데 이는 《중로》의 번역자의 개인적인 판단에 의한것으로 보인다. 즉 《이제》를 기점으로 볼 때 번역이 《로신》에서와 같이 미래시칭으로 되거나 《중로》에서와 같이 과거시칭으로 되거나를 막론하고 모두 성립된다. 때문에 이는 번역자의 개인적인 판단에 의한것으로 추정할수 있다.

중세조선어에서 《-가》계 의문식 종결토는 간접의문을 표시하는 종결토였고 주어도 1인칭이거나 3인칭이여야 한다는 제약을 가지고있다.

우에서 든 례들을 보면 주어는 《 세 벗, 다리, 뵛값, 콩딥, 그 벗》 등으로 되여있다.

1인칭의 경우는 문장의 종결술어의 위치에 나타나지 않고 내포문에서만 나타나고있는데 그 수는 매우 적다.

⑦
내 그저 닐오듸 우리 예 흔가지로 믈 긷느다 흐야 니르노라(번로상37a)
내 그저 닐오듸 우리 여긔 흔가지로 믈 깃느가 흐더니라(로언상33b)

내 그저 닐오디 <u>우리 여긔 흔가지로 믈 깃는가</u> ᄒ더니라(평로상33b)

우리 ᄆᆞᄋᆞᆷ에 그저 니ᄅᆞ되 <u>이 우리 여긔 흔가지로 믈 깃는가</u> ᄒ더

니라(로신1:46a)

내 그저 닐오디 <u>우리 여긔 흔가지로 믈 깃는가</u> ᄒ더니라(중로상33b)

우의 례에서 ≪번로≫의 내포문은 의문문의 형태를 취하지 않지만 ≪로언≫부터는 모두 내포문에서 ≪-는가≫의 의문식 종결토를 쓰고있다.

그리고 ≪번로≫에서 의문문의 주어가 2인칭인 경우에 ≪-가≫계 의문종결토가 쓰이는 경우도 있다.

⑧

네 이 뎜에 우리를 브리울가(번로상67a)

네 이 뎜에 우리를 브리올싸(로언상60b)

네 이 뎜에 우리를 브리올싸(평로상60b)

네 이 店에 피히 우리를 부리울싸(중로상61a)

우의 례는 ≪-가≫계의 의문식종결토가 2인칭주어의 의문문에 쓰인 경우인데 이는 앞선 ≪-고≫계의 의문식종결토가 2인칭주어의 주어의 의문문에 쓰인 경우와 마찬가지이다. 우의 례를 보면 ≪번로≫에서 사용된 ≪-ㄹ가≫는 ≪로언≫부터는 ≪-ㄹ싸≫로 변화하는데 이는 2인칭주어의 의문문에 쓰이는 ≪-다≫계 의문식 종결토와의 수의적인 교체로 볼수 있다. 이처럼 2인칭의문문에 ≪-가≫계 의문식 종결토가 등장하는 것은 ≪-다≫계 의문식 종결토가 소멸되는 초기현상으로 볼수 있다.

≪-가≫계 의문식 종결토는 의문사와 호응하지 않는 설명의문문에 쓰인다. 우에서 든 례들을 살펴보면 모든 ≪-가≫계 의문식 종결토들이 사용된 의문문들이 의문사를 가지지 않는다는것을 알수 있다.

하지만 ≪번로≫에서는 의문사가 들어간 례를 하나 발견할수 있다.

⑨ [離閣有多少近遠]

　閣에셔 뿌미 언메나 갓가온가 먼가(번로상48b)

　閣에셔 뜸이 언메나 머뇨(로언상43b)

　閣에셔 뜸이 언메나 머뇨(평로상43b)

　閣에셔 뜸이 언머나 머뇨(중로상44b)

　우의 례에서 《번로》에서는 《-가》계 의문식 종결토가 의문사를
동반하지 않음에도 불구하고 《언메나》가 쓰였는데 이는 번역자의 오
역으로 인한것이다. 한어원문과 대조하여 보면 주어 《뜸》과 대응되는
한어원문은 응당히 《近遠》이 되여야 한다. 따라서 원문을 정확히 해석
하면 《閣에셔 뜸이 언메나 잇는고》와 같은 번역문이 되여야 한다.
《로언》의 번역자들은 한어원문의 뜻을 살려 《번로》에서 틀리게 번
역한 부분을 바로잡은것이다. 《로언》에서부터는 《-가》가 《-뇨》
로 변하였는데 《-가》와 대응하는 변형형태는 《-냐》이므로 《-냐》
가 나타남이 마땅하나 의문사가 들어있기때문에 [+의문새]구조의 《-
고》의 변형형태인 《-뇨》를 사용한것으로 보인다.

　4)《-냐》계 의문식 종결토

　《-냐》계 의문식 종결토에는 《-냐, -랴, -녀, -려》를 포함한다.
이 의문형태들은 형태소 《-니》와 《-리》에 의문식 종결토《-가》
에서의 《ㄱ》의 탈락형 《아》가 붙은것이다.

　《번로》에서는 《-녀》와 《-려》가 위주로 사용되는데 17세기에
오면 종결토의 양성모음화현상으로 대부분《-냐》와 《-랴》로 교체
된다.[17)]

---

17) 신한승, 《노걸대의 언해본 연구》, p.64.

①

알리로소녀 아디 못ᄒ리로소녀(번로상6a)

알리로소냐 아디 못ᄒ리로소냐(로언상5b)

알리로소냐 아디 못ᄒ리로소냐(평로상5b)

네 다 能히 알리로소냐 아지 못ᄒ리로소냐(로신1:7a)

네 다 能히 아ᄂ냐 아지 못ᄒᄂ냐(중로상5b)

②

집 이고 ᄃ니려(번로상44a)

집을 이고 ᄃ니랴(로언상39b)

집을 이고 ᄃ니랴(평로상39b)

집을 가지고 ᄃ니랴(로신1:55b)

집을 이고 ᄃ니랴(중로상40a)

우의 례는 ≪-녀→-냐≫, ≪-려→-랴≫의 교체를 보여주고있는데 17세기에 오면서 종결어미의 양성모음화에 의하여 교체가 이루어진것이다. 이들의 의미상에서의 차이는 찾아볼수 없다.

③

이 심이 됴ᄒ냐(번로상56b)

이 심이 됴ᄒ냐(로언상51a)

이 심이 됴ᄒ냐(평로상51a)

이 蔘이 죠흔 거시냐(중로상53a)

우의 례는 ≪번로≫에서 ≪-냐≫가 사용된 례이다. 이는 16세기에 이미 ≪-녀→-냐≫의 교체가 이미 시작되였다는것을 설명한다.

④

가마와 노곳자리와 사발와 뎝시 왜 다 잇ᄂ녀(번로상 68

가마와 노고자리와 사발 뎝시 다 잇ᄂ냐(로언상61b)

가마와 노고자리와 사발 덥시 다 잇ᄂ냐(평로상61b)
가마자리와 사발 덥시 다 잇ᄂ냐(중로상62b)

우의 례는 ≪-ᄂ + -녀/냐≫의 결합형태가 현재시칭을 나타내는 례
이다.

⑤
네 황호 다 ᄑ냐 몯 ᄒ얏ᄂ녀(번로 하 66a)
네 황호를 다 픈다 못ᄒ엿ᄂ다(로언하59b)
네 황호를 다 픈다 못ᄒ엿ᄂ다(평로하59b)
너희 貨物을 다 ᄑ랏ᄂ냐 못ᄒ엿ᄂ냐(중로하61b)

우의 례는 ≪-엇/앗 + -ᄂ + -녀/냐≫의 결합형태가 과거시칭을 나
타내는 례이다.
≪-녀/냐≫는 미래시칭의 형태소와 결합하지 못하는데 그것은 ≪-니
≫가 화자의 발화내용이 화자에게는 이미 확인된 사실임을 나타냄으로
미래시칭의 형태소가 오지 못하기때문이다.
≪-려/랴≫가 쓰인 문장은 ≪-녀/냐≫에 비해 상대적으로 적은데 ≪번
로≫에서의 ≪-려≫가 ≪로언≫부터는 완전히 ≪-랴≫형태로만 나타
난다. ≪-랴≫도 ≪-리≫가 가지고있는 미래시칭과 추측 등 자질로 인
하여 현재나 과거를 나타내는 형태소와 결합하지 못한다. 따라서 ≪-려/
랴≫는 미래시칭만 나타낸다.

⑥
집 이고 ᄃ니려(번로상44a)
집을 이고 ᄃ니랴(로언상39b)
집을 이고 ᄃ니랴(평로상39b)

집을 가지고 둔니랴(로신1:55b)
집을 이고 둔니랴(중로상40a)

≪-녀≫계 의문식 종결토는 주어의 인칭과는 관계가 없고 의문사도 포함하지 않는다.

우의 례들을 보면 주어가 ≪네, 내, 심(蔘), 가마와 노곳자리와 사발와 뎝시…≫ 등으로 인칭의 제약이 없음을 알수 있고 의문사가 하나도 쓰이지 않았음을 알수 있다.

○ -쏜나/-쏜녀

≪-쏜녀≫는 중세조선어에서 반어법을 나타내는 의문식 종결토로 사용되었다. 장경희 (1977)에서는 ≪-쏜녀, -쏜냐≫를 ≪-이랴, -이겠는가≫로 해석하여 수사의문문에만 쓰이는 종결토로 보았다.[18]

①[你自別換與五分好的銀子便是]
네 각벼리 닷 분만 됴흔 은을 밧고와 주면 곧 올커니쏜나(번로상65a)
네 각별이 五分 됴흔 은을 밧고와 줌이 곳 올커니쏜냐(로언상59a)
네 각별이 五分 됴흔 은을 밧고와 줌이 곳 올커니쏜녀(평로상59a)
네 별로 오픈 은을 밧고와 나를 주미 곳 올흐니(중로상59b)

≪-쏜나≫의 15세기 어형은 원래 ≪-쏜녀≫였는데 16세기에 이르러 ≪여>아≫의 변화모습을 보이다가 17세기에 와서 다시 15세기 형태인 ≪야>여≫로 회귀되였다. 따라서 일반적형태 변화와는 다른 양상을 보이고있는데 우의 례는 ≪쏜나>쏜냐>쏜녀≫의 경향을 보여주고있다. 18세기의 ≪중로≫에 와서는≪-쏜나/-쏜녀≫의 모습은 없어졌다.[19]

---

18) 신한승, ≪노걸대의 언해본 연구≫, p.48에서 부분 인용. 신한승은 ≪쏜나/쏜녀≫를 서술토식 종결토로 보았다.

5) ≪-뇨≫계 의문식 종결토

여기에는 ≪-니오, -뇨, -리오, -료≫가 포함된다. 이는 형태소 ≪-니/리 +오(<고>의 <ㄱ> 탈락형)≫의 결합형태인것이다.

≪-뇨≫는 용언어간에 직접 붙거나 형태소 ≪-ᄂᆞ≫와 결합하여 현재시칭을 나타낸다.

    ①
    엇디 앗가사 예 오뇨(번로상1b)
    엇디 ᄀᆞᆺ 여긔 오뇨(로언상1b)
    엇디 ᄀᆞᆺ 여긔 오뇨(평로상1b)
    엇지 ᄀᆞᆺ 여긔 오뇨(로신1:1b)
    엇디 ᄀᆞᆺ 여긔 오뇨(중로상1b)
    ②
    네 므슴 웃듬 보미 잇ᄂᆞ뇨(번로상5a)
    네 므슴 主見이 잇ᄂᆞ뇨(로언상4b)
    네 므슴 主見이 잇ᄂᆞ뇨(평로상4b)
    네 므슴 主見이 잇ᄂᆞᆫ다(로신1:6a)
    네 므슴 主見이 잇ᄂᆞ뇨(중로상4b)

우의 례는 전자는 ≪-뇨≫가 직접 용언어간에 붙어 현재시칭을 나타내는 례이고 후자는 ≪-뇨≫가 ≪-ᄂᆞ≫와 결합하여 현재시칭을 나타내는 례이다.

≪-뇨≫는 ≪-엇/앗≫과 결합하여 과거시칭을 나타낸다.

---

19) 장경희 ≪17세기 국어의 종결어미 연구≫ (1977)에서는 ≪-ᄯᅥ녀, -ᄯᅥ냐≫를 ≪-이랴, -이겠느냐≫로 해석하여 수사의문문에만 쓰이는 서술어미로 보았고 안병희 ≪후기중세국어의 의문법에 대하여≫(1965)에서는 중세어에서 반어법을 형성하는 의문법어미로 ≪-이ᄯᆞᆫ, -이ᄯᅥ녀≫가 쓰인다고 하였다. 신한승 ≪로걸대의 언해본 연구≫ p.48에서 인용.

③
이 흔 댱 화를 엇디 봇 아니 니펏ᄂᆞ뇨(번로하 31a)

이 흔 댱 활은 엇디 봇 아니 닙펏ᄂᆞ뇨(로언하28a)

이 흔 댱 활은 엇디 봇 아니 닙혓ᄂᆞ뇨(평로하28a)

이 흔 쟝 활은 엇지ᄒᆞ여 봇 닙히지 아니 ᄒᆞ엿ᄂᆞ뇨(중로하29b)

우의 례는 ≪-엇/앗 +ᄂᆞ +뇨≫의 결합형태로 과거시칭을 나타내는 례이다.

≪-뇨≫는 ≪-려≫와 결합하여 미래시칭을 나타낸다.

④
뎌의 머글 밥은 ᄯᅩ 엇디ᄒᆞ려뇨(번로상42a)

뎌의 머글 밥을 ᄯᅩ 엇디ᄒᆞ료(로언상38a)

뎌의 머글 밥을 ᄯᅩ 엇디ᄒᆞ료(평로상38a)

졔 能히 와 밥 먹지 못 ᄒᆞᆯ 쎠시니 엇지ᄒᆞ여야 죠흐리오(로신1:53a)

졔 能히 와 밥 먹지 못 ᄒᆞᆯ 쎠시니 엇지ᄒᆞ여야 죠흐리오(중로상38b-39a)

우의 례는 ≪번로≫에서 ≪-려 +뇨≫의 결합형태로 미래시칭을 나타내는 례이다. ≪로언≫과 ≪평로≫에서는 미래시칭을 나타내는 ≪-료≫로 교체되였고 ≪로신≫과 ≪중로≫에서는 ≪-리오≫로 교체된다. 이는 16세기에는 ≪-려뇨≫의 결합형태로 미래시칭을 나타내는 경우가 있었지만 17세기부터는 소실되여 사용되지 않는다는것을 설명한다.

≪-료≫는 주로 반어적으로 사용되였는데 미래적시칭을 나타내고있다.

⑤
이런 됴흔 은을 엇디 쓰디 몯ᄒᆞ료(번로상65b)

이런 됴흔 은을 엇디 쓰디 못ᄒᆞ리오(로언상59a)

이런 됴흔 은을 엇디 쓰디 못ᄒᆞ리오(평로상59a)

이런 죠흔 은을 도로혀 쓰지 못ᄒᆞ리라 니ᄅᆞᆫ다(중로상60a)

≪번로≫에서 ≪-니오≫는 ≪-뇨≫에 비하여 훨씬 많이 사용되고있다. ≪-니오≫는 ≪로언≫에 와서 그 자취를 감추고 만다. 반면에 ≪-료≫와 ≪-리오≫는 ≪번로≫에서 대등하게 사용되지만 ≪로언≫부터는 ≪-료≫의 사용이 대폭 줄어들면서 ≪중로≫에 와서는 거의 쓰이지 않는다. 반면에 ≪-리오≫는 그 사용이 계속 늘어나고있는 추세이다. 현대조선어에서 ≪-리오≫가 계속 사용되고있는것은 근대조선어에서의 강세의 연장이 아닌가 싶다.

≪-뇨≫계의 의문식 종결토는 인칭과는 관계가 없으나 의문사를 수반한다.

5.1.1.3 명령식 종결토

남기심, 고영근의 ≪표준국어문법론≫에 의하면 ≪명령문은 화자가 청자에게 자기의 의도대로 행동해 줄것을 요구하는 문장류형≫이라고 정의를 내리고있다.[20] 서정수의 ≪국어문법≫에서는 ≪명령문은 의미기능으로 볼 때에 말하는이가 듣는이에게 행동을 하도록 지시하거나 바라는 문장이다≫라고 하고있다.[21]

1) -아, -라

≪동사어간 +-라≫의 구조는 명령법에서 가장 많이 사용된 결합형태이다.

①
네 간대로 값 쇠오디 마라(번로하59b)

---

20) 남기심 · 고영근, ≪표준국어문법론≫, 1985, p.350.
21) 서정수, ≪국어문법≫, 1996, p.412.

네 간대로 갑 쇠오디 말라(로언하54a)
네 간대로 갑 쇠오디 말라(평로하54a)
네 간대로 갑슬 쇠오지 말라(중로하56a)

우의 례는 동사 ≪말다≫와 명령형 ≪-아≫ 혹은≪-라≫의 결합형이
다.≪번로≫의 ≪마라≫는 동사어간에 명령의 종결토 ≪-아/어≫가 결
합된것이다. 이처럼 ≪-아/어≫가 명령의 종결형으로 동사어간과 결합
하는 경우는 ≪번로≫에서 극히 적게 나타난다.

②
두워 두워 둘워 두져 (번로 상65b)
두어 두어 두어라 ᄒ 여두쟈(로언상59a)
두어 두어 두어라 ᄒ 여두쟈(평로상59a)
두어 두어 두어라 ᄒ 여 두쟈(중로상60a)

례②에서 ≪두어≫, ≪두어≫는 한어원문의 ≪罷, 罷≫에 대응하는 번
역문인데 이 경우에도 동사어간에 ≪-어≫가 결합된 명령형으로 볼수
밖에 없다.
　≪-라≫는 동사어간이 자음으로 끝날 때는 ≪-으라≫의 형태로 사용
되고 어간이 모음으로 끝나거나 ≪ㄹ≫받침으로 끝날 때는 ≪-라≫의
형태로 사용된다.

③
우리 다숫 사ᄅ미 서긄 굴잇쩍 딩굴라(번로 상20b)
그러면 너회 둘히 몬져 가라(번로상66a)
너희 나그내네 손조 밥 지서 머그라(번로상68a)

2) -고라/고려, -고

①
모로매 지부로 오고라(번로상44b)
모로매 집으로 오고려(로언상40a)
모롬이 집으로 오고려(평로상40a)
쏘 우리 집의 와 브리오라(로신1:56b)
쏘 우리집의 오게 ᄒ라(중로상41a)

②
등잔쎌 가져오게 ᄒ고라(번로상56b)
등잔쎌 가져오게 ᄒ라(로언상51a)
등잔쎌 가져오게 ᄒ라(평로상51a)
증잔 가져오게 ᄒ라(중로상51b)

③
블 혀 가져 오고려(번로상25a)
등잔블 켜 오라(로언상22b)
등잔블 켜 오라(평로상22b)
블 혀 오라(로신1:31a)
등잔블 혀 오라(중로상22b)

④
사발 잇거든 ᄒ나 다고라(번로상42a)
사발 잇거든 ᄒ나 다고(로언상38a)
사발 잇거든 ᄒ나 다고(평로 상38a)
사발 잇거든 ᄒ나 주고려(로신1:53b)
사발 잇거든 ᄒ나 주고려(중로상38b)

우의 례들에서 보여준것처럼 ≪-고라≫는 16세기 ≪번로≫에서만 그
형태를 보여주고있으며 ≪로언≫에서는 모두 ≪-고려≫로 변화되였다.
반면에 ≪-고려≫는 16세기에 ≪-고라≫와 공존하다가 17세기로 이어
졌고 심지어 18세기의 ≪로신≫과 ≪중로≫에까지 그 형태를 유지하고

있다. ≪-고려≫가 ≪-고라≫에 비해 오래동안 존속된 원인을 신한승은 존경법의 차이에 기인한다고 보고있다. ≪<-고라>는 <ᄒ라>체의 < -라, -고>와 동일한 등급의 위치었기때문에 쉽게 탈락되였으나 <-고려>는 <-고라>보다 등급이 높아 다른 존경법의 등급과 대립적 관계를 유지하고있었으므로 현대국어로 그 맥락을 이어갔다고 볼수 있다.≫라고 하면서 ≪-고려≫를 ≪ᄒ오≫체의 ≪오, 소≫와 류사한 중칭(中稱)으로 보고있다.22) 이처럼 ≪-고려≫는 현대조선어의 ≪-구려≫로 그 맥락을 이어간다.23)

례④에서 ≪로언≫과 ≪평로≫에 사용된 ≪-고≫는 중세조선어의 ≪-고라≫, ≪-고려≫의 ≪-라, -려≫가 탈락되여 형성된 독특한 형태이다. 현대조선어에서 ≪화자가 이미 알고있는것을 객관화하여 청자에게 일러 줌≫을 나타내는 종결토 ≪-다오≫로 이어져 사용되고있다.

3) -소/조

≪-소/조≫는 그 사용이 매우 적어 ≪번로≫에서 두번 사용되였을뿐이다.

①
큰 형님 몬져 ᄒᆞᆫ 잔 자소(번로상63b)
큰 형아 몬져 ᄒᆞᆫ 잔 먹으라(로언상57b)
큰 형아 몬져 ᄒᆞᆫ 잔 먹으라(평로상57b)
큰 형아 몬져 ᄒᆞᆫ 잔 먹으라(중로상58a)
②
큰 형님 몬져 례 받조(번로상63b)

---

22) 신한승, ≪노걸대의 언해본 연구≫, p.70.
23) 최현배, ≪우리 말본≫, 1975, p.277.

큰 형아 몬져 녜를 바드라(로언상57b)
큰 형아 몬져 녜를 바드라(평로상57b)
큰형아 禮를 바드라(중로상58a)

우의 례에서 ≪-소≫는 모음으로 끝난 어간에 붙어 사용되고 ≪-조≫
는 ≪ㄷ≫받침을 가진 어간아래에 쓰였는데 ≪-소/조≫의 음운론적환
경이 ≪-습/즙≫과 동일하다. 이에 근거하여 장경희(1977:120), 이기갑
(1978:24)에서는 ≪-습/습/즙≫과 같이 ≪-소/소/조≫를 음운론적 이
형태로 보고 ≪ㅿ≫가 소실된후 16세기에 ≪-오/소/조≫의 분포를 보이
다가 17세기에 ≪-오/소≫로 이어졌을것이라고 추정하고있다.24)

4) -쇼셔/쇼서

≪-쇼셔≫는 중세조선어에서 아주높임의 대상이 되는 사람에게 청원
을 나타낼 때 쓰이는 명령의 종결토이다.

　①
　世尊ㅅ일 슬보리니 萬里外 일이시나 눈에 보논가 너기ᅀᆞᄫᆞ쇼셔
(월곡 상:1)
　摩竭陀ㅅ瓶沙ㅣ 世尊ㅅ긔 슬보디 道를 일우샤 날 救ᄒᆞ쇼셔 ᄒᆞ니
(월곡 상:36)
　安否를 묻ᄌᆞᆸ고 飯 좌쇼셔 請커늘 자리를 빌이라 ᄒᆞ시니(월곡 상:36)
　滿朝히 두쇼셔 커늘 正臣을 올타 ᄒᆞ시니 (룡가 107장)

우의 례에서처럼 15세기 ≪-쇼셔≫는 ≪世尊, 님금≫등에 대한 존칭
을 표시할 때 사용되였던 명령의 종결토이다.

―――――――――――――

24) 신한승, ≪노걸대의 언해본 연구≫, p.71.

《-쇼셔》는 비록 몇번 사용되지 않았지만 18세기까지 이어지고있다. 《번로》에서 가장 많이 나타나고 있다.

②
쥬신하 네 블 무드쇼셔(번로상25b)
나그내네 됴히 자쇼셔(번로상31a)
쥬신 형님 허믈 마르쇼셔(번로상38b)
이대 가쇼셔 도라오실 제 쏘 와 우리 뎜에 브리쇼셔(번로상38b)
쥬신 형아 허믈 마르쇼셔(번로상43a)
슈레ㅎ 쇼셔 (번로상64a)
쥬신하 안직 가디 마르쇼셔(번로상31a)

우의 례들은 《번로》에서 《-쇼셔》가 쓰인 문장들이다.
다음은 《로걸대》 언해본들에서 《-쇼셔》의 변화양상을 보기로 하자.

③
청ㅎ뇌 지븨 드러 안즈쇼셔(번로 하35a)
청ㅎ노니 집의 드러 안즈쇼셔(로언하31b)
청ㅎ노니 집의 드러 안즈쇼셔(평로하31b)
請컨대 집의 안즈라(중로하34a)

우의 례 중 《로언》과 《평로》의 《쇼셔》는 이 책들에서 한번씩만 나타난다. 다른 경우에는 《-쇼셔》가 모두 《-라》로 바뀐다. 그렇다고 하여 《-쇼셔》가 소실되어 《-라》에 의해 된것은 아니다. 다만 《번로》는 경어체로 씌였지만 《로언》부터는 모두 평어체로 씌였기때문에 《번로》에서 나타나던 수많은 존칭과 관련한 형태들이 《로언》부터는 비존칭의 형태들에 의해 바뀌여 지게된다.

《-쇼셔》는 18세기 《청로》에서도 몇번 사용되고있다.

④
아니ㅎ면 도라올 째예 써써시 내 店에 와 부리오쇼셔(청로3:4)
비록 민밥이나 브르도록 먹으쇼셔(청로3:7)
나그늬들 輕히 ㅎ다 ㅎ여 허믈치 아니ㅎ면 적이 먹으쇼셔(청로3:8)
사발 잇거든 ㅎ나 주읍쇼셔(청로3:9)

이는 ≪-쇼셔≫가 18세기에도 계속 사용되었다는것을 설명한다.
≪-쇼셔≫는 ≪-쇼셔 〉-쇼셔 〉-소셔≫의 변천과정을 거쳐 현대어
로 이어진다.
≪-쇼셔≫도 ≪번로≫에서 사용되고 있다.

⑤
쥬신하 안직 가디 마ㄹ쇼셔(번로상31a)
主人아 아직 가디 말라(로언상28a)(평로상28a)
主人아 아직 가지 말라 (로신1:39a)
主人아 아직 가지 말라(중로상28a)

우의 례에서 ≪번로≫에서 ≪-쇼셔≫가 쓰이는데 이는 16세기에도
≪-쇼셔≫가 ≪-쇼셔≫와 함께 사용되었다는것을 보여준다.

5) -지라

≪-지라≫는 청원의 뜻을 나타내는 명령식 종결토이다. ≪-지라≫는
≪ㅎ라≫체로서 중세조선어에서 ≪ㅎ쇼셔≫체의 ≪-지이다≫와 대립
관계를 이루고있다.[25]
≪-지라≫는 ≪로걸대≫의 언해본들에서 사용되고있지만 ≪-지이
다≫의 사용은 보이지 않고있다.

---

25) 안병희·이광호, ≪중세국어문법론≫, p.247.

①

아ᄆᆞ려나 져기 ᄡᆞ를 밧괴여 주어든 밥 지서 머거지라(번로상40a)

아므려나 져기 ᄡᆞᆯ 밧괴여 주어든 밥 지어 먹어지라(로언상36a)

아므려나 져기 ᄡᆞᆯ 밧괴여 주어든 밥 지어 먹어지라(평로상36a)

너희 만일 ᄡᆞᆯ 잇거든 져기 우리를 밧괴여 주어든 밥 지어 먹어지라 (로신1:50b)

너희 만일 ᄡᆞᆯ 잇거든 져기 밧괴여 우리를 주어든 밥 지어 먹어지라 (중로36ab)

②

내 너ᄃᆞ려 ᄆᆞᆯ솜 무러지라(번로 상26a)

내 너ᄃᆞ려 져기 말 무로리라(로언상23b)

내 너ᄃᆞ려 젹이 말 무로리라(평로상23b)

네게 져기 말 뭇쟈(로신1:32b)

네게 져기 말 뭇쟈(중로상23b)

③

의원 쳥ᄒᆞ야다가 믹 자펴 보아지라(번로하39b)

의원 쳥ᄒᆞ여다가 脈 잡혀 보아지라(로언하36a)

의원 쳥ᄒᆞ여다가 脈 잡혀 보아지라(평로하36a)

太醫를 쳥ᄒᆞ여 와 진믹하쟈(중로하38b)

④

우리 잘 ᄃᆡ 서러 보아지라(번로상25a)

우리 잘 ᄃᆡ를 서럿쟈(로언상22b)

우리 잘 ᄃᆡ를 서럿쟈(평로상22b)

내 잘 收拾ᄒᆞ고 자쟈(로신1:31a)

내 잘 收拾ᄒᆞ고 자쟈(중로상22b)

우의 례들에서 ≪-지라≫는 ≪번로≫에서 ≪중로≫ 까지 모든 언해본들에서 사용되였음을 알수 있다. 하지만 ≪로언≫부터 ≪-지라≫가 권유식의 ≪-쟈≫로 교체된 경우도 있다. 이는 청원의 뜻을 가진 ≪-지다≫가 권유식 종결토 ≪-져/쟈≫와 일정한 관련이 있다는것을 설명한다.26)

5.1.1.4 권유식 종결토

권유식은 화자가 청자에게 함께 행동하기를 바라는 태도를 드러내는 식범주이다. 권유식에서는 화자와 청자가 공동행위자로 된다. 넓은 의미에서 권유식은 명령식에 속할수 있으나 행동자에 화자가 포함된다는 점에서 다른 명령문과 구분된다.[27] 중세조선어의 권유식의 종결토에는 ≪-져/쟈≫, ≪-사이다≫, ≪-새≫ 등이 있었는데 ≪로걸대≫의 언해들에서는 ≪-사이다≫, ≪-새≫가 사용된 례는 발견되지 않는다.

1) -져/쟈

≪-져≫는 15세기 문헌들에서 자주 사용되던 권유식 종결토였다. ≪-져≫는 중세조선어말기에 ≪-쟈≫로 변화하였다가 현대조선어의 ≪-자≫에 이른다.

①
跋提 말이 긔 아니 웃브니 七日을 믈리져 ᄒᆞ야 (월곡 상:64~65)

네 發願을 호ᄃᆡ 世世예 妻眷이 ᄃᆞ외져 ᄒᆞ거늘 (석상 6:8)

ᄒᆞᆫᄃᆡ 가 듣져 ᄒᆞ야든(석상 19:6)

우의 례는 15세기 문헌들에서 ≪-져≫가 쓰인 례들이다.

16세기 초의 ≪번로≫에서도 ≪-져≫가 쓰이고있다. 그러나 17세기의 ≪로언≫에 서는 ≪-져≫의 사용은 볼수 없고 모두 ≪-쟈≫에 의해 교체된다.

---

26) 안병희 · 이광호, ≪중세국어문법론≫에서는 ≪-지≫가 ≪-져≫와 일정한 관련이 있을것이라고 추정하고있다. p.247.

27) 서정수, ≪국어문법≫, 1996, p.351.

②

우리 그저 여긔 브리져(번로상17a)

우리 그저 여긔 브로오라 가쟈(로언상15b)

우리 그저 여긔 브로오라 가쟈(평로상15b)

우리 즉시 져긔 가 브리오쟈(로신1:21b)

우리 곳 져긔 가 브리오쟈(중로상15b)

③

믈 머기라 가져(번로상33b)

믈 머기라 가쟈(로언상30a)

믈 머기라 가쟈(평로상30a)

믈 먹이라 가쟈 (로신1:42a)

믈 먹이라 가쟈(중로 상30a)

④

안직 방의 안자시라 가져(번로상33a)

아직 방의 안자시라 가쟈(로언상30a)

아직 방의 안자시라 가쟈(평로상30a)

아직 房에 가 (로신1:41ab)

아직 房에 가 (중로상30a)

우의 례에서 보면 ≪번로≫에서 ≪-져≫가 쓰이다가 ≪로언≫부터 ≪-쟈≫로 바뀌여 사용됨을 알수 있다.≪-져≫가 ≪-쟈≫로 변한것은 ≪-녀〉-냐≫, ≪-려〉-랴≫의 변천과 함께 중세조선어에서 근대조선어로 넘어가는 시기에 일어난 일이다. 이와 같은 변천의 원인은 문장의 끝소리, 즉 종결토의 어말음이 열린모음(開母音)≪ㅏ≫로 통일되는 경향에 말미암은것으로 보인다.28)

≪번로≫에서도 ≪-쟈≫가 사용된 례가 나타나고있다.

28) 안병희·이광호, ≪중세국어문법론≫, p.245.

⑤

우리 모든 사ᄅᆞ미 에워 막쟈(번로상46a)

우리 모든 사ᄅᆞᆷ이 에워 막쟈(로언상41b)

우리 모든 사ᄅᆞᆷ이 에워 막쟈(평로상41b)

우리 다 막아 잡쟈(로신1:58a)

우리 다 에워 막쟈(중로상42a)

   이는 종결토의 어말음이 열린모음 ≪ㅏ≫로 통일되는 경향이 16세기
부터 시작되였다는것을 보여주는 례이다.

   ≪번로≫에서는 ≪-져≫의 이형태인 ≪-저≫가 사용된 례도 보이고
있다.

⑥

우리 짐 시러 녀저(번로상62b)

믈 머기라 가저(번로상 32a)

   18세기의 ≪중로≫에서는 ≪-쟈≫로 사용된 례가 보이지 않고있지만
비슷한 시기의 ≪몽로≫에서는 사용된 례를 보이고 있다.

⑦

나ᄂᆞᆫ 차반 사라 가마(번로상20b)

나ᄂᆞᆫ 반찬 사라 가마(로언상18b)

나도 飯饌 사라 가쟈(몽로 2:1)

⑧

갑슬 혜오 은 보져(번로 하63a)

갑슬 혜고 은을 보쟈(로언하57a)

갑슬 혜고 銀을 보쟈(몽로8:11)

이는 현대조선어의 종결토 ≪-자≫가 18세기에 이미 사용되기 시작했다는 증거이기도 하다.

5.1.2 격토

5.1.2.1 주격토

1) -이/ㅣ

①
네 스승이 엇던 사룸고(번로상6b)

이제 됴뎡이 텬하를 一統ᄒ야 겨시니(번로상5a)

민실 學長이 글외는 學生을다가 스승님끠 숣고(번로상7a)

내 셩이 王개로라(번로상7b)

네 지비 어듸셔 사ᄂ다(번로상7b)

우의 례는 받침으로 끝나는 체언뒤에서 주격토 ≪-이≫가 사용된 례들인데 ≪번로≫에서는 현대조선어에서와 다름이 없이 사용된다. 물론 ≪로언≫이후의 언해본들에서도 마찬가지이다.

≪ㅣ≫는 체언이 한자로 되였을 때에 많이 사용되였다.

②
뎌 녀긔 ᄉ십릿 ᄯ째해 人家ㅣ 업스리라(번로상10a)

뎌 편 二十里ᄯ째히 人家ㅣ 업스니라(로언상 9a)

뎌 편 二十里ᄯ째히 人家ㅣ 업스니라(평로상 9a)

앏흘 향ᄒ여 二十里 남즉흔 ᄯ째히 人家ㅣ 업스니라(로신1:12b)

앏흘 향ᄒ여 二十里 남즉흔 ᄯ째히 人家ㅣ 업스니라(중로상9b)

한자로 표기된 체언뒤에서 ≪ㅣ≫가 사용되는 현상은 ≪로걸대≫ 언해문 전반에 나타난다.

그러나 언문으로 된 체언뒤에 사용된 ≪ㅣ≫의 사용은 서로 다른 양상을 보이고 있다.

 ③
 이 쟉되 드디 아니ᄒᆞᄂᆞᆫ다(번로상19a)
 이 쟉되 드디 아니ᄒᆞ니(로언상17a)
 이 쟉도 ㅣ 드디 아니ᄒᆞ니(평로상17a)
 이 쟉도 ㅣ 드지 아니 ᄒᆞ니(로신1:23b)
 이 쟉도 ㅣ 드지 아니ᄒᆞ니(중로상17a)
 ④
 내 셩이 王개로라(번로상8a)
 내 셩이 王개로라(로언상7a)
 내 셩이 王개로라(평로상7a)
 賤姓이 王가 ㅣ 로라(로신1:9b)
 賤姓이 王가 ㅣ 로라(중로상7b)

우의 례에서 ≪번로≫와 ≪로언≫에서는 ≪ㅣ≫가 앞의 음절과 결합하여 하나의 음절을 이루고있지만 18세기 ≪평로≫, ≪로신≫, ≪중로≫에서는 ≪ㅣ≫가 독자적으로 하나의 음절을 이루고 있다.

 ⑤
 이 칠흔 그릇연장들 바ᄂᆞᆫ 대되 뵈로 ᄡᅵ니오 바ᄂᆞᆫ 플 드리고 칠흔
 거시라(번로하33ab)
 이 칠흔 그릇벼ㅣ 반은 대되 뵈로 ᄡᅵ니오 반은 아교칠흔 거시라(로
 언하30a)

이 칠흔 그릇벼ㅣ 반은 대되 뵈로 뻣니오 반은 아교칠흔 거시라(평
로하30a)
이 柒흔 그릇 쎠롤 반은 이 뵈로 뽄 거슬 ᄒ려ᄒ고 반은 아교 柒흔
거슬 ᄒ려 ᄒ니(중로하 32a)

우의 례는 고유어 ≪벼≫(≪등, 따위≫의 뜻)에 ≪ㅣ≫가 사용된 례인
데 ≪로언≫에서 ≪그릇벼ㅣ≫는 중세조선어의 원칙에 따르면 응당 ≪그
릇베≫로 되여야 할것이나 여기서는 두개의 음절을 이루고있다.
이로 부터 16세기부터 주격토 ≪ㅣ≫의 사용규칙은 파괴되기 시작했
으며 18세기에는 파괴되여 지켜지지 않았음을 알수 있다.

2) -가

근대조선어에서 가장 큰 변화를 보여주는것은 주격토 ≪-가≫의 출현
이다. ≪-가≫의 최초의 출현은 송강 정철의 자당 안씨의 언간에서 찾을
수 있다. 29)

① 츤 구드리 자니 빅가 세 니러셔 즈로 든니니

17세기 문헌 ≪첩해신어≫에서 그 례를 찾아 볼수 있다.

②
多分 빅가 올거시니(첩신 1:8b)
東萊가 요스이 편티 아냐ᄒ시더니(첩신, 1:26b)

---

29) 주격토 ≪-가≫가 최초로 사용된것을 ≪악학궤범≫(1493)에 수록된 ≪동동≫으
로 보는 견해도 있다. ≪九月九日애/아으 藥이라 먹논 黃花/고지안해 드니/새셔가
만ᄒ얘라/아으 動動다리≫에서 ≪새셔가 만ᄒ얘라≫에서의 ≪가≫를 주격으로
보는것인데 ≪새셔 가만ᄒ얘라≫로 꺽어 해석하는 이도 있다. 이 경우에 주격토
≪가≫를 인정하지 않는다,

그 후로는 여러 문헌들에서 ≪-가≫가 사용되고있다.

이럼에도 불구하고 ≪로걸대≫의 언해본들에서는 ≪-가≫가 나타나지 않는다. 심지어 18세기의 ≪로신≫과 ≪중로≫에서도 ≪-가≫의 사용을 찾아 볼수가 없다.

③ [這段子地頭是那裏的]

이 비단이 미틔치가 어듸 치고(번로하29a)

이 비단이 밋짜치가 어딧 치고(로언하 26ab)

이 비단이 밋짜치가 어딧 치고(평로하 26ab)

이 비단이 밋짜치가 이 어듸 치고(중로하 27b)

이 비단이 어듸것고(몽로 6:17)

이 비단이 어듸것고(청로 6:17)

우의 례에서 ≪미틔치가≫의 ≪-가≫는 주격토로 쓰인것으로 의심할수도 있다. 그것은 한어원문에서 ≪地頭≫가 주어로 되여있기 때문이다.

근대한어에서 ≪地頭≫는 다음과 같이 씌였다.

(1) 地方,处所(目的地)

例: 忙离了许州,盼不到地头.(≪千里独行≫ 二折)

[≪宗元语言词典≫ 上海辞书出版社, 1985]

(2) a.地上, 与天上相对.

例: 则他那天上宣差, 有俺甚地头事务.(清·洪升≪长生殿·神诉≫)

b. 方面.

例: 这个道理, 各自有地头, 不可只就一面说.(≪朱子语类≫卷一)

[≪近代汉语词典≫知识出版社, 1992]

현대한어의 방언에서는 ≪本地方, 當地≫로도 쓰인다.

例: 你地头儿熟, 联系起来方便.

[≪现代汉语词典≫, 商务印书馆, 2002]

근대한어와 현대한어에서 ≪地頭≫는 ≪지방, 본지방≫을 뜻하는 명사임을 알수 있다. 그러므로 ≪這段子地頭是那裏的≫는 ≪이 비단의 원산지(본지방)가 어디냐?≫라는 뜻으로 해석할수 있다. 례③에서 ≪미틔, 밋싸≫는 한어 ≪地頭≫에 대응하는 단어인데 ≪밋싸≫도 ≪원산지, 본고장≫을 뜻하는 단어이다. 이럴 경우에 ≪-가≫를 주격토로 사용되었다고 볼수도 있다. 그리고 ≪몽로≫와 ≪청로≫의 대응문장이 ≪이 비단이 어듸것고≫으로 볼때 ≪이 비단의 원산지(본지방)가 어디냐?≫로 해석할수도 있다.

그러나 ≪-가≫를 의문식종결토로 볼 때는 상황이 달라진다. 이 경우에는 ≪이 비단은 본지방것인가 어디것인가≫라는 선택의문문으로도 해석할수 있다. 여기서 ≪미틔치≫의 ≪치≫는 불완전명사 ≪것≫에 해당한다. 그러므로 ≪-가≫를 주격토로 볼 때 ≪이 비단은 원산지치가 어디치인가≫와 같은 비문으로 된다.

앞에서 말한바와 같이 의문식 종결토 ≪-가≫는 간접의문의 경우에 주로 쓰였다는것을 알수 있다. ≪번로≫의 ≪이 비단이 미틔치가 어듸 치고≫에서도 간접의문의 경우에 쓰인것이다. 이 경우에는 ≪미틔, 밋싸≫를 ≪원산지≫로 볼것이 아니라 ≪본고장, 당지≫로 보아야 한다. 그리고 ≪어듸≫는 의문사로 보기보다는 ≪다른곳≫으로 보는것이 타당하다. 그렇다면 번역문은 응당 ≪이 비단이 본지방것인가 다른데것인가≫로 리해되여야 한다. 이 경우에는 한어원문이 직접의문으로 되여있지만 그에 대응하는 번역문은 간접의문의 선택의문문의 형식으로 바뀐것이다. 또한 이 물음에 대답하는 문장을 볼때 ≪-가≫가 의문토로 쓰였다는것을 더 잘 리해할수 있다.

④ 네 닐오듸 내 貨物 아노라 호듸 쏘 모르느다. 이 비단은 南京치오 외방치 아니니 네 즈셔히 보라(번로하29ab)

우의 례문은 ≪이 비단이 본지방것인가 다른데것인가≫하고 의심하는 상인의 물음에 비단장사가 ≪이 비단은 남경것이지 다른곳의 비단이 아니다≫라는 대답을 하는 상황이다. 따라서 례③의 ≪-가≫는 주격토가 아닌 의문식 종결토로 사용되였던것이다. 이로부터 ≪로걸대≫의 언해본들에서는 주격토 ≪-가≫가 사용되지 않았음을 알수 있다.

≪로걸대≫의 언해본들에서는 근대에 등장한 존칭의 주격토 ≪-씌셔≫와 ≪-겨셔≫가 사용되지 않고있다.

5.1.2.2 대격

대격토로는 ≪-올/을, -를/를≫이 사용되였다.

①
당샹 도죽 모슬 믈 막고(번로상34a)
우리 무 룰 흔 번 딥 섯기 버므려 주워 머거든 믈 머기라(번로상32b)
論語 孟子 小學을 닐고라 (번로상2b)
나롤 져기 논힐휘 다고려 (번로상53b)
너를 언메나 주워여 홀고(번로상53b)

16세기부터는 모음조화의 규칙이 붕괴되여 ≪-올/을≫, ≪-를/를≫의 혼용이 생기는데 이런 혼용은 17세기에도 계속 된다. ≪-올/을≫에서는 ≪-을≫이 ≪-를/를≫에서는 ≪-를≫이 우세를 차지한다.

②
일뎡 세 번 마조믈 니브리라(번로상5a)
論語, 孟子,小學을 닐그라(로언상2b)
나를 드려 벗 지어 가고라(로언상7a)
엇디 너를 니즈리오(로언상39b)

우의 례들은 모음조화가 파괴되여《-올/을》과 《-롤/를》를 혼용
하는 례이다.

이런 혼용은 갈수록 극심해 지는데 18세기에는 《올》의 례를 거의
찾아 볼수 없다. 《로신》과 《중로》에서도 《-올》이 사용된 례를 찾
아볼수가 없다. 반면에 《-롤》은 사용빈도가 《-를》에 비하여 훨씬
높다. 《중로》에서는 《-롤》이 228번 사용된 반면에 《-를》은 24
곳에만 사용되였다.

5.1.2.3 속격

중세조선어의 속격토는 《-의/의/ㅣ/ㅅ》가 있다. 《로걸대》 언해류
에서는 모음조화 붕괴로 인해 《-의/의》는 혼란을 일으키고 있다.

①
집의 유뮈 잇ᄂ냐/ 유뮈 잇다(로언하3a)
ᄒᆞᆫ 사ᄅᆞ미 지븨셔(번로50a)
다슷 사ᄅᆞ미 밥 지스라(번로상20b)

《-의/의》의 혼용은 주로 《-의》가 《-의》로 대체되면서 이루
어 진다. 《-의》는 《로언》부터는 급속히 줄어들어 결국에는 《-의》
에 통합되여 간다.

②
도즈기 그 나그내의 등의 ᄒᆞᆫ 사를 뽀니 (번로상29a)
이 믈이 ᄒᆞᆫ 님자의것가(로언하14a)
ᄒᆞ다가 믈 의 됴쿠즘으란 살 님재 제 보고(로언하15a)

우의 례는 원래 양성모음뒤에 ≪-이≫가 올 자리에 ≪-의≫가 쓰인 례들이다. 이는 ≪-이≫가 ≪-의≫에 의해 통합해가는 과정을 말해준다.

③ 뎌 人家ㅣ 사ᄅᆞ미 만흔 주를 보면 즐겨 자게 아니ᄒᆞ리니(번로상46b)

우의 례는 ≪-ㅣ≫가 명사와 명사 사이에서 속격토로 사용되는 례이다. ≪-ㅣ≫는 인칭대명사에와 련결되어 ≪내, 네, 제≫로 사용되고 있다.

④
내 버디니 네 아ᄂᆞᆫ다 (번로상49a)
네 므슴모로 주미 브던커니ᄶᆞ니(번로상53b)
ᄯᅩ 제 명이어니ᄶᆞ녀(로언하38b)

우의 례는 ≪-ㅣ≫가 인칭대명사 ≪나, 너, 저≫에 붙어서 ≪내, 네, 제≫로 쓰이는 례이다. ≪번로≫와 ≪로언≫에서 ≪-ㅣ≫는 이미 ≪나, 너, 저≫등의 인칭대명사와 결합하여 이미 하나의 단어로 굳어져 사용되였다.
이처럼 ≪-ㅣ≫는 음절상에서 불안정했기때문에 ≪-의≫에 의해 대체되고 만다. 18세기의 ≪중로≫에서는 인칭대명사에 결합된것 외에는 속격으로 사용된 례를 볼수 없다.
≪ㅅ≫은 중세조선어에서 체언에 붙어 속격의 기능을 한다.

⑤
에셔 夏店에 가매 당시론 十里ㅅ 짜히 이시니 가디 몯ᄒᆞ리로다(번로상46b)
五分ㅅ 病을 어더도 ᄯᅩ 十分이 더 ᄒᆞ리라(중로하45a)

우의 례는 체언뒤에 직접 붙어 속격의 기능을 하고있는 례이다.

⑥

구조앳 느ᄅ ᄀ슴마ᄂᆞ 구의(번로상51a)[守口子渡江處的官司]

어귀예 느라 ᄀ옴아ᄂ 구의(로언상46a)

어귀예 느라 ᄀ옴아ᄂ 구의(평로상46a)

져긔 어귀 강 건나ᄂ 곳에 관가 把守ㅣ 이셔(중로상47a)

⑦

스므 낫 돈앳 술 가져오라(번로상63a)[二十個錢的酒]

스므 낫 돈앳 술을 가져오라(로언상56b)

스므 낫 돈앳 술을 가져오라(평로상56b)

스므 낫 돈에 술을 가져오라(중로상57b)

우의 례에서 ≪ㅅ≫는 위격토 ≪-애/에/예≫에 붙어서 앞의 체언을 규정어로 되게 한다. 이처럼 ≪-엣/ 앳/ 옛≫의 형식으로 속격의 기능을 수행하지만 ≪ㅅ≫의 속격기능이 점차 없어짐에 따라 위격토 ≪에/애/예≫가 속격의 기능을 하고있다. 우의 례문에서 ≪어귀예≫에서의 ≪-예≫와 ≪스므낫돈에≫에서의 ≪-에≫는 위격토지만 여기서는 속격토처럼 쓰이는것이다.

5.1.2.4 위격

위격토로는 ≪-익/의/애/에/예≫가 있었고 ≪-셔≫와 결합되여 ≪-애셔, -에셔, -예셔, -의셔≫등이 사용되였다.

1) -익/의/애/에/예

≪로걸대≫의 언해류에서 이 토들은 혼용되여 쓰이는데 하나의 방향으로 편중되는 경향이 있다. 주로는 ≪-에, -의≫로 치중된다.

①

요졔예 흔 사르미 지븨셔(번로상50a)

요스이 한사름의 집의셔(로언상44b)

요스이 한사름의 집의셔(평로상44b)

요스이 여긔 흔 人家ㅣ 이셔(중로상46a)

②

每 흔 대쏙애 흔 션븨 일홈 쓰고(번로상4a)

每 흔 대쏙에 흔 션븨 일흠을 쓰고(로언상3b)

每 흔 대쏙에 흔 션븨 일흠을 쓰고(평로상3b)

每 흔 대 쏙에 흔 學生의 일흠을 쓰고(로신1:4b)

每 흔 대 쏙에 흔 學生의 姓名을 다 一樣으로 써(중로상3b)

③

우리 오늜 바믜 어듸 가 자고 가료(번로상9b)

우리 오늘밤의 어듸 자고 가료(로언상9a)

우리 오늘 밤의 어듸 자고 가료(평로상9a)

우리 오늘 밤에 어듸 가 머믈료(로신1:11b)

우리 오늘 밤에 어듸 가 머믈료(중로상9a)

④

吉慶店에 내 사괴ᄂ니 잇더니(번로상70a)

吉慶店에 내 서ᄅ 아ᄂ니 이시니(로언상63b)

吉慶店에 내 서ᄅ 아ᄂ니 이시니(평로상63b)

져 吉慶店에 우리 서ᄅ 아ᄂ니 이시니(중로상64b)

⑤

흑당의 노하든 지븨 와 밥머기 뭇고(번로상3a)

學堂의셔 노하든 집의 와 밥먹기 뭇고(로언상2b)

學堂의셔 노하든 집의 와 밥먹기 뭇고(평로상2b)

흑당의셔 노하든 집의셔 밥먹기 뭇고(로신1:3a)

흑당의셔 노하든 집의 가 밥먹고(중로상2b)

우의 례들에서 17, 18세기에 ≪-의≫는 ≪-의, -에≫로 교체되는 현
상을 볼수 있다. 반면에 ≪-에≫와 ≪-의≫는 변화하지 않는데 ≪-의≫

가 ≪-셔≫와 결합하여 ≪-의셔≫로 변하는것을 볼수 있다. ≪-예≫
는 ≪번로≫에서 ≪-요제≫에 붙어서만 쓰였는데 후기의 언해본들에서
생략하여 모두 절대격의 형태를 취하고있다. ≪-애≫는 ≪로언≫에서
거의 사용되지 않는것으로 보아 17세기에 거의 소멸단계에 있다고 할수
있으며 ≪-에≫는 ≪-의≫에 비해 생산적로 쓰인다.

2) -셔/의셔/이셔/애셔/에셔/예셔

①
네 밧고아 왓는 뿟래셔 나롤 져기 논힐휘 다고려(번로상53b)
네 밧괴여 온 뿔에셔 나를 져기 노닐워 주고려(로언상48a)
네 밧괴여 온 뿔에셔 나를 져기 노닐워 주고려(평로상48a)
네 져 밧고와 온 쌀에셔 져기 논화 나룰 주어든(중로상49a)

②
내 遼陽 잣 안해셔 사노라(번로상7b)
내 遼陽 잣 안해셔 사노라(로언상7b)
내 遼陽 잣 안히 이셔 사노라(평로상7b)
내 遼陽ㅅ 잣 안히 이셔 사노라(로언상7b)

③
밋짜해셔 언멋 갑소로 사(번로상13b)
밋짜히셔 언멋 갑스로 사(로언상12a)
밋짜히셔 언멋 갑스로 사(평로상12a)
밋짜히셔 언머 갑스로 사온 거시며(로신1:16b)
밋짜히셔 언머 갑스로 사 와시며(중로상12a)

우의 례는 ≪번로≫에서 ≪-애셔≫가 쓰인 례인데 후에 ≪-에셔≫
≪-이이셔, -이셔≫로 바뀐다. 특이한 점은 ≪-이이셔≫로 바뀐 점이
다. ≪-셔≫는 ≪-이셔≫에서 비롯되였는데 그것도 18세기의 문헌에서
원래 형태로 바뀐다는것은 특이한 현상이다. 17세기의 ≪-이셔/에셔≫

는 18, 19세기로 갈수록 ≪-의셔/에서≫로 통합되는 경향을 보이는데30) 우의 례들에서 보아 ≪-애셔 〉(이 이셔) 〉 이셔 〉 에서≫의 과정으로 통합되는것을 고찰할수 있다.

④
예셔 뎨 가매 (번로상60a)
예셔 뎨 감이(로언상54a)
예셔 뎨 감이 (평로상54a)
예셔 져긔 가기(중로상55a)

우의 례는 ≪-셔≫가 사용된 례이다. ≪-셔≫는 체언뒤에 직접 붙어 사용된다.

⑤
너희 兩姨예셔 난 형뎨라 ᄒᆞ니(번로상16a)
너희 兩姨의게 난 兄弟라 ᄒᆞ니(로언상14b)
너희 兩姨의게 난 兄弟라 ᄒᆞ니(평로상14b)
네 이 兩姨 弟兄이면 (로신1:20a)
네 이 兩姨 弟兄이면 (중로상14b)
⑥
姑舅兩姨예셔 난 형뎨로ᄃᆡ(번로상16b)
姑舅兩姨예 난 弟兄일쟉시면(로언상15a)
姑舅兩姨예 난 弟兄일쟉시면(평로상15a)
姑舅兩姨에 난 弟兄이면(로신1:20b)
姑舅兩姨에 난 弟兄이면(중로상15a)

우의 례문에서 ≪-예셔≫는 여격 ≪-의게≫로 변화하기고 하고 ≪-셔≫

---

30) 이경희, ≪근대국어의 격조사≫, ≪근대국어문법의 이해≫, p.127.

가 없어진 ≪−예, −에≫로 바뀌기도 한다. 이로 보아 ≪로걸대≫ 언해류
에는 현대조선어에서의 활동체명사에 오는 ≪−에게≫와 비활동체명사
에만 오는 ≪−에≫의 규칙이 적용되지 않은것으로 보인다.

⑦
　스승님 앒픠서 사슬 쌔혀 글 외오기 ᄒᆞ야(번로상3b)
　스승 앒픠셔 사슬 쌔혀 글 외오기 ᄒᆞ야(로언상3a)
　스승 앒희셔 사슬 쌔혀 글 외오기 ᄒᆞ야(평로상3a)
　스승 앒희셔 사슬 쌰혀 글 외오기 ᄒᆞ여(로신1:4a)
　스승 앒희셔 사슬 쌰혀 글 외오기 ᄒᆞ여(중로상3a)
⑧
　네 언제 王京의셔 떠난다(번로상1a)
　네 언제 王京의셔 떠난다(로언상1a)
　네 언제 王京의셔 떠난다(평로상1a)
　네 언제 王京에셔 떠난다(로신1:1a)
　네 언제 王京셔 떠나온다(중로상1a)

　우의 례는 ≪번로≫에서 ≪−의셔≫가 사용된것인데 ≪−에서, −셔≫
로 바뀌여 지기도 한다. 위격토≪−의/의/애/에/예≫가 ≪−에≫로 통일되
고 그리고 현대조선어에 ≪−에서≫만 사용되는것으로 비추어보아 ≪−에
서≫로 통일된 시기는 아마 19세기인것으로 보인다. 우의 례에서 ≪로신≫
의 ≪−의셔≫가 바로 ≪−에서≫로 변하는 과정을 설명하는 례이다.

　5.1.2.4 여격

　근대조선어의 여격에는 존칭을 나타내는 ≪−씌/끠/쎄/께≫와 비존칭
의 ≪−의게/의게/게, −ᄃᆞ려/더러, −의손ᄃᆡ/손ᄃᆡ≫등으로 실현된다.[31]

---

31) 이경희, ≪근대국어의 격조사≫, ≪근대국어문법의 이해≫, p.127.

존칭의 위격토로 ≪로걸대≫의 언해본들에서는 ≪-씌≫와 ≪-께≫ 만 쓰이고있다.

1) -씌, -께

≪-씌≫는 모든 언해본에서 사람을 존칭하는데 씌였다. ≪-께≫는 ≪번로≫에는 나타나지 않고 ≪로언≫부터 나타난다. ≪로언≫에서는 두번 나타나는데 한번은 사람을 존경하는데 씌였고 한번은 ≪말≫(馬)에 사용되였다. ≪중로≫에서 ≪-께≫는 모두 ≪말≫에 사용되고 있다.

①
스승님씌 글 듣줍고 (번로상3a)
스승님씌 글 빈호고(로언상2b)
스승님씌 글 빈호고(평로상2b)
스승씌 글 빈호고(로신1:3a)
스승씌 글 빈호고(중로상2b)
②
이 믈 우희 시론 아니 한 모시뵈도 이믜셔 풀오져 ᄒ야 가노라(번로상8ab)
이 믈께 실은 져근 모시뵈도 이믜셔 풀고져 ᄒ야 가노라(로언상7b)
이 믈께 실은 져근 모시뵈도 이믜셔 풀고져 ᄒ야 가노라(평로상7b)
이 믈께 실은 져기 여러 필 모시뵈도 흠씌 다 풀려ᄒ니(로신1:10a)
이 믈께 시른 약간 모시뵈도 흠의 풀려 ᄒᄂ 거시니(중로상7b-8a)

③
의원씌 만히 은혜 갑고 사례호리이다(번로하41b)
太醫께 만히 은혜 갑파 샤례호리라(로언하37b)
太醫께 만히 은혜 갑파 샤례호리라(평로하37b)
重히 重히 갑하 샤례호리라(중로하39b)

우의 례들에서 ≪-쎄≫는 ≪太醫≫와 ≪믈≫에 모두 사용되고있으며 ≪믈≫에 사용한 빈도가 더 높다는것을 알수 있다. 이로부터 ≪-쎄≫는 존칭표시에 쓰이고있지만 꼭 존칭표시에만 쓰인것이 아니라는것을 알수 있다. 반면에 ≪-끠≫는 시종일관하게 ≪스승, 의원≫에 쓰이면서 존경을 나타내고있다.

그리고 근대조선어시기에 생겨난 ≪-끠/쎄 + -셔≫의 결합으로 이루어진 존경의 주격토 ≪-쎄셔≫도 다섯 문헌에서는 나타나지 않고있다.

2) 의게, 게

≪로걸대≫의 문헌들에서는 ≪-의게, -게≫가 사용되였고 ≪-셔≫와의 결합형태 ≪-의게셔≫도 나타나고 있다.

①
이는 우리 어믜 동싱의게 난 아시오 (번로상16a)
이는 小人의 어믜동싱의게 난 아이오(로언상14a)
이는 小人의 어믜동싱의게 난 아이오(평로상14a)
이는 내 兩姨의게 난 아이오(로신1:19b)
이는 내 兩姨의게 난 아이오(중로상14b)
②
ᄒ나흔 이셩ᄉ촌형이오 ᄒ나흔 어믜겨집동싱의게 난 아이라(번로하5b)
ᄒ나흔 姑舅의게셔 난 형이오 ᄒ나흔 兩姨의게셔 난 아이라(로언하5a)
ᄒ나흔 姑舅의게셔 난 형이오 ᄒ나흔 兩姨의게셔 난 아이라(평로하5a)
ᄒ나흔 이 姑舅의게 난 형이오 ᄒ나흔 이 兩姨의게 난 아이라(중로하5b)

≪-의게≫는 ≪로걸대≫의 모든 언해본에서 나타나고있는데 모두 사람을 뜻하는 체언에 쓰이고있다. ≪-의게≫가 ≪로언≫에서 ≪-의게셔≫

로 변화하였다가 《중로》에서 다시 《-의게》로 변화한다. 《번로》와
《로신》,《중로》에서는 《-의게서》가 사용된 례가 없다.

③
뎌는 어믜 오라븨게 나니이다(번로상16a)
뎌는 舅舅의 난이라(로언상14b)
뎌는 舅舅의 난이라(평로14b)
져는 이 내 舅舅의 나혼이라(로신1:20a)
져는 이 내 舅舅의 나혼이라(중로상14b)
④
누구는 아븨누의게 난 즈식고(번로상15b)
누구는 아븨누의게 난 즈식고(로언상14b)
누구는 아븨누의게 난 즈식고(평로상14b)
누구는 이 姑姑의게 난 즈식고(로신1:20a)
누구는 姑姑의게 난 아들고(중로상14b)
⑤
이 열 사오나온 몰게는 내 혜요믄 여든 냥이라(번로하11b)
이 열 사오나온 몰게는 내 혜욤은 여든 냥이라(로언하10b)
이 열 사오나온 몰게는 내 혜욤은 여든 냥이라(평로하10b)
이 열여슷 사오나온 몰ㅅ게는 내 혜여 히오니 일빅 스믈여듧 냥이
라(중로하11a)

　　《-게》는 활동체명사에 두루 쓰이고있는데 《몰, 아븨누의, 어믜오
라븨》등에 사용된것을 볼수 있다. 《-게》는 《로신》과 《중로》에
서 《-의게》로 변하거나 《로언》부터 《-의》로 변하기도 한다. 또
한 《중로》에서 《-ㅅ게》의 형태를 보여주는데 이 시기에는 《-ㅅ게》
는 이미 《-께》에 의해 대체되였으며 《-ㅅ게》는 사용되지 않았다.
그럼에도 불구하고 《-ㅅ게》의 형태가 나타나는것은 《중로》의 보수

성을 엿볼수 있는 한편 이는 ≪-ㅅ+그에 〉ㅅ게 〉쎄 〉께≫의 중간변화
과정을 보여줄수 있는 례라고 할수 있다.

 3) -의손디, -손디

 ≪-의손디, -손디≫는 ≪번로≫, ≪로언≫, ≪평로≫, ≪로신≫에서
만 사용되였다. ≪번로≫에서 5번만 나타나는데 아래에 그 변화를 보기
로 하자.

　　　①
　　　내 漢兒ㅅ의손디 글 비호니(번로상2a)
　　　내 漢ㅅ 사름 의손디 글 비호니(로언상2a)
　　　내 漢ㅅ 사름 의손디 글 비호니(평로상2a)
　　　내 中國ㅅ 사름 의손디 글 비화시매(로신1:2b)
　　　내 中國ㅅ 사름 의게 글 비화시매(중로상2a)
　　　②
　　　네 뉘손디 글 비혼다(번로상2b)
　　　네 뉘손디 글 비혼다(로언상2a)
　　　네 뉘손디 글 비혼다(평로상2a)
　　　네 누를 ᄯ라 글을 비혼다(로신1:2b)
　　　네 누를 ᄯ라 글을 비혼다(중로상2a)
　　　③
　　　쥬신손디 하딕ᄒ라 가져(번로상38a)
　　　主人의게 하딕ᄒ고 가쟈(로언상34b)
　　　主人의게 하직ᄒ고 가쟈(평로상34b)
　　　主人의게 하직ᄒ고 가쟈(로신1:47b)
　　　主人의게 하직ᄒ고 가쟈(중로상34b)
　　　④
　　　내 네 손디 디우 ᄑ라 주마(번로하23a)

내 너손딕 디워 프라 주마(로언하21a)

내 너손딕 디워 프라 주마(평로하21a)

내 지워 프라 너를 주마(중로하 22a)

⑤

네 손딕 프로마(번로하28a)

네손딕 폴마(로언하25b)

네손딕 폴마(평로하 25b)

곳 프라 너를 주마(중로하26b)

　≪-의손딕, -손딕≫는 ≪번로≫ ≪로언≫ ≪평로≫, ≪로신≫에서
는 사용되고있었으나 ≪중로≫에서는 사용된 례가 하나도 없다. ≪-의
게≫로 변화함을 볼수 있다. 이는 15세기 이후에 ≪-손딕≫가 그 사용이
≪사람≫에만 제한되여있고 또한 사람에 쓰이는 여격조사들이 많았기때
문에 생존경쟁에서 렬세에 처했다는것을 알수 있다. 결국 ≪-손딕≫는
소실되고 만다.32)

　4) 드려

　≪-드려≫는 활동체체언에 붙어 사용되였는데 ≪나, 너, 저≫등 인칭
대명사인 경우에는 대격토 ≪-ㄹ≫이 첨가되기도 한다.

　≪로걸대≫ 언해본들에서 사용된 례는 다음과 같다.

　①

　네 가 쥬신드려 무러(번로상69a)

　네 가 主人드려 무러(로언상62a)

　네 가 主人드려 무러(평로상62a)

---

32) 이경희, ≪근대국어의 격조사≫, ≪근대국어문법의 이해≫, 홍종선 편 p.129에서
　　는 18세기 ≪오륜전비언해≫(1797)를 마감으로 ≪손딕≫가 소실되였다고 하였다.

네 가 主人ᄃ려 무러(중로상63a)

②

내 너ᄃ려 말ᄉᆞᆷ 무러지라(번로상26a)

내 너ᄃ려 져기 말 무로리라(로언상23b)

내 너ᄃ려 젹이 말 무르리라(평로상23b)

내 당시롱 네게 져기 말 뭇쟈(로신1:32b)

내 ᄯᅩ 네게 져기 말 뭇쟈(중로상23b)

③

[大哥,你與我攞布]

형아 늘 ᄃ려 긔걸ᄒᆞ야라(번로하 66a)

형아 늘 ᄃ려 긔걸ᄒᆞ여라(로언하 59b)

형아 늘 ᄃ려 긔걸ᄒᆞ여라(평로하 59b)

큰 형아 네 나ᄅᆞᆯ 위ᄒᆞ여 긔걸ᄒᆞ여라(중로하62a)

우의 례들에서 ≪-ᄃ려≫는 ≪로걸대≫의 언해본들에 고루 나타난
다. ≪로신≫과 ≪중로≫에서는 ≪-게≫로 교체되는 경우도 있다. ≪-
ᄅᆞᆯ 위ᄒᆞ여≫로 교체된것은 번역자의 표현방식이 달라진 례이다. 우의 례
문은 물건을 사러온 상인이 어떤 물건을 사면 좋을지 몰라서 옆의 사람에
게 묻는 상황이다. 한어원문의 뜻은 ≪형님이 내 대신 물건을 골라달라≫
라는 뜻을 나타낸다. 언해문들에서 보이는 ≪긔걸ᄒᆞ다≫는 ≪타이르다,
명령하다, 분부하다≫의 뜻으로 ≪형아 늘 ᄃ려 긔걸ᄒᆞ야라≫는 ≪형아
내게 (무엇을 사면 좋을것인지)알려달라≫는 뜻으로 리해할수 있다. 그리
고 한어원문의 ≪與≫는 ≪-에게≫와 같은 문법적의미를 가지는데 ≪-
ᄅᆞᆯ 위하여≫와 같은 문법적 의미는 가지지 않는다. 따라서 ≪중로≫에서
≪-ᄃ려≫가 나타나지 않은것은 표현방식문제이지 ≪-ᄃ려≫가 소실
되였다는것은 아니다.

5.1.2.6 조격

《로걸대》의 언해들에서는 조격으로 《-로/ ♀로 /으로》가 사용되였는데 《- ♀/으》의 혼란이 있으나 주로 《-으로》로 통합된다. 순음 (脣音) 받침뒤에서는 《-오로/우로》의 이형태를 가진다. 근대조선어에서 《-로/으로》는 《-셔》와 결합하여 《-로셔/으로셔》의 형태가 나타나고 동사 《쓰(用)+-어》에 기원한 《-뻐》와 결합하여 《-로뻐/ -으로뻐》의 형태나 나타난다.

> ① 연가온 우므레 노호로 믈 기러내ᄂ니라 (번로상31b)
> 엿트나 엿튼 우믈이니 그저 줄드레로 믈을 깃ᄂ니라(로언상28b)
> 엿트나 엿튼 우믈이니 그저 줄드레로 믈을 깃ᄂ니라(평로상28b)
> 져 우믈이 ᄀ히 엿허 그저 줄드레로 믈을 깃고(로신1:39b)
> 져 우믈이 ᄀ장 깁지 아니ᄒ여 그저 줄드레로 믈을 깃고(중로상28b)

례①에서 《노호로, 즐드레로》에서의 《-오로, -로》는 재료와 수단의 뜻을 나타낸다. 《번로》에서는 《-오로》가 씌였는데 《로언》부터는 《-로》로 통합되고 있다.

> ② 이런 젼ᄎ로 오미 더듸요라(번로상1b)
> 이런 젼ᄎ로 오미 더듸여라(로언상1b)
> 이런 젼ᄎ로 오미 더듸여라(평로상1b)
> 그러므로 오미 더듸여라(로신1:1b)
> 그러므로 오미 더듸여라(중로상1b)

례②에서 《젼ᄎ로》에서의 《-로》는 원인의 뜻을 나타낸다. 《로신》과 《중로》에서는 바뀌여진 《그러므로》는 18세기에는 이미 현대조선어에서와 같이 하나의 단어로 사용되였다.

③ 앏푸로 나사가 십 리만 짜해(번로상10a)

　앏흐로 향ᄒᆞ여 녜여 ＋里ᄂᆞᆫ 흔 짜히(로언상9a)

　앏흐로 향ᄒᆞ여 녜여 ＋里ᄂᆞᆫ 흔 짜히(평로상9a)

　앏흘 향ᄒᆞ여 녜여 ＋里 남즉흔 길히(로신1:12b)

　앏흘 향ᄒᆞ여 녜여 ＋里 남즉흔 길히(중로상9a)

　례③에서 ≪－로≫는 방향을 나타낸다. ≪번로≫에서는 ≪－우로≫가 사용되였는데 ≪로언≫에서 ≪－으로≫로 바뀐다. ≪로신≫과 ≪중로≫에서는 대격토 ≪ㄹ≫에 대체 되는데 이는 대격토가 방향을 나타내는 조격토처럼 쓰였다는것을 설명한다. 이는 근대에나 현대에나 마찬가지로 사용되는 용법이다.

④ 큰 형님 네 어드러로셔브터 온다(번로상1a)

　큰형아 네 어드려로셔브터 온다(로언상1a)

　큰형아 네 어드러로셔 조차 온다(평로상1a)

　형아 네 어드러로셔 온다(로신1:1a)

　큰형아 네 어드러로셔 조차 온다(중로상1a)

　례④는 ≪－로셔≫가 사용된 례인데 ≪번로≫와 ≪로언≫에서는 도움토 ≪－브터≫와 결합되여 ≪로셔브터≫의 형식을 가지고 출발점을 나타내고있다. ≪평로≫와 ≪중로≫에서는 도움토 ≪－브터≫가 ≪조차≫로 바뀐다. 여기서 ≪조차≫를 도움토로 볼수도 있겠지만 ≪조차≫는 ≪포함의 뜻≫을 나타내는데 한어원문 ≪大哥, 你從那裏來≫에서 ≪從≫은 출발점을 나타내므로 ≪조차≫와의 의미적 련관성이 없다. 그러므로 여기서 ≪조차≫는 ≪從≫이 동사로 될 때 ≪좇다≫의 뜻으로 사용되였다.

⑥ 각각 사ᄅᆞ미 다 웃듬으로 보미 잇ᄂᆞ니라(번로상5a)

　각각 사ᄅᆞ미 다 主見이 잇ᄂᆞ니라(로언상4b)

각각 사ᄅᆞ미 다 主㕦이 잇ᄂᆞ니라(평로상4b)
다만 각각 사ᄅᆞ미 다 主㕦이 잇ᄂᆞ니라(로신1:6a)
다만 각각 사ᄅᆞ미 다 主㕦이 잇ᄂᆞ니라(중로상4b)

례⑥에서 ≪-으로≫는 ≪번로≫에서만 사용되였는데 여기서는 인정의 뜻을 나타낸다.≪로걸대≫의 언해본들에서는 ≪-로뻐, -으로뻐≫가 사용되지 않고있다.

5.1.2.7 구격

≪로걸대≫의 언해본들에서는 ≪-와/과≫가 서로 혼용되기 시작하였다. 혼용은 ≪-과≫가 ≪ㄹ≫받침아래와 개음절아래에서 ≪-와≫로 변하는데 기인된다. 이런 혼용현상은 ≪로걸대≫ 언해류 전반에 걸쳐 진행된다.

① 우리를 ᄒᆞᆫ ᄢᅵᆺ 밥 ᄲᅮᆯ와 믈 머글 딥과 콩을 밧괴여 주ᄃᆡ 엇더ᄒᆞ고 (번로상53a)
우리를 ᄒᆞᆫ 씨 밥 ᄲᅮᆯ과 믈 딥과 콩을 밧괴여 줌이 엇더ᄒᆞ뇨(로언상47b)
우리를 ᄒᆞᆫ 씨 밥 ᄲᅮᆯ과 믈 딥과 콩을 밧괴여 줌이 엇더ᄒᆞ뇨(평로상47b)
져기 ᄲᅮᆯ을 밧괴여 나를 주어 ᄒᆞᆫ 씨 밥 지어 먹게 ᄒᆞ고 아로로 져기 집과 콩을 ᄑᆞ라 믈을 먹이게 ᄒᆞ라(중로상48b)

례①에서 ≪ᄲᅮᆯ와≫의 ≪-와≫는 ≪-과≫가 ≪ㄹ≫ 받침아래서 ≪ㄱ≫를 탈락시킨 결과이다. 하지만 ≪로언≫, ≪평로≫에서는 ≪-과≫가 ≪ᄲᅮᆯ≫ 아래서 그래로 사용되였다. 이는 ≪-와/과≫의 혼용이 진행되고 있었다는것을 설명한다.

② 이 ᄃᆞ릿보와 기동들 히 아리ᄎᆞ와 견조면 너므 굼다(번로상39a)
이 ᄃᆞ릿 보와 기동이 아릭과 견조면 너모 굿다 (로언상35a)

이 두릿 보와 기동이 아리과 견조면 너모 굿다 (평로상35a)

이 두릿 보와 두릿기동이 쏘 在前에 比컨대 收拾ᄒ기를 牢壯이

ᄒ여시니(로신1:48a)

이 두리ㅅ보와 두리ㅅ기동이 쏘 在前에 比컨대 더옥 牢壯ᄒ니

(중로상35a)

레②는 개음절 아래에 ≪-과≫가 사용된 례이다. ≪로언≫에서 ≪아
리≫에 ≪-과≫가 붙었는데 이는 개음절 아래에는 ≪-와≫가 붙는다
는 규칙이 파괴된것이다. ①②에서처럼 17세기에는 ≪와/과≫의 혼용이
주로 ≪-과≫에 집중되는데 18세기에는 더욱 심해진다. 그후 혼용은 비
로소 없어지는데 ≪-와≫는 개음절 아래에서 ≪-과≫는 페음절 아래에
서 사용된다.

5.1.2.8 호격

○ -하, -아/야

중세조선어에서 존칭을 나타내는 호격토 ≪-하≫는 ≪로언≫부터는
이미 소실되여 사용되지 않은것으로 보인다. 그 대신 근대조선어에 존칭
호격은 조사가 없이 ≪님≫이 결합된 형태로 나타난다.

근대조선어의 호격토 ≪-야≫는 개음절 아래에 쓰이고 ≪-아≫는 페
음절 아래에 쓰이는것이 일반적이다.

≪로걸대≫의 언해본에서 사용되는 경우를 보기로 하자.

① 쥬신 형님하 허믈 마ᄅ쇼(번로상59a)

쥬인 형아 허믈 말라(로언상53a)

主人 묘아 허믈 말라(평로상53a)

主人 형아 우리 가노라(중로상54a)

례①에서 ≪번로≫에서는 존칭의 호격토 ≪-하≫가 사용되였는데 ≪로언≫부터는 ≪-아≫로 대체된다. 이는 16세기까지 사용되던 ≪-하≫가 17세기에는 소실되였다는것을 보여준다.

> ② 아히야 네 사발 덥시 권주 가져 지븨 가라(번로상46a)
> 아히야 네 사발 덥시 탕권 가져 집의 가라(로언상41a)
> 아히야 네 사발 덥시 탕권 가져 집의 가라(평로상41a)
> 아히아 네 사발 접시 탕관 가져 집의 가라(로신1:58a)
> 아히아 네 사발 접시 탕관 가져 집의 도라가라(중로상42b)

례 ②에서는 ≪번로≫와 ≪로언≫에서 사용된 호격토 ≪-야≫가 ≪로신≫과 ≪중로≫에서 ≪-아≫로 교체되는데 이는 ≪-아≫와 ≪-야≫의 혼용현상에서 ≪-아≫가 ≪-야≫의 위치에서 사용되는 례를 보여준다.

≪로걸대≫ 언해본들에서는 호격토 ≪-여/이여≫가 나타나지 않는다.

5.1.3 접속토

≪로걸대≫ 언해들에 사용된 접속토는 거의 변화가 없이 사용되고있다.

5.1.3.1 병렬관계의 접속토:

○ -고

① 미실 이른 새배 니러 흑당의 가스승님씌 글 듣줍고 흑당의 노하든 지븨 와 밥머기 뭇고 쏘 흑당의 가 셔품 쓰기 ᄒ고 셔품 쓰기 뭇고 년구ᄒ기 ᄒ고 년구ᄒ기 뭇고 글이퓌 ᄒ고 글입퓌 뭇고 스승님 앏픠 글 강ᄒ노라 (번로상2b-3a)

○ -며

②네 모든 션비 등에 언메나 漢兒人이며 언메나 高麗ㅅ 사룸고(번로7a)

○ -으나…-으나

③ 혹 일으나 혹 느즈나 그저 뎌긔 자고 가쟈 (로언 상9a)

○ -거나…-거나

④ 우리 가면 혹 이르거나 혹 늣거낫 등에 그저 뎨 가 자고 가져(번로상10a)

○ -니와

⑤ 듯근 업거니와 이 세 지즑을 너 주어든 신라ㅅ라(번로상25b)

우의 례들은 병렬적접속토들이 사용된 례이다.

5.1.3.2 종속적 접속토

≪로걸대≫의 언해들에서는 아래와 같은 종속적접속토들이 나타난다.

○ -므로

①
전년브터 하늘히 ㄱ무라 뎐회 거두디 몯ㅎ야 간난흔 젼ᄎ로(번로상27a)
전년붓터 하늘히 ㄱ무라 田禾를 거두디 못ㅎ니 飢荒흔 젼ᄎ로(로언상24a)
전년붓터 하늘히 ㄱ무라 田禾를 거두디 못ㅎ니 飢荒흔 젼ᄎ로(평로상24a)

지난 히에 년스 ㅣ 荒旱ᄒ여 田禾를 거둔 거시 업스므로(로신1:33b)
지난 히에 년스 ㅣ 荒旱ᄒ여 田禾를 거둔 거시 업스므로(중로상24a)

《-므로》는 원인을 나타내는 접속토인데 《로신》과 《중로》에서만 나타난다.

○ -디/되

①
콩 딥 다 잇다 콩은 거믄 콩이오 딥픈 좃딥히라(번로상18a)
콩이 다 이시되 콩은 거믄 콩이오 딥픈 좃딥피라 (로언상16a)
콩이 다 이시되 콩은 거믄 콩이오 딥픈 좃딥피라 (평로상16a)
집과 콩이 다 이시되 콩은 이 거믄 콩이오 집혼 이 조ㅅ 집히라(로신1:22)
집과 콩이 다 이시되 콩은 이 거믄 콩이오 집혼 이 조ㅅ 집히라(중로상16a)

우의 례에서 《번로》는 종결토를 가지고있는데 《로언》부터는 《-되》를 사용하여 앞뒤 단일문을 이어준다. 《번로》에서는 《-디》가 사용된다.

② 흔 덤이 이시디(번로상9b)

○ -어

내 흔 벗이 이셔 뻐뎌 오매(로언상1b)

《뻐뎌》는 《뻐디+-어》의 결합형태이다.

○ -니

대되 히요니 돈이 五百 낫 돈이로다 (로신1:29a)

○ -매

　　내 흔 벗이 이셔 쩌뎌 오매(로언상1b)

○ -면

　　하ᄂᆞᆯ히 어엿비 너기샤 모미 편안ᄒᆞ면 가리라(로언상2a)

○ -게야

　　반ᄃᆞᆯ에 다ᄃᆞᆺ게야(로신1:1b)

○ -거든

　　나죄 다닷거든 스승 앞희셔(로언상3a)

○ -거니와

　　漢ㅅ 아히들은 가장 ᄀᆞ래거니와 高麗ㅅ 아히들은 져기 어디니라
(로언상6b)

○ -건대

　　在前에 比컨댄 두 자히 놉고 석 자히 너ᄅᆞ니(로언상23b)

≪比컨댄≫은 ≪比ᄒᆞ＋건대＋ㄴ≫의 결합형태이다.

○ -ㄹ쟉시면

　　네 이리 漢ㅅ 글을 빅홀쟉시면(로언상5b)

○ -라

　　이러면 내 빌라 가마(로언상17b)

《-라》는 현대어의 《-러》에 해당하는 접속토이다.

○ -려

　　네 ᄒ마 몰 ᄑ라 가거니(번로상8b)
　　네 이믜 몰 ᄑ라 가거든(로언상7b)
　　네 이믜 몰 ᄑ라 가거든(평로상7b)
　　네 이믜 쏘 가 몰을 ᄑ려 ᄒ 면(1:10b)
　　네 이믜 가 몰을 ᄑ려 ᄒ 면(중로상8a)

　　우의 례에서 《-려》는 《로신》과 《중로》에서만 나타난다. 이로 보아 《-려》는 18세기에 나타난것으로 보인다.

　　이상의 접속토들은 《로걸대》의 언해본들에서 사용된 접속토들이다. 그중 18세기에 생겨난것으로 보이는 《-므로, -려》등이 있는가 하면 현재에는 쓰이지 않는 《-ㄹ쟉시면, -게야》 등 접속토도 보인다. 그러나 대부분 접속토들은 현재에도 이어져 사용되는것들이다.

　　이 외에도 존칭토로 《-시》, 시칭토로 《-엇/엿, -더, -ᄂ, -리》 등이 있고 체언전성토 《-이》, 용언전성토 《-ㅁ, -기》 규정토 《-ㄴ, -ㄹ, -ᄂ》 등이 있는데 앞에서 종결토를 서술하면서 대부분 언급하였으므로 본 론문에서는 일일이 서술하지 않기로 한다.

5.2 문장에서의 변화

문장에서의 변화는 주로 ≪로걸대≫의 부동한 언해본들인 ≪번로≫, ≪로언≫, ≪평로≫, ≪로신≫, ≪중로≫에서 나타나는 문장론적측면에서의 변화를 고찰하기로 한다. 본절에서는 부동한 언해본들에서 문장이 변화된 모습을 중점으로 고찰한다.

5.2.1단일문과 복합문

1) 단일문에서 복합문으로 변화

① [我又有人蔘毛施布, 明日打廳價錢去來, 有價錢賣了者, 怕十分的 賤時, 且停些時]

　　　내 또 人蔘과 모시 뵈 이셰라/ 릿실 갑 듣보라 가고려/ 갑곳 잇거든 풀오 ᄒᆞ다가 ᄀᆞ장 디거든 안직 머추워 두어든(번로상70ab)

　　　내 또 人蔘과 모시 뵈 이시니 ᄂᆡ일 갑슬 듯보라 가셔 갑시 이시면 풀고 ᄒᆞ다가 ᄀᆞ장 쳔ᄒᆞ면 아직 잠ᄭᅡᆫ 머믈워 두리라(로언상63b)

　　　내 또 人蔘과 모시 뵈 이시니 ᄂᆡ일 갑슬 듯보라 가셔 갑시 이시면 풀고 저컨대 ᄀᆞ장 쳔ᄒᆞ면 아직 잠ᄭᅡᆫ 머믈워 두리라(평로상63b)

　　　내 또 人蔘과 모시 뵈 이시니 ᄂᆡ일 갑슬 듯보아 만일 갑시 죠커든 즉시 풀고 만일 갑시 ᄀᆞ장 賤(ᄒᆞ거든 또 져기 날을 머므러 다시 ᄑᆞ쟈(중로상64b)

례①에서 ≪번로≫는 세개의 단일문으로 되여있다. 그러나 ≪로언≫부터는 하나의 긴 복합문형태를 이루고있다. 우선 첫문장의 ≪이셰라≫가 ≪이시니≫로 접속토 ≪니≫에 의해 종속관계를 이루는 접속술어로 되고 다음은 ≪가고려≫가 ≪가셔≫로 접속토 ≪아셔≫에 의해 종속관계를 나타내는 접속술어로 된다.

2) 복합문에서 단일문으로의 변화

② 좃딥피사 됴ᄒ니 ᄒ다가 볏딥피면 이 즘숭들히 먹디 아니ᄒ리
만ᄒ니라(번로상18a)
이 좃딥피 됴ᄒ니 ᄒ다가 닛딥피면 이 즘샹들히 먹디 아니ᄒ리
만ᄒ니라(로언상16a)
이 좃딥피 됴ᄒ니 만일에 닛딥히면 이 즘샹들히 먹디 아니ᄒ리
만ᄒ니라(로언상16a)
이 조ᄉ 집히 죠타 / 만일 니ᄉ 집히면 즘싱이 먹지 아니리 만히
이시리라(로신1:22a)
이 조ᄉ 집히 죠타 / 만일 니ᄉ 집히면 즘싱이 먹지 아니리 만히
이시리라(중로상16a)

례 ②에서 ≪번로≫, ≪로언≫, ≪평로≫은 ≪됴ᄒ니≫의 접속토 ≪-니≫에 의하여 복합문에서 접속술어로 되는데 ≪로신≫과 ≪중로≫에서는 ≪죠타≫라는 종결형을 취하여 하나의 단일문을 이루고있다.

5.2.2 부정문

부정이 표현이 들어있는 문장을 부정문(否定文)이라고 한다.

부정문에는 단형부정과 장형부정이라는 두가지 류형이 있다. 부정의 뜻은 ≪아니≫, ≪못≫, 그리고 ≪말-≫에 의해 나타난다.

① ㄱ.새도록 이시면 아니 머거도 빈브르리니(로언상50b)
ㄴ.겨제 가디 말고 그저 이 덤에 두라(로언상62b)

우의 례에서 (ㄱ)는 부정소(否定素) ≪아니≫에 의한 ≪부정소+동사≫ 형식의 단형부정문이고 (ㄴ)는 ≪동사어간+부정소+ㅎ-≫의 형태를 가진 장형부정문이다.

부정문은 이처럼 형태에 의하여 단형부정문과 장형부정문으로 나뉘고 부정소에 의하여 단순히 부정의 뜻을 나타내는 ≪아니≫ 부정문, ≪불능≫의 뜻을 가진 ≪못≫ 부정문, ≪금지≫를 나타내는 ≪말-≫부정문으로 나뉜다.33)

≪로걸대≫의 언해본들에서는 부정문들의 류형이 바뀌는 경우가 나타나고있다. 이절에서는 그들의 교체되는 상황을 살펴보기로 한다.

 ② 다 일즉 묻디 아니ᄒ야 잇더니 셩이 므스것고(번로상15b)
  다 일즉 뭇디 아니ᄒ엿더니 姓이 므스것고 (로언상13b)
  다 일즉 뭇디 아니ᄒ엿더니 姓이 므스것고 (평로상13b)
  ᄯᅩ 일즉 져의 姓命을 뭇지 못ᄒ엿더니 姓이 므슴어시며 일홈이
 므엇고(로신1:19b)
  다 일즉 뭇지 아니ᄒ엿더니 姓이 므어시뇨 (중로상13b)

례②에서 ≪로신≫은 원래의 ≪아니≫ 부정문에서 ≪못≫부정문으로 바뀌게 된다.

 ③우리 이 믈 둘히 믈 아니 머것더니(번로상31a)
  우리 이 믈들흘 일즙 믈 머기디 아녓더니(로언상28a)
  우리 이 믈들흘 일즙 믈 머기디 아녓더니(평로상28a)
  [해당 없음] (로신)
  우리 이 믈이 일즉 믈 먹지 못ᄒ여시매(중로상28)

---

33) 홍종선, ≪근대국어문법의 이해≫, p.46~47.

례③에서는 ≪번로≫의 ≪아니≫ 단형부정문이 ≪로언≫에서 ≪아니≫ 장형부정문으로 변화한다. 그리고 ≪중로≫에서 ≪못≫장형부정문으로 변화한다.

5.2.3 인용문

≪로걸대≫의 언해본들에서는 인용문과 관련하여 가장 주목되는 현상은 인용동사 ≪니라다≫등이 피인용문 앞에 오는가 뒤에 오는가 하는것이였다. 김완진(1976)에서는 ≪번로≫에 비해 ≪로언≫의 경우 인용동사거나 그 인용동사를 대신하는 동사 ≪ᄒ다≫가 피인용문의 뒤에 놓이는 경향을 높다고 하였다.[34] 이런 경향은 18세기 간행된 ≪로신≫과 ≪중로≫에서도 그대로 유지되는 양상을 보인다.

    ① ㄱ. 샹녯 말소매 닐오듸 므리 밤들 몯 머그면 슬지디 아니ᄒ고 사ᄅ미 ᄯᆫ 쳔곳 엇디 몯 어드면 가ᅀᅳ며디 몯ᄒ나니라(번로상32ab)

        ㄴ. 常言에 닐오되 ᄆᆞᆯ이 밤 여믈을 엇디 못ᄒ면 슬지디 못ᄒ고 사름이 ᄯᆫ 財物을 엇디 못ᄒ면 가ᅀᆞᆷ 여디 못ᄒ다 ᄒ나니(로언상29ab)

        ㄷ. 常言에 닐오되 ᄆᆞᆯ이 밤 여믈을 엇지 못ᄒ면 슬지디 못ᄒ고 사름이 ᄯᆫ 財物을 엇디 못ᄒ면 가ᅀᆞᆷ 여디 못ᄒ다 ᄒ나니(평로상29ab)

        ㄹ. 常言에 니ᄅ되 ᄆᆞᆯ이 밤 여믈을 엇디 못ᄒ면 슬지디 못ᄒ고 사름이 橫財를 엇지 못ᄒ면 가ᅀᆞᆷ 여지 못ᄒ다 ᄒ니(로신1:40b−41a)

        ㅁ. 常言에 니ᄅ되 사름이 橫財를 엇지 못ᄒ면 가ᅀᆞᆷ 여지 못ᄒ고 ᄆᆞᆯ이 夜草를 엇지 못ᄒ면 슬지디 못ᄒ다 ᄒ니(중로상29ab)

---

34) 김완진, ≪노걸대의 언해에 대한 비교연구≫, p.161~163.

≪번로≫의 인용문의 형식은 ≪닐오딕 +피인용문+ ㅎ다≫에서 ≪ㅎ다≫가 생략된것이라고 말할수 있다. 이는 직적담화법의 경우에만 가능한것이다. 그것은 직적담화법의 경우에는 화자가 다른사람의 말을 그대로 전달하는 방식을 취하기때문에 굳이 ≪ㅎ다≫가 없다고 하여도 피인용구가 쉽게 인식될수 있다. 우의 례들에서 보면 ≪로언≫이후의 언해본들에서는 인용문에 모두 피인용구 뒤에 ≪ㅎ다≫를 넣어서 사용한다.

② ㄱ. 이틋날 의원이 와 무로딕 네 져그나 됴커녀(번로하41a)
ㄴ. 이틋날 太醫ㅣ 와 무로딕 네 져그나 됴커냐(로언하37a)
ㄷ. 이틋날 太醫ㅣ 와 무로딕 네 져그나 됴커냐(평로하37a)
ㄹ. 이튼날 太醫 와 무르되 네 져기 나으냐(중로하39b)

례②에서처럼 ≪로언≫이후의 언해본들에서 ≪ㅎ다≫가 소실된 채로 받아들여진 경우도 있다. 하지만 대부분경우에는 ≪로언≫에서≪ㅎ다≫를 첨가되여 사용된다.

또한 ≪번로≫에서도 피인용문 뒤에 ≪ㅎ다≫를 사용한 례가 많이 등장한다. 이런 경향은 후대의 언해본들에 그대로 이어지고있다.

③ ㄱ.내 그저 닐오딕 우리 예 흔가지로 믈 긷ᄂ다 ㅎ야 니르노라 (번로상27a)
ㄴ.내 그저 닐오딕 우리 여긔 흔가지로 믈 깃ᄂ가 ㅎ더니라(로언상33b)
ㄷ.내 그저 닐오딕 우리 여긔 흔가지로 믈 깃ᄂ가 ㅎ더니라(평로상33b)
ㄹ.우리 ᄆᆞ음에 그저 닐오딕 이 우리 여긔 흔가지로 믈 깃ᄂ가 ㅎ더니라(로신1:46a)
ㅁ.내 그저 닐오딕 우리 여긔와 흔가지로 믈 깃ᄂ가 ㅎ더니라 (중로상33ab)

례③은 《번로》에서 《ᄒᆞ다》가 피인용문뒤에 사용된 례인데 후기의
언해본에 이어진다.

　이처럼 《로언》 이후의 언해본들에서는 피인용문에 대해 《ᄒᆞ다》를
후행시키는 현상이 보이는데 18세기 언해본들에서도 그대로 이어져 나
타난다. 이로부터 인용동사의 피인용문에 대한 후치현상은 17세기이후
의 근대조선어시기에 나타나는 일반적인 통시적인 경향이라는 점을 확인
할수 있다.

5.2.4 해설문

　《로걸대》의 언해들은 전편이 대화를 위주로 이루어지지만 간혹 언어
상황을 설명하여주는 해설문이 있다. 아래에 그런 해설문들을 보기로 하자.

　　　① [商量其間, 涿州買賣去來的火伴來相見. 好麼, 好麼. 買賣稱意麼]
　　　<u>의론홀</u> 저긔 涿州에 홍정 녀러온 동뫼 오나늘 서르 보고 이대 이
대 홍정이 ᄠᅳ에 마즈녀(번로하 65ab)
　　　<u>의논홀</u> ᄊᆞ이예 涿州예 홍정ᄒᆞ라 갓든 벗이 오나늘 서르 보고 이대
이대 홍정이 ᄠᅳ의 마즌가(로언하59a)
　　　<u>의논홀</u> ᄉᆞ이예 涿州예 홍정ᄒᆞ라 갓든 벗이 오나늘 서르 보고 이대
이대 홍정이 ᄠᅳ의 마즌가(평로하59a)
　　　[你看, 這涿州去買賣的火伴已到來了. 火伴, 好麼. 買賣稱意麼]
　　　<u>네 보라 이 涿州ㅣ가 홍정ᄒᆞ던 벗이 임의 오나다.</u> 벗어 편안ᄒᆞ냐
홍정이 ᄠᅳᆺ에 마즈냐(증로하 61ab)

　우의 례에서 《번로》, 《로언》, 《평로》에는 해설문이 있지만 《중
로》에서는 한어원문을 고쳐서 해설문이 없어진다.

② [到街上立地其間, 一個客人赶着一群羊过来.大哥,你这羊卖麼]
　　거리예 가 셔실 스이예 흔 나그내 흔 물 양 모라 디나가더니 큰형
님 네 이 양을 폴다(번로하21b)
　　거리예 가 셔실 스이예 흔 나그내 흔 무리 양 모라 디나오거늘 큰
형아 네 이 羊을 폴다(로언하19b)
　　거리예 가 셔실 스이예 흔 나그내 흔 무리 양 모라 디나오거늘 큰
형아 네 이 羊을 폴다(평로하19b)
　　거리예 가 셔실 스이예 흔 나그늬 흔 무리 羊을 모라 지나오거늘
큰형아 네 이 羊을 폴 싸(중로하20ab)

　　우의 례문에서 해설문은 뒤의 발화문을 이끌어내기 위한 전제로 된다.
　　이처럼 회화체로 일관된 ≪로걸대≫에서 대화의 장면을 소개하는 해
설문도 쓰이고있다는 점이 흥미롭다.

　　이상에서 ≪로걸대≫의 언해본에서 나타나는 문법형태와 문장구성
의 변화에 대하여 살펴보았는데 정리하면 다음과 같다.
　　첫째: 종결토를 서술식, 의문식, 명령식, 권유식으로 나누어 설명했는
바 요약하면 다음과 같다.
　　서술식 종결토는 크게 ≪-다≫와 ≪-라≫ 로 나눌수 있다. ≪-다≫
는 ≪-이+-로+-다≫의 결합형태로 체언과 결합는데 ≪용언어간 +-
다≫의 결합형태도 보이다. 또한 시칭토와 결합하여 시칭을 나타내는데
≪-앗/엇+-다≫, ≪-거/어/아/나+-다, -와/과+다≫의 결합형태로
과거시칭을 나타내고 ≪-ᄂ+다≫의 결합형태로 현재시칭을 나타낸다.
존대를 나타내는 존칭토와 결합하여 ≪-이+-다≫의 결합형태로 존칭
을 나타내며 강조를 나타내는 토들과 결합하여 ≪-도+-다, -리+-
로+-다≫의 결합형태를 이룬다. ≪-라≫는 체언과 결합할 때는 체언
전성토 ≪-이≫와 결합하여 ≪-이라≫의 형태를 가지며 용언과 결합할

때는 직접 용언어간에 붙기도 한다. 그리고 시칭토와의 결합에서 과거시칭의 경우 ≪-더+-라, -니+-라≫의 결합형태, 미래시칭의 경우 ≪-리+-라≫의 결합형태도 형성한다. ≪번로≫에서는 의도형 형태소≪-오/우≫와 결합하여 사용되는데 ≪로언≫부터는 ≪-오/우≫가 소실된다. 그러나 ≪-오/우≫의 잔여현상으로 ≪-라≫가 나타난다. 강조를 나타내는 토와 결합하여 ≪-애/에+-라≫, ≪-노소라≫의 결합형태를 형성한다. 이외에도 서술식 종결토에는 ≪-오, -고나/괴여, -ㄴ뎌, -ㄹ셔/ㄹ샤, -마≫등이 있다.

의문식 종결토는 ≪-다≫계, ≪-고≫계, ≪-가≫계, ≪-냐≫계, ≪-뇨≫계로 나뉜다.≪-다≫계는 판정의문문과 설명의문문에 쓰이며 주어가 2인칭인 문장에 주로 쓰인다. 시칭토와 결합하여 과거시칭의 ≪-ㄴ다≫, 현재시칭의 ≪-ᄂ다≫, 과거시칭의 ≪-ㄹ다≫로 쓰인다. ≪로언≫에서부터 ≪-다≫계는 다른 형태의 의문식 종결토로 대체되기 시작한다.≪-고≫계 의문식 종결토는 주어가 1인칭 또는 3인칭인 경우에 씌었으며 의문문에는 의문사를 반드시 수반하고있다. 시칭토와 결합하여 ≪-ㄴ고, -ᄂ고, -ㄹ고≫의 결합형태를 가진다. ≪번로≫에서 2인칭주어의 문장에도 쓰이고있는데 이는 중세말기에 ≪-고≫계 의문식 종결토의 주어에 대한 인칭제약이 흔들리고있었다는것을 말해준다. ≪-가≫계는 의문식 종결토는 간접의문을 표시하는 종결토였고 주어도 1인칭이거나 3인칭이여야 한다는 제약을 가지고있으며 주로 의문사가 없는 설명의문문에 쓰인다. ≪-가≫계 의문식 종결토는 과거시칭을 나타내는 ≪-ㄴ가, -앗/엇는가, -던가≫, 현재시칭을 나타내는 ≪-ᄂ가≫, 미래시칭을 나타내는 ≪-ㄹ가≫등 결합형태가 있다. ≪번로≫에서 의문문의 주어가 2인칭인 경우에도 ≪-가≫계 의문종결토가 쓰이는 경우도 있는데 이는 ≪-다≫계 의문식 종결토가 소멸되는 초기현상으로 볼수 있다. ≪-냐≫계는 주어에 대한 인칭제약도 없고 의문사도 요구하지 않는데 여기에는 ≪-냐, -랴, -녀, -려≫를 포함한다. ≪번로≫에서는 ≪-녀≫와 ≪-려≫가 위주로 사용되는데 ≪로언≫부터는 종결토의 양성모음화현 상으로 대부분≪-냐≫와 ≪-랴≫로 교체된다 ≪-ᄂ + -녀/냐≫의 결합형태가 현재시칭, ≪-엇/앗 + -ᄂ + -녀/냐≫의 결합형태가 과거 시칭을 나타내고 ≪-려/랴≫는 미래시칭만 나타낸다. 그리고 수사의문 문에만 쓰이는 ≪-ᄯ녀, -ᄯ냐≫가 있다. ≪-뇨≫계는 주어에 대한 인 칭제약이 없지만 의문사가 있는 문장에 쓰인다. 명령식 종결토는 ≪-라, -고라/고려, -쇼셔, -조/소≫등이 있는데 ≪-라≫가 가장 많이 쓰이고 있다. ≪-쇼셔≫는 ≪번로≫에서만 나타난다. 권유식 종결토에는 ≪-져/쟈≫만 사용된다. ≪번로≫에서 는 ≪-져≫로 나타나지만 ≪로언≫ 부터는 모두 ≪-쟈≫로 바뀌여 사용된다.

둘째, 격토는 주격, 대격, 속격, 위격, 여격, 조격, 구격, 호격으로 나누 어 설명하였는데 주격에는 ≪-이/ㅣ/Ø≫가 있었다. 주격토에서 중세조 선어에 지켜지던 ≪-ㅣ≫의 사용규칙은 18세기의 ≪로신≫과 ≪중로≫ 에서는 완전히 파괴되여 지켜지지 않고있다. 대격으로는 ≪-올/을, -롤/ 를≫이 있는데 16세기부터 모음조화규칙이 파괴되여 사용의 혼란을 일 으키다가 ≪-을, -를≫로 통일되는 경향을 보이고있다. 속격토에는 ≪- 익/의/ㅣ/ㅅ≫가 있었다. 16세기 모음조화 파괴로 인해 ≪-익≫와 ≪-의≫ 는 혼용되다가 점차 ≪-의≫에 통일되여가는 경향을 보인다. ≪ㅣ≫는 ≪나, 너, 저≫등 인칭대명사들과 결합하여 하나의 단어로 굳어져 쓰이고 있다. ≪중로≫에서는 인칭대명사에 결합된것 외에는 속격으로 사용된 례를 볼수 없다.≪ㅅ≫도 ≪로언≫에서부터 속격기능을 잃고 위격토 ≪- 에/애/예≫에 ≪-엣/앳/옛≫의 형태로 위격토가 속격의 기능으로 사용되 였다는것을 표시하는 작용을 하고있다. 위격토에는 ≪-익/의/애/에/예≫ 가 있었고 ≪-셔≫와 결합되여 사용되기도 하였다. 17세기에 이르러 점 차 ≪-의, -에≫로 통일되는 경향을 보이고있다. ≪-익셔/의셔/애셔/

에서/예서≫도 17세기 이후부터는 ≪-에서≫로 통일되는 경향을 보이고있다. 여격에서는 존칭을 나타내는 ≪-끠, -쎄≫와 비존칭의 ≪-의게, -게, -의손딕/손딕, -두려≫가 씌였다. 그러나 존경을 나타내는 ≪-쎄≫는 사람에게만 쓰인것이 아니라 말(馬)과 같은 짐승에게도 사용되였다. ≪-손딕/의손딕≫는 ≪중로≫에서 ≪-의게/게≫로 교체된다. 조격으로는 ≪-로, -으로, -으로≫가 사용되였는데 ≪로언≫부터 ≪-로/으로≫로 통합되는 경향을 보이고있다. 구격토로는 ≪-와/-과≫가 씌였다. 중세조선어에 엄격히 지켜지던 ≪-와/과≫의 결합규칙은 ≪번로≫에서 동요를 보이기 시작하여 ≪중로≫에서는 완전히 파괴된다. 호격에는 ≪-하, -아/야/여≫가 있었는데 ≪-하≫는 ≪번로≫에서만 사용되고 ≪로언≫부터는 소실된다.

셋째: 접속토에는 병렬접속토로 ≪-고, -며, -으나…-으나, -거나…-거나≫가 있었고 종속접속토로 ≪-므로, -딕/되, -어, -니, -매, -면, -게야, -거든, -거니와, -건대, -ㄹ쟉시면, -라, -려≫등이 사용되고있는데 ≪-므로, -려≫등은 18세기 ≪로신≫과 ≪중로≫에서만 나타나고있다.

넷째: 문장에서도 변화를 보이고있는데 대응되는 문장에서 단일문이 복합문으로 변하기도 하고 복합문이 단일문으로 변화하기도 한다. 부정문은 부정사에 의하여 ≪아니≫부정문, ≪못≫부정문, ≪말≫부정문으로 나뉘고 부정의 방식에 의하여 단형부정문과 장형부정문으로 나누는데 ≪로걸대≫의 언해본들에서 대응되는 문장들을 비교하면 부정문의 형식이 호상교체되는 현상이 있다. 인용문에서는 ≪번로≫에서 인용동사 ≪ᄒ다≫를 피인용구 뒤에 첨가하는 경향이 후기의 언해본들에로 계속 이어지는 경향을 보이고있다. ≪로걸대≫의 언해본들은 회화체교습서여서 대화문으로 일관되여야 하지만 대화의 상황을 설명하여 주는 해설문도 있었다. 또한 대응하는 문장에서 해설문이 대화문으로 바뀌는것도 있었다.

제6장

결론

본 론문에서는 ≪로걸대≫의 언해본들인 ≪번역로걸대≫, ≪로걸대언해≫, ≪평안감영중간로걸대언해≫, ≪로걸대신석언해≫, ≪중간로걸대언해≫ 등 5개 문헌을 연구자료로 이 다섯 문헌에 대한 비교를 통하여 16, 17, 18세기의 조선어의 표기법, 어휘, 문법 등 면에서의 변화를 서술하였다.

본 론문에서 론의한 내용을 요약하여 정리하면 다음과 같다.

6.1 ≪로걸대≫에 대한 앞선 연구들을 보면 서지학적인 연구가 많이 이루어졌고 음운, 어휘, 문법면에서의 연구도 적지 않게 이루어졌으며, ≪로걸대≫를 통한 근대중국어연구도 적지 않게 이루어졌다. 그러나 이런 연구들은 대부분 한권 또는 두권의 언해본에 대한 비교연구가 많았고 또는 중국어원문이 없는 ≪몽어로걸대≫와 ≪청어로걸대≫를 같이 비교하여 연구하였다. 그리고 내용면에서도 서지학, 표기법, 음운, 어휘, 문법을 아우르는 전반적인 연구는 없었다.

6.2 서지학적인 측면에서 조선조의 역학정책을 소개하고 조선조에서 한어교육을 중요시한것을 밝히면서 사역원의 중요한 중국어회화교과서의 하나인 ≪로걸대≫가 언어연구에서 차지하는 중요성을 강조하였다. ≪로걸대≫의 편찬년대에 대해서는 여러 학자들의 견해를 소개하면서 편찬년대가 고려말에 해당하는 원나라 지치년간(1321)부터 원조가 멸망(1368)되는 시기까지의 사이였을 것이라고 추정했다. ≪로걸대≫의 서명

이 가지는 의미에 대해서는 ≪진정한 중국인≫, ≪중국통≫, ≪중국사람님≫ 등 해석이 있다고 설명하였고 저자에 대해서는 고려인이 주관하여 편찬하였고 편찬과정에 귀화인이나 료동의 고구려교민이 참여하였을수 있다고 하였다. 그리고 ≪로걸대≫의 간행본들을 한어본과 언해본으로 나누어 설명하였다. 한어본에는 ≪원본로걸대≫(고려말), ≪산개본로걸대≫(1483), ≪로걸대신석≫(1761), ≪중간로걸대≫(1795)가 있으며 언해본에는 ≪번역로걸대≫(1510년대), ≪로걸대언해≫(1670년), ≪평안감영중간로걸대언해≫(1745), ≪로걸대신석언해≫(1763), ≪중간로걸대언해≫(1795)가 있음을 설명하면서 ≪번로≫, ≪로언≫, ≪평로≫, ≪로신≫, ≪중로≫ 등 언해본들사이의 관계도 설명하였다. 그리고 ≪로걸대≫의 연구에서 중시를 받지 못하던 ≪평로≫와 ≪로신≫을 연구대상에 꼭 넣어야 함을 밝혔다.

6.3 ≪로걸대≫의 언해본들에 대한 비교를 통하여 얻은 표기법면에서의 변화는 다음과 같다.

첫째, 표기법에서 큰 변화를 보이고있는데 그것인즉 근대조선어에서 하철식표기가 상철식표기에로 이전하는것이다. 15세기에 하철식표기가 동요를 보이기 시작하여 16세기에는 상당한 부분이 상철식표기로 된다. 17세기의 ≪로언≫에서는 체언, 용언, 부사 등 품사전반에 걸쳐 상철식표기로 변화한다.

둘째, 된소리표기의 변화이다. 초성에서의 ≪ㅂ≫계 합용병서와 ≪ㅄ≫계 합용병서는 17, 18세기에 ≪ㅅ≫계 합용병서로 통일되는 경향을 보인다. 그리고 ≪로언≫부터는≪ㄹ≫ 받침으로 끝나는 음절 뒤에 자음 ≪ㄱ, ㄷ, ㅂ, ㅈ≫가 오는 경우 된소리를 표기하기 위하여 ≪ㅅ≫계 합용병서를 사용하였고 명사와 명사의 결합에서 표기되었던 ≪ㅅ≫(사이시옷)이

다음의 첫음절로 이동하여 ≪ㅅ≫계 합용병서가 증가되였다. 이는 된소리표기에서 ≪ㅅ≫계 합용병서로 통일되는 경향을 보여주고있다.

셋째, 음운변화에 의한 표기법의 변화이다. 16세기중엽이후로 유기후두마찰음 ≪ㆆ≫가 소실됨으로 하여 ≪번로≫에서 사용되던 ≪ㆆ≫는 ≪로언≫에서는 ≪ㄱ≫로 변하거나 ≪ㄹ≫로 변하거나 ≪ㅎ≫로 변하였다. ≪ㅿ≫의 소실에 의하여 ≪번로≫에서 사용되던 ≪ㅿ≫는 ≪로언≫부터 대부분 흔적을 남기지 않고 소실되였거나 부분적으로 ≪ㅿ〉ㅅ, ㅿ〉ㅎ≫로 교체되거나 일부 경우에 상향이중모음 [y]로 되거나 뒤에 오는 음절의 모음을 원순화시키는 흔적을 남기고있다. ≪번로≫에서 음가를 가지고 사용되던 ≪ㆁ≫이 ≪로언≫부터는 소실되여 ≪ㅇ≫으로 대체되여 사용된다. ≪·≫의 소실과정과 함께 모음 ≪·≫는 ≪로언≫에서 비어두음절에서 ≪·〉ㅡ≫, ≪익〉의≫, ≪·〉ㅏ≫의 교체현상 나타나고 ≪중로≫에서는 어두에서 ≪·〉ㅏ≫의 교체현상이 나타난다.

넷째, 어음변화에 의한 표기법의 변화이다. 어음의 변화에서 가장 뚜렷한 변화의 하나가 구개음화현상이다. ≪중로≫와 ≪로신≫에서 집중적으로 보여진다. 그리고 두음법칙의 작용에 의한 ≪ㄹ〉ㄴ≫의 변화도 ≪로걸대≫의 언해본들에서 나타나고있다.

다섯째, 종성표기의 변화이다. 중세조선어에의 8종성체계는 근대조선어에서 7종성체계로 변하는데 이는 ≪ㅅ≫종성과 ≪ㄷ≫종성의 중화에 의한것이다. ≪로언≫에서는 대부분 ≪ㅅ≫로 통일을 가져온다. 그리고 앞음절의 종성에 병서하여 사용되던 사이소리 ≪ㅅ≫는 ≪로언≫에서 대부분 탈락하였고 18세기 ≪중로≫에서 독자적으로 수식어와 피수식어 사이에서 표기되였다. ≪번로≫에서 종성에 사용되던 ≪ㅎ≫은 18세기에 급격한 변화를 가져와 거의 사용되지 않고 있다.

6.4 어휘면에서의 변화는 다음과 같다.

근대조선어시기는 유학(儒學)의 발전, 당파싸움, 임진왜란과 같은 침략전쟁 등 요소로 인해 한자어가 계속적인 발전을 가져 왔다. 이 시기의 언어특징은 바로 한자어에 의한 고유어의 대체라고 할수 있다. 이런 대체현상은 조선어어휘의 각 품사에 침투되기 시작하였다.

이런 고유어는 한자어로 완전히 교체된것(례:웃듬봄 〉主見), 원래의 고유어와 한자어가 후기에도 공존하는것(례:어버이—父母), 고유어를 교체한 한자어가 소실되어 사용되지 않는것(례:어미오라비 〉舅舅)등으로 나눌수 있다.

다른 하나의 특징은 차용어의 사용이다. 차용어에는 주로 몽골어계차용어와 한어계차용어가 있다. 몽골어계 차용어에는 ≪아질게믈, 악대믈, 졀다믈 ≫등 말의 명칭과 관련된 차용어, ≪오랑≫과 같은 마구(馬具)와 관련된 차용어, ≪더그레≫와 같은 의상과 관련된 차용어, ≪아질게 양≫과 같은 양(羊)과 관련된 차용어, ≪노연≫과 같은 호칭과 관련된 차용어가 있었다. 한어계차용어는 다른 단어에 의해 대체되는 차용어, 다른 단어에 대체되지도 못하고 소실되는 차용어, 이후 시기에도 계속 쓰이고있는 차용어로 나눌수 있는데 다른 단어에 의해 대체되는 차용어는 ≪야즈 〉즈름≫처럼 원래 공존하던 고유어에 의해 대체되는것과 ≪즈디(紫的) 〉자주(紫朱)≫처럼 새로운 한자어에 의해 대체되는것이 있으며 소실된 차용어에는 ≪흰노(白羅), 새휘≫ 와 같은 차용어가 있었고 현대까지 계속 쓰이고있는 차용어에는 차용시기의 어음적외각을 보류하고있거나 어음구조를 조금 개변시킨것과(례;황호<황아) 음역이 음독으로 바뀐것(례:흉븨<흉배)이 있었다.

6.5 문법면에서의 변화는 다음과 같다.

첫째, 종결토를 서술식, 의문식, 명령식, 권유식으로 나누어 설명했는 바 요약하면 다음과 같다.

서술식 종결토는 크게 ≪-다≫와 ≪-라≫로 나눌수 있다. 이들은 시칭토 ≪-엇/앗, -더, -리, -니≫, 존칭토 ≪-이≫, 의도형 형태소 ≪-오/우≫, 강조를 나타내는 형태소 ≪-애/에, -옷≫, 체언전성토≪-이≫ 등과 결합하여 사용되었는데 ≪번로≫에서 사용되던 ≪-오/우≫는 ≪로언≫에서 소실되지만 일부 경우에는 그 흔적을 남겨 ≪-롸≫와 같은 형태로 나타난다. 이외에도 서술식 종결토에는 ≪-오, -고나/괴여, -ㄴ더, -ㄹ셔/ㄹ샤, -마≫등이 있다.

의문식 종결토는 ≪-다≫계, ≪-고≫계, ≪-가≫계, ≪-냐≫계, ≪-뇨≫계로 나뉜다.≪-다≫계는 판정의문문과 설명의문문에 쓰이며 주어가 2인칭인 문장에 주로 쓰인다. 시칭토와 결합하여 ≪-ㄴ다, -는다, -ㄹ다≫의 형태로 쓰인다. ≪로언≫에서부터 ≪-다≫계는 다른 형태의 의문식 종결토로 대체되기 시작한다.≪-고≫계 의문식 종결토는 주어가 1인칭 또는 3인칭인 경우에 씌였으며 의문문에는 의문사를 반드시 수반하고있다. 시칭토와 결합하여 ≪-ㄴ고, -는고, -ㄹ고≫의 결합형태를 가진다. ≪번로≫에서 2인칭주어의 문장에도 쓰이고있는데 이는 중세말기에 ≪-고≫계 의문식 종결토의 주어에 대한 인칭제약이 흔들리고있었다는것을 말해준다. ≪-가≫계는 의문식 종결토는 간접의문을 표시하는 종결토였고 주어도 1인칭이거나 3인칭이여야 한다는 제약을 가지고있으며 주로 의문사가 없는 설명의문문에 쓰인다. ≪-가≫계 의문식 종결토는 시칭토와 결합하여 ≪-ㄴ가, -앗/엇는가, -던가, -는가, -ㄹ가≫ 등 결합형태가 있다. ≪번로≫에서 의문문의 주어가 2인칭인 경우에도 ≪-가≫계 의문종결토가 쓰이는 경우도 있는데 이는 ≪-다≫계 의문식 종결토가 소멸되는 초기현상으로 볼수 있다. ≪-냐≫계는 주어에 대한 인칭제약도 없고 의문사도 요구하지 않는데 여기에는 ≪-냐, -랴, -녀, -려≫를 포함한다. ≪번로≫에서는 ≪-녀≫와 ≪-려≫가 위주로 사용되던것이 ≪로언≫부터는 ≪-냐≫와 ≪-랴≫로 교체된다. 시칭토≪-ᄂᆞ, -엇/앗, -ᄂᆞ≫와 결합되여 시간을 나타낸다. 그리고 수사의문문에만 쓰이는 ≪-ᄯ녀, -ᄯ냐≫가 있다. ≪-뇨≫계는 주어에 대한 인칭제약이 없지만 의문사가 있는 문장에 쓰인다.

명령식 종결토는 ≪-라, -고라/고려, -쇼셔, -조/소≫등이 있는데 ≪-라≫가 가장 많이 쓰이고있다. ≪-쇼셔≫는 ≪번로≫에서만 나타난다. 권유식 종결토에는 ≪-져/쟈≫만 사용된다. ≪번로≫에서 는 ≪-져≫로 나타나지만 ≪로언≫부터는 모두 ≪-쟈≫로 바뀌여 사용된다.

둘째, 격토는 주격, 대격, 속격, 위격, 여격, 조격, 구격, 호격으로 나누어 설명하였는데 주격에는 ≪-이/ㅣ/∅≫가 있었다. 주격토에서 중세조선어에 지켜지던 ≪-ㅣ≫의 사용규칙은 18세기의 ≪로신≫과 ≪중로≫에서는 완전히 파괴되여 지켜지지 않고있다. 대격으로는 ≪-을/을, -를/를≫이 있는데 16세기부터 모음조화규칙이 파괴되여 사용의 혼란을 일으키다가 ≪-을, -를≫로 통일되는 경향을 보이고있다. 속격토에는 ≪-ᄋᆡ/의/ㅣ/ㅅ≫가 있었다. 16세기 모음조화 파괴로 인해 ≪-ᄋᆡ≫와 ≪-의≫는 혼용되다가 점차 ≪-의≫에 통일되여가는 경향을 보인다. ≪ㅣ≫는 ≪나, 너, 저≫등 인칭대명사들과 결합하여 하나의 단어로 굳어져 쓰이고있다. ≪중로≫에서는 인칭대명사에 결합된것 외에는 속격으로 사용된 례를 볼수 없다.≪ㅅ≫도 ≪로언≫에서부터 속격기능을 잃고 위격토 ≪-에/애/예≫에 ≪-엣/앳/옛≫의 형태로 위격토가 속격의 기능으로 사용되였다는것을 표시하는 작용을 하고있다. 위격토에는 ≪-ᄋᆡ/의/애/에/예≫가 있었고 ≪-셔≫와 결합되여 사용되기도 하였다. 17세기에 이르러 점차 ≪-의, -에≫로 통일되는 경향을 보이고있다. ≪-ᄋᆡ셔/의셔/애셔/에셔/예셔≫도 17세기 이후부터는 ≪-에셔≫로 통일되는 경향을 보이고있다. 여격에서는 존칭을 나타내는 ≪-씌, -쎄≫와 비존칭의 ≪-의게, -게, -의손딕/손딕, -ᄃ려≫가 씌였다. 그러나 존경을 나타내는 ≪-쎄≫는 사람에게만 쓰인것이 아니라 말(馬)과 같은 짐승에게도 사용되였다. ≪-손딕/의손딕≫는 ≪중로≫에서 ≪-의게/게≫로 교체된다. 조격으로는 ≪-로, -ᄋ로, -으로≫가 사용되였는데 ≪로언≫부터 ≪-로/으로≫로 통합되는 경향을 보이고있다. 구격토로는 ≪-와/-과≫가 씌였다. 중세조선어에 엄격히 지켜지던 ≪-와/과≫의 결합규칙은 ≪번로≫에서 동요를 보이기 시작하여 ≪중로≫에서는 완전히 파괴된다. 호격에는 ≪-하, -아/야/여≫가 있었는데 ≪-하≫는 ≪번로≫에서만 사용되고 ≪로언≫부터는 소실된다.

셋째, 접속토에는 병렬접속토로 ≪-고, -며, -으나…-으나, -거나…-거나≫가 있었고 종속접속토로 ≪-므로, -딕/되, -어, -니, -매, -면, -게야, -거든, -거니와, -건대, -ㄹ쟉시면, -라, -려≫등이 사용되고있는데 ≪-므로, -려≫등은 18세기 ≪로신≫과 ≪중로≫에서만 나타나고있다.

넷째, 문장에서도 변화를 보이고있는데 대응되는 문장에서 단일문이 복합문으로 변하기도 하고 복합문이 단일문으로 변화하기도 한다. 부정문은 부정사에 의하여 ≪아니≫부정문, ≪못≫부정문, ≪말≫부정문으로 나뉘고 부정의 방식에 의하여 단형부정문과 장형부정문으로 나누는데 ≪로걸대≫의 언해본들에서 대응되는 문장들을 비교하면 부정문의 형식이 호상교체되는 현상이 있다. 인용문에서는 ≪번로≫에서 인용동사 ≪ᄒ다≫를 피인용구 뒤에 첨가하는 경향이 후기의 언해본들에 계속 이어지는 경향을 보이고있다. ≪로걸대≫의 언해본들은 회화체교습서여서 대화문으로 일관되여야 하지만 대화의 상황을 설명하여 주는 해설문도 있었다. 또한 대응하는 문장에서 해설문이 대화문으로 바뀌는것도 있었다.

참고문헌

1. 론저

[1] 강식진, ≪老乞大朴通事研究≫, 臺北, 學生書局, 1985.

[2] 강신항, ≪한국의 역학≫, 서울대학교출판부, 2000년.

[3] 강은국, ≪조선어 접미사의 통시적 연구≫, 박이정, 1993년

[4] 고신숙, ≪조선어리론문법(품사론)≫, 과학백과사전출판사, 1987년.

[5] 고영근, ≪중세국어의 시상과 서법≫(보정판), 탑출판사, 1998년.

[6] 고영근, ≪개정판 표준중세국어문법론≫, 집문당, 2000년.

[7] 김영수, ≪조선중세한문번역본의 언어사적연구≫, 도서출판 역락, 2001년.

[8] 김영황, ≪조선어사≫, 김일성종합대학출판사, 1997년.

[9] 김용구, ≪조선어리론문법(문장론)≫, 과학백과사전출판사, 1986년.

[10] 김종훈 박영섭 등, ≪한국어의 력사≫, 대한교과서, 1998년.

[11] 김형주, ≪우리말 발달사≫, 세종출판사, 1998년.

[12] 량오진, ≪老乞大朴通事研究≫, 태학사, 1998년.

[13] 렴광호, ≪종결어미의 통시적 연구≫, 박이정, 1998년.

[14] 렴종률, ≪조선어문법사≫, 김일성종합대학출판사, 1980년.

[15] 리근영, ≪조선어리론문법(형태론)≫, 과학백과사전출판사, 1985년.

[16] 리득춘, ≪조선어어휘사≫, 연변대학출판사, 1987년.

[17] 리득춘, ≪한조언어문자관계사≫, 동북조선민족교육출판사, 1992년.

[18] 리득춘, ≪조선어 한자음 연구≫, 서광학술자료사, 1994년.

[19] 리득춘, ≪고대조선어문선 급 중세조선어개요≫(상,하), 연변대학출판사, 1996년.

[20] 리득춘, ≪韓文與中國音韻≫, 黑龍江朝鮮民族出版社, 1998年.

[21] 리득춘, ≪朝鮮对音文献标音手册≫, 黑龍江朝鮮民族出版社, 2002年.

[22] 리득춘, ≪조선어언어력사연구≫, 흑룡강조선민족출판사, 2006.

[23] 리득춘, 리승자, 김광수, ≪조선어발달사≫, 연변대학출판사, 2006년.

[24] 박병채, ≪국어발달사≫, 세영사, 1998년.

[25] 박재연, ≪<老乞大>·<朴通事> 원문·언해 비교 자료≫, 선문대학 중한번역문헌연구소, 2003년.

[26] 박종국, ≪한국어발달사≫, 문지사, 1999년.

[27] 백응진, ≪老乞大≫, 한국문화사, 1997년.

[28] 백응진, ≪한국어역사음운론≫, 박이정, 1999년.

[29] 서상규, ≪飜譯老乞大 語彙索引≫ 옛말 자료 연구총서(1), 박이정, 1997년.

[30] 서상규, ≪老乞大諺解 語彙索引≫ 옛말 자료 연구총서(2), 박이정, 1997년.

[31] 서상규, ≪平安監營重刊老乞大諺解 語彙索引≫ 옛말 자료 연구총서(3), 박이정, 1997년.

[32] 서상규, ≪重刊老乞大諺解≫ 옛말 자료 연구총서(4), 박이정, 1997년.

[33] 서정수, 수정 증보판≪국어문법≫, 한양대학교 출판원, 1996년.

[34] 안병호, ≪조선어발달사≫, 료녕인민출판사, 1983년.

[35] 안병희, 이광호, ≪중세국어문법론≫, 학연사, 2001년

[36] 이기문, ≪16세기 국어의 연구≫, 탑출판사, 1978년

[36] 이기문, ≪국어 어휘사 연구≫, 동아출판사, 1991년.

[37] 이기문, ≪신정판 국어사개설≫, 태학사, 1998년.

[38] 이병주, ≪老朴集覽考≫, 진수당, 1966년.

[39] 정광 감수, ≪역주 번역노걸대≫국어사자료연구회, 태학사, 1995.

[40] 최기호, ≪몽어노걸대≫ 연구, 상명여자대학교 출판부, 1994년.

[41] 최남희, ≪고대국어 형태론≫, 박이정, 1996년.

[42] 최범훈, ≪한국어발달사≫, 통문관, 1985년.

[43] 최윤갑, ≪중세조선어문법≫, 연변대학출판사, 1987년.

[44] 허웅, ≪우리 옛말본-15세기 국어 형태론≫, 샘문화사, 1975년.

[45] 허웅, ≪용비어천가≫, 정음사, 1986.

[46] 허웅, ≪16세기 우리 옛말본≫, 샘문화사, 1989년.

[45] 홍종선, ≪근대국어 문법의 이해≫, 박이정, 1998년.

[47] 蘭州大學中文系語言研究室, ≪老乞大朴通事索引≫, 語文出版社, 1991年.

[48] 徐通鏘, ≪歷史語言學≫, 商務印書館, 2001年.

[49] 楊耐思, ≪中原音韻研究≫, 中國社會科學出版社. 1981年.

2. 론문

<론문집 및 학술지 론문>

[1] 강신항, ≪번역노걸대·박통사의 음계≫, 진단학보 38집, 진단학회, 1974.

[2] 고경태, ≪근대국어의 어말어미≫, ≪근대국어 문법의 이해≫, 박이정, 1998년.

[3] 고명균, ≪번역박통사와 박통사언해에 대하여-문장의 종결어미를 중심으로≫, ≪한국어문학연구≫ 4, 한국외국어대학, 1992년.

[4] 기주행, ≪老乞大의 諺解上 비교연구≫, ≪숭실어문≫ 3, 숭전대, 국어국문학회, 1986년

[5] 김송록, ≪노걸대언해의 어휘연구-한자어계통에 대한 이해를 위하여≫, ≪글터≫ 6, 원광대, 1987년.

[6] 김언주, ≪번역노걸대와 노걸대언해의 비교연구-형태·통어면을 중

심으로-》, ≪국어국문학≫ 26, 부산대학 국어국문학회, 1989년.

[7] 김연순, ≪노걸대류에 나타난 동의어 연구 *I* -명사류를 중심으로≫, ≪덕성어문학≫ 7, 덕성여대, 1993년.

[8] 김영근, ≪朴通事·老乞大諺解의 否定表現≫, ≪계명어문학≫ 4, 계명대, 1988년.

[9] 김완진, ≪노걸대의 언해에 대한 연구≫, ≪한국연구총서≫제31집, 한국연구원, 1976년.

[10] 김완진, ≪重刊老乞大諺解의 연구≫, ≪한국문화≫ 13, 서울대학 한국문화연구소, 1993년.

[11] 김완진, ≪老乞大諺解에서의 意圖形의 崩壞 再論≫, ≪한국문화≫16, 서울대학 한국문화연구소, 1996년.

[12] 김유범, ≪근대국어의 선어말어미≫, ≪근대국어 문법의 이해≫, 박이정, 1998년.

[13] 김의수, ≪근대국어의 대우법≫, ≪근대국어 문법의 이해≫, 박이정, 1998년.

[14] 김형배, ≪16세기 초기 국어의 사동사 파생과 사동사의 변화-<번역노걸대>와 <번역박통사>를 중심으로≫, ≪한말연구≫ 4, 한말연구회, 1998년.

[15] 남광우, ≪新發見인 최세진 저 <飜譯老乞大> 卷上을 보고 -語學的인 側面에서 그 문헌적가치를 론함≫, ≪국어국문학≫ 55-57합병호, 국어국문학회, 1972년.

[16] 남풍현, ≪중국어 차용에 있어서 직접차용과 간접차용의 문제에 대하여-초간박통사를 중심으로≫, ≪이숭녕박사 송수기념논총≫, 을유문화사, 1968년.

[17] 량오진, ≪<老乞大> 諸刊本의 漢語文 ≫, ≪21세기 국어학의 과제≫, 월인, 2000년

[18] 량오진, ≪論元代漢語<老乞大>的語言特點≫, ≪중국언어연구≫10,

한국중국언어학회, 2000年.

[19] 리득춘, ≪번역박통사의 한어표음에 대한 초보적감별≫, ≪조선학연구≫ 3, 연변대학 조선학연구중심, 1990년.

[20] 리득춘, ≪한자어의 고유어화에 대한 관견≫, ≪중국조선어문≫, 1991−1.

[21] 리득춘, ≪<로−박언해>의 중국어 차용어와 그 연혁≫, ≪한글≫ 215, 한글학회, 1992년.

[22] 리득춘, ≪漢語上古音在十六世纪朝鲜汉字音中的遺存≫, ≪民族語文≫ 1985−5.

[23] 리득춘, ≪关于朝鲜语里的汉语借词≫, ≪延邊大學學報≫ 1986年2期.

[24] 리득춘, ≪老乞大朴通事諺解朝鲜文注音≫, ≪延邊大學學報≫ 1992年1期.

[25] 리득춘, ≪朝鮮學者對明清漢語音韻的研究≫, ≪朝鮮學−韓國學與中國學≫1卷, 1993年.

[26] 리득춘, ≪漢字詞發展的歷史過程≫, ≪韓文與中國音韻≫, 黑龍江朝鮮民族出版社, 1998年.

[27] 리득춘, ≪朝鲜语词汇二元体系和漢源词≫, ≪朝鲜韩国学从书V<朝鲜−韩国文化的历史与传统>≫, 黑龙江朝鲜民族出版社, 2005年.

[28] 리득춘, ≪历代韩国汉韩翻译简述≫ ≪解放军外国语学院学报≫2005年 4期 总139期.

[29] 李得春, 金基石, ≪漢字文化與朝鮮漢字≫, ≪東疆學刊≫, 1997年 3期.

[30] 민영규, ≪老乞大辨疑≫ ≪인문과학≫ 12집, 연세대 인문과학연구소, 1964년.

[31] 민현식, ≪노걸대의 한자어에 대한 고찰−原文 對 譯文의 한자어 대비목록 작성을 위하여≫, ≪인문학보≫ 5, 강릉대 인문과학연구소, 1988년.

[32] 박병선, ≪근대국어의 서법≫, ≪근대국어 문법의 이해≫, 박이정, 1998년.

[33] 박태권, ≪<번역노걸대>의 물음법에 대하여≫, ≪한글≫ 173−174, 한글학회, 1981년.

[34] 변정민, ≪근대국어의 부정법≫, ≪근대국어 문법의 이해≫, 박이정, 1998년.

[35] 석주연, ≪<노걸대>, <박통사>류 이본들의 <거/어>에 대하여 — 종결형 <거다/어다>를 중심으로—≫, 관악어문연구 23집, 1998년

[36] 신용권, ≪老乞大諺解의 漢語音 연구≫, ≪언어학연구≫22, 서울대 대학원 언어학과, 1994년.

[37] 안병희, ≪老乞大와 그 諺解書의 異本≫, ≪人文論叢≫ 제35집, 1996년.

[38] 안주호, ≪[원인]을 나타내는 연결어미에 대한 통시적 고찰−<노걸대 언해>류를 중심으로≫, ≪언어학≫ 34, 한국언어학회, 2002년.

[39] 양태식, ≪<번역노걸대>의 서법소≫, ≪부산수대론문집≫ 25, 1980년.

[40] 이경희, ≪근대국어의 격조사≫, ≪근대국어 문법의 이해≫, 박이정, 1998년.

[41] 이광호, ≪시간부사의 통시적 고찰−노걸대의 이본을 중심으로−≫, ≪언어과학연구≫ 20, 2001년.

[42] 장경희, ≪17세기 국어의 종결어미연구≫ ≪서울대학교 사대논총≫ 16, 1977년.

[43] 정광, ≪<老朴集覽>과 <老乞大>·<朴通事>의 舊本≫, ≪진단학보≫ 제89호, 2000년.

[44] 정광, 남권희, 량오진, ≪元代 漢語 <老乞大>≫, ≪국어학≫33집, 국어학회. 1999년.

[45] 정유진, ≪근대국어의 시제≫, ≪근대국어 문법의 이해≫, 박이정, 1998년.

[46] 주경미, ≪<朴通事>·<老乞大> 諺解에 나타난 의문법의 통시적연구≫, ≪국어학≫27, 국어학회, 1996년.

[47] 허성도, ≪<중간노걸대>에 보이는 중국어 語法에 대한 연구≫, ≪동아문화≫25집, 1987년.

[48] 홍윤표, 정광 외, ≪사역원 한학서의 판본연구(1)≫,≪한국어학≫14, 한국어학회. 2001년.

[49] 홍종선, ≪근대국어의 형태와 통사≫, ≪근대국어 문법의 이해≫, 박이정, 1998년.

[50] 陳志強, ≪＜老乞大＞"將"的初探≫, ≪廣西師院學報≫ 第1期. 1988年.

[51] 陳志強, ≪試論＜老乞大＞里的助詞"着"≫ ≪廣西師院學報≫ 第3期. 1988年.

[52] 胡明揚, ≪＜老乞大諺解＞和＜朴通事諺解＞中所見的漢語‧朝鮮語對音≫, ≪中國語文≫, 1963年 3期.

[53] 胡明揚, ≪原本老乞大序≫, ≪原本老乞大≫ 外语教学与研究出版社, 2002年.

[54] 刘公望, ≪＜老乞大＞里的語氣助詞"也"≫, ≪中國語文≫ 第1期. 1987年.

[55] 刘公望, ≪＜老乞大＞里的"着"≫, ≪漢語學習≫ 第5期. 1988年

[56] 刘公望, ≪＜老乞大＞里的"將"及"將"在中古以后的虚化問題≫, ≪寧下教育學院學報≫, 第3期, 1989年.

[57] 刘公望, ≪＜老乞大＞里的助詞研究≫, ≪延安大學學報≫, 제2期. 1992年.

[58] 王森, ≪＜老乞大＞＜朴通事＞的復句≫, ≪蘭州大學學報≫, 第2期. 1990年.

[59] 王森, ≪＜老乞大＞＜朴通事＞里的動態動詞≫, ≪古漢語研究≫, 第2期. 1991年.

[60] 王森, ≪＜老乞大＞＜朴通事＞里的"的"≫, ≪古漢語研究≫, 第1期. 1993年.

[61] 王森, ≪＜老乞大＞＜朴通事＞的融合式"把"字句≫, ≪古漢語研究≫, 第1期. 1995年.

[62] 吳葆棠, ≪＜老乞大諺解＞中古入聲字分派情況研究≫, ≪煙臺大學學報≫, 第2期.1991年

[63] 吳葆棠, ≪＜老乞大＞和＜朴通事＞中動詞"在"的用法≫, ≪煙臺大學學報≫, 第1期. 1995年

[64] 杨联升, ≪老乞大‧朴通事里的语法语汇≫, ≪동방학지≫ 3, 연세대학 동방학연구소, 1957년.

[65] 朱德熙, ≪＜老乞大諺解＞＜朴通事諺解＞書後≫, 北京大學學報, 1958年 2期.

[66] 官長馳, ≪＜老乞大諺解＞所見之元代量詞≫, ≪內江師專學報≫, 第1期. 1988年.

[67] 張文軒, ≪＜老乞大＞＜朴通事＞中的"但, 只, 就, 便"≫, ≪唐都學報≫ 第1期. 1988年.

<학술회의론문집 론문>

[1] 량오진, ≪＜老乞大＞의 문화사적가치에 대한 고찰≫, 이중언어학회 2003북경국제학술대회론문집, 한국이중언어학회, 2003년.

[2] 정광, ≪조선시대 중국어교육과 교재≫ 이중언어학회2003북경국제학술대회론문집, 한국이중언어학회, 2003년.

[3] 정승혜, ≪한국에서의 漢語敎育에 대한 력사적고찰≫, 이중언어학회 2003북경국제학술대회론문집, 한국이중언어학회, 2003년.

[4] 胡明揚, ≪＜老乞大＞給對外汉语教学的启示≫ 이중언어학회2003북경국제학술대회론문집, 한국이중언어학회, 2003年.

[5] 李得春, ≪关于汉朝对音文献中的谚文字母转写问题≫, ≪中國民族學會第7次研討會論文集≫, 1998年.

[6] 李得春, ≪朝鲜王朝的外语教育和华语研究≫, 이중언어학회2003북경국제학술대회론문집, 한국이중언어학회, 2003년.

[7] 李得春, ≪韩国语词汇体系中的汉源词≫, ≪语言接触和语言比较国际学术會議≫广西大学, 2003年.

[8] 鲁宝元, ≪从汉语作为第二语言在朝鲜半岛教学的历史看≫, 이중언어학회2003북경국제학술대회론문집, 한국이중언어학회, 2003년.

[9] 张西平, ≪＜老乞大＞对汉语史研究的启示≫ 이중언어학회2003북경국제학술대회론문집, 한국이중언어학회, 2003년.

<학위론문>

[1] 국경아, ≪<노걸대신석언해>에 나타난 18세기 한국어 어미 연구≫, 서울대학 석사학위론문, 1999년.

[2] 권숙도, ≪노걸대 제서의 번역어에 나타난 서법어미 연구≫, 대구대학교 석사학위론문, 1985년.

[3] 권인영, ≪18세기 국어의 형태 통어저거 연구-이음씨끝을 중심으로-≫ 연세대학 박사학위론문, 1991년.

[4] 金基石, ≪朝鮮韵书中所反映的明清音系研究≫, 延邊大學 博士學位論文, 1998年.

[5] 김성란, ≪<飜譯老乞大>와 <老乞大諺解>의 대조 연구≫, 상명대학 석사학위론문, 1999년.

[6] 김성란, ≪<老乞大>류 언해본에 대한 연구-종결법의 변화를 중심으로≫, 상명대학교 박사학위론문, 2004년.

[7] 김수현, ≪<노걸대>류 언해서의 인과관계 접속연구≫, 부산외국어대학 석사학위론문, 2001년.

[8] 량오진, ≪노걸대 박통사 연구-한어문에 보이는 어휘와 문법의 특징을 중심으로-≫, 고려대학 박사학위론문, 1998년.

[9] 박희룡, ≪老乞大의 諺解와 飜譯에 대한 비교연구≫, 서울대학 석사학위론문, 1988년.

[10] 석주연, ≪<老乞大>와 <朴通事>의 언해에 대한 국어학적 연구≫, 서울대학 박사학위론문, 2001년.

[11] 신한승, ≪老乞大의 언해본 연구≫, 성균관대학 박사학위론문, 1991년.

[12] 유은성, ≪<老乞大>·<朴通事> 語法研究≫, 연세대학교 박사학위론문, 2000년.

[13] 이병숙, ≪16, 18세기 국역본 사동문 연구-박통사, 노걸대를 중심으로≫, 한양대학 석사학위론문, 1989년.

[14] 李鐘九, ≪<老乞大·朴通事>漢語語音研究≫, 複旦大學 博士學位論文, 1996年.

[15] 李泰洙, ≪＜老乞大＞四種版本語言硏究≫, 中國社會科學院硏究生院 博士學位論文, 2000年.

[16] 王霞, ≪＜老乞大＞四版本词汇硏究", 한양대학 박사학론문, 2002年.

[17] 장성실, ≪＜번역노걸대＞의 중국음 주음에 대한 연구≫, 고려대 석사 학위론문, 1994년.

   3. 영인본자료

[1] ≪원본노걸대≫(고려말)
    ≪原本老乞大≫, 外语教学与硏究出版社, 2002年.

[2] ≪번역로걸대≫(1517年전)
    ≪原本老乞大諺解(全)≫, 아세아문화사, 1980年.

[3] ≪로걸대언해≫(1670)
    ≪老乞大諺解≫(규장각총서9), 경성제국대학 법문학부, 1944.

[4] ≪평안감영중간로걸대언해≫(1745)
    ≪重刊老乞大諺解≫(김문웅, 해제), 홍문각, 1984.

[5] ≪로걸대신석언해≫(1761)
    ≪로걸대신석언해≫(권1) 복사본(안병희)

[6] ≪중간로걸대언해≫(1795)
    ≪重刊老乞大諺解≫(김문웅, 해제), 홍문각, 1984.

   4. 사전류

[1] 김영황, ≪중세조선말사전≫ (1, 2), 과학백과사전종합출판사, 1993년.

[2] 유창돈, ≪이조어사전≫, 연세대학교 출판부, 2000년.

[3] 한국국립국어연구원, ≪표준국어대사전≫, 1999년.

[4] 이기문 감수, ≪동아 새국어사전≫, 두산동아, 2001년.

[5] ≪宗元语言词典≫, 上海辞书出版社, 1985年.

[6] ≪近代汉语词典≫, 知识出版社, 1992年.

[7] ≪现代汉语词典≫, 商务印书馆, 2002年.

• 황영철 黃永哲

1974년 중국 흑룡강성 출생

1997년 연변대학교 조문학부 졸업

2001년 연변대학교 아세아−아프리카언어문학학과 석사학위

2006년 연변대학교 아세아−아프리카언어문학학과 박사학위

2006년부터 현재 중국 산동대학교(위해) 한국학대학 한국어학과 교수

로걸대 언해문 비교 연구

초판 1쇄 인쇄일	2016년 3월 17일
초판 1쇄 발행일	2016년 3월 18일

지은이	황영철
펴낸이	정진이
편집장	김효은
편집/디자인	김진솔 우정민 김정주 박재원
마케팅	정찬용 정구형
영업관리	한선희 이선건 최재영
책임편집	우정민
펴낸곳	국학자료원 새미 (주)

등록일 2005 03 15 제25100−2005−000008호
서울특별시 강동구 성안로 13 (성내동, 현영빌딩 2층)
Tel 442−4623 Fax 6499−3082
www.kookhak.co.kr
kookhak2001@hanmail.net

ISBN	979−11−86478−82−0 *93800
가격	26,000원